Nach der Geburt ihres vierten Kindes stolpert Frauenärztin Doktor Chaos sogleich von einem Ereignis ins nächste: Die neue Kollegin entpuppt sich als knallharte Konkurrentin und Ärzte verrückt machende Blondine. Mit Schwangerschaftsspeck auf den Hüften und Babykotze im Stilldekolleté ertappt Josephine gleich zwei Paare beim Sex am Arbeitsplatz, muss sich um die Schwangerschaft einer ungeliebten Kollegin kümmern und riskiert durch den Streit mit einer Privatpatientin ihre Klinikkarriere. Aber: Geboren wird immer!

Dr. Josephine Chaos ist ein Pseudonym. Die Gynäkologin wurde ungeplant schwanger (mehrfach), ist lange verheiratet (glücklich) und arbeitet für ihr Leben gern in einer mittelgroßen Klinik irgendwo in Deutschland. Und wenn gerade mal keine Patientin in den Wehen liegt oder die Kinder in der Schule sind, bloggt sie, was ihr chaotischer Alltag hergibt, auf *www.josephinechaos.wordpress.com*. Bisher erschien bei den S. Fischer Verlagen der Spiegel-Bestseller ›Dann press doch selber, Frau Dokta!‹.

Weitere Informationen, auch zu E-Book-Ausgaben, finden Sie bei *www.fischerverlage.de*

Dr. Josephine Chaos

Bis die **Ärztin** kommt

Liebe, Leidenschaft
und andere Notfälle

FISCHER Taschenbuch

Erschienen bei FISCHER Taschenbuch,
Frankfurt am Main, September 2014

© S. Fischer Verlag GmbH, Frankfurt am Main 2014
Satz: Dörlemann Satz, Lemförde
Druck und Bindung: CPI books GmbH, Leck
Printed in Germany
ISBN 978-3-596-03106-1

*Für Michael Crichton und Samuel Shem –
ohne die ich nicht einmal die Jahre
der Vorklinik überlebt hätte!*

Die Personen und Handlungen in diesem Buch sind völlig frei erfunden, Ähnlichkeiten mit lebenden oder verstorbenen Menschen rein zufällig und somit nicht beabsichtigt.

Inhaltsverzeichnis

Warum die Pest gegen tolle Frauen mit langen
Beinen nur ein Babyschnupfen ist! 11

Von Springern und langen Larrys. Oder:
Willkommen im OP-Land! 16

Dr. Multisozialversagen. Und: mit der Milchbar über
die Wöchnerinnenstation 31

Warum Jeannie in High Heels nicht joggen und
Bambi nicht »poppen« sagen kann 36

Mediterraner Ganzkörperschmerz
und blümelige Wonnen 49

Willkommen im Leben, Tschäremie-Marlboro!
Und warum Nancy The Fancy definitiv
ein Alien ist 67

Nachts um 2 Uhr ist im OP
die Welt noch in Ordnung 89

Kanarienurlaub auf Fürteventura, und warum
Chaos-Kind-klein ein Motorrad gekauft hat 97

Was passiert, wenn Freddy Krueger aus
»Nightmare on Elmstreet«
in der Sesamstraße auftaucht 111

Das Offensichtliche ist meist
ziemlich offensichtlich 123

Freaky Friday: Wer Kompressen entwendet
und nicht wiederbringt, wird mit OP-Verbot
nicht unter drei Wochen bestraft 136

Und nun, das Ende naht. Oder:
Einladung zur Facharztprüfung 162

Die Arbeitshöhle, wo Milch und Honig fließen –
und Männer gemütlich X-Box spielen können 169

Wie ich beinahe geteert, gefedert
und geviertelt wurde, bevor man meine armseligen
Überreste im Atlantik versenkte 181

Wenn der Papst zum protestantischen Glauben
konvertiert 201

Nachts in der Notaufnahme. Oder:
Warum um 23 Uhr 45 Privatunterhaltung
extra kostet! 211

Wenn Weihnachten und Ostern
mal wieder auf ein und denselben Tag fallen 241

Don Camillo und Peppone. Oder:
Eine geheimnisvolle Verabredung 253

Ein Laborzettel wie der Nachthimmel
über der Karibik 267

Wie Rhinozerosse sich vergnügen
und warum auch Hotelgäste ein Recht auf
Einhaltung der Ruhezeiten haben 283

Warum man sich besser nicht
mit der Mafia anlegt 297

Ein Magen-Darm-Infekt kommt selten allein 306

Über seltsame Stimmen und den Arm des Mannes
auf der Schulter der Ex-Feindin 313

Wer ist eigentlich Helena Schöne? 322

Die Rettung der Hoffnungslosen
und Verzweifelten 330

Glossar 347

Danksagung 351

Warum die Pest gegen tolle Frauen mit langen Beinen nur ein Babyschnupfen ist!

»… und schön ist sie auch noch! Ich meine: wirklich unglaublich atemberaubend, wie-gemalt-SCHÖN! Die Jungs sind alle völlig von der Rolle, laufen den ganzen Tag sabbernd und gaffend hinter ihr her und überschlagen sich nur so vor Liebenswürdigkeiten. ›Helena hier‹ und ›Helena dort‹ – es ist ganz, ganz schrecklich!«

Gloria-Victoria, Lieblingshebamme und zweitbeste Freundin, ist eigentlich – man möchte es gerade kaum glauben – eine völlig ausgeglichene, stets blendend gelaunte Person. Die Betonung liegt auf *eigentlich*, denn im Moment ist sie eher völlig aus dem Häuschen, und ich habe nur eine ungefähre Ahnung, wie es dazu kommen konnte.

Während ich Baby-Chaos die Milch von der zufrieden lächelnden Schnute wische und das schlafende Kind vorsichtig in seinen Stubenwagen packe, das Telefon mit der aufgebrachten Hebamme fest zwischen Kinn und Schulter gepresst, flüstere ich leise in die Sprechmuschel: »Gloria, Liebelein, du solltest dich nicht so aufregen. Das ist schlecht für den Blutdruck!«

»Für den Blutdruck? Den BLUTDRUCK? Ich sag dir, was mir den Blutdruck in die Höhe treibt! Dieses Bunny! Mit ihren knallengen Jeans und diesen Beinen bis zum Hals. Kannst du dir vorstellen, dass sie Designer-Hosen trägt?«

»Isses wahr …?«

»… IM Krankenhaus? IM Dienst?«

»Unglaublich, das …«

»Und selbstverständlich ist sie blond. BLOND!« Ich stutze und starre irritiert auf das Telefon in meiner Hand. Also, wenn die Stilldemenz nicht gerade meine letzte Hirnzelle eliminiert hat, dann …

»Gloria – bist DU nicht auch blond? Zumindest warst du es letzte Woche noch …«

»JAAA! Aber bei *mir* muss das so sein!«

Ach so – ich vergaß …

»… und dann hat sie noch diese unerhört blauen Augen – mit sooooo langen Wimpern!«

Mit jedem neu aufgezählten Körpermerkmal hangelt sich die Stimme der aufgebrachten Freundin weiter die Tonleiter hinauf, bis es – beim zwei gestrichenen »C« angekommen – in schönstem Fortissimo aus dem Hörer plärrt: »… und tolle Brüste hat sie aaaahaaauch!«

Au weia! Tolle Brüste sind natürlich ganz schön blöd!

Um das Kindelein nicht aus postprandialem Tiefschlaf zu holen, schleiche ich, das Telefon an die eigene Brust gedrückt, in die Küche, gieße mir erst einen Kaffee ein, ziehe dann mein geliebtes Guten-Morgen-Snickers aus der Schublade und mache es mir am Küchentisch gemütlich, wohl wissend, dass das hier durchaus länger dauern kann. Das ganze Telefon-Drama dreht sich nämlich seit nun mehr als einer halben Stunde und einer vollen Stillmahlzeit einzig um Frau Dr. Helena Schöne, welche – genau wie ich – als Assistenzärztin für Gynäkologie und Geburtshilfe im Krankenhaus »Am Rande der Stadt« arbeitet und bei der ganz offensichtlich der Name Programm ist. Dr. Schöne muss mindestens Anwärterin auf die nächste Miss Universe sein. Ach, was sage ich? Miss Heaven ... Paradise ... What ever.

Ich selbst kann das Ausmaß ihrer Schönheit noch nicht selbst beurteilen, denn da die Kollegin Schöne sehr kurzfristig als meine Schwangerschaftsvertretung eingestellt wurde, habe ich bislang noch nicht die Bekanntschaft dieser sagenumwobenen Person gemacht. Was sich bald ändern wird. Nächste Woche. Denn dann ist mein Mutterschutz vorbei.

»Okay, tolle Brüste, lange Beine – die Frau ist die Pest. Hab ich das jetzt alles richtig mitbekommen?« Genüsslich beiße ich ein Stück meines Schokoriegels ab und spüle mit reichlich Kaffee nach, während Gloria-Victoria, gerade noch leidlich runterreguliert, schon wieder heftig zu schnaufen beginnt.

»Die PEST?«, brüllt es mir beleidigt entgegen. »Die Pest ist ein Babyschnupfen gegen diese Ziege!«

Ich sehe bildlich vor mir, wie die sonst sommersprossigen Wangen meiner Lieblingshebamme in flammendem Rot brennen. Unglaublich – die Kleine ist wirklich völlig von der Rolle. Wegen einer Frau, die sie gerade mal seit einigen wenigen Wochen kennt!

»Erde an Gloria! Hallo? Du musst jetzt dringend wieder runterkommen!«

Nicht, dass das noch ein Herzinfarkt wird. Ich mache mir wirklich ein wenig Sorgen. »Sag, Hase – was ist denn eigentlich los, hm? Nancy The Fancy ist auch umwerfend schön! Und arrogant! Und bösartig außerdem, aber ich kann mich nicht erinnrn, dass du wegen ihr jemals derart von der Rolle warst ...«

»JA!«, brüllt es wütend zurück »Aber Nancy ist schließlich Chirurgin. Mit der hab ich genau *gar nichts* zu tun. Und die ist ja auch nur hinter ihrem Oberarzt her – und gräbt nicht an Malucci herum!«

Ach, daher weht der Wind also! Dr. Malucci ist nämlich auch gynäkologischer Assistenzarzt. UND gutaussehend. Obendrein seit kurzem mit meiner kleinen Sommersprossenhebamme liiert. Und weil er außerdem ein italienischer Sunnyboy wie aus dem Lehrbuch ist, der sogar der dreiundachtzigjährigen Frau Obermeier aus Zimmer 375 B noch schöne Augen macht, ist Gloria-Victoria jetzt wohl in Sorge um die zarten Triebe dieser frisch erblühten Liebe. Oder so. Mann, Mann, Josephine, du hast immer noch ordentlich viele Schwangerschaftshormone im Blut. *Frisch erblühte Liebe ...*

»Sag mal, ist da etwa jemand ein kleines bisschen eifersüchtig?« Die Frau am anderen Ende der Leitung verfällt jetzt zunehmend in Schnappatmung.

»Bist du bescheuert, Josephine? Wieso sollte ich eifersüchtig sein? Und auf wen? Pfffttt ...!«

Nicht sehr überzeugend, dieses »Pfffttt« ...

»Hat er denn schon irgendetwas getan, was die ganze Aufregung rechtfertigen würde? Hat er ihr Blumen geschenkt? Sie zum Essen ausgeführt? Im Cabrio die Sterne gezeigt?« Ich muss ein bisschen grinsen, als ich mir Malucci mit seinem italienischen Gardemaß von etwa 1 Meter 60 neben der offensichtlich topmodelgroßen Blondine vorstelle. Der bräuchte zum Küssen glatt eine Trittleiter.

»NEIN!«, faucht es mir durch den Hörer entgegen. »Aber was noch nicht ist, das kann ja ganz bald was werden!«

»Hör zu, GV, ab Montag bin ich wieder im Dienst, dann nehmen wir uns der Geschichte gemeinschaftlich an, okay? Und sollte auch nur Maluccis Augenbraue in Richtung dieser sagenhaften Helena zucken, mach ich Spaghetti-Napoli aus ihm, verstehst du?«

Oh Mann – noch nicht wieder richtig zurück aus dem Mutterschutz und schon ist die Kacke richtig am Dampfen. DAS kann ja noch lustig werden ...

Von Springern und langen Larrys.
Oder: Willkommen im OP-Land!

Es ist Montagmorgen, 7 Uhr 45, als ich, ein wenig außer Atem, am Klinik-Pförtner vorbei zu den Aufzügen hetze, einen Kaffee in der linken und lauter wichtige Dinge wie Arztkittel, Milchpumpe, Kühltasche und Mittagessen in der rechten Hand. Ein bisschen aufgeregt bin ich schon, so, als wäre dies mein erster Arbeitstag. Dabei bin ich schon verdammt lange im Geschäft – gefühlte einhundert Jahre würde ich sagen, und war nur für ein paar Monate im Mutterschutz mit Chaos-Kind Nummer vier. Beim Gedanken an besagtes Kind, welches gerade durch den Zuhause arbeitenden Gatten bespaßt wird, spüre ich, wie mir die Muttermilch in die Brust schießt. Besorgt schaue ich an mir herunter auf mein ungewohnt ausladendes Stilldekolleté, ob sich denn schon irgendwelche verdächtigen, durch auslaufende Muttermilch verursachte Flecken auf der Bluse gebildet haben, als sich mit einem leisen Sirren die Aufzugtür öffnet und eine vertraute Stimme sagt: »WOW – echt tolle Möpse, Josephine!« Ich merke deutlich, wie mir die Hitze ins Gesicht steigt und muss dennoch lachen.

»Malucci, du altes Schlitzohr, solltest du nicht langsam damit aufhören, fremden Frauen auf die Brüste zu glotzen?«

»Weißt du, Bella, das ist der wahre Grund, warum ich Gynäkologe geworden bin: Damit ich damit niemals aufhören muss«, spricht es und drückt mich fest an seine goldkettengeschmückte, braun gebrannte Italiener-Brust.

»Es ist SO schön, dass du wieder da bist! Hast du Helena schon kennengelernt?« Gemeinsam fahren wir mit dem Aufzug in den vierten Stock, dort, wo sich am Ende des Flures unser winzig kleines Dienstzimmer befindet.

»Nein. NEIN! Aber gehört habe ich von ihr … unglaubliche Geschichten über lange Beine, tolle Haare und sagenhafte Brüste …« Bei Maluccis Lieblingsstichwort betrachte ich prüfend sein wirklich attraktives Gesicht. Und? Irgendwelche verdächtigen Reaktionen, die auf verschärftes Interesse an einer näheren Bekanntschaft mit diesen sagenumwobenen Körperteilen schließen lassen? Doch der sonnige Italiener sieht einfach aus wie immer. Sonnig eben. Gut gelaunt. Ausgeglichen. Nix verräterisch, nix schlechtes Gewissen. Ein bisschen abwesend vielleicht.

»Jaaaaaa – die Frau hat echt tolle Br – laue Augen!« Und den Blick verträumt in weite Ferne schweifen lassend, streichelt er sich sacht über die Brusttasche seines OP-Kittels, als hätte er Helenas Dekolleté heimlich darunter versteckt. Gerade will ich zu einer ersten, kurzen Ansprache ansetzen, als die Aufzugtür sich mit leisem »Pling« im gewünschten vierten Stock öffnet.

»JO-SE-PHI-NE!« Mit lautem Jubelgeschrei fällt mir eine kleine, dürre Person mit riesiger Nerd-Brille so stürmisch um den Hals, dass ich beinahe rückwärts in den Aufzug zurückkippe. Dr. Juliane Rehlein, genannt »Bambi« – Lieblingskollegin und Dauerangsthase – ist offensichtlich höchst erfreut, mich wiederzusehen.

»JOSEPHINE!«, brüllt die kleine Ärztin mir nun direkt ins Ohr, ohne auch nur ansatzweise ihren Klammergriff zu lockern. »Ich bin SO FROH, dass du wieder da bist!«

DAS wäre mir jetzt gar nicht aufgefallen ...

»Okay, Liebelein, lass uns erst mal schnell aussteigen, bevor wir wieder nach unten fahren. – Nein. Bambi, du musst mich jetzt loslassen. LOSLASSEN!«

Ich fühle mich ein wenig in die Zeit in der Hundeschule mit unserem lernresistenten Golden-Retriever-Rüden versetzt, der mir auch permanent am Bein klebte und in besonders aufregenden Momenten gerne mal mit Anlauf auf den Schoß hüpfte. Merke: 55 Kilo hüpfender Golden Retriever sind nicht wirklich lustig! Eine 45 Kilo klammernde Jungassistentin kommt dem verdammt nahe.

Mit Kittel, Essen, Kühltasche und Milchpumpe in den Händen, das Bambi am Hals, stehe ich also ein wenig hilflos auf dem Gang herum, während Malucci sich scheckig lacht.

»Los, Malucci, hilf mir gefälligst!«, zische ich, was Bambis »Josephine-Josephine-ich-bin-so-froh-dass-du-wieder-dabist-Josephine«-Mantra völlig unbeeinflusst lässt.

Erst nach gemeinschaftlicher Mobilisierung aller zur Verfügung stehender Kräfte gelingt es uns schließlich, die kleine Ärztin von meinem Hals zu pflücken, und unseren Weg zum Dienstzimmer fortzusetzen. Aus dem Bambi, das wie ein kleines Mädchen neben mir herhüpft, plätschert unterdessen ein Schwall zusammenhangloser Sätze: »Josephine, hast du schon von der Neuen gehört? Bestimmt. Sie heißt Helena! Schöne! Und weißt du, was total lustig ist? Sie ist tatsächlich schön. Sagenhaft schön!« Kurz hält die kleine Frau inne und blickt verträumt zur Flurdecke, als wolle sie sich die Schönheit der neuen Kollegin noch einmal in Erinnerung rufen. Dann geht es auch schon ungebremst weiter: »Und weißt du, was? Alle finden sie toll. Sie ist auch ganz toll. Ziemlich ruhig – aber das schadet ja nicht.«

»Nein, ruhig ist manchmal nicht die schlechteste Option!«,

wirft Malucci grinsend ein, was das Bambi jedoch kein bisschen in seinem Redefluss stoppt.

»Wilma hasst sie übrigens. Ist ja klar. Wen kann Wilma schon leiden?« Bambi hält kurz inne und denkt offensichtlich angestrengt darüber nach, ob Dr. Wilma »die Schreckliche«, allseits ungeliebte Gynäkologen-Kollegin, so etwas wie Freundschaft für jemanden empfinden kann. Ihr energisches Kopfschütteln macht klar, zu welchem Schluss die Überlegung geführt hat, dann geht es auch schon in halsbrecherischem Tempo weiter.

»Oberarzt Dr. Überzwerg betet sie an. Was Nancy wiederum völlig fertig macht. Ich meine: Hallo? Wir sprechen von Nancy! Mrs Teflon! An der sonst immer alles abperlt, weißt du noch? Chef Böhnlein mag sie auch. Muss er ja – schließlich hat er sie eingestellt, oder? Ach – eigentlich mögen sie alle. Außer Wilma eben. Und Nancy. UND Gloria-Victoria.« Kurze Pause, Stirnrunzeln. »Bei den anderen Hebammen kann man es noch nicht wirklich sagen. Du weißt ja, wie die manchmal sind. Gerade mit Neuen. Und Frauen. Und vor allem sagenhaft schönen Frauen ...«

Mein Kopf schwirrt mir ein wenig von all den Informationen, die da auf mich einprasseln, und ich bin froh, als wir endlich am Dienstzimmer ankommen. Fünf Minuten später lerne ich die schöne Helena dann endlich persönlich kennen. In der wahrscheinlich ungünstigsten Position, die man sich für eine erste Begegnung denken kann: Nur in Unterhose und meinem ältesten Still-BH – beide Körbchen vorsorglich mit dicken, extra-saugfähigen Einlagen ausgepolstert – stehe ich vor ihr, wie die letzte Schwangerschaft mich zurückgelassen hat: mit immer noch ordentlich Speck auf der Hüfte, Schlabberbauch und einem Hauch von Babykotze im ausladenden Dekolleté. Und ich starre auf das, was vor mir steht. Miss Perfection. Superwoman. The INCREDIBLE!

»Hi! Ich bin Josephine!« Supereinfallsreich. Ich schlage mir in Gedanken vor die Stirn, während ich reichlich unbeholfen versuche, Bauch, Hüfte und Busen samt Still-BH hinter dem Oberteil meines blauen OP-Zweiteilers zu verstecken. Mit wenig bis keinem Erfolg.

Kein Mensch hat mir gesagt, *wie* toll diese Frau aussieht. Ihr Gesicht erinnert an Grace Kelly, und zwar in der Zeit, bevor sie den dicken Fürsten ehelichte und fortan mit depressivem Gesichtsausdruck durch die Gassen von Monaco schlich. Ich muss fast ein wenig den Kopf in den Nacken legen, so groß ist sie. Die schulterlangen, naturblonden Haare umrahmen wie mit Photoshop bearbeitet ihren Kopf. Und ihre Augen … Nein! Alles was ich über diese Augen sagen könnte, wäre zu kitschig, um es ungestraft außerhalb einer indischen Bollywood-Verfilmung zum Besten geben zu dürfen. Allmählich beginne ich zu begreifen, was meiner Lieblingshebamme solche Kopfschmerzen bereitet: Für diese Frau bräuchte es tatsächlich einen Waffenschein

»Helena Schöne. Freut mich, dich kennenzulernen!«

Alle Achtung, Puppe! In Sachen Körperbeherrschung bekommst du eine Eins mit Sternchen! Noch nicht einmal mit der perfekt geschwungenen Augenbraue hat sie bei meinem Anblick gezuckt. Ich nehme die entgegengestreckte, perfekt manikürte Hand und schüttele sie vorsichtig. Tatsächlich – die Frau ist echt. Echt schön und absolut echt unglaublich. Als ich zehn Minuten später zur Dienstübergabe im Konferenzraum sitze, habe ich meinen Schock über den Anblick der Neuen immer noch nicht ganz überwunden und muss ständig zu ihr hinüberschielen. Sie ist schön, wirkt unbeteiligt und seltsam unterkühlt. Keine Ahnung, was ich von dieser Frau halten soll – von der Tatsache mal abgesehen, dass sie nicht gerade dazu beiträgt, mein durch die vielen Post-Schwangerschaftspfunde deutlich ramponiertes Selbstbewusstsein ein wenig aufzuwerten. Mitten in meine Überlegungen schließt sich mit energischem Klacken die schwere Tür zum Konferenzraum, und das Gemurmel der Kollegen verstummt.

Der Chef ist da.

Chefarzt Dr. Frederik Böhnlein ist ein Kerl wie aus dem Bilderbuch. Oder einem schlechten Kitschroman. Mit der beeindruckenden Körpergröße von etwa zwei Metern und schlohweißem Haar strahlt er so viel natürliche Autorität aus, wie man sie sich bei einem Chefarzt nur wünschen kann. Lediglich das gutmütige Zwinkern seiner dunkelbraunen Augen unter den buschig weißen Weihnachtsmannbrauen machen diese Wirkung hin und wieder zunichte. Sechs Kinder hat der Chefarzt groß gezogen. Das heißt: Seine Frau hatte wohl die Hauptarbeit mit fünf Böhnlein-Töchtern und einem Böhnlein-Sohn. Väterlich ist der Chef dennoch und auch sonst ein prima Kerl. Falls es bis jetzt noch nicht klar geworden sein sollte: Ich mag meinen Chef. Jeder mag ihn. Er ist ein Goldstück!

»Frau Dr. Chaos, willkommen zurück!«, ruft das Goldstück da auch schon freudig aus und kommt auf mich zugeschritten. »Schön, dass Sie wieder da sind!« Heftig schüttelt er mir die rechte Hand, während er mit der anderen begeistert meine Schulter klopft. »Geht es Ihnen gut? Was macht der Lütte? Isst er schon Schnitzel?« Sein tiefer Bass dröhnt, als er über seinen eigenen Spaß lacht, und ich muss grinsen. Chef Böhnlein ist SO NETT!

»Danke, Chef. Ja, dem kleinen Chaos geht es gut, und wenn er nur ein bisschen nach dem Rest meiner Jungs kommt, wird er demnächst ganz sicher übergangslos von Muttermilch zu Steak mit Pommes wechseln!« Ein wenig Sorge habe ich schon, Dr. Böhnlein könnte mir die Schulter auskugeln, denn noch immer schüttelt er meine Hand euphorisch.

»Ja – ein Prachtkerl ist das. Habe ich gleich gesehen, als er auf die Welt kam. Riesenjunge. Wunderbar!« Dann, erklärend zum Rest der Truppe gewandt: »Wissen Sie eigentlich, dass ich bei der Geburt des Burschen dabei war?«

Wissen sie. Und nicken brav – alle, außer unserer schönen Helena, die ja von meiner Überraschungsgeburt im letzten Jahr, während eines völlig wahnsinnigen Samstagsdienstes, noch gar nichts wissen kann. Als der Chef endlich von meinem Arm ablässt, übergibt das Bambi, aufgeregt und kaltschweißig wie immer, ihren Nachtdienst.

»Seinen Dienst übergeben« bedeutet im Klinikjargon, dass man die Kollegen der Tagesschicht über die Geschehnisse der vergangenen Nacht in Kenntnis setzt. Wie viele Geburten es gegeben hat zum Beispiel (eine!), ob es währenddessen zu Komplikationen gekommen ist (ja!), wenn ja, welche (akute, hysterische Panikattacke der diensthabenden Ärztin bei sonst völlig unauffälligem Geburtsverlauf), und was dagegen unternommen wurde (massives Anschnauzen durch die diensthabende Hebamme, was zur sofortigen Besserung der Gesamtsituation geführt hat).

Aufmunternd klopft Böhnlein jetzt zur Abwechslung dem schon wieder am Rande des Nervenzusammenbruchs stehenden Rehlein den Rücken.

»Wissen Sie, liebe Frau Kollegin: Sie müssen einfach noch deutlich ruhiger werden. Sonst bekommen Sie eines Tages bestimmt noch einen Herzinfarkt!«

Ganz sicher wird das irgendwann geschehen. Denn Bambi ist einfach viel zu panisch für diese Welt. Und somit prinzipiell absolut ungeeignet für den Beruf der (Frauen-) Ärztin, in dem es tagtäglich nur so vor beängstigenden Situationen wimmelt: Blutende Frauen, schwierige Geburtsverläufe, eilige Kaiserschnitte, Notkaiserschnitte – die Liste zu erwartender Katastrophen ist gerade in der Geburtshilfe so lang wie eine Polonaise beim Kölner Karneval. Und da ist es wenig hilfreich, wenn die verantwortliche Ärztin immer erst den Kopf verliert, bevor irgendjemand – meist die zuständige Hebamme – ihn ihr wieder zurechtrückt. Mein Mutterherz wird weich, als ich die kleine Kollegin da so sitzen sehe – die mageren Schultern hängend und mit deutlich gesenkter Tränenschwelle. Grundschullehrerin hätte Juliane Rehlein eigentlich gerne werden wollen – so zumindest hatte sie es mir unter dem Siegel der Verschwiegenheit und nach drei halben Proseccos einmal anvertraut.

»Ja – UND? Warum bist du es nicht geworden?« Wer ein Medizinstudium mit Bravour und »Summa cum laude« abschließen kann, der sitzt den Grundschullehrer ja wohl auf der linken Po-Backe ab, sollte man meinen.

»Ach, weißt du – meine Eltern ...« Traurig blinzelte Bambi damals durch ihre dunkle Hornbrille zu mir herüber. Was für eine blöde Frage aber auch. Herr und Frau Professor Dr. Rehlein, Mediziner in der geschätzt zwanzigsten Generation und garantierte Nachfahren von so wichtigen Menschen wie Semmelweis oder Koch, mit der wahrscheinlich größten, internistischen Praxis diesseits der Milchstraße, hatten wie selbstverständlich erwartet, dass die einzige Tochter dem Ruf der Medizin folgen und somit die Familientradition weiter führen würde. Punktum – Ende der Diskussion. Und das Bambi hatte klaglos getan, was von ihr verlangt war. Armes, kleines Ding. Nach der Übergabe schnäuzt Bambi sich herzhaft in das von Malucci gentlemenlike dargebotene Taschentuch, bevor es – froh, einen weiteren Dienst überlebt zu haben – nach Hause geht. Ich hingegen gehe in entgegengesetzter Richtung in den OP, froh, mich heute Morgen tatsächlich als Operateurin einer schönen, primären Sectio auf dem Plan wiedergefunden zu haben. Und das an Tag eins meiner Rückkehr. Das Leben kann so schön sein!

Ich LIEBE Operationssäle. Natürlich nicht in der Rolle der Patientin, Gott bewahre, sondern als Arzt, am besten noch als Operateur, also derjenige, der das Sagen hat und somit auch das Skalpell schwingen darf. Großartig ist das! Außerdem sind OPs immer wieder Schauplätze seltsam anmutender Begebenheiten und haben somit einen nicht unerheblichen Unterhaltungswert. »Jetzt fass den Larry mal ordentlich an!« ist hier zum Beispiel keine sexuelle Belästigung, sondern die mehr oder minder freundliche Aufforderung, mittels eines großen, Spatel-förmigen Instruments Gedärm, die Blase oder ein anderes Organ aus der Sicht des Operateurs zu halten. Ein »Mäuschen« ist somit auch kein Nagetier, sondern ein kleines, unscheinbares Wattebäuschchen, und wenn »aufgelegt« ist, befindet sich der Patient anästhesiert, gewaschen und gelagert auf dem Tisch, und es geht los – mit der Operation, nicht mit dem Tanzabend.

In Operationssälen scheint die Realität manchmal außer Kraft gesetzt zu sein. So, als betritt man Disneyland, und plötzlich wird die Welt nur so von komischen Figuren bevölkert. Tatsächlich wimmelt es in den OPs dieser Welt nur so von komischen Figuren – und je größer die Klinik, desto umfangreicher das Spektrum menschlicher Absurditäten. Denn in diesen heiligen Hallen medizinischen Wirkens, die kaum ein Mensch je nicht narkotisiert zu sehen bekommt, herrschen völlig andere Gesetzmäßigkeiten. Diese Parallelwelt besteht aus hoch sterilen, übelkeitsgrün oder eitergelb gekachelten Räumen, die mit zahlreichen, skurril anmutenden Gerätschaften ausgestattet sind: mannshohe, monitorbestückte Türme mit farbenfroh blinkenden Lichtern, durchsichtige Behälter gefüllt mit Flüssigkeiten und von der Decke ragende ufogleich aussehende

Lampen. Und wohin das Auge auch blickt, baumeln bunte Kabel Lianen gleich von Buchse zu Buchse. In den Räumen vor den OP-Sälen verteilen grün gekleidete, mundschutzvermummte Menschen an langen Reihen chromblitzender Waschbecken monoton Desinfektionsmittel von den Fingern über die Handgelenke bis hinauf zu den Ellenbogen, stehen dazwischen sekundenlang still, die Arme seitlich von sich gestreckt, und starren Löcher in die Spiegel über den Becken. Manche denken dabei vielleicht über die Wunder nach, die sie gleich vollbringen sollen. Die heutige Einkaufsliste. Oder dass sie ganz schön die Hose voll haben …

Einige bewegen die Arme sacht durch die Luft, um das Sterilium auf der Haut schneller zum Trocknen zu bringen. Und manche Grünlinge reden tatsächlich miteinander.

»Das rechte Ovar sieht völlig blande aus. Ich geh rein und bau die Zyste links aus, dann kann ich um 3 noch schnell die LASH machen!«

»Okay, ich habe jetzt nur noch eine Lap-Galle – um 5 zum Tennis?«

»Geht klar!«

Abgang Operateure – linker Saal, rechter Saal, Tür zu – SHOWTIME!

Währenddessen sitzen diejenigen, die gerade nicht beschäftigt sind, zusammengepfercht in einem kleinen Raum vor leeren Kaffeetassen, vollgekrümelten Tischen und in schlechter Luft, und reden über Frauen (die Chirurgen), Frauen (die Gynäkologen), Frauen (die Urologen) und die neuesten iPhone-Apps (die Anästhesisten). Einige stopfen auch nur schweigsam und in rasanter Geschwindigkeit Essen in sich hinein, spülen mit zwei bis drei Tassen Kaffee oder einem halben Liter Cola nach und sind schneller wieder verschwunden, als man schauen kann. DAS sind dann in der Regel die Gefäßchirurgen –

verschlossene, unfreundlich dreinschauende Wesen, die für einen einzigen Eingriff gerne mal acht Stunden und länger »am Tisch« stehen. Diese Jungs haben nie ausreichend Zeit zum Quatschen (weder über Frauen noch iPhone-Apps), denn schließlich müssen sie ihre 10 000 Kalorien Tagesverbrauch (für zwei Acht-Stunden-OPs und einen kleinen Abschlussmarathon nach Feierabend) irgendwie wieder hereinbekommen. Ganz ehrlich: Ich bin überzeugt, dass sie sich auch sonst nicht mit dem normalen Fußvolk abgeben würden – Gefäßchirurgen sind etwas ganz besonderes, die reden nicht mit jedem dahergelaufenen Normalo-Mediziner ...

Was in den Operationssälen selbst vonstattengeht, ist einfach nur großartig. Denn hier ist bis ins letzte Detail alles geregelt, jede Person hat ihren ganz bestimmten Platz, und jeder kennt wie selbstverständlich seine Aufgaben. Der Anästhesist zum Beispiel betäubt erst den Patienten und ist anschließend überwiegend fürs Gesamt-Entertainment (Musik auflegen oder wechseln) und kleinere Handlangertätigkeiten (Nahtmaterial heraussuchen und dem Chirurgen tausendundeinmal das Licht einstellen) zuständig. In den Pausen dazwischen liest er die Tageszeitung, spielt auf seinem iPhone, vertritt sich hin und wieder die Füße und nervt den Operateur damit, dass er seine Patientin heimlich und mutwillig zum Pressen bringt. Dann quillt das ganze Gedärm nämlich wie eine wild gewordene Riesenschlange ins OP-Feld und keiner sieht mehr irgendetwas.

Nein, ist Spaß. Selbstverständlich kommt der Patient von ganz allein auf die Idee, den Chirurgen zu ärgern und der Betäuber muss den Karren dann wieder aus dem Dreck ziehen. Anästhesiezeug hochdrehen, Entspannungszeug einspritzen. Gedärm lahmlegen.

Pflegepersonaltechnisch gibt es in jedem Saal eine(n) Instrumenten-Schwester (oder -Pfleger) und einen Springer! Wobei letzterer mitnichten willenlos durch die Säle hüpft, sondern dafür sorgt, dass die Instrumentenfachkraft alles auf ihrem sterilen Tisch hat, was der Operateur zum Glücklichsein braucht. Diese reicht ihm dann »Fasszangen, Skalpelle, Larrys und Fritsche«, öffnet Siebe voller »Kocherklemmen, Zweizinker, Mäuschen und Roux-Haken«. Tupft seine Stirn, säubert die Kamera-Optiken, verteilt Sauger und Strom. Mit diesen beiden – Springer und Instrumentierer – sollte man sich in jedem Fall gut stellen, denn sie können dir so dermaßen das Leben zur Hölle machen, dass du dir wünschst, nie wieder einen OP-Saal betreten zu müssen! Während der »Springer« unsteril herumlaufen und alles anfassen darf, was ebenfalls unsteril ist, somit auch während Zwölf-Stunden-Marathon-OPs mal schnell zur Toilette oder auf eine Cola in den Aufenthaltsraum verschwinden kann, ist die steril gewaschene Instrumentenkraft an ihren ebenfalls sterilen Tisch »gefesselt« und dazu verdammt, die OP bis zum bitteren Ende auszusitzen beziehungsweise zu stehen. Was auch den Umstand erklärt, warum diese Menschen gerne einmal ungemütlich werden, wenn kurz vor Feierabend ein Jung-Assistent als erster Operateur auf dem Plan steht.

»Waaaaaaaaaaaaaas? Dr. Schnecke macht die Appendix? Um 15 Uhr? Das könnt ihr euch abschminken! Um 20 Uhr 15 kommt ›Grey's Anatomy‹ – bis dahin will ich Zuhause sein!« Aus solchen oder ähnlichen Gründen hat es dann tatsächlich schon mal die eine oder andere OP-Plan-Änderung gegeben. Operateure selbst lassen sich hingegen über keinen gemeinsamen Kamm scheren, denn es gibt so viele unterschiedliche Charaktere, dass man sie unmöglich alle auf einen Nenner bringen kann.

Es gibt die wilden Metzler, die sich ohne Rücksicht auf Ästhetik oder gar gewebeschonendes Arbeiten wie Bulldozer durch den Mensch auf ihrem Tisch wühlen, das Problem beheben, anschließend euphorisch jede einzelne Blutzelle, die ihnen vor den Elektro-Kauter kommt, gnadenlos wegbrutzeln und ihr Gesamtkunstwerk dann mit Minimum 1500 Wundklammern verschließen. Merke: Es gibt keine Naht, die ein ordentlicher Tacker und ein Berg Klammern nicht halten könnte. Pflasterverband drauf – fertig!

Dann gibt es die Hundertprozentigen, die immer doppelt so lange brauchen wie alle anderen und bei denen das komplette Team – Anästhesisten inklusive, obwohl die ja eigentlich während der kompletten OP-Zeit sitzen dürfen – schon mal vorsichtshalber Stützstrümpfe und Dauerkatheter trägt.

Und dann noch die Hasenfüße, deren Mützen man schon vor dem ersten Schnitt mit Kompressen auspolstern muss, damit nicht permanent Angstschweißtropfen ins OP-Gebiet tropfen. Die Routinierten und die Anfänger, die Versager und die Stümper. Und ganz hinten in der Reihe, so selten wie Edelweiß im Gebirge: die Genies! Ihnen zuzuschauen ist wie Bach hören. Oder die Sixtinische Kapelle betrachten. Man kommt aus dem Schwärmen und Staunen schlicht nicht mehr heraus. Fast ist es, als teile sich das Gewebe unter ihrem Skalpell von selbst, und mit einem Mal liegt die Anatomie vor einem, in hochglänzendem 3D mit Dolby-Digital-Surround, schöner, als »Grey's Anatomy« selbst, *das* medizinische Fachbuch unter den medizinischen Fachbüchern, es je hätte beschreiben können.

Operationssäle gleichen geheimen Bruderschaften – niemand kann sich hier hereinschleichen, der nicht hierher gehört. Denn selbst, wenn man das Prozedere des sterilen Waschens, Seins und Bleibens bis ins letzte Detail erklärt bekommt, wird man die ersten Male unweigerlich schon beim Anfassen des

Desinfektionsspenders von jedem alten Hasen als Greenhorn enttarnt werden. Es muss dir einfach in Fleisch und Blut übergegangen sein: Wo halte ich die steril gewaschenen Hände hin? Nicht zu hoch, keinesfalls zu tief! Wo darf ich stehen und wo nicht, wenn die Hütte brennt? Laufe ich rechts am Instrumententisch vorbei oder lieber doch die Abkürzung an der Anästhesie vorbei? Selbst so simple Dinge wie Handschuhe anziehen und Patienten abdecken funktionieren nur durch genau geplante und vorgeschriebene Abläufe. Ist man jedoch erst einmal eingeführt in die sterile Welt der Wunder, wird man sich fortan in jedem beliebigen OP der Welt sofort zu Hause fühlen. Und selbst die Instrumentenschwester wird nicht mehr ganz so grimmig über ihrem Mundschutz hervorschauen, wenn sie erkennt, dass man ein Bruder ist. Oder eine Schwester.

Zurück im heimischen OP stelle ich erfreut fest, dass die Brüder und Schwestern mich dort trotz babybedingter Abwesenheit nicht vergessen haben. Ich werde freundlich begrüßt, und zeige anschließend mit stolz geschwellter Brust Bilder vom Baby herum, die mit gebührenden »Ahs« und »Ohs« kommentiert werden. Dann operiere ich unter den gutmütigen Augen meines Lieblingschefs einen Kaiserschnitt, zwei kleine Bauchspiegelungen und eine Zyste in einer Brust, bevor ich mich gegen Mittag auf den Weg zum Dienstzimmer mache – um Milch abzupumpen, bevor meine Oberweite doch noch die Kapazitäten des OP-Oberteils sprengt.

Vor der Tür zum Dienstzimmer halte ich kurz inne. Geräusche dringen bis auf den Flur heraus – seltsame Geräusche, die ich nicht wirklich zuordnen kann. Vielleicht ist es die Putzfrau? Aber so spät? Wahrscheinlich hat sie mal wieder heimlich den Fernseher eingeschaltet und dann vergessen, ihn wieder auszumachen, denke ich, während ich den Schlüssel ins Schloss schiebe.

Hm, komisch ... gar nicht abgeschlossen?

Vorsichtig öffne ich die Tür einen Spalt breit und höre es jetzt ganz deutlich: Dauerwerbesendung auf irgendeinem drittklassigen Programm. Eine miserabel synchronisierte Eunuchen-Stimme faselt gerade etwas von »Superpinsel« und »Megarolle«, während das weibliche Pendant hohe, spitze Schreie ausstößt.

»Hallo?«, rufe ich vorsichtig durch den Türschlitz. »Ist da wer?« Man will ja niemanden erschrecken.

»... und SIEH nur, Jane, wie SCHÖN und SCHNELL die Farbe mit DIESEM TOLLEN Gerät auf ALLEN Wänden ...« Janes spitze Schreie werden jetzt höher und lauter. Offensichtlich ist sie völlig hin und weg von seinem tollen Gerät! Resolut öffne ich die Tür nun komplett – die Milch muss raus, soviel ist klar, sonst wird es übel enden ...

»WILMA?« Während Jane im Fernseher gerade »Toll. Toll. TOLL!« skandiert, gipfelt Wilmas hochtöniges Gejohle in einem aufjauchzenden Schrei, bevor sie splitterfasernackt und offensichtlich klatschnass auf Fred zusammenbricht. Herr Jupiter himself, Assistenzarztkollege und Wilmas On-Off-Beziehung, ist gerade definitiv nicht von dieser Welt, sondern liegt mit versonnenem Lächeln und geschlossenen Augen rittlings im zerwühlten Dienstbett – ebenfalls so, wie der Herr ihn geschaffen hat.

Ich GLAUB es ja nicht!

»Bäh – mal ehrlich – habt ihr zwei eigentlich KEIN Zuhause?« Empört schnappe ich mir Milchpumpe und Kühltasche und verlasse das Dienstzimmer, während Jane immer noch in höchster Ekstase »Toll. Toll! TOLL!« schreit.

Dr. Multisozialversagen. Und: mit der Milchbar über die Wöchnerinnenstation

»Kannst du dir das vorstellen? Wilma und Fred? Das war total gruselig!«

Es ist 22 Uhr im heimischen Chaos, und während die drei älteren Kinder alle schon auf ihren Zimmern sind, liege ich mit dem Herrn des Hauses und dem aktuellen Baby-Chaos auf der Couch und schaue fern. Beziehungsweise hechele die Neuigkeiten des Tages durch, was in etwa auf dasselbe herauskommt.

Klein-Chaos, der eigentlich gerade dabei war, ohne Umwege vom letzten Abendessen an meiner Brust zum verdienten Nachtschlaf hinüberzudämmern, reißt jetzt erschreckt die babyblauen Augen auf und starrt mich empört an. »Das ist aber nichts für Babyohren!« soll der Blick wohl sagen. Oder »Schrei nicht so! Es ist Schlafenszeit!«

»Alles gut, Kleiner!«, flüstere ich verschwörerisch. »Mama kann auch leiser.«

Zufrieden schließt das Kind die Augen wieder – so ein cleveres Baby aber auch. Noch kein Dreivierteljahr alt und kapiert gleich, was man von ihm will.

»Aber ist es nicht nett, dass die beiden einander gefunden

haben? Vielleicht sind sie dann weniger anstrengend, wenn sie anderweitig, ähm, beschäftigt sind?«

Herr Chaos liegt grinsend auf der Couch, und ich sehe deutlich das Kopfkino vor seinem inneren Auge ablaufen. Die Kollegen Fred vom Jupiter und Wilma Schrecklich sind aber auch ein extrem außergewöhnliches Paar: Den nahezu autistisch anmutenden Fred hatten wir anfangs tatsächlich alle für einen Patienten der psychiatrischen Abteilung gehalten. Wir nahmen an, dass er sich eines schönen Morgens in einem ganz sicher heimlich entwendeten Arztkittel in unsere Frühbesprechung geschlichen hatte. Wortlos war er in abgewetzten, dunkelbraunen Cordhosen und einem löchrigen Hemd im Konferenzraum aufgetaucht und hatte sich – ohne uns andere auch nur eines Blickes zu würdigen – an den ausladenden Besprechungstisch gesetzt. Gänzlich unbeeindruckt von der Tatsache, dass alle anwesenden Kollegen ihn entgeistert angestarrt haben. Ich meine: Wir hatten mit Patienten der psychiatrischen Abteilung schon einiges erlebt, was eine solche Vermutung durchaus zuließ: Vor gar nicht allzu langer Zeit zum Beispiel war ein schmächtiger Mann im Kreißsaal aufgekreuzt und hatte verlangt, von dem Känguru entbunden zu werden, welches sich in seinem Beutel befände. In seinem BEUTEL – ist klar!

Oder eine Tagespatientin hatte sich im nahegelegenen Fünf-Sterne-Hotel erfolgreich über mehrere Wochen als »Gräfin Solian« in die Präsidentensuite eingemietet, bis einer Rezeptionistin mit Krankenschwesternvergangenheit auffiel, dass es sich bei »Solian« um den Namen eines psychiatrischen Medikamentes handelt. Die Gräfin wurde daraufhin umgehend in die Psychiatrie umquartiert, wo man fortan sorgfältig darauf achtete, dass sie besagtes »Solian« auch wirklich wieder regelmäßig einnahm.

Aber zurück zu den wilden Spekulationen um den Mann mit dem ungewaschenen, schütteren Blondhaar. Diese endeten jäh durch das Eintreffen des Chefs, der ihn uns als »neuen, jungen Kollegen vom Jupiter« vorstellte, der bereits über ein wenig Erfahrung im Bereich Gynäkologie verfüge und unser Team künftig unterstützen solle.

Wir waren gelinde gesagt baff. *Der* sollte uns unterstützen? Konnte *der* überhaupt sprechen?

Nun ja – er konnte. Und kann es noch. Was aber nichts an der Tatsache ändert, dass er es dennoch nicht oft tut. Denn Dr. vom Jupiter ist kein Freund großer Worte. Oder besser gesagt: Er ist eigentlich gar kein Freund, daher auch sein Spitzname »Dr. Multisozialversagen«. Fred spricht nicht. Fred arbeitet nicht. Fred will keine Dienste machen. Ganz schlechte Kombination in diesem Berufszweig. Wäre er mal besser in die Rechtsmedizin gegangen.

Nun ist er aber hier und hat offensichtlich ein Techtelmechtel mit Kollegin Wilma.

»Die zwei haben sich doch irgendwie verdient, findest du nicht? Sozial inkompatibel und bösartig – die ergänzen sich richtig gut!« Herr Chaos grinst immer noch, und auch der kleine Mann verzieht das Gesicht kurz im wonnigen Halbschlaf.

»Ist schon klar, dass ihr Jungs euch immer einig sein müsst. Weißt du eigentlich, was das bedeutet? Die poppen jetzt nur noch. Dabei arbeiten die sowieso schon nicht.«

»Aber dann fällt es doch gar nicht auf. Und immerhin macht Sex glücklich. Vielleicht bekommen sie ja davon wenigstens gute Laune?« Der Gatte lacht amüsiert auf, als ich beleidigt das Stilltuch nach ihm werfe. Pah, die zwei und gute Laune! Eher friert die Hölle ein!

»Und wie ist die Neue so? Die schöne Greta?«

»Helena!«

»Meinetwegen. Ist sie denn auch wirklich schön?«

»Sagenhaft schön! Besorgniserregend schön. Ich kann sie nicht leiden!«

»Weil sie so schön ist?«

Ich überlege kurz. Mag ich sie wirklich nur deshalb nicht? Oder hat meine Aversion vielleicht auch einen logisch nachvollziehbaren Grund?

»Ich habe keine Ahnung«, gestehe ich freimütig. »Eigentlich kann ich sie auch gar nicht richtig einordnen, schließlich redet sie kaum etwas. Eigentlich gar nichts.«

»Was ja nicht immer von Nachteil ist.«

Herr Chaos wirft mir verschmitzte Blicke zu. Ich werfe die Schnullerkette nach ihm.

»Soll das heißen, ich rede zu viel?«

»Neeeeein! NEIN! Auf gar keinen Fall!«

Sein Grinsen wird breiter, und mir gehen die Wurfgeschosse aus.

»Ich fühl mich einfach ganz schrecklich hässlich, wenn ich neben ihr stehe. Sie ist so perfekt, und ich bin so … FETT!«

»Du bist nicht fett. Du bist … weiblich!«

»Ja – weiblich! Malucci glotzt mir auch den ganzen Tag lang auf die Brüste. Die übrigens alle fünf Minuten auslaufen. Kannst du dir vorstellen, wie das ist, als stillende Mutter auf der Wöchnerinnenstation Visite zu machen? Alle Nase lang quäkt ein Neugeborenes, und augenblicklich wird an meiner Milchbar die Jalousie hochgezogen.«

»Das ist ein sehr niedlicher Gedanke – wie du da mit deiner Milchbar und kleinen Hockern unterm Sonnenschirmchen über die Station ziehst!«

»DU. BIST. DOOF!« Ich werfe die Fernbedienung, die Herr Chaos aber geschickt auffängt.

»*Du* bist sagenhaft schön. Und ich liebe deine Milchbar. Und deinen Hintern …«

»Du findest meinen Hintern fett?«

Herr Chaos stöhnt jetzt ein bisschen, wie er es immer macht, wenn ich meine anstrengenden fünf Minuten habe.

»Dein Hintern ist Klasse!«

»Aber warum erwähnst du ihn extra?«

»Schatz – es ist spät. Lass uns ins Bett gehen!«

Warum Jeannie in High Heels nicht joggen und Bambi nicht »poppen« sagen kann

»NEIN! Das glaub ich nicht!« Entsetzt schlägt Bambi die Hand vor den Mund und starrt mich fassungslos an.

»Wilma und Fred? Ich meine: *Wilma und Fred*?« Das kleine Waldtier kriegt sich gar nicht mehr ein, weswegen Frau von Sinnen, Hebamme mit Hang zu Katastrophenentbindungen, die immer in einem Happy End gipfeln, neugierig den Kopf zur Tür des Besprechungszimmers hereinstreckt.

»Was ist denn mit Wilma und Fred?«, nimmt sie die letzten Wortfetzen auf und blinzelt heftig interessiert mit den Äugeln hinter ihrer Eulenbrille.

»Du wirst es nicht glauben!« Das Bambi ist ganz aufgelöst. »Josephine hat Fred und Wilma beim ... Ähm, also – beide zusammen ... hm – wie soll ich es bloß sagen ...? Kompromittierend, verstehst du ...?«

»Wenn ich ehrlich bin – kein Wort!« Frau von Sinnen hat sich auf einen Stuhl neben Bambi niedergelassen und nickt ihr aufmunternd zu, während die kleine Ärztin verzweifelt nach Luft schnappt, die Ohren tiefrot.

»Ich habe die beiden gestern Nachmittag auf frischer Tat beim Poppen erwischt. Im Dienstzimmer! Während der

Arbeitszeit!«, fahre ich kurzerhand dazwischen. Wir haben schließlich nicht ewig Zeit. »Los, Bambi – sag *poppen*!«

»Ich kaaaaann aber nicht!«, quietscht es unglücklich zurück.

»Du bist Gynäkologin! Das ist dein Fachgebiet – also nenn die Dinge gefälligst auch beim Namen. Sag POP-PEN!«

»Ich möchte darüber aber nicht so gerne reden!« Das Rehlein gleicht jetzt eher einer Fuchsstute, während sich das Rot seinen Weg den langen, schmalen Hals entlang bis ins knochige Dekolleté der kleinen Frau bahnt.

»Lass doch das arme Ding!«, rügt FvS milde und schiebt ihren Stuhl interessiert ein Stück näher an die Quelle der Information, also an mich: »Sag schon – WAS läuft da zwischen Wilma und Fred?«

»Die zwei treiben es wie die Karnickel, dass weiß doch mittlerweile auch die letzte Küchenhilfe. Guten Morgen!«

In einer Duftwolke aus teurem Parfüm und jeder Menge Haarspray stolziert Jeannie auf nagelneuen zehn Zentimeter hohen Leoparden-High-Heels zur Tür herein. Allein vom Anblick ihrer Schuhe bekomme ich Arthrose im Sprunggelenk, doch Jeannie könnte in diesen Dingern wahrscheinlich sogar den ersten Platz beim New-York-Marathon belegen.

»Sag, Jeannie – kannst du in diesen Schuhen auch joggen?«, sinniere ich laut vor mich hin.

»Josephine – hast du getrunken?« Frau Von Sinnen schüttelt irritiert den Kopf, während Miss Super-High-Heels nur vielsagend grinst.

»Wer weiß …?« Dann lässt sie sich mit einem tiefen Seufzer am anderen Ende des Tisches nieder, legt die Füße mit den Tierfellschuhen auf den benachbarten Stuhl und schlürft lasziv an ihrem Kaffee-Latte-to-Go. Kollegin Jeannie ist eine schöne Frau – nein, nicht so sagenhaft schön wie unsere Neue – aber auf eine aufreizend gekleidete, sorgfältig geschminkte und frisierte Art und Weise. So trägt Jeannie niemals Schuhe mit einem weniger als sechs Zentimeter hohen Absatz, was ihr bereits einen ganzen Ordner voller Dienstanweisungsverstößen eingebracht hat. Keine Ahnung, warum die Dienstaufsichtsbehörde auch nicht verstehen will, dass Jeannie bestenfalls dann einer erhöhten Unfallgefahr ausgesetzt wäre, wenn man sie zwingen würde, normales Schuhwerk zu tragen. Oder sich auch während der Arbeitszeit ihrer perfekt manikürten Gelfingernägel zu entledigen.

»Okay, Leute«, setzt Frau von Sinnen an, »wir kommen jetzt erst einmal zur Ruhe. Und dann erzählt ihr mir alles, was ihr über Freds und Wilmas Krankenhaus-Sexleben berichten könnt! – Was ist? Warum starrt ihr mich denn so an?« Verzweifelt versuche ich noch, die redselige Hebamme durch versteckte Zeichen zum Schweigen zu bringen, da ist es schon geschehen.

»Das würde mich jetzt aber auch mal brennend interessieren!«, tönt des Chefs tiefer Bass zur Tür herein, und es scheint, als zögen sich über seiner hohen Stirn dunkle Gewitterwolken zusammen.

»Und dann? Was ist dann passiert? Hast du es ihm erzählt?« Gloria-Victoria kippt vor Aufregung fast vom Stuhl, während Frau Von Sinnen hochkonzentriert in ihrem Kaffeebecher rührt.

»Nein, Gott bewahre, wir konnten es tatsächlich irgendwie so hinbiegen, dass er nun glaubt, die liebe FvS völlig missverstanden zu haben. Stimmt doch, oder?« Gemütlich lümmele ich auf der großen Ledercouch des allseits nur »Aquarium« genannten Kreißsaalstützpunktes herum und pumpe die Milch, die nach den diversen Milcheinschüssen der Morgenvisite noch übrig geblieben ist, in die Flasche meiner Elektropumpe.

Seinen Namen verdankt der Kreißsaalüberwachungsraum zwei deckenhohen Glasfronten, welche den Blick in östlicher Richtung auf fünf im Halbkreis angeordnete, in unterschiedlichen Farben gehaltene Kreißsäle freigeben, und gen Westen eine einmalig schöne Sicht auf Klinikgarten und Sonnenuntergänge erlauben. Letzteres natürlich nur abends und bei gutem Wetter, ist klar. An den beiden nicht verglasten Wänden befindet sich neben der eingangs erwähnten, von Chefarzt Böhnlein erst im vergangenen Jahr gesponserten Lümmelcouch, ein riesiger Fernsehmonitor, auf den die Herztonüberwachungen der einzelnen Kreißsäle übertragen werden, was der jeweiligen Hebamme einen komfortablen Überblick über die Geschehnisse bietet.

»Woher soll ich denn auch wissen, dass der Chef hinter mir steht«, grummelt Hebamme Von Sinnen deutlich verschämt in ihren Kaffeepott, wo sich der Löffel bei dem andauernden Rühren mittlerweile eigentlich in Wohlgefallen aufgelöst haben müsste.

»Ich habe vielleicht Zeichen gegeben? Und mit den Augen gerollt? Deutlicher hätte ich nur werden können, wenn ich mit Sachen nach dir geworfen hätte!« Die Hebamme will gerade antworten, als mein Handy klingelt. Auf dem Display: das Bambi!

»Bambi? Was gibt es?« Am anderen Ende der Leitung wispert jemand unverständliches Zeug in den Hörer.

»Liebelein – sprich bitte lauter!« Erneutes, dieses Mal nur unwesentlich lauteres Wispern an meinem Ohr. Kann es denn wahr sein?

»BAMBI! LAUTER!«

»Herrjeh noch eins – sie ist in Kreißsaal vier bei einer Frau mit vorzeitigem Blasensprung und Wehentätigkeit. Nur falls es jemanden noch vor Einbruch der Dunkelheit interessiert!«

Leidlich genervt verdreht Gloria-Victoria die Augen – ihre sprichwörtlich gute Laune scheint derzeit tatsächlich völlig abhanden gekommen zu sein.

»Okay, Bambi, bleib wo du bist – ich bin unterwegs!« Dann, zu den beiden Hebammen gewandt: »Kann mich freundlicherweise jemand aufklären, was da drinnen los ist?« Doch Gloria deutet nur anklagend mit dem Finger auf die neben mir sitzende Kollegin.

»Ist Von Sinnens Patientin!« Diese hört endlich mit dem Rühren ihres Kaffees auf und schaut mich mit unschuldigen Hebammenaugen an.

»Och, weißt du … Assistenzarztausbildung. Ich habe das Bambi zum Untersuchen reingeschickt, damit sie ein bisschen Übung bekommt …!«

»Häh? Willst du mich veräppeln? Die Kleine ist vielleicht panisch …«

»… HYSTERISCH …!«, hustet Gloria dazwischen.

»… und manchmal durchaus ein klein wenig hysterisch, aber mittlerweile auch schon im dritten Ausbildungsjahr! Ich denke, das mit dem Untersuchen hat sie jetzt langsam raus, oder?«

»Es ging mir auch nicht wirklich um die Untersuchung, sondern eher um den Patientenkontakt!«, flötet Frau von Sinnen und sieht dabei so unschuldig aus, dass ich es fast mit der Angst zu tun bekomme.

Ich rappele mich also von der Couch hoch, richte mich patientenkompatibel her – also BH zu, Hemd runter, Stilltuch weg –, verstaue den Milchvorrat in meiner Kühlbox und stiefele nach Kreißsaal IV, der mit den apfelgrünfarbenen Wänden, und kaum zur Tür herein, befinde ich mich auch schon mitten im Geschehen.

»ICH BIN ARZT!«, ruft es mir entgegen, und verblüfft schüttele ich die Hand des Mannes, der wie aus dem Nichts heraus vor mir auftaucht. Ein wahrhaft großer Kerl, Mitte vierzig vielleicht, gepflegt und adrett gekleidet, mit Goldrandbrille und Charlie-Sheen-Frisur. Für diese hat er hoffentlich seinen Friseur verklagt – geht gar nicht! Aber das ist gerade nicht mein Problem.

»Ich bin Arzt!«, wiederholt er jetzt erneut, langsam und jede einzelne Silbe betonend. Ich bin verwirrt – was will der bloß von mir?

»Das trifft sich ja gut!«, antworte ich zögernd, »ich bin nämlich auch Ärztin, wissen Sie?« Beruhigend lächele ich ihm zu, was ihn nur veranlasst, stärker meine Hand zu schütteln. »Vielleicht lassen Sie mich los, dann sag ich Ihrer Frau auch kurz Guten Tag, einverstanden?«

Folgsam lässt er von mir ab und tritt einen Schritt beiseite. Dann beugt er sich doch noch einmal zu mir herüber und flüstert eindringlich: »Ich. Bin. Arzt.«

JETZT habe ich es endlich kapiert. Arzt! Super!

Dieser Mann ist durch. Aber so was von. Jetzt schon. Das kann ja noch lustig werden. Gottlob macht Frau Arzt einen ganz zauberhaft normalen Eindruck. Laut schnaufend und prustend hängt sie gerade in das von der Decke baumelnde Tuch gekrallt, während der Wehenschreiber beeindruckende Berge aufs durchlaufende Papier krakelt. Ich schaue mich suchend um – und da, in der hintersten Ecke des weitläufigen Raumes, zwischen Kreißbett und Badewanne versteckt – dem am weitesten von der Patientin entfernten Platz –, winkt das Bambi verschüchtert zu mir herüber. Ich sage »Hallo« zu Frau Arzt, die mir zwischen zwei Wehen freundlich zunickt und gehe dann zu meiner Kollegin hinüber.

»Bambi?«, flüstere ich. »Was ist los? Was machst du hier?

Das da vorne ist *deine* Patientin. Und warum sprichst du so leise ins Telefon, wenn du mich anrufst?«

In Bambis großen Rehaugen herrscht wie üblich Hochwasser, und auch die Unterlippe zittert verdächtig. Das Rehlein ist offensichtlich genauso durch wie Herr Arzt.

»Es ist … also, weil … Nein: wegen … Der Mann! Arzt! Ich weiß nicht …!«

Unverständliches Zeug – mein Gesicht ein einziges Fragezeichen!

»Bambi – grammatikalisch vollständige Sätze, bitte! Ich versteh gerade nur Hauptbahnhof!« Die kleine Frau holt tief Luft und schluckt trocken. Ein Tränchen verlässt das linke Auge und rollt malerisch die Wange entlang, bevor es auf Bambis XXS-Kasack klatscht. Frau Arzt scheint sich stimmtechnisch gerade auf die 150 Dezibel vorzubereiten, während nun auch des Gattens Mantra zunehmend lauter zu uns herüberschallt.

»Ich bin Arzt. Wissen Sie? ARZT! Ich bin AAAA-HAAARZT!«

»Wow – ich wette, der hat ein prätraumatisches Belastungssyndrom. Was ist der Kerl bloß? Dermatologe?« Bambi schüttelt heftig den Kopf und sieht gerade auch ein wenig traumatisiert aus.

»Er ist …«, flüstert sie, kaum noch hörbar, »Rechtsmediziner!«

Das Fragezeichen auf meiner Stirn wird sekündlich größer – wo ist denn nun die Pointe der ganzen Nummer? Versteh nur ich das nicht?

Dr. Juliane Rehlein sieht jetzt aus, als müsse sie sich jeden Augenblick übergeben. Oder wirkt sie nur deshalb so grün, weil die Farbe der Wand sich im Weiß der Gesichtsfarbe wiederspiegelt? Ich fasse die Kleine bei den Schultern und schüttele sie ein bisschen.

»DU. BIST. AUCH. ARZT! Erinnerst du dich?« Just in diesem Moment zupft mich wer am Kittel.

»Vielleicht kann mal jemand meiner Frau helfen?« Unbemerkt hat sich der Kollege von hinten angeschlichen und hängt mir nun verstört am Kittelsaum, während seine Frau frenetisch brüllend von der Decke hängt. Also – irgendwie …

»Wo ist eigentlich Frau von Sinnen? Ist das nicht *ihre* Geburt?« Suchend schaue ich zur Tür, während Rehlein sich unerlaubt von der Truppe entfernen will.

»Ich geh sie schon holen!«

»Nix da – ICH geh sie holen – DU hältst die Stellung!« Keiner von uns geht, denn jetzt steht auch Frau Arzt an meiner Seite, packt mich unsanft am Arm und knurrt – jedes einzelne Wort betonend: »ICH MUSS PRESSEN!«

Das ist ja super. Pressen muss sie! Wo ist bloß diese verdammte Hebamme?

»Bambi – ruf Von Sinnen an. Und SPRICH LAUT! Frau Arzt – Sitzen? Stehen? Liegen?«

»STEEEEHEEEEN!«, brüllt sie und schmeißt sich zurück ans Seil, dass ich fürchte, sie könnte den Karabiner aus der Decke reißen.

Diese Frau ist der Oberhammer. Wie ein Sumo-Ringer vor dem entscheidenden Angriff hängt sie in ihr Tuch geklammert und presst, als gäbe es kein Morgen mehr. Ich liege auf den Knien vor ihr und sehe den dunklen Schopf des Kindes schon deutlich vor mir.

»Ich brauche eine HEBAMME!«, schrei ich noch, bevor mir das Arzt-Baby mit einem satten Platsch in die Arme fällt.

Nee, jetzt brauche ich keine Hebamme mehr.

Frau von Sinnen erscheint – herrlich nach Kaffee duftend – just in dem Moment, als Kollege Arzt die Gesichtsfarbe von

Dunkelrot nach Weiß zu Aschgrau wechselt und gepflegt von dem Hocker fällt, auf den ich ihn kurz zuvor noch platziert hatte, um der Gattin ein wenig Halt beim Pressen zu geben. Seine Kopfplatzwunde hat ihm unsere Star-Chirurgin Nancy The Fancy anschließend mit süffisantem Grinsen souverän vernäht, während Frau Arzt froh und munter ihr fünftes Kind abgenabelt, gewaschen und angezogen hat, um es anschließend – zusammen mit dem lädierten Mann – ins Auto zu packen und nach Hause zu fahren. Selbst ist die Frau – egal ob Arzt, oder nicht!

Getreu dem alten Mediziner-Motto »Wenn du nicht stehen musst, setz dich, wenn du nicht sitzen musst, leg dich und wann immer es geht: iss etwas!« pilgern das Bambi und ich um Punkt 12 Uhr gemeinschaftlich zur Kantine, stapeln Pommes, Schnitzel, Pudding und Salat auf unsere Tabletts und lassen uns damit am Tisch der Assistenzärzte nieder, wo schon Malucci, die schöne Helena, Nancy The Fancy und der kleine Dr. Luigi sitzen.

»Willkommen zurück … und Glückwunsch zum Baby!«, nuschelt der italienische Assistenzarzt, den Mund voller Spaghetti, und hält mir seinen nach oben gereckten Daumen entgegen. Luigi, ein kleiner, moppeliger Sonnenschein, ist so etwas wie das chirurgische Pendant zu unserem Dr. Malucci – ein wirklich netter Kerl. Auch wenn er sich – typisch Italiener eben – für Gottes Geschenk an die Menschheit hält und somit jede Frau angräbt, die ihm vor die Linse läuft.

»Ach, du hast ein Kind bekommen? Ich dachte, du hättest dir endlich mal die Brüste richten lassen. Glückwunsch auch!« Nancy The Fancy hingegen ist so etwas wie der Antichrist, was Nettigkeit im Allgemeinen und Speziellen anbelangt.

»Hast du mir jetzt zum Baby oder den Brüsten gratuliert?«, frage ich scheinheilig.

»Egal – such dir etwas aus!«

Nancy The Fancy ist ein Miststück. Ein sehr schönes Miststück, zugegeben, mit ihren großartigen, roten Naturlocken, den exakt proportionierten, weiblichen Rundungen und ihrem Fitness-Studio-gestählten A… Hinterteil. Der Klinikfunk behauptet, sie trüge schweineteuere, extra maßgeschneiderte, weiße Jeans, welche ihr Prachtstück leider besonders gut zur Geltung bringen. Was vorstellbar wäre, da die Chirurgin aus wohlsituiertem Hause kommt und angeblich sogar mit einem Grafen (von und zu hochwohlgeboren …) verschwippschwägert sein soll. Außerdem besitzt sie einen ganzen Kleiderschrank voll mit pastellfarbenen V-Ausschnitt-Mohair-Pullovern, jeder im Gegenwert eines Assistenzarzt-Monatsgehalts, in dem ihre Brüste so sagenhaft aussehen, dass sie die Patientenzimmer älterer Herren nur mit Nitrospray im Anschlag betreten darf. Akute Herzinfarktgefahr aufgrund exorbitanter Erregung.

»Uuuh … Frauen-Catchen! Das ist super! Könnt ihr das vielleicht auch mal am Baggersee machen? Dort, wo das Ufer ein bisschen schlammig ist?« Zufrieden grinsend klatschen sich die beiden Italo-Jungs High Five ab.

»Ja, träum weiter, Malucci«, schnaubt Nancy abfällig und wendet sich dann wieder ihrem Berg Spaghetti zu.

»Sag mal, Josie«, platzt es jetzt aus Luigi heraus. »Was lief da eigentlich mit Wilma und Fred – gestern im Dienstzimmer, eh?«

Das Bambi verschluckt sich prompt an seiner Milch und bekommt einen infernalischen Hustenanfall. Besorgt klopfe ich ihr den knochigen Rücken.

»Mensch, Luigi«, zische ich böse. »Willst du vielleicht gleich eine Rundmail schicken? Frau von Sinnen hätte es heute Morgen schon fast dem Chef unter die Nase gerieben – unbeabsichtigt natürlich. Was denkst du, was dann los wäre, wenn der das wüsste?«

»Pfft …« Frau Mohair schnaubt erneut verächtlich in ihre Pasta. »Als ob irgendjemand daran interessiert wäre, mit wem es dieser Landstreicher und das Mannsweib treiben. Da wird mir schon beim Gedanken daran schlecht!«

»Oh, Bella, Überzwerg ist jetzt auch nicht gerade George Clooney!«, flötet Luigi. Autsch. Fiese Retourkutsche! Denn das Oberarzt Dr. Überzwerg, ein hypertropher und aufgrund seiner stets übel gelaunten Art gefürchteter Chirurg, ein Verhältnis mit unserer Nancy hat, ist ein offenes Geheimnis. Das er eher kein Brad-Pitt-Typ ist, auch. Mit seiner hageren Gestalt, der krummen Nase und dem schütteren schwarzen Haar erinnert er ein bisschen an den bösen Zauberer Gargamel von den Schlümpfen, wohingegen unsere Nancy eher einem klassischen Disneyfilm entsprungen zu sein scheint.

»Gott, wer will denn schon was mit George Clooney? Du vielleicht, Luigi? Kannst ihn gerne haben …«

Kein Wunder, dass Nancys Spitzname »Frau Teflon« ist – alles, aber auch wirklich alles prallt geschmeidig an ihr ab. Ironie, Neid, Sarkasmus, Wut – flutsch und weg ist es. Abgeperlt und weggespült. Könnte sie diese Wunderbeschichtung als Sprühlotion verkaufen, Nancy würde Milliarden damit verdienen.

Ich beschließe, dieses gefährliche Terrain vorsorglich zu verlassen, und wage mich an einen Themenwechsel.

»Sag mal, Helena«, wende ich mich der neuen Kollegin zu. »Wo hast du eigentlich vorher gearbeitet?« Unbeeindruckt von den Sticheleien am Tisch hatte die schöne Blondine schweigsam ihren Teller geleert. Als sie mich jetzt anschaut, kommt es mir vor, als sähe ich Erstaunen in ihren schönen Augen aufblitzen.

»In einer Uniklinik!«

Super. Geht das auch etwas ausführlicher?

»Die ganze Zeit seit dem Examen?«

»Uh-hu!«

Ja, höchst spannend! Das ist wirklich eine ganz tolle Geschichte.

»Und hat es dir dort gefallen?«

»Uh-hu!« Konzentriert schabt Helena die letzten Atome aus ihrer Dessertschale. Ich spüre die Blicke der Kollegen auf mich gerichtet, die unser Gespräch gebannt verfolgen. Vielmehr – den Versuch eines Gesprächs.

»Uuund …« Denk nach, Josephine – bring eine gute Frage. Gute Frage! »… warum bist du zu uns gewechselt?«

Rehlein neben mir zieht scharf Luft durch die Nase, und mir scheint, als hätte selbst Nancy sekundenlang den Atem angehalten. Was für eine blöde Frage aber auch! Kompromittierend. Neugierig. Grenzüberschreitend.

Beinah in Zeitlupengeschwindigkeit blickt Dr. Helena Schöne von ihrem Schälchen auf und mir geradewegs in die Augen. Wow – die Frau hat Hammeraugen, sagenhaft sind die!

»Ich hatte meine Gründe …«

Bäng – das hat gesessen. Zur Abwechslung laufen mir jetzt auch einmal die Ohren rot an, und ich höre ganz deutlich Nancys höhnisches Kichern, als Dr. Schöne ihren Kittel überzieht, das Tablett nimmt und mit flüchtigem Gruß die Kantine verlässt.

Glückwunsch, Josephine! Das ist ja wirklich großartig gelaufen!

»Hast du jetzt das Metier gewechselt, Josephine? Zu den verdeckten Ermittlern?« Böse grinsend reckt Nancy mir ihre vanillegelb verpackten Superbrüste entgegen, schüttelt das volle, lockige Haar und verlässt – immer noch böse kichernd – ebenfalls die Kantine.

Mediterraner Ganzkörperschmerz und blümelige Wonnen

»Zimmer 874 – Frau Izmir!«

»Ist nicht dein Ernst – Izmir ist wieder schwanger?«

Ich befinde mich auf dem morgendlichen Visitenrundgang mit Schwester Totalausfall und Juliane Rehlein, was eigentlich eine ganz schöne Sache ist, denn ich mag die kleine, pummelige Schwester sehr gerne und das Bambi sowieso. Die Nummer könnte nur noch viel schöner sein, gäbe es Patientinnen wie die eben genannte nicht.

Da hat das Bambi auch schon die Krankenakte der Patientin aus dem Visitewagen gezerrt und hektisch aufgeschlagen »Frau Izmir. Sechstes Kind, dreizehnte Schwangerschaftswoche mit Übelkeit und Erbrechen. Aktuelle Therapie – Antibrechmittel und Flüssigkeitszufuhr!«

»Morbus Mediterraneus!«, murmelt Totalausfall vor sich hin. Das ist der Oberbegriff für die – sagen wir einmal: recht wehleidigen Südosteuropäerinnen. Und Italienerinnen. UND Spanierinnen. Südländisch eben. Und das ist kein Vorurteil, ich schwöre. Diese Frauen scheinen schlicht ein völlig anderes Schmerzempfinden zu haben als Patientinnen anderer Breitengrade. Als Russinnen zum Beispiel, die gerne mal ein Kind bekommen, ohne auch nur »autsch« zu sagen.

Doch zurück zu Frau Izmir und ihrer unglaublichen Übelkeit. Als wir das Zimmer betreten, kaut sie gerade herzhaft auf ihrem dick mit Wurst und Käse belegten Brötchen herum.

»Hallo Frau Izmir, mein Name ist Chaos. Wir haben uns bereits bei Ihrem letzten Kind vor einem Jahr kennengelernt, erinnern Sie sich noch? Das ist die Kollegin Rehlein, und Schwester Totalausfall kennen Sie ja schon. Wie geht es Ihnen heute?«

»Schlecht! Mir sein schlecht! Ich müssen immer brechen! Warum müssen ich immer brechen?«, fragt sie und beißt erneut in ihre reichlich belegte Stulle.

»Frau Izmir – Sie sind schwanger!«

Man erinnert sich?

»So ist das leider bei ganz vielen Frauen in den ersten Wochen. Wie war es denn bei Ihren anderen Kindern?« Die Patientin kaut gedankenverloren vor sich hin, beißt erneut in ihr belegtes Brot, denkt weiter nach, zieht die Augenbrauen nach oben, dann zieht ein Strahlen über ihr hübsches Gesicht.

»Da sein mir auch immer schlecht. Ganz schlecht! Ich müssen immer brechen! Warum nur ich müssen immer brechen?« Die junge Frau löffelt jetzt eifrig Erdbeersahnejoghurt in sich rein und schaut mich dabei fragend an.

»Ja, Frau Izmir ... ich sagte es ja schon: SCHWANGER! BABY! Da ist das dann manchmal so!«

Sie nickt.

Ich nicke auch.

Das Bambi nickt.

Und die Schwester.

Alle haben es jetzt verstanden. Ich bin froh und wende mich zum Gehen.

»Aber – wie lange dauern Übel und Brechen?« Mit einem kaum hörbaren Seufzer halte ich in der Drehung inne und wende mich wieder der Frau in ihrem Bett zu, die sich jetzt das Butterhörnchen schmecken lässt.

»Nun – das kann man nicht wirklich sagen. Es könnte schon morgen vorbei sein …!«

»Morgen!«, nickt Frau Izmir glücklich, auf beiden Backen kauend.

»… einige Frauen haben aber tatsächlich die ganze Schwangerschaft über damit zu tun. Wir müssen einfach noch ein bisschen abwarten!«

»Oh – und wann ich kann gehen nach Hause?«, fragt sie, und nippt an ihrem heißen Kakao.

Ich bin überrascht – nach Hause? Na klar!

»Sobald Sie sich wohl genug fühlen. Wann *wollen* Sie denn nach Hause?« Und aus den Augenwinkeln sehe ich, wie Bambi ein großes, sorgfältiges »E« für »Entlassung« in Frau Izmirs Akte kritzelt. Die kleine Südosteuropäerin legt die Stirn in nachdenkliche Falten, beißt dann nachdenkend in ein Stück Schokoriegel und meint: »Ich nicht wissen. Mir sein immer so übel. Warum sein mir immer so übel?«

Nachdem Bambi das »E« wieder aus der Überwachungskurve gestrichen hat, verlassen wir schleunigst das Zimmer und wollen weiter, als mein Diensttelefon mich in den Kreißsaal zitiert.

»Aber mein Mann hat doch jetzt Urlaub!« Greinend wie eine Zweijährige, der man das geforderte Eis verweigert, sitzt Frau Blümel-Wonne vor mir und schafft es sogar, zwei Tränchen aus dem linken Auge zu quetschen.

»Sie sehen doch, dass meine Frau mit ihren Kräften völlig am Ende ist. Jetzt tun Sie doch endlich etwas! Das kann so nicht weiter gehen!« Herr Wonne tätschelt seiner Gattin beschwichtigend die Hand und schaut mich vorwurfsvoll an. Wie mein Golden Retriever, wenn ich mal wieder kein Leckerli rauszurücken gedenke. Böses Frauchen! Wie schade, dass dieser Blick mich kein bisschen beeindruckt – weder bei verfressenen Hunden noch und gleich gar nicht bei fremder Frauen Ehemänner.

»Hören Sie, Frau Blümel-Wonne. Ich verstehe Sie ja. Die letzten Wochen der Schwangerschaft sind wirklich anstrengend.«

Boah, ich kann so unglaublich verständnisvoll sein.

»Aber Sie sind jetzt gerade mal in der siebenunddreißigsten Schwangerschaftswoche, und es gibt tatsächlich keinen triftigen Grund, die Geburt jetzt schon einzuleiten!«

Ehrlich gesagt gibt es überhaupt *gar keinen* Grund, diese Geburt einzuleiten. Weder jetzt noch irgendwann sonst. Denn mit Frau Blümel-Wonnes Schwangerschaft ist alles in bester Ordnung. Allein die Geduld des wonnigen Ehepaares lässt eben arg zu wünschen übrig.

»Herr Dr. Storch hat aber gesagt, dass der Gebärmutterhals schon ganz arg verkürzt ist!«, mault Frau Blümel jetzt wenig wonnig. Note to myself: den Kollegen Storch anrufen und zur Minna machen. Was soll das ewig mit diesem Gebärmutterhals-Orakeln? Es gibt Millionen Schwangere, die mit quasi nicht mehr vorhandenem Gebärmutterhals zwei Wochen über dem errechneten Geburtstermin eingeleitet werden müssen, weil das Kindelein nämlich mitnichten vorher schon herausgefallen ist. Aber solche Geschichten hat der niedergelassene Gynäkologe unserer Patientin sicher nicht erzählt. Und die wollte so etwas auch garantiert nicht hören.

»Hören Sie, Frau Dr. – meine Frau hat starke Schmerzen …!«

Gott, ja, die habe ich gerade auch.

»... Und wenn das Kind sich doch schon auf den Weg gemacht hat ...«

Hat es denn ein Telegramm geschickt? Versandbestätigung?

»... und ich schon Urlaub genommen habe ...«

Ach, daher weht der Wind also!

»... und Herr Dr. Storch sagt, es kann jeden Moment soweit sein!«, legt die Gattin jetzt noch nach.

Die Schlacht ist verloren, ich weiß es. Von Anfang an hatte ich nicht den Hauch einer Chance, denn wenn Eltern schon auf Einleitung gepolt sind und mit Köfferchen samt Urlaub im Kreißsaal aufschlagen, dann gibt es nur noch die Wahl zwischen Einleitung und Kaiserschnitt. Meist in genau dieser Reihenfolge.

»Ich hole Ihnen dann mal den Oberarzt«, gebe ich klein bei. »Der muss alles Weitere entscheiden.« Zufriedenes Grinsen bei den jetzt wieder wonnigen Blümels. Sei es drum.

Im gläsernen Überwachungszimmer sitzt Gloria-Victoria mit mürrischem Gesicht vorm CTG-Monitor und murmelt unverständliche Dinge vor sich hin.

»Die Wonnigs wollen partout die Einleitung – hast du den Oberarzt irgendwo gesehen?«

»Steht irgendwo auf meiner Stirn ›Auskunft‹ geschrieben?«

»Hat dir heute Morgen jemand ins Frühstück gespuckt oder was ist los?« Schlechte Laune ist sonst so gar nicht Glorias Markenzeichen. Und irgendwie hängt der blonde Pony auch ein wenig windschief über den seewassergrünen Augen meiner Lieblingshebamme. Noch bevor ich eine Antwort bekomme, öffnet sich die Doppelschnappschlosstür, mit welcher der heilige Kreißsaal vor unerlaubtem Zutritt geschützt ist, und herein kommt – Helena Schöne. Dicht gefolgt von Oberarzt Napoli und dem Kollegen Malucci. Nun – das nennt man dann wohl promptes Erscheinen auf Verlangen.

Bei der Erinnerung an das Verhör-Malheur während unseres gemeinsamen Kantinenbesuchs fühle ich mich ein bisschen unwohl. Helena ist wahrscheinlich stinksauer auf mich – zumindest hat sie mich seitdem keines Blickes mehr gewürdigt. Doch die große Blondine grüßt nur freundlich und bleibt abwartend in der Aquariumstür stehen, während der Oberarzt in seltener Munterkeit auf sie einredet.

»... und die vaginale Hysterektomie würden wir Ihnen dann morgen assistieren – nicht wahr, Dr. Malucci?« Gönnerhaft haut er dem ebenfalls munter drein schauenden Malucci auf die Schulter, und beide zusammen sehen aus, als hätten sie gerade den Jackpot gewonnen.

Was zum Teufel ist denn hier los? Wieso bietet unser leitender Oberarzt plötzlich Operationen wie Sauerbier an Neu-Assistentinnen an, wo er doch sonst am liebsten alles allein operiert?

Ist das fair?

Ich meine: IST DAS FAIR?

Ich will auch operieren!

»Frau Chaos – was gibt es denn?«

Upps – das Letzte habe ich in meinem Wahn jetzt nicht wirklich laut gesagt, oder?

»Haben Sie denn nichts zu tun oder warum stehen Sie hier herum?« Mit dem Blickwechsel von unserer Miss Universe auf mich ist jede Munterkeit aus dem dicklichen Oberarzt gewichen. Böse blitzen mich seine kleinen schwarzen Schweinsäuglein an.

Es ist eine klinikweit bekannte Tatsache: Dr. Napoli und ich sind keine Freunde. Noch nie gewesen, und offen gestanden habe ich keine Ahnung, warum das so ist. Ich habe ihm nichts getan und er mir nicht. Wobei Letzteres nicht ganz richtig ist, schließlich macht er mir das Leben so schwer, wie es unter den wachsamen Augen eines gerechten Chefs nur möglich ist. Als

Assistenzarzt kann es kaum etwas Blöderes geben, als es sich mit dem leitenden Oberarzt verscherzt zu haben. Denn er ist für die Einteilung der OPs zuständig, für die Bewilligung des Jahresurlaubs und hat auch das letzte Wort über den Dienstplan. Heißt im Klartext: Wen er nicht leiden kann, ist der Depp vom Dienst. Und mir ist leider völlig unklar, wie ich jemals wieder aus dieser Nummer herauskommen soll.

Wahrscheinlich gar nicht.

»Ich habe eine Patientin im Kreißsaal, die gerne in der siebenunddreißigsten Schwangerschaftswoche eingeleitet werden würde …«

»Und wie kommen Sie auf diese völlig absurde Idee? Selbst in Ihrem Lehrbuch müsste doch stehen, dass eine Schwangerschaft in der Regel 40 Wochen dauert?«

Da! Schon wieder! Behandelt mich wie den letzten Vollhorst, dabei ist diese Idee nun wirklich nicht auf meinem Mist gewachsen. Ich gebe alles, um die Sachlage ins rechte Licht zu rücken, bekomme aber nicht mehr als ein abschätziges Schnalzen und eine wegwerfende Handbewegung.

»Kommen Sie, Frau Dr. Schöne – wir zwei Hübschen bringen die Sache jetzt mal in Ordnung!« Verblüfft starre ich ihm hinterher, wie er – Helena im Schlepptau – zur Tür des fliederfarbenen Kreißsaals II hinüberläuft. Das darf ja wohl nicht wahr sein – will der mich für dumm verkaufen?

»Oberarzt Napoli?«, rufe ich ihm mit einem letzten Rest Kampfgeist mutig hinterher. »Ich würde sehr gerne auch mal wieder eine vaginale Hysterektomie operieren! Ich glaube, meine letzte liegt schon eine Weile zurück …«

»*Sie* mussten ja auch unbedingt noch ein viertes Kind bekommen, nicht wahr, Frau Chaos?« Und weg ist er. Samt Helena, die mir noch einen Blick zuwirft, den ich nicht deuten kann. Mitleidig? Gehässig? Gelangweilt?

»*Dr.* Chaos!«, murmele ich empört in mich hinein. »Es ist *Dr.* Chaos!«

»Mensch, Josie – bei dem bist du so was von unten durch! Das ist schon fast Australien!« Malucci blickt mich definitiv mitleidig an, und ich will gerade ein bisschen losheulen, als das Diensttelefon in meiner Tasche klingelt.

»Dr. Chaos?« Es ist der Chef. »Können Sie mir im OP assistieren?«

»Äh – klar doch, Chef. Sicher. Bin schon unterwegs!«

Im gynäkologischen OP-Saal V desinfiziert Chefarzt Dr. Böhnlein gerade mit grimmigem Blick den Bauch einer großen, schlanken Mittdreißigerin.

»Was ist denn mit dem los?«, flüstert OP-Schwester Hermine, während sie mir in die sterilen Handschuhe hilft. Sie schaut fragend zu Böhnlein hinüber, der nun verbissen mit einem Mini-Tupfer im Bauchnabel der narkotisierten Patientin herumfuhrwerkt.

»Warum muss da so viel Dreck drin sein?«, poltert der und pfeffert den ersten Tupfer in den bereit stehenden Mülleimer. Hermine reicht brav den nächsten an. »Kann man seinen Bauchnabel nicht gefälligst sauber halten? Muss das so aussehen? Muss das wirklich so aussehen?« Empört hält Böhnlein die Zange mit dem verschmutzten Tupfer so nah vor Igors Nase, dass der bullige, russische OP-Pfleger vorsorglich einen Schritt rückwärtsgeht und abwehrend die Hände hebt.

»Vorrsicht, Scheff! Is' nix gutt zu chabe diese Drreck in die Auge!« Und entwindet dem aufgebrachten Chefarzt vorsichtig das Arbeitsgerät, bevor er ihn freundlich, aber bestimmt in Kittel und Handschuhe bugsiert. Zehn Minuten später ist die OP dann auch schon in vollem Gange, und ich habe meine liebe Mühe, den ausufernden Bewegungen des Chefarztes auszuweichen, ohne die im Bauchnabel der Patientin steckende Endoskopie-Kamera allzu sehr zu bewegen. Bei wackelndem Bild wird es dem großen Mann nämlich ganz leicht übel.

»Chef Böhnlein – Sie hätten mir beinah die Nase zu Brei geschlagen«, rufe ich empört und springe einen Schritt beiseite.

»Verzeihung! FRECHHEIT!«

Wie eine Wolkenwand, aus der es gleich zu regnen droht, stehen die dichten Brauen über des Chefs zusammengekniffenen Augen.

»FRECHHEIT!«, brüllt er jetzt erneut und wirft Hermine die Laparoskopie-Schere hin. »Es BLUTET!«

»Ja, Chef«, gibt Hermine freundlich zurück. »Da kann ich aber leider gar nichts für – *Sie* sind schließlich der Operateur!«

Eins zu null für die Instrumenten-Tante, denke ich, und muss mir beim Anblick des Chefs ein Lachen verkneifen.

»Strom!«, brummt der jetzt eine Spur milder. Zwei Sekunden später hat er die kleine Blutung unter Kontrolle, und wir machen uns weiter daran, die exorbitant große Zyste aus der friedlich schlafenden Patientin zu entfernen. Während ich nun den Part des Operateurs übernehmen darf und ein wenig atemlos versuche, die Gerätschaften unter meine Kontrolle zu bringen, beugt Böhnlein sich verschwörerisch von seinen zwei Metern Körpergröße auf meine lächerlichen ein Meter zweiundsechzig herunter und flüstert: »Um noch einmal auf die Geschichte von neulich zurückzukommen: Was war denn jetzt genau, mit den Doktores Schrecklich und Vom Jupiter?«

Beinahe schmeiße ich die Zyste, die schon so gut wie sicher in den Bergebeutel gefrickelt war, doch noch daneben.

»CHEF! Ehrlich – Sie wollen, dass ich petze? Hier und jetzt? Das finde ich nicht in Ordnung!«

Also wirklich. Frechheit!

»Ähm – ich schon …!«, brummelt es von der nördlichen Seite des OP-Tuchs herüber, wo gerade Narkosearzt Dr. Sandmann interessiert aus der Versenkung auftaucht.

Unglaublich, diese Anästhesisten – den halben Tag lang mit Smartphone-Spielereien und Kaffeetrinken beschäftigt, aber noch nie ihren Einsatz verpasst.

»Schlaf weiter, Sandmann!«, fauche ich unfreundlich. »Das hier geht dich überhaupt nichts an. Gynäkologen-Interna!« Wütend versuche ich, den störrischen Bergebeutel in den Griff und somit aus dem Bauch der Patientin herauszubekommen. Wie soll man denn bitteschön so operieren?

»Dr. Chaos, ich dulde keine Geheimnisse in meiner Abteilung!« Die imaginäre Schlechtwetterwolke über Böhnleins Kopf hat erneut bedrohliche Ausmaße angenommen, und ganz passend dazu dröhnt der tiefe Bass seiner Stimme.

»Geheimnisse, dass ich nicht lache!« OP-Oberschwester Ottilie, die gerade hereingekommen ist und so die letzten Fetzen der Unterhaltung mitbekommen hat, grunzt höhnisch auf. »Welches Geheimnis darf es denn sein, Chefarzt? Dr. Fancy und Oberarzt Überzwerg? Die Herrschaften Schrecklich und Vom Jupiter? Oder doch lieber unser italienischer Malucci-Macho und die grünäugige Hebamme? Wie heißt sie doch gleich? Gabi-Verena?«

»Gloria-Victoria!«, korrigiert Dr. Böhnlein automatisch, während über seinem Kopf gerade der nationale Unwetter-Notstand ausgerufen wird. Und zufrieden nickend verlässt die böse Oberschwester den Saal dorthin, wo sie heute noch keine Unruhe gestiftet hat.

Ich bin gerade auf dem Weg zum Kreißsaal, als das Klingeln des vermaledeiten Telefons mich erneut zur Wöchnerinnen-Station beordert. Frau Izmir sei schon wieder so schlecht, ob man denn mal nach ihr schauen könnte?

Josephine kann.

Ich betrete das Zimmer, wo die Patientin vor der angegessenen Hälfte eines stattlichen, panierten Schnitzels mit Nudeln und fetter brauner Soße sitzt und eben dieses fleißig in sich hineinschaufelt.

»Frau Izmir? Die Schwester sagt, Ihnen sei wieder schlecht? Das mit dem Essen geht aber doch ganz gut?«

»Frau Dr. – ich wissen auch nicht – immer sein mir übel. Wenn ich essen Fleisch, mir sein richtig übel. Ich nix können essen Fleisch!«, spricht es und schiebt die nächste Ladung Schnitzel plus Kohlenhydratbeilage in den Mund.

»Frau Izmir – was Sie da gerade essen *ist Fleisch*!«

Die junge Frau hält kurz im Kauen inne und betrachtet interessiert ihre Gabel, schiebt dann die nächste Portion ungerührt hinterher und nuschelt – großflächig Nudel-Fleisch-Bröckchen auf Tisch und Tablett verteilend: »Mir sein immer so übel. Ich versteh nix – warum sein mir immer übel?«

Zehn Minuten später sind wir essenstechnisch bereits beim Nachtisch angelangt, was das Übelkeitsproblem betrifft jedoch keinen Schritt weitergekommen.

»Wer gibt mir Medizin, wenn ich gehen nach Hause?« Mit dem Löffel voll Schokoladenpudding zeigt sie auf die Infusionsflasche über ihrem Kopf.

Einatmen, Josephine, und ausatmen.

»Frau Izmir – das haben wir doch schon besprochen! Sie bekommen ein Rezept ...«

»Ich brauchen Rezept! Ja wirklich, weil nix Rezept nix Medizin und mir dann immer sein übel!«

Mit der kleinen, geballten Faust haut sie auf den Tisch, was den Cafeteria-Milchshake neben ihrem Tablett in gefährliche Schwingungen versetzt. Ein bisschen Sahne läuft den Becher hinunter und verteilt sich zwischen Nudel-Fleisch-Bröckchen und Puddingspritzern.

»Sie bekommen Ihr Rezept, Frau Izmir. Versprochen!«

Und dann will ich Sie die nächsten fünfundzwanzig Wochen nicht mehr hier sehen. Aber das habe ich selbstverständlich nicht laut gesagt.

So kurz vor Feierabend sind alle anwesenden Assistenten im Aquarium versammelt. Malucci hat es sich mit Helena auf der linken und der reichlich finster dreinschauenden Gloria-Victoria zu seiner rechten Seite auf der Couch bequem gemacht und sieht so zufrieden aus, wie ein Mann nur sein kann, der sich exakt zwischen zwei tolle Frauen positioniert hat. Fred lümmelt auf einem der Schreibtischstühle, während das Bambi Kreise ins Linoleum läuft. Und Kollegin Jeannie hat sich mal wieder heimlich in den vorzeitigen Feierabend verabschiedet.

Ich nehme auf dem kleinen Höckerchen neben dem Panoramafenster Platz und schaue dem Bambi interessiert beim Im-Kreis-Laufen zu.

»Was tut sie da?«

»Nachdenken!« Malucci tippt sich vielsagend mit dem Zeigefinger an die Stirn.

»Ah. Okay. Und worüber denkt sie nach?«

»Über ihre Übergabe!«

»Nee, klar – worüber auch sonst?«

Die Nachmittagsübergabe läuft eigentlich exakt identisch zur Morgenübergabe ab, nur das in diesem Fall der Tagdienst dem Kollegen des Bereitschaftsdienstes erklärt, was im Laufe der vergangenen acht Stunden Wichtiges passiert ist, beziehungsweise welche Arbeit für die kommende Nacht noch ansteht. In Kurzform: So und so viele OPs haben heute stattgefunden, die gut/schlecht/planmäßig gelaufen sind, folgende Patienten benötigen spezielle Überwachung, und im Kreißsaal ist es ruhig/mittelprächtig voll/steppt der Bär. Zwei bis drei Sätze also, mehr nicht. Es ist mir ein Rätsel, wie man darüber großartig nachdenken muss. Aber unser Bambi ist Perfektionistin. Und was sie macht, will sie richtig machen. Tausendprozent richtig. Weshalb ihre Übergaben auch immer gefühlt drei Stunden dauern und die übrigen Assistenten, die ja nur schnellstmöglich nach Hause wollen, wiederholt an den Rand des Nervenzusammenbruchs treiben.

»Bambi, setz dich! Du machst uns alle völlig wahnsinnig mit deiner Herumrennerei!« Mein Kopf schmerzt, was durchaus auch auf das Marathongespräch mit Frau Izmir zurückzuführen ist.

»Aber – Oberarzt Napoli macht doch die Übergabe!«, flüstert mir Bambi mit schreckgeweiteten Augen zu. »Der Chef musste zu einer Versammlung!«

»Ja – und?«, fragt Helena erstaunt. Ich bin auch erstaunt, denn Dr. Schöne spricht normalerweise nicht. Zumindest nicht unaufgefordert. Oder nicht in meiner Gegenwart.

»Sie hat Angst vor ihm«, erkläre ich freundlich.

»Vor dem Oberarzt?!« Helena schüttelt verständnislos den Kopf. »Warum?«

»Weil er nicht zu jedem so nett ist wie zu dir!« Das war jetzt wirklich auch freundlich gemeint, doch ich habe das Gefühl, dass das so nicht bei meinem Gegenüber angekommen ist.

»Wie meinst du das denn, bitte?«

Bingo!

Ich merke, wie bei den übrigen Personen im Raum schon wieder gemeinschaftlich die Luft angehalten wird. Was ist bloß los zwischen mir und dieser Frau, dass wir permanent aneinander geraten?

»Ich meine nur, dass Dr. Napoli sehr nett zu dir, aber keineswegs immer nett zu anderen Menschen ist. Bambi weiß das. Und deswegen hat sie Angst vor ihm.«

»Habt ihr ihm das denn mal gesagt?« Fragend legt Helena ihre hübsche Stirn in Falten. Will sie mich jetzt veräppeln oder was? Hast du schon mal den Käfig eines tollwütigen Löwen betreten?

»Sag – hast du jemals miterlebt, was Napoli aus Leuten wie Bambi macht, wenn er schlechte Laune hat? Rehragout! Ganz klein geschnitten!«

»Ja – Rehragout«, flüstert das Bambi neben mir tonlos und nickt nachdrücklich mit dem Kopf.

»Was ist mit Rehragout?«, dröhnt es da wie auf Stichwort, und der Oberarzt kommt auf seinen kurzen, stämmigen Beinen hereingewuselt, heißt Fred mit herrischer Handbewegung vom Stuhl aufstehen und lässt sich dann, den Kittel vor dem stattlichen Bauch zusammenraffend, mit einem erschöpften Seufzer darauf nieder.

»Wer hat Dienst?«

Jupiter hebt wenig motiviert die Hand.

»Was gab es heute?«

Das Bambi transpiriert. Kleine, dunkle Schweißflecken zeichnen sich unter den mageren Achseln ab, während sie einen großen, karierten Zettel aus der Tasche zieht und umständlich auseinanderfaltet.

»Also – heute, im OP … hatten wir ein – nein, ZWEI … Es gab heute zwei … im OP …!«

»WIRD DAS BALD MAL?« Ungeduldig trommelt der Oberarzt mit den Fingern auf der Lehne seines Stuhls herum. Bambi hyperventiliert.

»… haben wir im OP zwei Ausschabungen und eine Gebär … nein, eine laparoskopische … Superazervikal …«

»FRAU REHLEIN!«

Der Kopf des kleinen Italieners wird jeden Moment explodieren, soviel ist mal klar. Ich sehe, wie Malucci die Hand matt über die Augen legt, als könne er das bevorstehende Drama nicht mitanschauen, während Gloria-Victoria peinlich berührt an einem Fädchen ihres Kittels zupft. Fred bohrt unbeteiligt in der Nase. Nur Helenas ganze Aufmerksamkeit scheint gerade auf Bambi und den Oberarzt gerichtet zu sein. Besteht diese Frau aus Eis oder was? Nancys Teflon-Schwester? Hier wird gerade ein Häschen von einer italienischen Dampfwalze platt gemacht, und sie schaut auch noch interessiert dabei zu. Ich merke, wie mir das Blut vor Wut in den Ohren dröhnt, als der Grund meiner Wut das Wort ergreift.

»Im OP gab es zwei Ausschabungen, eine laparoskopische, suprazervikale Hysterektomie und eine geplante Sectio. Alle Eingriffe sind völlig komplikationslos verlaufen, die Patientinnen sind wach und stabil, die Wundverbände trocken. Wir hatten eine Spontanentbindung, Mutter und Kind wohlauf. Aktuell befindet sich im Kreißsaal noch Frau Schmidt-Müller, Erstgebärende am Termin mit regelmäßiger Wehentätigkeit und drei Zentimeter Muttermund. Normaler Schwangerschaftsverlauf, keine Vorerkrankungen!«

Was war DAS DENN? Irritiert starre ich Malucci an, der ebenfalls erstaunt die Hand von den Augen genommen hat und seinerseits Helena anglotzt. Dem Bambi ist das Wort im Hals steckengeblieben.

»Danke, Frau Dr. Schöne, für diese exzellente Zusammenfassung.« Wohlwollend nickt Napoli seiner Lieblingsassistentin zu, ohne das Rehlein auch nur noch eines Blickes zu würdigen.

»Und Morgen kommt dann Frau Blümel-Wonne zur Einleitung bei mütterlicher Erschöpfung und reifem Geburtsbefund. Guten Abend, Herrschaften«, sprichts und verlässt das Aquarium so schnell ihn seine kurzen Beine tragen.

Ach – und wie war das gleich mit den vierzig Schwangerschaftswochen?

Ich bin die erste, die ihre Stimme wiederfindet.

»Ja, danke, Frau Dr. Schöne, dass du Bambi so heldenhaft vorgeführt hast!«

Ich bin sauer. Nein – ich bin tatsächlich stinkewütend!

»Ich weiß nicht, was du meinst. Juliane hing völlig fest, und ich wollte ihr aus dem Schlamassel raushelfen!«

»Ja, Josephine, Helena wollte nur helfen. Ich fand es super. Ehrlich. Das hätte ich besser nicht hinbekommen. Josephine!« Flehentlich schaut Klein-Rehlein mich an: Bloß nicht streiten! bedeutet dieser Blick. Unser Waldtier ist nämlich auch ein ausgesprochenes Harmonie-Hörnchen. Ich hingegen bin einfach ausgesprochen schlecht auf Miss Universe zu sprechen. Meine OPs darf sie machen, meine Patientin einfach so einleiten, sich bei meinem Oberarzt einschleimen, außerdem unverschämt gut aussehen …

»Du denkst wahrscheinlich, du könntest dir bei Napoli alles erlauben? Weil er total auf dich abfährt? Schon mal etwas von Solidarität unter Kollegen gehört?«

Weia, wenn ich mal in Fahrt gerate, bin ich wirklich nicht mehr gut zu bremsen. Helena mustert mich irritiert.

»Josephine – ich wollte Bambi ganz sicher nicht schaden. Aber wenn es noch länger gedauert hätte, wäre Napoli ausgerastet, meinst du nicht? Und DAS hätte die Gesamtsituation auch nicht besser gemacht!«

Hat sie recht?

Hat sie.

Will ich das zugeben?

Will ich nicht!

»Ich fand es blöd!«

SO! Ällebätsch!

»Für mich war es total okay«, flüstert Rehlein neben mir. Blöde Kuh – kannst du mir vielleicht die Stange halten, wenn ich mich schon wegen dir unbeliebt mache?

»Also – ich fand es jetzt auch nicht schlimm. Napoli ist zufrieden abgezogen – das Rehlein lebt noch. Alles tutti paletti! Und wir kommen sogar mal pünktlich raus! Ciao, Bellissime«, tönt Malucci und verschwindet, die mitleidig winkende Gloria-Victoria an der Hand, nach Hause.

»Sag, Josephine, hast du ein Problem mit mir?« Helena ist nun ebenfalls von ihrem Platz auf der Couch aufgestanden und steht so nah vor mir, dass ich den Kopf ein wenig in den Nacken legen muss, um ihr ins Gesicht zu sehen. Unglaublich – wie kann man nur so unfassbar reine Haut haben? Keine einzige Pore ist zu sehen, kein Pickel – nichts!

»Josephine?«

»Äh – ja?« Jetzt schaut sie mich mit ihren meerblauen Augen herausfordernd an, und ich spüre, wie mir die Wärme ins Gesicht schießt. Und die Milch in die Brust! Verdammt, mit Milchflecken auf dem Hemd vor der schönsten Frau der Abteilung stehen ist das Allerletzte, was ich jetzt will. Also raffe ich meinen Kittel trotzig über der gespannten Oberweite zusammen, mache auf dem Absatz kehrt und stolziere hoch erhobenen Hauptes an der verblüfften Kollegin vorbei zur Tür hinaus. »Problem? Ich habe kein Problem. Ganz sicher nicht! ICH doch nicht!«

Willkommen im Leben, Tschäremie-Marlboro! Und warum Nancy The Fancy definitiv ein Alien ist

»Du hast sie einfach stehen lassen? Alle Achtung! Reife Leistung, Frau Dr.!«

»Was hätte ich denn bitte machen sollen? Noch zwei Sekunden länger und mir wäre die Milch im hohen Bogen aus dem OP-Hemd gesprudelt. Und vielleicht genau auf ihrer Versace-Bluse gelandet. DAS hätte sie ganz sicher auch nicht gewollt!«

»Was muss sie auch immer in diesem teuren Fummel zur Arbeit kommen – ich verstehe es nicht. Die Schuhe, die sie trägt, habe ich neulich im Internet gefunden … Dreihundertfünfzig kosten die! Kannst du dir das vorstellen? Und immer diese Perlenohrringe!«

»Ich muss dann jetzt mal pressen!«

Frau Burz auf dem Kreißbett zwischen uns wartet das Ende des Gespräches erst gar nicht ab, sondern presst gleich mal ordentlich durch. Interessiert und einträchtig senken die Hebamme und ich den Kopf, um den Effekt des Pressversuches zu beurteilen. Anerkennend hebt Gloria die linke Augenbraue.

»Nicht schlecht, Frau Burz – ich kann schon Haare sehen!«
Frau Burz ist ein echtes Phänomen. Dies ist ihre sage und schreibe neunte Schwangerschaft, achtmal hat sie bereits völlig unproblematisch spontan geboren. Und das, obwohl sie klein und dürr wie eine Zwölfjährige ist. Dafür locker zwanzig Jahre vorgealtert, was sie wohl den zwei Päckchen Zigaretten zu verdanken hat, die sie, eigenen Angaben zufolge, schon fünfzehn Jahre lang, Tag für Tag konsumiert. Frau Burz ist überhaupt ein total seltenes Phänomen: Gleichwohl mit der Figur eines präpubertierenden Teenagers gesegnet ist sie eindeutig Profi im Fachbereich Kindergebären. Drei ihrer bisherigen acht Geburten habe ich schon persönlich miterlebt, und alle liefen nach Schema F ab: Zuerst im Raucherhof eine Zigarette nach der anderen qualmen – »Die Aufregung, Frau Dokta, is' klar, nä?« Dann, pünktlich zu »Muttermund vollständig«, ab in den Kreißsaal. Dort rauf aufs Bett und zweimal ordentlich gepresst – und geboren ist das Kind. So geht das! Und alles ohne Gejammer und Geschrei, selbstverständlich auch ohne PDA, denn mit der darf man nicht zum Rauchen in den Hof. Und kaum ist die Plazenta draußen, zieht sie mit ihren Marlboros auch schon wieder weiter.

»Nächste Wehe!«

Wir senken erneut die Köpfe und betrachten fasziniert, wie Frau Burz stoisch ihr neuntes, winzig kleines Raucherbaby an schlaffen Beckenbodenmuskeln vorbei in die Welt presst. Und in einer Salve böse grollenden, nikotininduzierten Hustens folgt nur kurze Zeit später der noch winzigere, völlig verkalkte Mutterkuchen.

»Junge?«, fragt Frau Burz mäßig interessiert. Gloria-Victoria nickt bestätigend und will ihn der Mutter gerade auf den dürren Bauch packen, doch die hat sich schon vom Bett gerappelt und zieht jetzt umständlich ihre Unterhose an.

»Der heißt Tschäremie-Marlboro! Tschäremie mit T-S-C-H und Ä und langem I. Marlboro wie die hier!«, sprichts und hält der Hebamme die völlig zerdrückte Zigarettenpackung unter die Nase. Dann schlurft sie breitbeinig zur Tür hinaus, das OP-Hemdchen mit einer Hand über dem dünnen Hintern zusammenhaltend.

»Na, du armer Wurm«, murmele ich besänftigend dem schreienden Säugling zu, dessen Nikotinentzug bereits in vollem Gange zu sein scheint. »Dann mal herzlich willkommen!«

Gerade will ich die erste Untersuchung an ihm durchführen, als Ludmilla, unsere kleine, dicke Russenhebamme, den Kopf zur Tür hereinsteckt.

»Josephine – komm! Frau Blume-Sonne tut schreien!«

»Wer?«

»Frau Hühner-Wanne!«

»Häh?«

»Blümel-Wonne?«, hilft Gloria jetzt aus.

»Und was schreit sie, bitte?«

»Kaiserschnitt!«

Isses wahr …?

»ICH WI-HILL JE-HETZT ABBA EINEN KA-HAI-SER-SCHNIHIIITT!«

Frau Blümel-Wonne rotiert ventilatorgleich auf dem Kreißbett herum und heult mir lauthals ihr Elend entgegen. Dass sie nämlich nicht mehr will, nicht mehr kann und deshalb Kaiserschnitt sofort, aber zack-zack!

»So tun Sie doch etwas!«, drängelt Herr Wonne vorwurfsvoll. »Sie sehen doch, dass meine Frau völlig am Ende ist!«

Das sehe ich mitnichten, immerhin haben wir noch gar nicht mit der Einleitung begonnen, sondern schreiben gerade mal das Kontroll-CTG, welches VOR Beginn des ganzen Procederes vorgeschrieben ist.

»Machen Sie ihr doch einfach den Kaiserschnitt. Das GEHT SO NICHT WEITER!« Und um den Ernst der Lage noch einmal ordentlich zu unterstreichen, stößt Frau Blümel-Wonne kleine, spitze Schmerzschreie aus.

Ich würde meinen Kopf sehr gerne gegen die Tischkante des CTG-Wägelchens schlagen, auf der die Herztonmaschine gerade unendliches Grünkariert ohne eine einzige Wehe produziert.

»Familie Blümel-Wonne – ohne triftigen Grund macht man nicht einfach mal so einen Kaiserschnitt, noch dazu drei Wochen vor dem eigentlichen Entbindungstermin!«

»Aber warum nicht?«

»Weil das Kind noch nicht reif genug ist!«

»Aber warum nicht?«

Chaos-Kind-groß, bist du das? »Abba warum nich'?« war zwischen dem zweiten und vierten Lebensjahr die Lieblingsfrage unseres ältesten Sohnes. Man sollte meinen, dass Frau Blümel-Wonne diesem nervigen Alter mittlerweile entwachsen sein sollte ...

»Aber ich will nicht mehr und kann nicht mehr, und deshalb müssen Sie mir jetzt einen Kaiserschnitt machen!«

Ist sie mitnichten – also, dem Nervalter entwachsen! Ich bilde mir sogar ein, dass Chaos-Kind-groß im zarten Alter von zwei bis vier Jahren mehr geistige Reife besaß als Frau B-W mit ihren stattlichen zweiunddreißig Lenzen.

»Wir können auch ins Krankenhaus ans andere Ende der Stadt fahren und den Kaiserschnitt dort machen lassen!«, wirft jetzt der Ehemann ein und lächelt böse.

Seine Frau hält augenblicklich in ihrem Greinen inne und schaut mich herausfordernd an.

»Und warum sollten Sie so etwas tun wollen?« Ich bin ehrlich erschüttert. Sind heute denn alle völlig irre?

Frau Blümel schaut mich an, als sei ich nicht ganz zurechnungsfähig.

»Weil – ich – das – so – will!«

»Und außerdem«, legt Herr Wonne jetzt genüsslich nach, »sind wir *privat* versichert!« Und lässt das »privat« langsam auf der Zunge zergehen.

Ludmilla, die die ganze Zeit sprachlos neben mir stand, ist augenscheinlich erschüttert. Mit solchen Irrungen menschlichen Seins kann die herzensgute Russin nicht das Geringste anfangen. Und so etwas wäre in ihrer Heimat, wo sie in beinah vierzig Jahren Berufsleben unzähligen Babys auf die Welt geholfen hat, noch nicht einmal ansatzweise denkbar gewesen. Da wurden die Frauen hinter notdürftig angebrachten Vorhängen auf kahle Pritschen gepackt und hatten gefälligst zu pressen bis das Kind da war. Nix PDA, nix Diskussion mit dem Arzt. Letzteres schon gleich gar nicht. Kind geboren – die Nächste bitte!

Bestimmt nicht das Non-plus-ultra, aber das habe ich hier gerade auch nicht.

Ich spüre, wie meine Pulsfrequenz in den dreistelligen Bereich triftet, während Herr und Frau Wonne gespannt die Reaktion auf das ultimative Totschlagargument erwarten. Ich schnaufe tief durch. Denke nach. Schnaufe noch einmal. Wäge ab.

»Okay – geht klar!«

»Sie machen den Kaiserschnitt? Wunderbar!« Zufrieden nickt Herr Wonne seiner Gattin zu, die nun – ebenfalls tiefenentspannt dreinschauend und offensichtlich ohne das kleinste bisschen Schmerz im Körper – vor mir auf dem großen, runden Bett ruht.

»Und wann holen Sie den Kleinen – jetzt sofort?« Frau Blümel strahlt voll Wonne, dem Ziel so nah.

»Oh – Sie haben das völlig missverstanden. Ich werde umgehend bei den Kollegen im Krankenhaus am anderen Ende der Stadt anrufen und Bescheid geben, dass Sie kommen. Ich mache dann mal die Papiere fertig!«

Und noch während dem Pärchen gemeinschaftlich die Gesichtszüge entgleiten, bin ich auch schon zur Tür hinaus – die kleine pummelige Hebamme dicht auf den Fersen.

»Oh-oh-oh, Josephine!«, quietscht sie, und es ist klar, dass sie nicht weiß, ob sie sich freuen oder schockiert sein soll. »Oh, Josephine – daas wirrd abärr ganze schöne Ärrger gäben …!«

Womit sie verdammt nochmal Recht hat!

Und tatsächlich – Frau Blümel-Wonnes Kreißbett ist noch nicht wieder frisch bezogen, als die Katastrophe auch schon über mich hereinbricht wie Hurrikane Kathrina dereinst über Louisiana.

Das Telefon klingelt.

Der Chef.

»Dr. Chaos – in mein Büro!«

Au weia! »Dr. Chaos« und kein »bitte« – das hört sich nicht gut an!

Ich bin noch nicht ganz zur Kreißsaaltür hinaus, als es schon wieder läutet. Das Display verkündet unheilvoll Verwaltungschef Dr. Michael »Pe-Punkt« Müllermann.

»Pe-Punkt« ist Müllermanns Klinik-Spitzname, da der hypertrophe Manager bei jeder passenden und unpassenden Gelegenheit auf sein zweites Initial hinzuweisen pflegt. »P.« eben. »Das ist nämlich damn American«, bekommt das jeweilige Gegenüber ungefragt mitgeteilt. Und Müllermann findet alles, was auch nur andeutungsweise damn American zu sein scheint, damn good!

Weswegen er seine nie enden wollenden Monologe auch stets mit einer gehörigen Prise amerikanischer Redewendungen würzt. Denn Pe-Punkt spricht selbstredend fließend Englisch. Aufgrund eines einjährigen Amerikaaufenthaltes, den er als pickliger Oberstufenschüler in einem Nest irgendwo in Iowa zugebracht hat. Dass dieser Auslandsaufenthalt eben nur ein High-School-Jahr in der Provinz und keinesfalls das Hochschulstudium in Boston, Massachusetts, gewesen ist, wie Müllermann jedermann gerne glauben machen will, hätte OP-Oberschwester Ottilie beinahe einmal den Kopf gekostet. Aber nur beinahe, denn schließlich kann man jemanden schlecht für die Verbreitung der Wahrheit feuern, selbst dann nicht, wenn man Müllermann heißt und der Chef im Laden ist.

Doch zurück zu Müllermann, der, mit Verlaub, ein Mega-Eierloch ist, und gerade in bemerkenswerter Geschwindigkeit Endlossätze in mein Telefon faselt.

»Dr. Josephine? Bla-laber-sülz, ewig so weiter …!«

Mir ist schon klar, was der Verwaltungschef von mir will: Meinen Kopf auf einem Spieß, geröstet zum Lunch. Oder Dinner, whatever. Und zwar seit dem Tag, als ich es verpasst hatte, meine letzte Schwangerschaft rechtzeitig allen relevanten Vorgesetzten mitzuteilen, und die Geburt des vierten Chaos-Kindes ungeplant mitten in einen Samstagsdienst fiel. In meinen

Samstagsdienst, wohlgemerkt, was weder die Versicherung des Hauses noch der Betriebsrat wirklich lustig fanden. Und die Müllermann daraufhin – unberechtigterweise, wie ich zugeben muss – die Hölle heißgemacht haben. »Ausbeutung schwangerer Angestellter« und so. Aber was konnte ich dafür? Ich hatte mich schließlich nicht beschwert!

Genervt stecke ich Handy samt Müllermensch in meine Kitteltasche und trotte zum »Cheffott«.

Ha-ha, super Wortspiel! Was für ein Tag.

»Josephine – irgendetwas in deiner Brusttasche spricht?« Fasziniert starrt mir der Kollege Luigi auf die linke Brust, während der Aufzug mich rasch meinem Ende entgegenfährt.

»Mensch, Luigi – wenn du mir schon auf die Möpse glotzen musst, dann mach das doch einfach, und versuch nicht noch krampfhaft Konversation zu betreiben. Ich bin heute nicht in Stimmung für deine Späße!«

Dass diese kleinen Italiener aber auch immer alles angraben müssen, was nicht bei drei von der Straße ist!

»Josephine – ohne Scheiß! Ich glaub, dein Handy redet – mit amerikanischem Akzent?«

VERDAMMT! Müllermann!

»Hallo?« Den hatte ich doch ernsthaft vergessen. »Dr. Müllermann?«

Doch Pe-Punkt scheint meine Abwesenheit gar nicht bemerkt zu haben, monologisiert noch ganz kurz weiter und meint dann abschließend: »Got it? In zehn Minuten in meinem Büro! Over!«

Doppelhinrichtung! Das ist ja ganz großes Tennis!

»Ärger? Komm doch nachher mit zum Essen, eh? Gibt italienische Pizza – ich lade dich ein!« Gutmütig zwinkert der kleine, dicke Chirurg mir zu, als ich den Aufzug verlasse. Was für ein netter Kerl – trotz Aufschneiderei und so!

»Okay – falls ich später noch lebe, bin ich da!«

Die Türen haben sich gerade hinter mir geschlossen, als es erneut klingelt.

»Sekretariat des Klinikdirektors, Frau Specht am Apparat. Frau Dr. Chaos, Professor Dr. Dr. Zeuss möchte Sie umgehend in seinem Büro sprechen.«

And now, Josephine, the end is near ...

»Chef? Ich bin's – Josephine! Tut mir leid, aber ich kann jetzt nicht bei Ihnen vorbei kommen.«

»Frau Dr. Chaos ...«

Weia, der ist echt sauer!

»... Ich ERWARTE, dass Sie AUGENBLICKLICH ...«

»Würde ich ja wirklich gerne, Chef, aber ich habe eine direkte Vorladung beim Herrn persönlich, und wenn ich hinterher noch am Leben bin, wird mir Pe-Punkt ... Verzeihung: Dr. Müllermann den Rest geben. Sollte dann allerdings noch etwas von mir übrig sein, ich schwöre, dürfen Sie meine Überbleibsel höchstpersönlich ans Westtor nageln!«

»Müllermann und Zeuss? Zeitgleich? Ich komme! Und Sie sagen kein Wort, bevor ich da bin, verstanden?«

»Meine Lippen sind versiegelt!«

Doch da hat er auch schon aufgelegt.

Ich mache mich also auf in den renovierten Bereich des zwölften Stocks, wo entlang eines großzügig gehaltenen, weitläufigen Flures, dessen schweineteurer Hochflorteppich alle Geräusche des täglichen Lebens zu absorbieren scheint, der

Klinik-Olymp in nebeneinander liegenden, lichtdurchfluteten Zimmern regiert. Zeuss und all seine Nebengötter residieren hier in wunderschönen, mit edlem Parkett ausgelegten Büros von der Größe des Oval Office und direktem Blick auf das prächtige Außengelände der Klinik. Ein Ort der Wonne, mit adrett gekleideten Sekretärinnen, die neben den üblichen Aufgaben einer jeden ordentlichen Chef-Perle jederzeit aus dem Nichts heraus frisch gebrühten Tee, aromatischen Kaffee und leckeren Kuchen zaubern können. Oder Filet Mignon an Speckböhnchen mit Salbeikartoffeln.

Frau Specht, die rechte Hand des Direktors, und ungefähr doppelt so alt wie der Klinikchef selbst, ist eine Sekretärin vom ganz alten Schlag: Jungfräulich, verwelkt und absolut furchteinflößend. Obendrein zu keiner Zeit in etwas anderes gewandet als graues Chanel-Tweed.

»Professor Dr. Dr. Zeuss erwartet Sie bereits, Frau Dr. Chaos – wenn Sie mir folgen wollen?«

Ich will mitnichten, aber Frau Specht erweckt nicht den Eindruck, als würde sie Einwände jedweder Art gelten lassen. Ich trotte also ergeben hinter der dünnen Person mit der Anna-Wintour-Gedenkfrisur her, warte kurz, als sie nach angemessenem Klopfen an der Tür des ranghöchsten Mediziners im Haus ihren Kopf ins Zimmer steckt, etwas murmelt, innehält, nickt und anschließend mit einem Schritt zur Seite den Weg zur Hinrichtung frei gibt.

»Der Professor lässt bitten!«

Ich bin ja nun schon groß und auch nicht wirklich autoritätshörig, aber Professor Doppeldoktor Zeuss, hoch dekorierter und allseits geachteter Internist mit jahrzehntelanger Erfahrung, ist ganz einfach eine Hausnummer. Wie er da so hinter seinem bulligen Eichenschreibtisch trohnt, das ungezähmte, volle Haar wie weiße Flammen aus dem Schädel schießend und der ewig leicht jähzornige Gesichtsausdruck – in der Tat, hier ist der Name eindeutig Programm.

»Frau Dr. Chaos – kommen Sie doch bitte herein!«

Immerhin – griechische Götter scheinen noch so etwas wie Manieren mitbekommen zu haben, denn der Professor kommt jetzt um den Tisch herum auf mich zu, schüttelt mir die Hand und schiebt dann aufmunternd einen großen, lederbezogenen Stuhl zurecht.

»Hier, bitte, setzen Sie sich. Tee? Kaffee? Kekse?«

Henkersmahlzeit?, bin ich versucht zu fragen, aber man muss es ja nicht schlimmer machen, als es ohnehin schon ist.

»Danke, nichts für mich«, antworte ich artig und nehme Platz. Während Zeuss den langen Weg um den monströsen Schreibtisch herum zu seinem eigenen Stuhl zurückkehrt, höre ich lauter werdendes Gemurmel von draußen.

Hurra – die Kavallerie!, frohlocke ich im Stillen, obwohl Zeuss – sind wir mal ehrlich – gerade nicht den Eindruck macht, als befände er sich im Kriegszustand.

Es klopft und erneut steckt Frau Specht ihren akkurat hergerichteten Sekretärinnenkopf zur Tür herein, doch noch bevor sie Luft zum Sprechen holen kann …

»UNBELIEVABLE!«

Ach Gottchen – Pe-Punkt ist auch schon da.

»Professor! Das ist einfach unbelievable, was diese Person sich herausgenommen hat. In all meinen Jahren als Manager eines really big hospital in USA …«

Pe-Punkt sagt nicht Uh-Ess-Ah, wie jeder andere Normalsterbliche. Nein, er sagt Uuuhsaaa, zusammen gesprochen wie ein eigenständiges Wort – was mir regelmäßig alle Zehennägel gleichzeitig von den Füßen ploppen lässt! SO schrecklich find ich das!

»… in USA ist mir solch ein Verhalten nicht untergekommen, god damn, I swear!«

»Jetzt beruhigen Sie sich mal wieder, Müllermann! Tee? Kaffee? – Frau Specht, zwei Kaffee und schließen Sie bitte die Tür. Danke!«

Da sitze ich jetzt also – und wo bitte ist Böhnlein? Zwei gegen eine erscheint mir ganz schön unfair! Doch noch während ich nervös auf meinem weichen, ordentlich gepolsterten Stuhl herumrutsche, klopft es erneut und der Chef schiebt sich an der genervt die Stirn in Falten legenden Sekretärin vorbei.

»Für mich einen doppelten Espresso, bitte, Frau Specht. Herzlichen Dank!« Mir lässt er ein fast unbemerktes Augenzwinkern zukommen, bevor er sich den Obersten zuwendet.

»Justus! Dr. Müllermann! Guten Morgen. Kommen wir doch gleich zum Punkt! Ich muss später noch in den OP.«

»Eh – Josephine, Bellissima! Wie schön, dass du haste überlebt die Klingeln von die Handy in deine Brust! Wolle habe lecker Pizza Qattrostagioni?« Flink wie ein professioneller italienischer Kellner und mit dem dazugehörigen, weichen Akzent der Stiefelbewohner, serviert Luigi mir die Pizza des Hauses. Dazu noch eine große Coke auf Eis und zuletzt schüttelt er sogar galant die Stoffserviette auf, bevor er sie mir Fünf-Sternelike über die Oberschenkel legt. Erst dann lässt er sich ächzend vor seinem eigenen Essen nieder und prostet mir aufmunternd mit einem Eimer Fanta über den Tisch hinweg zu.

»UND? Erzähl! Was hast du angestellt und zu wie vielen Jahren Wochenend- und Feiertagsdienst haben sie dich verknackt?« Angewidert schiebe ich das labbrige Stück Kantinen-

Pizza von mir und versuche, mir ein Grinsen abzuquälen, was gründlich misslingt.

»Danke Luigi, bist ein feiner Kerl. Aber mir ist gerade so gar nicht nach Essen zumute!«

»Eh, Principessa, ich kann denen allen die Mafia auf den Hals schicken. Dann landen sie eins-zwei-drei mit einem hübschen Stück Beton an den Füßen im See. Und »Terribly-going-on-my-Nerves«-Pe-Punkt wollen doch sowieso alle loswerden. Für dessen fachgerechte Entsorgung bekommst du sogar noch das Bundesverdienstkreuz!«

Mafia ist ein verdammt passendes Stichwort!

Nachdem Chefarzt Böhnlein doch noch glücklich aufgetaucht war, wurden zunächst – der Rangordnung gemäß – die Sitzplätze verteilt. Zeuss und Müllermann auf die Chefseite des Schreibtisches, Böhnlein zu meiner Linken. Frau Specht servierte noch schnell die gewünschten Getränke, dann ging es auch schon los. Pe-Punkt übernahm eloquent das Intro.

»Frau Dr. Chaos!« Es folgte eine rhetorisch ansprechende Pause, in der Müllermann sich hinter Zeuss' gewaltigem Schreibtisch noch einmal ordentlich aufplusterte, bevor er mit pathetischem Tremolo im Unterton getragen fortfuhr: »Ich habe heute den unerfreulichen Anruf eines aufgebrachten Patienten erhalten.«

Erneute Pause.

»Eines enorm aufgebrachten Priiivaaaatpatienten …« und zog das Wörtchen »privat« in die Länge wie amerikanisches Kaugummi »… namens – wait a second …« Geschäftig hieb er auf sein unschuldiges weißes Smartphone ein »… Blümel-Wonne! Herr Blümel-Wonne!«

»Fred – ich wusste gar nicht, dass ihr jetzt auch Männer in

der Geburtshilfe behandelt?« Todernst blickte Zeuss zu Chefarzt Böhnlein hinüber, welcher, ebenfalls ohne mit der Wimper zu zucken, an seinem Espresso nippte und lapidar meinte: »Das Zauberwort heißt *Privatpatient,* Justus. Ich muss ja irgendwie die Familie ernähren!«

»Auch wahr – sechs Kinder macht man nicht mit Kleingeld satt. Wie geht es Berritt?«

»Danke, blendend! Komm doch mit Esther mal wieder zum Essen vorbei.«

Während Pe-Punkt die Fassung aus dem Gesicht zu fallen schien, saß ich mit vor Staunen geöffnetem Mund auf meinem bulligen Echtlederstuhl und lauschte irritiert dem Geplauder der beiden Chefärzte. Wollten die mich verschaukeln? Ich machte mir hier gleich in den Kittel, und die redeten über Einladungen zum Essen?

Zwei Sekunden später hatte zumindest Müllermann seine Fassung zurückgewonnen und ergriff erneut das Wort. Wenn auch mit deutlich verhaltener Euphorie als noch kurz zuvor. Dieses vertraute Chefgeplänkel schien ihn ein wenig vom Kurs abgebracht zu haben.

»Selbstverständlich geht es um die *Patientin* Blümel-Wonne, und es war der Ehemann, der sich über Frau Dr. Chaos beschwert hat, you see?«

Erwartungsvoll blickte er in die Runde, nur um ganz sicher zu gehen, dass ihn jetzt auch wirklich jeder richtig verstanden hatte. Um Chef Böhnleins Mundwinkel zuckte es verdächtig, während Professor Zeuss entschlossen die leer getrunkene Kaffeetasse von sich schob und mit unheilvollem Unterton in der Stimme grollte: »Verdammt, Müllermann, kommen Sie endlich auf den Punkt. Wir wollen heute alle noch ein paar Leben retten!«

Pe-Punkts sorgfältig aufbereitete Fassade begann lose zu

bröckeln und dicke Schweißtropfen bildeten sich unter seinem schütter werdenden Stirnhaar. Er zog ein blütenweißes Taschentuch in Handtuchgröße aus der Tasche seiner Maßanzugshose und wischte sich damit einmal quer über das Gesicht, was irgendwie verdammt nach Zeit schinden aussah. Da diese Geschichte nun wohl doch nicht mit meiner sofortigen Hinrichtung enden würde, wollte ich gerade ein wenig erleichtert durchatmen, als erneutes, lauter werdendes Gemurmel aus dem Vorzimmer durch die Tür hereindrang. Äußerst wütendes, sehr lautes Gemurmel, und das hörte sich verdammt nach …

»Professor Zeuss? Oberarzt Dr. Napoli!«

Noch bevor Frau Specht den Kopf gänzlich zur Tür hereingesteckt hatte, war dieser auch schon, so schnell seine kurzen Beine ihn trugen, an ihr vorbei ins Zimmer gewitscht, stand mir nun in all seiner italienischen Pracht gegenüber und fuchtelte mit seinem wurstigen Zeigefinger bedrohlich vor meiner Nase herum.

»SIE!«, brüllte er. »SIE haben sich einfach so über meine Anweisungen hinweggesetzt. Über MEINE Anweisungen!«

Dieser offensichtliche Ungehorsam kam eindeutig einer Kriegserklärung gleich. Nichts und niemand widersetzt sich jemals der Ordo eines Francesco Napoli. Außer vielleicht der Heilige Vater, aber selbst dem hätte er die Untergrabung seiner Gott gegebenen Autorität sehr, sehr übel genommen. Bei einer unbedeutenden Assistenzärztin wie mir war solch ein Affront schlicht indiskutabel.

»DAS werden Sie bereuen, so wahr ich Francesco Napoli heiße! DAS verspreche ich Ihnen!«

Die Stimme des Oberarztes überschlug sich beinahe, und ich zog vorsichtshalber schützend den Kopf tiefer zwischen meine Schultern. Müllermann indes faltete sein Handtuch genüsslich auf Taschentuchgröße zurück, während ein befriedigendes Grinsen über sein blasses, haarloses Gesicht huschte.

Er wusste, dass mein Kopf bereits in der Schlinge lag, und er nur noch einmal fest am Strick ziehen musste, um mich anschließend genüsslich zum Schafott schleifen zu können. Hilflos blickte Böhnlein zu mir herüber und schüttelte kaum merklich den Kopf.

Das war es dann wohl, Josephine – over and out!

»Ey, nee, Alda – das is' mal krass! Napoli also voll auf dich drauf – und wie weiter?«

Mit Augen, groß wie Untertassen, starrt Luigi mich über die Reste meiner Pizza hinweg atemlos an.

»Luigi«, ermahne ich ihn automatisch. »›Alda‹ sagt man nicht. Schon gar nicht, wenn man selbst locker als ›Alda‹ durchgeht – capice?«

Das ist ja wie am heimischen Mittagstisch, nur das ich hier statt meiner Kinder diesen italienischen Knaben erziehen muss.

»Aber mein Sohn sagt das auch immer«, quengelt er postwendend zurück. »Und er sagt, ›Alda‹ ist immer noch voll hipp. Ich schwöre!« Nur italienische Männer, mit ihren treuen braunen Augen und Mamas, die sie mehr lieben als alles andere auf der Welt, können so treuherzig dreinschauen.

»Luigi – Leonardo ist sieben Jahre alt. Und geht in die zweite Klasse. Du willst mir nicht ernsthaft verklickern, das er dein Maßstab für Trends ist, oder?« Trotz dieses desaströsen Tages bin ich fast geneigt ein wenig zu grinsen, als ich mir vorstelle, wie Luigi seinen kleinen Sohn heimlich für ein fettes »Alda« High-Five abklatscht. Luigi ist empört.

»Achtung, Josephine! Leonardo ist der allerhippeste Siebenjährige überhaupt! Das glaubst du nicht!«

»Was sagt Nora denn zu eurer Wortwahl?«

»Eh, Nora!« Mit einer lässigen Handbewegung schiebt Luigi die Bemerkung über seine toughe und bildschöne Frau beiseite. »Weißt du, Leonardo darf sowieso immer alles. Erster Sohn und so weiter. Und mir wirft sie vor, Mama hätte mich total verzogen. Da könne sie jetzt auch nichts mehr ändern.« Glücklich grinst der kleine Chirurg mich an, mit einer Mama, die ihn ewig lieben wird, seiner schönen Frau und dem voll hippen Sohn. Dann fällt ihm die eigentliche Geschichte wieder ein.

»Also – wie war das jetzt mit Napoli und der Hinrichtung?«

Um es kurz zu machen – es war grausam! Katastrophal! Desaströs! Ich hatte jeden nur möglichen Bock geschossen, meine sämtlichen Kompetenzen überschritten und die Hälfte der Obrigkeit gegen mich aufgebracht.

»Es ist mitnichten so, dass ich Ihre Beweggründe nicht verstehe, Frau Dr.!« Mit der seiner Stellung als Klinikdirektor geschuldeten Autorität hielt Justus, der Gerechte, nach zehnminütigem Oberarztgeschrei und der sich anschließenden, nicht enden wollenden Diskussion zwischen den beteiligten Männern, sein Abschlussplädoyer. Pe-Punkt schien derweil das bösartige Grinsen im Gesicht fest zementiert.

»Aber bei allem gebotenen Verständnis für Ihre zweifellos hehre Absicht fiel es schlicht nicht in Ihr Aufgabengebiet, die Verlegung der Patientin ohne oberärztliche Rücksprache in die Wege zu leiten. Vernunft hin, privat her, aber das ist der Grund, warum Kollege Napoli ein höheres Gehalt gezahlt bekommt: mehr Erfahrung, mehr Verantwortung, mehr Entscheidungsbefugnis. Er oder am besten Chefarzt Böhnlein selbst hätten diese prekäre Situation lösen müssen. Sie haben sich somit ganz unnötig mächtig viel Ärger eingehandelt!«

»Scheiße – die haben dich gefeuert!« Atemlos starrt Luigi mich an und Schokoeis tropft ungerührt vom Löffel in seiner Hand auf das verwaschene Grün des OP-Hemdes.

Nein, hatten sie nicht. Als alles vorbei war – Napoli immer noch wutgrollend davongestürmt und selbst Pe-Punkt sich süffisant grinsend getrollt hatte – nahm Chef Böhnlein mich kurz beiseite. Vor der Tür zu Zeuss' Olymp in eine ruhige Nische des Sonne gefluteten Flures. Dort setzte er umständlich die Goldrandbrille ab, putzte sie lange mit einem Zipfel seiner Krawatte, bevor er sie erneut auf der Nase zurecht schob, und seufzte tief.

»Es war Ihnen schon klar, das Oberarzt Napoli die Frau baldmöglichst auf den Tisch gelegt und sectioniert hätte?«

»Sir, yes, Sir. Glasklar!«

»Glasklar, ja …«, wiederholte er nachdenklich. »Ist das nicht ein Zitat aus – welchem Film noch gleich?«

»Eine Frage der Ehre!«

»Natürlich … Tom Cruise zu Jack Nicholson. Sagenhaft guter Film, großartige Schauspieler. So etwas wird heute gar nicht mehr gedreht in Hollywood …« Versonnen blinzelte er durch die frisch gewienerten Brillengläser in die Ferne des Klinikgartens.

»Zeuss musste diese Sanktionen verhängen.«

»Ich weiß.«

»Napoli hätte informiert werden müssen!«

»Ich weiß.«

»Werden Sie es beim nächsten Mal dann auch so machen?«

»Nun – ich bin nicht ganz sicher …?« Vorsorglich zog ich den Kopf ein. Der Chef seufzte erneut, so wie ich immer seufze, wenn ich meinen Kopf gerne ein bisschen gegen eine Tischkante schlagen möchte.

»Wann immer Sie erneut die Lust verspüren, ans Westtor genagelt zu werden – schauen Sie doch vorher kurz bei mir vorbei, damit ich Sie irgendwo festbinden und wegsperren kann, einverstanden?«

»Ich werde sehen, was ich tun kann.«

»Kein weiterer Ärger, Chaos! Einen schlecht gelaunten Oberarzt Napoli – das dürfen Sie uns nicht ständig antun!«

»Geht klar, Chef. Kein weiterer Ärger!«

Ich salutierte spaßhaft, wie Jack Nicholson es mich gelehrt hatte, und formvollendet, mit todernster Miene, salutierte der Chef zurück, bevor er mit langen Schritten und wehendem Kittel in Richtung OP verschwand.

»Jetzt sag doch endlich – was haben sie dir aufgebrummt?« Luigis Eiscreme tropft immer noch ungebremst auf sein Oberteil, wo sich schon ein beachtlicher Fleck ausgebreitet hat, und ich will ihn gerade darauf aufmerksam machen, als in einer Wolke aus Wohlgeruch und Luxus Nancy The Fancy, wunderschön wie der junge Morgen, auftaucht, ihr Tablett ungefragt auf den Tisch neben meinen stellt und Platz nimmt.

»Verdammt, hat der Regisseur doch tatsächlich schon wieder verpennt, rechtzeitig Slow-Mo und Windmaschine anzuschmeißen«, murmele ich übellaunig vor mich hin. Damit unser Rotlöckchen auch in all seiner Pracht zur Geltung kommt.

»Josephine bekommt eine Abmahnung, das nächste Gehalt wird ihr gekürzt – verloren gegangene Leistungen und so – und vier Wochen lang keine Operationen! Mahlzeit, Leute!«

Ungerührt beginnt Nancy, den Berg Schinkennudeln in sich hineinzuschaufeln, der beinahe über den Rand ihres Tellers quillt. Luigi befindet sich ganz offensichtlich im imaginären Zwist: mich ausführlich und uneingeschränkt weiter zu bedauern, um vielleicht noch das ein oder andere pikante Detail zu erfahren – oder Nancys Astralkörper ausgiebig aus der Nähe zu bewundern. Ihr Prädikatshintern befindet sich aktuell zwar außerhalb seines Blickfeldes, dafür hat die chirurgische Schönheit ihren Prachtbusen heute in tiefgrünem Mohair drapiert, was das Rot ihrer Haare beinahe zum Explodieren bringt. Bei Luigi scheint demnächst auch etwas zu explodieren, doch dann – Wunder gibt es immer wieder – siegt Neugier über Jahrtausende alten Instinkt:

»SCHEISSE! Kein Geld und keine Operationen. Das ist echt hart, Alda!« Nancy hält kurz in der Nahrungsaufnahme inne. Die rechte Augenbraue schnellt empört nach oben.

»*Alda*, Luigi? Ernsthaft? Das ist ja lächerlich!« Fast abfällig spuckt sie ihm das letzte Wort entgegen. Doch Luigi – was hat die italienische Mama für sagenhaft gute Arbeit geleistet – hat ein Fell so dick wie Elefantenhaut. Gönnerhaft schickt er der unnahbaren Rothaarigen einen Luftkuss über den Tisch, welcher geflissentlich ignoriert wird.

»Wo hast du eigentlich die ganze Info her?«, schalte ich mich interessiert ein. Schließlich ist das ganze Drama noch keine Stunde her. Dass die Geschichte jetzt schon ihre Kreise durch die Kantine zieht, ist selbst für solch einen Gerüchtesumpf, wie unsere Klinik es ist, Rekordzeit.

»Übi. Der hat es von Napoli. Und Napoli tobt!« Völlig wertfrei quetscht Nancy ihre Informationsquelle zwischen zwei gehäuften Gabeln Essen heraus und verteilt dabei munter Nudeln mit Käse über den Tisch.

Diese Frau ist ein Alien, denke ich bei mir. So kalt wie eine Seehundschnauze und ohne einen Funken Gefühl im Leib.

»Nancy – bist du ein Alien?« Interessiert schaue ich zu diesem Mensch gewordenen Männertraum hinüber, dem rotgoldglänzenden Haar, das ihre fein geschnittenen Gesichtszüge so malerisch umspielt. Wenn sie schläft, sieht sie garantiert aus wie die gute Fee aus irgendeinem Kitschmärchen. Einen Augenblick lang hält die Fee in ihrem Tun inne und starrt mich aus eiskalten Augen undurchschaubar an.

»Sag mal – spinnst du jetzt völlig, Josephine?«

»Das ist alles so FURCHTBAR!« In breiten Rinnsalen laufen mir die Tränen die Wangen hinunter, und erschöpft schnäuze ich mich in ein großes, grünkariertes Männertaschentuch.

Dr. Shepherd, treue Retrieverseele, wischt mir mitleidig mit seiner nassen, tischtuchgroßen Hundezunge durchs Gesicht und wedelt dabei aufmunternd mit dem Schwanz. Für meinen riesigen, dicken Hund das Beste, was er für sein offensichtlich tieftrauriges Frauchen tun kann.

»Och nööö, Shepherd, lass das! Aus! Los, raus hier! Mensch – Josephine! Mein Essen!« Hektisch stürzt Herr Chaos, der bis gerade eben noch beruhigend an meinen Füßen herummassiert hat, von der Couch zu dem niedrigen Tischchen, auf dem die Reste seines Kung Paus durch die euphorisch wedelnde Hunderute gerade gleichmäßig im Wohnzimmer verteilt werden.

»Wie kannst du jetzt nur an Essen denken?«, heule ich anklagend auf. »Wo doch alles so grausam ist?« Das Taschentuch ist jetzt endgültig durch. Und ich bin es auch.

»Liebling – jetzt mach mal halb lang! Die Folge mit Georges Unfall hast du bestimmt schon tausendmal gesehen. Du weißt doch, was passiert. Warum musst du also immer wieder dabei heulen?«

Herr Chaos ist ein toller Mann. Der Beste, ich schwöre! Aber das versteht selbst er nicht. Dass Frau manchmal »Grey's Anatomy« braucht, damit der Tag am Ende doch noch einen Sinn ergibt. Oder »Emergency Room«. »Sex and the City«. »Scrubs« – whatever! Kein heterosexueller Mann wird das vermutlich je verstehen, soviel ist mal klar. Aber meiner leistet mir bei diesem sich wiederholenden Drama zumindest hin und wieder Gesellschaft, holt vorher etwas Leckeres bei unserem Lieblingschinesen und massiert mir sogar die Füße. Dann muss es aber schon ein ganz schlimmer Tag gewesen sein.

»Erzähl doch endlich, was heute los war! Warum gibt es weniger Geld und keine Operationen mehr?«

»Och, Mann! Ich hatte wirklich gerade angefangen, mich besser zu fühlen!«

»Ja. JA! Du siehst auch schon viel besser aus!« Und mit spitzbübischem Grinsen hält er mir ein sauberes Taschentuch hin. Dann erzähle ich ihm alles. Von Pe-Punkt und Napoli, dem Olymp und der Vierteilung am Westtor. Ganz zum Schluss auch noch, dass Nancy definitiv ein Alien sein muss. Kann gar nicht anders sein.

Dann, nachdem er sich von vorne bis hinten alles geduldig angehört hat, nimmt er mich in den Arm und tätschelt mir sanft den Rücken. Und weil George aus »Grey's Anatomy« sowieso gerade stirbt, heul ich einfach noch ein bisschen weiter. Dann ist mit einem Mal alles nur noch halb so schlimm. Geteiltes Leid und so!

Nachts um 2 Uhr ist im OP die Welt noch in Ordnung

»Weißt du, Schätzelein, irgendwie siehst du ganz schön Scheiße aus!«

»Hörrchhempp …« Besorgt klopft Olivia mir den Rücken, während ich verzweifelt versuche, nicht noch mehr von der halbwarmen Cola einzuatmen, an der ich mich gerade verschluckt habe.

»Geht es wieder? Schön atmen, hörst du, immer schön atmen!«

»Du bist super – schön atmen. Ich dachte, du bist meine beste Freundin?«

»Bin ich doch auch!«, ruft Ollie empört. »Deine allerbeste, längste, großartigste Freundin. Was hab ich denn Falsches gesagt?«

»Du hast gesagt, ich sehe Scheiße aus. Kurz, bevor ich fast erstickt wäre – du erinnerst dich vielleicht?«

Warum zum Teufel muss ich mich auch ausschließlich mit Frauen abgeben, die aussehen, als hätten sie gleich einen Lauf bei der New Yorker Fashion-Week? Ollie zum Beispiel gehört ganz klar in diese Kategorie. Eltern stinkreich, Mutter sogar adlig, und das Kindelein mit dem berühmten goldenen Löffel im Mund geboren. Und als wäre das alles nicht schon unfair genug für normal sterbliche Menschen wie mich, sieht sie auch noch toll aus. Groß, blond, grüne Augen, sagenhaft schönes Gesicht, tolle Figur, blablagrütz. Könnte glatt eine Schwester meiner Lieblingskollegin sein. Wenn ich sie nicht so unglaublich gern hätte und sie obendrein herzensgut und die Patentante all meiner Kinder wäre – ich hätte mir eine andere Freundin gesucht.

Traurig schaue ich an mir herunter und am Baby vorbei, dass unter einem geblümten Sommerschal versteckt seiner Lieblingsbeschäftigung nachgeht (stillen!), auf die abgewetzte Jeans mit den Milchflecken hinab, die schon noch ordentlich an den Oberschenkeln spannt. Mein Blick wandert weiter auf den Rest-Speck am Bauch, der mittlerweile kaum noch mit der letzten Schwangerschaft zu entschuldigen ist. Obendrein bin ich mir durchaus bewusst, dass mein Haar dringend wieder ein bisschen Form und Farbe bräuchte. Der Anblick all dieser tollen Frauen – Nancy, Helena, Ollie – ist einfach Gift für mein hormongebeuteltes Nach-Schwangerschafts-Ich.

»Aber – damit meine ich doch, dass du *mitgenommen* aussiehst! Misshandelt durch unfähige Italo-Macho-Oberärzte! Gebeutelt durch zu wenig Nachtschlaf! Ausgelaugt …!«

»Ausgesaugt trifft es wohl eher«, seufze ich und blicke auf den Säugling in meinem Arm, der glücklich, weil pappsatt, mit der halben Brust im Mund, eingeschlafen ist. »Glaubst du, dass der Kerl mich eines Tages leer saugen wird? Auffressen? Wenn er könnte, würde er die Brust überall mit hinnehmen. Auch ohne mich. Der ist total auf sie fixiert!« Zärtlich streiche ich ihm über sein flaumiges Blondhaar.

»Klar ist er fixiert – das ist ein KERL, die stehen alle auf Brüste!«

Was wahr ist muss wahr bleiben.

»Sag – wie lange willst du dir das denn noch antun?«

»Wie bitte? Du bist doch auch Gynäkologin! Eigentlich solltest du wissen, dass langes Stillen gut ist – für Mutter und Kind!«

Pah! Abstillen! Mein letztes Baby! Auf gar keinen Fall!

»Quatsch – ich rede nicht vom Abstillen. Ich meine deinen Klinik-Job! Wie lange willst du dort noch Frondienste leisten und dich von solchen Lackaffen wie Napoli und Pe-Punkt gängeln lassen?«

»Ach – ich weiß nicht. Was soll ich denn stattdessen tun?«

»Was wohl? Mach mich glücklich – komm in meine Praxis! Wir werden das coolste Gynäkologinnen-Duo der ganzen Stadt. Ach, was sag ich da? Des ganzen Landes! Und jeden Abend nach der Sprechstunde machen wir Party!«

»Häh? Seit wann arbeitest du bis abends? Ich weiß ziemlich genau, dass deine letzte Patientin nie nach 16 Uhr auftaucht! Lang lebe die Privatpraxis!«

Ja, meine Freundin Ollie ist tatsächlich stolze Chefin einer gutgehenden Privat-Praxis in bester Stadtlage. Und weil sie nicht nur schön, sondern obendrein eine ganz hervorragende Frauenärztin ist, rennen ihr die Mädels die Bude ein. Eine Gemeinschaftspraxis mit ihr zusammen zu haben, ist ein wirklich verlockendes Angebot. Keine Arbeit mehr an Wochenend- und Feiertagen, keine Nachtschichten, geregelter Feierabend. Sehr verlockend!

»Und? Was sagst du?«

»Ich sage, dass ich meinen Facharzt brauche! Ohne den geht gar nichts, das weißt du doch!«

»Ja – aber dann melde dich doch endlich zur Prüfung an! Worauf wartest du denn noch?«

»Auf mehr Zeit zum Lernen? Wann soll ich das denn bitteschön auch noch machen? Schließlich muss ich mich um die Kinder, den Hund, das Pferd, den Mann UND den Job kümmern. Da bleibt schon kaum Zeit zum Schlafen – geschweige denn, zum Lernen!«

»Mir kommen die Tränen! Kinder, Hund und Pferd hat Herr Chaos fabelhaft im Griff, den Job in der Klinik machst du seit Ewigkeiten – bei der ganzen Erfahrung, die du mitbringst, musst du gar nicht mehr viel lernen!«

»Ja«, seufze ich, »du hast ja recht. Ich werde mich anmelden. Gleich nächsten Monat …«

»Josephine, wir haben heute den Kalenderersten. Wieso willst du dich erst zum nächsten Monat anmelden?«

»Weil ich eben Zeit brauche, mich an den Gedanken zu gewöhnen! Deshalb!« Ich ziehe eine beleidigte Schnute. Das Baby auch, denn unverschämterweise habe ich ihm die Brustwarze aus dem Mund gezogen, um mich endlich wieder wie ein normaler Mensch anziehen zu können. Mit geschlossenem BH und heruntergelassenem T-Shirt. Dass die Leute im Park aber auch immer hinschauen müssen, wenn sie eine stillende Frau sehen.

»Wohl noch nie eine Frau gesehen, die ihr Kind stillt!«, murmele ich böse einer älteren Dame hinterher, die mit ihrem Dackel an unserer Parkbank vorbeigezockelt ist.

»Du – die Oma hat doch aber ganz lieb geschaut? Ich glaube, du leidest gerade ein bisschen unter hormonbedingtem Verfolgungswahn. Kann das sein?« Vorsichtig nimmt mir die Freundin das schlafende Kind aus dem Arm, legt es sich professionell über die Schulter und klopft ihm zärtlich den Rücken.

»Ja, du hast recht. Ich glaube, ich werde manisch. Oder psychotisch. Ich sehe überall nur noch Frauen in Designer-Klamotten durch die Gegend springen. Und Männer, die kopflos hinter ihnen herhüpfen – auf den nächstbesten OP-Tisch oder was weiß ich, wohin …«

»Josephine – geht es dir wirklich gut?«

»Doch! Das ist wirklich so! Gerade vorletzte Woche bin ich mitten in der Nacht in Nancys und Übis Tete-à-tete hineingelaufen!«

»QUATSCH!«

»Wenn ich es dir doch sage!«

»Und das hast du mir noch nicht erzählt?«

Es war mein erster Dienst nach der Babypause, irgendwann nach Mitternacht, und ich hatte gerade einer schönen, unkomplizierten Geburt im Kreißsaal beigewohnt. Eigentlich hätte ich direkt zurück in mein Bett hüpfen können, aber die Dienstkleidung war durch den Blasensprung bei reichlich Fruchtwasser etwas in Mitleidenschaft gezogen worden, weswegen ich mir im OP einen neuen Satz »Chirurgen-Pyjamas« mitnehmen wollte. Ich schlenderte also zu den Umkleideräumen, überlegte noch, ob ich Schwester Notfall in der Ambulanz einen kleinen Besuch abstatten sollte, als ich aus den Tiefen des OP-Universums seltsame Geräusche vernahm. Ich wechselte rasch die klamme Hose gegen ein Paar trockene und steckte dann vorsichtig meinen Kopf durch die Tür zum OP-Flur hinaus. Sehr seltsam – alles dunkel? Wenn nachts irgendwelche Notfall-Operationen am Laufen sind, brennen dort normalerweise so viele Lichter, wie am Times Square – und das war gerade mitnichten der Fall. Zudem war es jetzt totenstill. Ich wollte die Tür also gerade wieder hinter mir schließen, als ich ganz eindeutig Stimmen hörte. Und da ich eine Frau bin, obendrein neugierig, und mittlerweile kein bisschen müde mehr, wollte ich zu gerne wissen, wo diese Geräusche herkamen und vor allem: Zu wem sie gehörten. Vielleicht schmissen die OP-Pfleger mal wieder eine ihrer geheimen Partys? Zu denen war ich sonst eigentlich immer eingeladen worden, aber vielleicht hatten sie den aktuellen Dienstplan nicht parat gehabt?

Leise schlich ich also den dunklen Gang mit der spärlich grün glimmenden Notfallbeleuchtung entlang. Das lauter werdende Stimmengemurmel kam ganz eindeutig aus einem der OP-Säle, was gegen die Party-Theorie sprach, da diese immer in der Küche oder einem der Aufenthaltsräume stattfanden. Nein, das hier waren auch nur wenige Stimmen, zwei, vielleicht drei. Außerdem ein seltsames Geräusch, welches ich nicht eindeutig zuordnen konnte.

Die ersten OP-Säle zu meiner Linken lagen dunkel und verlassen da. Ich schlich also weiter, schwer bemüht, keinen Lärm mit meinen quietschenden Gummi-Clogs auf dem glatten Linoleum zu machen. Die Stimmen wurden jetzt eindeutig lauter und aus Saal VII sah ich das sachte Blau eines Computer-Monitors leuchten. Vielleicht hatten die OP-Schwestern sich zum Chatten hierher verzogen? Oder steigerten bei Ebay mit, stöberten auf Facebook – was man eben so tut, um 2 Uhr morgens.

Noch zwei Schritte, dann hatte ich den Saal erreicht, ein vorsichtiger Blick um die Ecke und …

»Gleich, gleich, gleich. Ja, gleich hab ich es. Gleich. GLEICH!«

»Übi – wir haben Zuschauer!«

Ich wollte gehen. Umdrehen, flüchten, ins Bett legen, so tun, als hätte ich nichts gesehen – aber da war es schon zu spät. Das erste, was ich beim Blick um die offene Schiebetür herum sah, war der nackte Hintern des chirurgischen Oberarztes Dr. Überzwerg, danach Nancy, die auf dem OP-Tisch vor ihrem Überzwerg saß und mich an ihm vorbei böse anfunkelte.

Wie von der Tarantel gestochen fuhr der Chirurg jetzt herum, bevor ihm bewusst wurde, dass er – außer seinem bleichgrünen OP-Hemd – nichts anhatte und es keinen sehr professionellen Eindruck machte, einer Assistenzärztin sein nacktes Genital entgegenzustrecken. Er bückte sich also zu der grünen OP-Hose, die irgendwo zwischen seinen Knöcheln hing, was zur Folge hatte, dass ich nun freie Sicht auf Nancys akkurat gestutztes, flammendrotes Schamhaar genießen konnte.

Ich kam mir vor wie bei einer Massenkarambolage auf der Autobahn: Eigentlich will man schnellstmöglich weiterfahren, glotzt aber stattdessen doch wie gebannt hin.

»Josephine? Noch nie einen nackten Mann gesehen? Dass du nackte Frauen kennst, davon geh ich jetzt mal aus.«

Im Gegensatz zu ihrem höchst aufgelösten Partner war Nancy die Coolness in Persona. Hüpfte elegant von der Pritsche, bevor sie sich langsam das Spitzen-Höschen über die schlanken Hüften zog, in ihre OP-Hosen stieg, die aussahen, als hätte sie auch diese maßfertigen lassen, und filmreif an mir vorbei zur Tür hinaus stolzierte. Überzwerg stolperte noch zweimal fast über den Mülleimer, ehe er wieder halbwegs vorzeigbar war, und verschwand mit rotem Kopf und wirrem Gemurmel in der Männerumkleidekabine.

»DAS glaub ich nicht!«

»Kannst du ruhig! Es ist so wahr, wie ich hier sitze!«

»Und – hat einer von den beiden noch irgendetwas zu dir gesagt? Irgendwann?«

»Nein. Übi sagt gar nichts mehr zu mir. Aber wann immer er mich sieht, bekommt er augenblicklich rote Ohren und fängt fürchterlich zu schwitzen an!«

»Tja – falls du singen solltest, gäbe das auch mal richtig Ärger. Sex im OP? Auweia!«

»Falls ich singen sollte? Ich glaube, du schaust zu viele amerikanische Krimis!«

Ollie grinst mich verschwörerisch an.

»Du solltest mal miterleben, wie ich ›Guter Bulle‹ – ›böser Bulle‹ mit meinen Patientinnen spiele.«

»Schaddää? Schaaaadddäääää?« Eine kleine, dralle Mittzwanzigerin, aufgerüscht wie zum Besuch der Disco am Freitagabend, mit Blinke-Blitze-Fingernägeln, Doppelschicht-Makeup, Marke »Extra-Grell« und in so enge Röhren-Jeans gequetscht, dass ich allein vom Hinsehen akute Luftnot bekomme, brüllt quer über Wiese und Parkbänke hinweg.

»Schaaaddddääääää?«

Ich wundere mich ein bisschen und schiele zum Himmel hoch. Dieser ist gerade dick mit Wolken verhangen, aber selbst, wenn dem nicht so wäre, böte der Park mit seinen großen, alten Bäumen wahrlich ausreichend Schatten.

»Schaaaadddäääääää?«

Erst, als ein kleines, dünnes Kind mit Assi-Haarpalme und rotzverschmiertem Gesicht quer über die Wiese gewetzt kommt, und die Freundin neben mir ob des erwachenden Verstehens in meinem Gesicht, fast hintenüberfällt vor Lachen, habe auch ich es endlich kapiert: Diese Frau verlangt mitnichten nach Schatten!

»Das Kind *heißt* Sade, Josephine! Wie die Sängerin, weißt du?«

»Ja«, keuche ich, »das habe ich jetzt auch kapiert. Aber wenn man es doch nicht aussprechen kann – warum muss man sein Kind dann unbedingt so nennen?« Ich breche gleich zusammen – Schadddäääää!

»Das frage ich mich, seit ich Gynäkologin geworden bin, auch jeden Tag aufs Neue!«, antwortet Ollie lakonisch und klopft lächelnd Baby-Chaos' Rücken.

Kanarienurlaub auf Fürteventura, und warum Chaos-Kind-klein ein Motorrad gekauft hat

»Fred? Fred? Herrgottnochmal – FRED! Dein TELEFON KLINGELT!«

Ich sitze in unserem kleinen, miefigen Dienstzimmer vor einem Stapel noch zu diktierender Entlassungsberichte, die mir der Ärger mit Napoli und mein derzeitiges OP-Verbot eingebracht haben, bastele verzweifelt am Mammutbericht einer multimorbiden Patientin herum, während es aus Freds Kitteltasche seit geschlagenen fünf Minuten penetrant klingelt. Fred selbst liegt derweil laut schnarchend auf Jeannies frisch bezogenem Dienstbett. In seinem speckig glänzenden Siff-Kittel wohlbemerkt, auf dem noch Reste der Kantinen-Asia-Woche vom letzten Monat, Fruchtwasser der Entbindung am Dienstag sowie eine ordentliche Portion Eiter aus Frau Mümmels Bauchwunde kleben. Jeannie wird einen ausgewachsenen Anfall erleiden, wenn sie das sieht, da verwette ich meinen Hintern drauf. Aber das ist ja zum Glück nicht mein Problem – mein Problem besteht einzig und allein darin, dass ich nicht denken kann, wenn permanent irgendwo ein Telefon klingelt.

»FREEEEEEED!«

Ich fasse es nicht! Die Knalltüte zuckt noch nicht einmal mit der Wimper, sondern sägt einfach munter weiter, während das Klingeln nach gefühlten drei Millionen Wiederholungen endlich aufgibt. Erleichtert lausche ich in die – jetzt nur noch durch Schnarch-Freds Geräusche unterbrochene – zurückgewonnene Stille, und weiter geht es im Text:

»… Im weiteren postoperativen Verlauf kam es bei Frau Multimorb zu einem ausgeprägten Anstieg sämtlicher Transaminasen, so dass wir am …«

Beinahe wäre ich vor Schreck vom Stuhl gefallen, denn das Telefon klingelt erneut, und dieses Mal – wie fürchterlich – in *meiner* Kitteltasche! Der Chirurg ist es, das hör ich schon am Ton.

»Josephine, wer stört?« Multitask, wie es sich für eine Frau des 21. Jahrhunderts gehört, klimpere ich weiter an meinem Entlassungsbrief herum, wenn auch deutlich weniger konzentriert, als noch vor zwei Sekunden.

»Ey, Kollegin! Ich habe eine Patientin – große Zyste. Schick ich dir!«

»Luigi? Selber ›Ey‹! Ich kann vielleicht gerade nicht? Ruf das Ambulanztelefon an!«

»… umschriebener Rundherd der Lunge. Hier kann eine Metastase des oben beschriebenen Tumors …«

»Hömmma!«, ruft Luigi beleidigt ins Telefon, »hab ich vielleicht schon gemacht! Geht aber keiner ran!« So – ällebätsch oder was?

Ich bin nicht wirklich bei der Sache, schließlich befinde ich mich gerade auf der Zielgeraden mit diesem vermaledeiten Brief.

»Dann ruf halt noch einmal an! Ich kann jetzt nicht!« Und lege auf.

»… wodurch Frau Multimorbs Thrombose der Vena saphena

magna bestätigt werden konnte. Eine Verlegung zu den Kollegen der Chirurgie …«

Meine Finger fliegen nur so über die Computertastatur, während der Text auf dem Monitor länger und immer länger wird. Ich sehe das Ende schon nahen, keine fünf Zeilen mehr, vier, drei … das Telefon klingelt! SCHLACK NOCH EINS – es ist das Fred-Handy. Und ich habe voll den Faden verloren! Es ist zum Haareraufen.

»FREEEEEED!«, brüll ich, wild wie ein Eber, zum Bett hinüber. »GEH! ENDLICH! AN! DEIN! VERDAMMTES! TELEFON!« Und schmeiße aus lauter Verzweiflung Jeannies Feierabendbanane in Richtung Bett, wo Fred gerade eine hübsche, kleine Sabberpfütze auf Top-Mobbels innig-geliebtem Leopardenschal hinterlässt. Und siehe da – die Banane hilft. Besser, als jedes Gebrüll und Gezeter. Es dauert dann auch nur noch ganz kurz bis der Kollege seinen Astralkörper in die Vertikale gequält, den grünen Abnehm-Button gedrückt hat und stumm ins Telefon lauscht.

Ich habe es hier und da schon einmal erwähnt: FvJ ist kein großer Redner. Eigentlich überhaupt keiner. Und wenn er denn doch mal ein paar Sätze produziert, versteht man die Hälfte erst gar nicht. Voll das Rumgenuschel! Also probiert er es jetzt neuerdings mit gedachten Fragezeichen. Nur, dass solche gedachten Dinge über das Telefon nicht einmal annähernd verständlich rüberkommen.

Ich höre Gemurmel aus Freds Telefon dringen, dann fragendes Rufen. Ganz klar – die Person auf der anderen Seite der Leitung bekommt von Freds halbherzigem Genicke nichts mit. Wie soll sie auch?

Ich werde wahnsinnig. Der Kerl kann doch nicht ernsthaft Arzt sein! Wie hat der sich nur durch all die mündlichen Prüfungen gemogelt? Mit einem Studenten-Double?

»FRED? Du musst da reinsprechen. Verstehst du? Mund aufmachen und sprechen!« Fred schaut mich an, als wüchsen mir Karotten aus den Ohren. Hinter seiner Stirn mit dem hohen Haaransatz sieht man förmlich die Aktionspotentiale über die Nervenautobahn zockeln. Schade nur, dass bis jetzt noch keines am Ziel angelangt ist ...

Genervt halte ich also die ausgestreckte Hand zum Telefon hin – irgendwie müssen wir jetzt mal zu Potte kommen, sonst wird das heute nichts mehr mit meinem Brief und den fünfundzwanzig anderen Sachen, die es noch zu erledigen gilt.

»JAAA?«, brülle ich schwer genervt in den Hörer. »Chaos für Jupiter!«

»Sach ma, Josephine. Bist du bescheuert?«, mault Luigi vorwurfsvoll zurück. »Warum gehst du nicht gleich ans Ambulanztelefon? Ich habe eine Patientin – große Zyste. Schick ich dir!« Und noch bevor ich überhaupt Luft holen kann, hat er aufgelegt. Das glaube ich jetzt nicht!

Völlig entgeistert glotze ich das Telefon in meiner Hand an, dann Fred auf dem Bett, der sich embryonengleich um Jeannies vollgesabberten Leopardenschal geringelt hat und schon wieder selig schläft. Ich packe also genervt meinen Kittel und will das Dienstzimmer gerade in Richtung Ambulanz verlassen, als mir ein bitterböser Gedanke durch den Kopf schießt. Eilig tippe ich eine mir wohlbekannte Nummer ins Telefon und warte, bis die Person am anderen Ende der Leitung abgenommen hat.

»Jeannie? Hi! Josephine hier. Kannst du kurz im Dienstzimmer vorbeikommen? Es ist wichtig!« Nachdem ich aufgelegt habe, verlasse ich das Zimmerchen, schließe leise die Tür hinter mir und mache mich schleunigst aus dem Staub.

Auf dem Weg zur Ambulanz, am Eingang zu Station 8B, wo die schwangeren, entbundenen und bald zu entbindenden Frauen untergebracht sind, komme ich an Tascha vorbei, die mir begeistert zuwinkt.

»Hallo, Frau Dokta! Vielleicht heute, ja? Vielleicht heute Schall ist gutt, dann ich gehen noch ein bisschen Hause, ja?«

Tascha trägt einen himmelblauen Flanell-Pyjama mit weißen Häschen drauf, rosa Flausch-Karnickel-Schlappen und blinzelt mir durch ihre Nickelbrille hoffnungsfroh entgegen. 18 Jahre ist sie jung, winzig klein und fast durchsichtig zart – und nun schon seit über zwei Wochen stationär bei uns, weil ihr sechsunddreißig Schwangerschaftswochen alter Mutterkuchen vorzeitig den Geist aufzugeben gedenkt.

»Nee, Häschen«, muss ich ihr schweren Herzens mitteilen, »heute ist es leider noch nicht so weit. Wir müssen noch ein paar Tage auf dich und den Mops aufpassen.«

Die Werte beim Kontroll-Ultraschall heute Morgen waren nämlich leider nicht einmal annähernd zufriedenstellend, das weiß ich von Wilma, die den Schall durchgeführt hat.

Tascha schluckt schwer, und ich sehe die babyblauen Augen gefährlich feucht werden. Aber der kleine Hase ist tapfer – und trotz ihres zarten Alters schon jetzt eine echte Mama. Ihr Mutterkuchenproblem ist nicht selbstverursacht, denn das kleine Persönchen raucht nicht, trinkt nicht, nimmt keine Drogen und hat bis jetzt auch sonst alles richtig gemacht. Es handelt sich somit um einen klassischen Fall von »Pech gehabt«. Und Tascha sitzt dieses Pech mit einer Geduld aus, die selbst manch gereifter Vierzigjährigen völlig abgeht.

Aber traurig ist sie doch. So gerne würde sie heim zu ihrem – selbst kaum den Kinderschuhen entwachsenen – Mann, der seine kleine Familie jeden Abend nach der Schicht mit einem großen Korb unfassbar lecker riechenden Essens besuchen kommt. Spät immer erst, denn der Chef brummt ihm unerbittlich Überstunden auf, und das Zuhause der beiden liegt quasi am anderen Ende der Stadt. Aber wenn er dann endlich da ist, den weiten Weg per Bus und Straßenbahn zurückgelegt hat, mit dem schweren Korb und allem, was Bunny sonst so braucht, dann leuchten Taschas Augen wie zwei Zehnmillionen-Watt-Birnen. Und wenn sie ihren Vladimir dann immer fast umgeworfen hat vor Wiedersehensfreude, breitet der auf dem kleinen Krankenzimmernachttisch all die mitgebrachten Köstlichkeiten aus: dampfenden Borschtsch, Brot und russischen Kuchen, außerdem Nüsse und zuckersüße, klebrige Früchte. Und wer auch immer das Zimmer betritt, muss bleiben und mitessen.

»Bittä – essen Sie! Ist genug für allä!«

Und während Tascha-Hase am Brot pickt, die Suppe löffelt, russischen Kuchen mümmelt und Nüsse knabbert, streichelt Vladimir sachte ihre Hand. Und ihr Haar. Und heimlich, wenn keiner hinschaut, den eiförmigen, kleinen Babybauch.

Herzerwärmend ist diese Minifamilie. Wie Mallorca-Sonne im Krankenhaus-Winter.

Wenn Vladimir dann geht, spät, obwohl der Weg nach Hause so weit ist und der Wecker in der Früh erbarmungslos klingelt, dann schleicht Häschen noch eine ganze Weile wie Falschgeld über den Flur, und die Flauschkarnickel-Schlappen lassen traurig die Öhrchen hängen. Mein Mutterherz schmerzt, wenn ich sie sehe, als wäre es eines meiner Kinder, das da leidet.

»Bald, Häschen«, flüstere ich verschwörerisch. »Bald habt ihr es geschafft! Dann nimmt er dich und den kleinen Hasen mit nach Hause, und ihr könnt jeden Tag zusammen sein und jede Nacht und überhaupt!« Der Tränenpegelstand in den großen

Kinderaugen liegt weit über Normal-Null, aber sie schluckt tapfer und grinst dann ein kleines bisschen zu mir herüber.

»Vielleicht morgen, Frau Doka! Vielleicht morgen Schall ist gutt – dann ich gehen noch ein bisschen nach Hause, ja?«

In der Ambulanz herrscht – wie immer um diese Uhrzeit, lustiges Treiben. Zwischen den einzelnen Untersuchungszimmern wuseln Ärzte aller Fachrichtungen zwischen Aktenablage, Patienten und Kaffeemaschine hin und her. Schwestern tragen Blutröhrchen herum, suchen Verbände und Rezeptblöcke. Es werden Arme geschient, EKGs geschrieben und Röntgenaufnahmen gemacht. Und draußen, vor der sich automatisch öffnenden Doppeltür, stapeln sich die Patienten in der Hoffnung auf Hilfe. Oder auf eine der begehrten, gelben Arbeitsunfähigkeitsbescheinigungen.

Am Ambulanztresen, zwischen Computern, Aktenbergen und Unmengen leerer Kaffeetassen, sitzt meine Lieblingsschwester Notfall und liest – den obligatorischen Kaffeepott in der Hand – eine knallbunte Klatschzeitschrift.

»Ah, Josephine – gut, dass du kommst!«, winkt sie mich mit dem Heft in der Hand herbei. »Wie findest du diese Schuhe?«, und deutet auf ein paar knallige Wildlederstiefeletten.

»Ähm, für Fasching oder was?«, frage ich irritiert. Notfall ist Mitte fünfzig und meiner Meinung nach nicht ganz die richtige Zielgruppe für solches Schuhwerk. Die Schwester sieht das offensichtlich anders und zieht einen beleidigten Flunsch.

»NEIN – für meinen Kanarien-Urlaub nächsten Monat! Da gibbet auch Abendunterhaltung und so. Da brauch ich watt Hübsches für!«

»Deinen was?« Ich verstehe immer nur gelbe Vögel.

»KA-NA-RI-EN-Urlaub! Auf Fürteventura!«

»Du meinst Kanaren-Urlaub. Auf Fu-erteventura?«

»Sach ich doch!« Irritiert blinzelt die Schwester mich über ihre Goldrandbrille hinweg an. »Und – wie findest du die? Gut?«

»Super. Mach mal, Notfall. Aber hast du vielleicht eine Ahnung, wo die Patientin ist, die ich für Luigi anschauen soll? Zyste oder so?«

»Die schaut sich gerade die Neue an.« Die Schwester blättert schon wieder eifrig in ihrem Heftchen und zeigt mit der Kaffeetasse unbestimmt in Richtung eines der zahlreichen Untersuchungszimmer. Das nämliche öffnet sich gerade wie auf Stichwort, und heraus kommen: Helena Schöne und ein dümmlich grinsender Dr. Luigi.

»Aaaah – Josephine!«, gurrt er, als er meiner ansichtig wird. »Sorry, dass du umsonst gekommen bist. Aber Helena war zufällig hier unterwegs, und da habe ich sie gefragt, ob sie vielleicht die Patientin anschauen könnte. Und sie konnte ...«

Stell dir vor, wie toll!

»... und somit kannst du gerne wieder gehen!« Luigi strahlt wie die Mittagssonne über »Fürteventura«, während Helena lediglich Schweizer Neutralität ausstrahlt.

»Super«, ätze ich böse. »Vielleicht kannst du mich dann nächstens zurückrufen und Bescheid geben? Damit ich nicht den ganzen Weg vom Dienstzimmer hier herunter hetzen muss!«

»Aber ...«, stottert Luigi. »Ich hatte versucht, dich auf dem Ambulanztelefon anzurufen – da ist bloß keiner rangegangen ...«

»Uaaah – ich bringe Fred um, ich schwöre es! Wenn Jeannie ihn noch nicht gekillt hat, dann besorg ich das jetzt!«, gifte ich böse zurück und lasse den verblüfften Luigi samt der schönen Schweiz einfach stehen.

»Die Schuhe, Josephine? Was ist jetzt mit den Schuhen?«, brüllt mir Notfall noch hinterher – da bin ich auch schon durch die Tür durch und an den wartenden Menschenmassen vorbei entschwunden.

Als ich gegen 18 Uhr die Tür zu unserem Zuhause aufschließe, will ich nur eines: meine Ruhe! Außerdem essen, ein langes Bad nehmen und anschließend alkoholische Getränke auf der Couch einnehmen. In genau dieser Reihenfolge und ohne nennenswerte Unterbrechung im linearen Ablauf. Wobei zumindest der Alkohol reines Wunschdenken ist. Ich stille schließlich noch.

Bereits beim Öffnen der Tür wird klar, dass ich mir auch die Sache mit der Ruhe so was von abschminken kann.

»EIN MOTORRAD? EIN MOTORRAD?! EIN MOTORRAD!!«

Der satte Bass des Familienoberhauptes dröhnt mir die Treppe herunter durch das Erdgeschoss entgegen und verhallt in der Weite des abendlichen Vorgartens. Zögernd halte ich den Griff der Haustür fest. Wenn Herr Chaos brüllt, was er eigentlich nie tut, dann ist irgendetwas im Busch. Und ich habe gerade ganz sicher keine Lust auf irgendwelche Buschgeschichten. Ich will Ruhe und essen und baden, aber das sagte ich ja bereits. Vielleicht sollte ich einfach schnell wieder verschwinden, bevor jemand Wind von meiner Anwesenheit bekommt. Ich könnte notfallmäßig einen Dienst übernommen haben und mich in die Kreißsaalbadewanne …

»MOOOOOOM!«

Zu spät!

Kind-zwei-weiblich, einzige Tochter und auf dem Höhepunkt pubertierender Jugend, steht rot geheult vor mir, während ihr das in der Früh sorgsam aufgetragene Augen-Make-up in schwarzen Schlieren die Wangen hinunterläuft. Auf dem Arm hält sie das ebenfalls brüllende Chaos-Baby.

Verdammt – Josephine! Ganz schlechtes Timing.

Behutsam nehme ich K2w den greinenden Knaben ab, welcher bei meinem Anblick augenblicklich das Heulen einstellt und – in froher Erwartung der mütterlichen Milchreserven – den Schnuller ausspuckt und hohe, spitze Schreie ausstoßend wild an meiner Bluse zerrt.

»Süße – was ist denn bloß los? Hast du deinen Vater geärgert?«

»WARUM AUSGERECHNET EIN MOTORRAD?«, brüllt es erneut aus dem ersten Stock, was die Tochter augenblicklich von der Liste der verdächtigen Personen eliminiert.

»Neeeeein!«, schluchzt sie jämmerlich, »der Kleine ist schuld. Er hat ein Motorrad gekauft …!«

»Er hat bitte WAS?«

»EINE HARLEY DAVIDSON!«, schreit der Mann bestätigend von oben herunter.

»Er hat wohl eine Harley gekauft«, heult mein Teenager erklärend.

»Ja – das hab ich auch gerade gehört. Aber warum um Himmels Willen hat er das getan?«

Bin ich im Irrenhaus gelandet? Warum kann ich an solchen Tagen nicht einfach Dienst haben? In der Klinik gäbe es jetzt Pommes mit Würstchen zum Abendessen und »How I Met Your Mother« auf dem Dienstfernseher.

»Aber warum um alles in der Welt heulst DU, wenn K3m schuld ist?« Ich bin völlig irritiert, was auch nicht durch die Tatsache gemildert wird, dass der jüngste Chaos-Spross mir in seinem Milchwahn gerade die schweineteure Bluse vom Leib reißt.

»Es ist wegen LUMPI!« Das Maskara ist nun bereits am Kinn des Kindes angelangt und tropft von dort aufs weiße Lieblingsshirt, was sicher nicht im Sinne der Besitzerin ist.

»Schatz – hier, Taschentuch! Make-up am Kinn – gleich auf dem T-Shirt. Und wer um alles in der Welt ist *LUMPI*?«

Ich arbeite mich langsam der Treppe zum ersten Stock entgegen, versuche, nicht über Shepherd, unseren riesigen Golden-Retriever-Rüden zu fallen, der entfesselt vor Freude über meine Rückkehr vor mir herumhüpft, während Klein-Chaos gerade die obersten Knöpfe meiner Bluse abgerissen hat und jetzt wild am Verschluss des erfolgreich freigelegten Still-BHs herumfingert. Mir wird ein wenig bange, wenn ich darüber nachdenke, was dieser Kerl in zwanzig Jahren mit den Blusen und BHs seiner Freundinnen anstellen wird.

»Schatz – wer ist LUMPI, und was hat er dir angetan?« Mit Baby und Hund im Schlepptau keuche ich die Treppe hinauf, dem lauter werdenden Gebrüll meines Mannes entgegen. Der Knopf des Still-BHs hüpft derweil munter die Stufen hinunter. Das Baby hat jetzt erfolgreich die Brustwarze freigelegt und dockt mit glücklichem Seufzer an. Hervorragend – ein Schreier weniger.

»Ludwig Maximilian Pirmin. Lumpi eben. Du weißt schon. Der süße Kerl aus dem Geschichtskurs!« Immer noch heulend trottet mein Mädchen hinter mir her und zieht theatralisch die Nase hoch. Ein Geräusch, das mich normalerweise wahnsinnig werden lässt. Aber schrei mal eine Sechzehnjährige im ersten großen Liebeswahn an.

Geht gar nicht.

»Baby – gib mir seine Telefonnummer, und ich rufe Wauzi nachher ganz sicher noch an und mach ihn zur Minna – aber jetzt muss ich erst schnell schauen, ob K3m noch unter den Lebenden weilt, okay? Lass uns später darüber reden!«

»Immer dreht sich alles nur um die Jungs, das ist SO UNFAIR! Und er heißt LUMPI!«, sprichts und verschwindet mit knallender Tür in ihrem Mädchenreich.

Das wild schmatzende Baby im Arm, in zerrissener Bluse und hängendem BH, erreiche ich das Zimmer meines zweitjüngsten Sohnes, der gerade in demütiger Büßerhaltung vor seinem Vater auf dem Bett hockt und mächtig schuldig aus der Wäsche schaut. Herr Chaos hingegen sieht aus wie ein Stier, dem man zu lange mit dem roten Tuch vor der Nase herumgewedelt hat. Was selten geschieht, denn eigentlich ist der Vater meiner vier Kinder ein völlig ausgeglichener, stets tiefenentspannter Mensch.

»Hallo zusammen! Ist alles in Ordnung bei euch?«

Blöde Frage, Josephine! Ist die Erde eine Scheibe?

»DEIN Sohn ...«, grollt der Gatte, ohne das Kind auch nur eine Sekunde aus den Augen zu lassen.

»Ach was – jetzt ist er auf einmal *mein* Sohn? Wie komm ich denn zu der Ehre?«

Als ich dem Kleinen einen Kuss auf die Stirn drücke, schreit das Baby an meiner Brust kurz empört auf. Wie kann ich es auch wagen, andere Menschen zu küssen, wenn er gerade mit Essen beschäftigt ist? Ich küsse dennoch auch den Mann und lass mich dann samt dem kleinen Milchsauger schwer schnaufend auf dem Schreibtischstuhl nieder.

»Wenn jemand vielleicht die Freundlichkeit hätte, mich auf den aktuellsten Stand zu bringen?« Aufmunternd blicke ich vom Vater zum Sohn. Keine Reaktion.

»Der Kleine hat bei Ebay ein Motorrad ersteigert«, tönt es von der Tür herüber, wo das älteste Kind der Familie Chaos steht und milde lächelt. K1m ist mit seinen achtzehn Jahren definitiv das unanstrengendste Viertel unseres Quartetts, was aber nicht am Alter, sondern schlicht an seinem Wesen liegt.

Der Große ist gestrickt wie der Vater – unaufgeregt, geerdet und völlig ausgeglichen, während das Mädel mehr nach der Mutter kommt (bisschen theatralisch – typisch Frau eben) und der zweitjüngste Spross die Position der Diva eingenommen hat: Je mehr Aufmerksamkeit er bekommt, desto besser. Nummer Vier entwickelt sich gerade noch im Stillen. Man darf gespannt sein, wo wir mit ihm einmal landen werden. Aber ich fürchte, er könnte ein bisschen nach Barney Stinson aus »How I Met Your Mother« kommen – erst den Frauen die Klamotten vom Leib reißen und sie dann völlig aussaugen.

»Ein Motorrad?«, wiederhole ich laut, so, als würde es damit verständlicher werden. »Ein richtiges Motorrad?«

»Meinst du, ich würde mich wegen eines Spielzeugmotorrades derart aufregen?«

Endlich habe ich es geschafft, Herrn Chaos' Aufmerksamkeit vom Kind auf mich zu lenken. Ich lächele ihm beruhigend zu, so wie ich es bei aufgeregten Patientinnen auch immer tue.

»Na komm, Schatz, so schlimm kann es doch nicht sein!«

»So schlimm kann es doch nicht sein? Kann es nicht? UND OB ES DAS KANN!«

Notiz an mich selbst – das Patientinnenlächeln funktioniert kein Stück bei wütenden Ehemännern!

»Er hat eine ›FatBoy‹ für DREIZEHNTAUSEND EURO gekauft!«

Ich muss trocken schlucken. Dreizehntausend ist tatsächlich eine Ansage.

»Zwölftausendneunhundertneunundneunzig!«, flüstert es vorsichtig protestierend vom Bett her. Der Kleine hat seinen Kampfgeist noch nicht ganz verloren.

»DEN EINEN EURO SCHENK ICH DIR!«

»AUAAA!«, empört fahre ich von meinem Stuhl hoch und hätte beinah das Baby fallen gelassen.

»WAS?«, brüllt der Mann irritiert.

»Schrei mich nicht auch noch an!«, drohe ich wütend, während ich hektisch versuche, meine Brustwarze aus dem Mund des zufrieden schlafenden Babys zu befreien. »Er macht es schon wieder!«, heule ich wehleidig. »Das Kind ist schlimmer als eine Vakuumpumpe. Irgendwann reißt er mir den Nippel noch ab!«

Nachdem ich meinen Körper endlich aus den Fängen des kleinen Piranhas befreit, sowie Bluse und BH leidlich zurecht gezupft habe, überreiche ich dem Mann das schlafende Kind und schiebe ihn resolut zur Zimmertür hinaus.

»Wir sprechen uns noch!«, raune ich Sohn zwei auf seinem Bett zu, schließe die Tür und trotte dem Mann hinterher ins Erdgeschoss hinunter. Was gäbe ich jetzt für ein leckeres Abendessen, ein warmes Bad und eine herrliche Flasche Rotwein auf der Couch.

Aber das sagte ich ja bereits.

Was passiert, wenn Freddy Krueger aus »Nightmare on Elmstreet« in der Sesamstraße auftaucht

Die vier Wochen seit meiner Anhörung vor dem obersten Olymp sind vergangen, und ich sitze erneut in den heiligen Hallen der Klinikchefärzte – dieses Mal im Reich des Dr. Böhnleins und aus weit erfreulicherem Anlass.

»Liebe Dr. Josephine«, strahlt der Chef, »es freut mich ganz außerordentlich, dass ich Ihnen heute die eindeutige Empfehlung zur Zulassung zur gynäkologischen Facharztprüfung überreichen darf!«, und hält mir feierlich den Umschlag mit dem begehrten Zeugnis entgegen. Mein Herz macht vor lauter Freude einen kleinen Satz. Endlich, Facharztprüfung! Das Ende der Sklavenzeit. Tor in die Welt der Praxisinhaber und Oberärzte. Selige Selbstständigkeit!

Das Leben ist schön!

»Danke Chef, ich freu mir ein Loch ins Knie!«

»Ja, das können Sie auch. Haben Sie denn schon einen Termin zur Prüfung vereinbart?«

»Nein. Ich muss gestehen, ich bin noch gar nicht zum Lernen gekommen. Die Kinder, das Pferd, der Hund, Sie wissen ja …!« Vielsagend blinzele ich ihm zu. Vater von sechs Kindern – wenn *er* nicht weiß, was Familienchaos bedeutet, dann weiß es keiner!

»Wie läuft es denn Zuhause?«, fragt er auch schon wie auf Stichwort. »Sehr stressig?«

»Naja. Von der Tatsache mal abgesehen, dass mein Sohn gerade für viel Geld eine Harley Davidson bei Ebay ersteigert hat, ist eigentlich alles gut.«

»Er hat bitte was?« Der Chef lacht, dass es ihn nur so schüttelt.

Okay! Das kann man auch nur lustig finden, wenn es nicht das eigene Kind betrifft!

»Er hat eine Harley ersteigert! Herr Chaos war mit seinem Laptop eingeloggt, das Kind hat verbotenerweise ein bisschen daran herumgespielt und – hast-du-nicht-gesehen – gehört uns jetzt eine zwölf Jahre alte ›Fat Boy‹! Dabei haben weder der Gatte noch ich einen Motorrad-Führerschein!« Das ist nicht lustig! »Der Vater des Bengels ist ganz schön sauer, das sag ich Ihnen!« Der Chef wischt sich eine Lachträne von der Wange und schaut mich mit seltsamem Blitzen in den Augen an.

»Eine ›Fat Boy‹, sagen Sie? Zwölf Jahre alt?«

»Ja?!«, antworte ich irritiert. Warum will er noch ein bisschen tiefer in der Wunde herumbohren?

»Ich habe einen Führerschein!«

»Herzlichen Glückwunsch! Vielleicht sollten Sie mal einem Ihrer Kinder einen Laptop in die Hand drücken?«

»Nein!« Er lacht schon wieder. »Meine Mädels würden höchstens Schuhe im Gegenwert von Monte Carlo kaufen, und der Sohn steht mehr auf schnelle Autos. Aber ich wollte mir schon längst mal ein Motorrad zulegen …«

»CHEF! Sie retten mir den Tag. Quatsch – den Monat. Das Jahr! Wann wollen Sie sich das Schmuckstück denn anschauen?«

Nägel mit Köpfen, Josephine! Nagel ihn ja gleich fest!
»Machen Sie mir auch einen guten Preis?«
»Klar! Sicher! Ehrenwort! Zwanzigtausend, und das Baby gehört Ihnen!« Ich grinse verschwörerisch. Er grinst zurück und zückt den Terminkalender.

»Okay, dann komme ich Samstag vorbei und schau sie mir an! Aber nur, wenn Sie versprechen, sich mit dem Facharzt ein bisschen zu beeilen. Ich hätte da nämlich eine schöne, neu geschaffene Oberarztstelle zu vergeben, und Sie wären definitiv eine der Anwärterinnen darauf!«

Ich verschlucke mich fast an meiner eigenen Spucke. Hab ich gerade richtig gehört? Gerade mal vier Wochen, nachdem ich nur mit Ach und Krach an der sofortigen Entlassung vorbeigeschrammt bin, soll ich jetzt in die Liga der außergewöhnlichen Gentlewomen erhoben werden. ICH? UND das Motorrad vielleicht loswerden? Hurra! Werft Konfetti, schwenkt Pompons – heute ist ein guter Tag!

»Allerdings ...«

Jetzt kommt es. Der Haken an der Geschichte. War ja klar!

»... muss ich Ihnen gleich dazu sagen, dass Sie leider nicht die einzige Kandidatin im Rennen sind. Oberarzt Napoli hat Frau Dr. Schöne vorgeschlagen. Sie hat die Facharztreife jetzt ebenfalls erreicht, somit wird es wohl darauf hinauslaufen, dass, wer zuerst kommt, auch zuerst malt. Verstehen Sie?«

Und ob ich verstehe! Wer die Prüfung besteht, bekommt die Stelle. Ist so simpel wie Butter aufs Brot schmieren.

Ich bedanke mich artig, verlasse nachdenklich das Chefarztbüro und laufe vor der Tür – man mag es kaum glauben – in die Person hinein, die ich gerade am allerwenigsten sehen will.

»Helena!«, grüße ich lahm.
»Hi, Josephine!«

Da stehen wir also – ich ein bisschen verlegen, ohne zu wissen, warum – und die große Frau in ihrer faltenfreien, schneeweißen Bluse und der engen Designer-Jeans.

»Alles in Ordnung?«, fragt Helena, und ich muss gestehen, dass sich die Frage nach ehrlichem Interesse anhört.

»Ja, alles okay. Ich habe mein Zeugnis bekommen. Für die Facharztprüfung, weißt du!« Ich wedele ein bisschen mit dem Dokument herum und frage mich, warum ich das gesagt habe. Schließlich ist Frau Schöne ja so etwas wie meine derzeitige Erzrivalin.

»Oh, herzlichen Glückwunsch. Bist du schon angemeldet?« Interessiert beugt sich die Kollegin ein wenig zu mir herunter, und ich starre gebannt auf den kleinen Brillanten, der an einer silbernen Kette in ihrem hübschen Ausschnitt baumelt. Ob sie einen Freund hat? Der Klunker sieht ziemlich teuer aus. So etwas kauft man sich doch nicht selbst. Oder doch? Abwesend sinniere ich vor mich hin und bekomme die nächste Frage erst gar nicht mit.

»Äh – wie bitte?«

»Ob wir vielleicht zusammen lernen wollen? Macht eindeutig mehr Spaß, findest du nicht?« Helena lächelt, was sie selten tut, und sieht dabei kein bisschen gönnerhaft, sondern tatsächlich ziemlich nett aus. Ganz sicher finde auch ich, dass gemeinsam lernen tausendmal besser ist, als sich allein quälen zu müssen. Aber will ich tatsächlich auch außerhalb der Arbeitszeit mit Mrs Perfect zusammen sein? Nein, will ich nicht. Ich will sie auch nicht nett finden – was sie offensichtlich ist! Ich will sie nicht schön finden – was sie definitiv tausendprozentig ist. Denn ich will auf gar keinem Fall rund um die Uhr daran erinnert werden, dass mein Hintern fett und mein Bauch schwabbelig ist, und dass die einzigen beiden Körperteile, welche trotz Stilleinlagen und ausgeleiertem BH gerade wirklich toll aussehen, alle Nase lang Milchflecken auf meinen diversen Oberteilen hinterlassen.

Ich blase mir nachdenklich eine zerzauste Haarsträhne aus dem Gesicht, um etwas Zeit zu gewinnen, und mustere Helenas Haar, das weich und glänzend ihr ebenmäßiges Gesicht einrahmt. Diese Frau macht mich völlig wahnsinnig mit ihrem Aussehen. Nichts an ihr ist fehlerhaft oder wenigstens nur zweite Wahl. Selbst mit Photoshop bekommt man niemanden so perfekt hin, wie der Herr diese Frau gemacht hat.

»Ich – kann nicht. Keine Zeit, weißt du? Die Kinder und so. Sehr aufwendig. Also – danke, aber: Nein!« Ein Gestammel wie Bambi persönlich es besser nicht hinbekommen hätte.

Josephine – du bist total bescheuert! Die Frau wollte vielleicht wirklich nur nett sein? »Bis später – ich muss ganz dringend ... in den Kreißsaal!« Und flüchte den Flur hinunter dem Aufzug entgegen, während mir Helenas Blick beinahe ein Loch in den Rücken brennt.

»Du hast sie schon wieder einfach so stehen lassen? Mal ehrlich, Josephine – ich würde sie ja auch super gerne hassen, das weißt du. Aber soll ich dir was sagen? Die ist eigentlich total prima!« Gloria-Victoria haut mit der flachen Hand auf den Schreibtisch vor mir, um ihre letzten Worte noch zu unterstreichen und fixiert mich aus seewassergrünen Augen.

»Auch du, mein Sohn Brutus? Bist auch du jetzt zum Lager der Helena-Anhänger übergelaufen? Und was ist mit Malucci und so?« Ich sitze im gleißenden Mittagslicht des Aquariums und rühre schmollend in einem Pott Kaffee. Gloria schüttelt nachdrücklich den blonden Lockenkopf.

»Da ist nichts«, versichert sie im Brustton der Überzeugung. »Malucci produziert doch nur heiße Luft, und Helena steigt auch kein bisschen drauf ein. Ehrlich – die ist eigentlich voll knorke!«

»Voll was?«

»Knorke! Töffte! Gut drauf! Super Frau. So etwas eben!« Ich glaub es ja nicht – haben sich jetzt alle gegen mich verschworen?

»Aber vor zwei Monaten warst du noch völlig am Ende wegen ihr. Hast mir am Telefon stundenlang etwas vorgeheult – vielleicht erinnerst du dich mal eben?« Doch die Hebamme setzt nur ihre Unschuldsmiene auf und zuckt mit den Schultern. »Komisch«, säuselt sie in gespielter Nachdenklichkeit, »kann ich mich gar nicht dran erinnern ...« Ich werfe missmutig einen grellpinken Textmarker nach ihr, als die Doppelschnappschlosstür des Kreißsaal-Eingangs sich öffnet, und die nächste Klinikschönheit mit wehendem Kittel hereingestürmt kommt. Scheint mein Glückstag zu sein.

»Josephine! Du musst sofort mitkommen!«

Ach, was du nicht sagst!

»Hallo, Nancy! Was verschafft uns die Ehre deines außergewöhnlichen Besuches in unseren ...«

»Josephine – sabbel hier nicht so blöd rum, sondern komm gefälligst mit!« Entgegen ihrem sonstigen Teflongebaren steht Nancy seltsam aufgelöst in der Tür – mit rotgeränderten Augen, die wilde Lockenmähne zerzaust.

»Hör mal, Nancy!« Streng schau ich die Chirurgin an – in diesem Ton spricht noch nicht einmal der Gatte mit mir!

»Geht das vielleicht auch eine Spur freundlicher? In der westlichen Welt gebietet es der Anstand, ›Bitte‹ und ›Danke‹ zu benutzen, wenn man ein Anliegen an jemanden hat. Und da du ja ganz offensichtlich ...«

»BITTE!«, fährt Nancy mir unwirsch dazwischen. »Kannst du BITTE gefälligst sofort mitkommen? DANKE!« Dann macht sie, ohne meine Antwort abzuwarten, auf dem Absatz kehrt und verschwindet zur Tür hinaus. Nun gut – das war jetzt nicht genau das, was ich gemeint habe, aber aller Anfang ist ja bekanntlich schwer. Und da ich mir nicht sicher bin, ob Nancy diese beiden Wörtchen überhaupt jemals zuvor benutzt hat, lasse ich es gelten. Schwerfällig raffe ich mich auf und trotte der Kollegin hinterher zur Tür hinaus, während Gloria uns mit schief gelegtem Kopf misstrauisch nachblickt. Auf dem Flur habe ich dann meine liebe Mühe, der vorweg eilenden Nancy zu folgen.

»Nancy – wo gehen wir überhaupt hin?« Kopfschüttelnd reißt diese jetzt die Tür zum Treppenhaus auf und stürmt weiter, die Stufen hinunter ins Erdgeschoss. Ich folge ihr schnaufend bis zur Ambulanz, wo sie schnurstracks im gynäkologischen Untersuchungszimmer verschwindet und, nachdem ich ebenfalls keuchend und schwitzend von all der Rennerei dort eingetroffen bin, mit einem energischen Ruck die Tür schließt und sorgfältig den Schlüssel herumdreht.

Erschöpft lasse ich mich auf den nächsten Stuhl fallen – mir fehlt eindeutig das Lauftraining – und begutachte misstrauisch mein OP-Oberteil. Ein Zuviel an Bewegung führt nämlich gerne mal zu massivem Milcheinschuss. Aber zum Glück halten die Stilleinlagen heute zur Abwechslung, was die Werbung großspurig verspricht, und alles ist nach wie vor trocken. Dann schaue ich erwartungsvoll zu Nancy hinüber, die sich auf die Liege neben dem Ultraschallgerät gesetzt hat.

»Also – was ist los. Bist du schwanger?« Alter Gynäkologen-Gag. Fragen wir in solchen Situationen immer als Erstes. Und siehe da – Volltreffer!

Nancy nickt. Und ich bin sprachlos. Mrs Teflon – *schwanger*? Das ist, als überlegte man, Freddy Krueger aus »Nightmare on Elmstreet« in der Sesamstraße auftreten zu lassen. Absolut undenkbar!

»Bist du sicher?«, bringe ich nur lahm heraus.

»Denkst du, ich bin doof?«, knurrt sie böse zurück. »Ich mach mich doch nicht hier vor dir zum Affen, wenn auch nur der Hauch einer Chance besteht, dass ich mich geirrt habe!«

Das Monster lebt – und wehrt sich noch.

»Und warum gibst du gerade *mir* die Ehre?«

»Wen hätte ich denn sonst fragen sollen? Diese glotzäugige Kuh?«

»Hey – sprich nicht so von Bambi!«

»DIE hätte ich ganz sicher auch nicht gefragt. Eigentlich meinte ich Wilma!«

»Oh!«

»Und wer bleibt sonst noch? Fred? Ganz sicher nicht. Malucci? Vor dem lege ich mich garantiert nicht auf die Liege, nachher rutsche ich noch auf seinem Gesabber aus.«

»Napoli?«, helfe ich freundlich weiter.

»Auf gar keinen Fall! Der erzählt es doch sofort Überzwerg. Das lassen wir mal noch hübsch bleiben!«

Nancy hat sich jetzt ordentlich in Fahrt geredet. Kenne ich gar nicht an ihr.

»Und – wie viele Tests hast du jetzt bepinkelt?«, frage ich interessiert.

»Sieben!«

»Okay – das ist sicher ... Hose runter!«

»Bist du bescheuert, Josephine?«

»So *clever*, wie du bist, müsstest du doch eigentlich wissen, dass Schallwellen nicht durch Stoff dringen. Willst du jetzt etwas sehen, oder nicht?«

»Du kannst doch vom Bauch aus schauen!«, ruft sie bockig und sitzt wie festzementiert auf der Liege.

»Wie weit bist du – vierte Woche?«
»Woher soll ich das wissen?«
»Letzte Periode länger als zwei Monate her?«
»Hältst du mich für blöd? Natürlich nicht!«
»Dann ist es noch viel zu früh für einen Ultraschall durch die Bauchdecke. Hose runter!«
Missmutig schält die Rothaarige also ihre langen Beine aus der OP-Hose und zieht auch noch folgsam den Hauch schweineteurer Spitze aus, bevor sie widerwillig erneut Platz auf meiner Liege nimmt. Ich tippe die letzte Periode sowie das aktuelle Datum ins Ultraschallgerät, dann geht es los.
»Tja – Nancy ...«
»Was? WAS?«
»Du bist ganz klar schwanger! Herzlichen Glückwunsch!« Auf dem Monitor des Ambulanzultraschalls ist eindeutig ein Embryo zu sehen, in dessen oberem Drittel mit hektischem Blinken ein klitzekleines Herz schlägt. Nancy starrt wie hypnotisiert auf den Punkt und sagt – nichts!
»Du kannst dich wieder anziehen. Foto gefällig?« Immer noch stumm streift sie Spitze und Hose über, zieht den blitzsauberen, maßgeschneiderten Kittel an und greift nach dem Ultraschallfoto, das ich ihr mit aufmunterndem Lächeln hinhalte. Abwesend dreht sie es zwischen den Fingern hin und her, ohne es eines Blickes zu würdigen – stopft es dann achtlos in die Tasche ihres Arztkittels und stürmt zur Tür. Bevor sie sie öffnet, blickt sie noch einmal zu mir zurück.
»Du weißt, dass die Schweigepflicht auch für Kollegen gilt? Wenn du hiervon irgendjemandem erzählst, schleif ich dich vor Gericht, Josephine, das schwör ich dir!«, sprichts und hetzt mit fliegender Haarpracht zur Tür hinaus. Gedankenverloren säubere ich den Ultraschallkopf und lege frisches Papier auf der Liege zurecht, als Schwester Notfall auftaucht, sich lässig

gegen den Türrahmen lehnt und lauernd fragt: »Und? Isse schwanger oder was?«

»Schscht! Notfall! Hier rein, schnell!« Hektisch ziehe ich die gesprächige Schwester ins Untersuchungszimmer und werfe einen prüfenden Blick auf den Ambulanzflur hinaus. Gott sei Dank, gerade keiner da, der uns hätte hören können. Ich schließe die Tür sorgfältig hinter mir und flüstere beschwörend: »Bist du wahnsinnig? Du bringst mich in Teufels Küche mit deinem Gerede!«

»Was ist denn los?« Ungerührt setzt Notfall sich auf den Platz, den Nancy gerade noch warm gelegen hat und schlürft genüsslich an ihrem Kaffee. »In spätestens neun Monaten kommt es sowieso raus – höhö …« Die Schwester gackert erheitert über ihr kleines Wortspiel. »Das solltest du eigentlich am besten wissen!«

»Na sicher weiß ich das. Aber Nancy hat geschworen, mich wegen Verletzung der ärztlichen Schweigepflicht vor den Kadi zu zerren, wenn irgendjemand von der Sache Wind bekommt. Und gezerrt wurde ich die letzten Wochen genug – das brauche ich jetzt nicht auch noch.«

»Okay, ich habe verstanden – Schweigepflicht! Geht klar!«

»Du hältst also still? Verrätst es sicher nicht weiter?«

»Weiterverraten?« Notfall schaut gewollt unschuldig drein und sieht dabei erschreckend echt aus. »Was denn weiterverraten? Ich kann mich nicht erinnern, dass irgendetwas gewesen wäre …« Sie hüpft von der Liege und verschwindet mit verschwörerischem Augenzwinkern zur Tür hinaus.

»Und wenn du es mir erzählst, wirst du nicht verklagt?«

»Doch. Dann auch. Falls du mich verpetzt, natürlich nur. Aber warum solltest du so etwas Dummes tun wollen? Schließlich fing dein Problem schon damit an, dass du eine Amme für Baby Chaos besorgen müsstest. So jemanden findet man heutzutage nicht mehr so einfach!«

Es ist mal wieder später Abend. Der Mann und ich haben es uns auf der Couch mit einer Packung Chips gemütlich gemacht, und das Baby auf mir mit seiner Lieblingsbrust.

»Ja, du hast recht – ich kann schlecht auf dich und die Milchbar verzichten!«

»Gut, dass du das einsiehst.« Ich knuffe ihn spielerisch in die Seite – für die Milchbar und so.

»Weißt du, was seltsam ist? Ich hatte heute ein Snickers in meiner Kitteltasche.«

»Tatsächlich«, nuschelt der Mann undeutlich, den Mund voller Chips. »Snickers in deiner Kitteltasche ist ein absolutes Unikum. So selten wie Schlagzeilen auf der Bild-Zeitung – AUA!« Ich knuffe ihn schon wieder.

»Klar esse ich oft Snickers – aber ich weiß, wann ich eines gekauft und im Kittel deponiert habe. Und das war heute ganz sicher nicht der Fall!«

»Vielleicht hast du es ja einfach nur vergessen?«

»Quatsch – ich bin vielleicht stilldement, aber an Schokolade erinnere ich mich immer! Außerdem war da noch die Sache mit den Abschlussbriefen …«

»Du sprichst ins Rätseln, Josephine. Welche Sache mit welchen Abschlussbriefen?«

Ich muss kurz nachdenken – ja, irgendwie passieren in letzter Zeit komische Dinge.

»Ich hatte einen Berg Abschlussbriefe zu schreiben – und eines Morgens waren sie einfach weg. Keiner wusste, was mit ihnen passiert war – und zwei Tage später sind alle wieder aufgetaucht. Tip-Top fertiggeschrieben. Da hat sich jemand jede Menge Arbeit gemacht. Meine Arbeit …« Nachdenklich tätschele ich dem schlafenden Kind den Rücken.

»Vielleicht wollte Bambi ein bisschen aushelfen?«, schlägt der Mann vor und schiebt eine erneute Ladung Chips nach.

»Ja. Bambi. Das muss es sein. Aber die braucht normalerweise Stunden für einen ihrer eigenen Briefe – wie soll sie dann meinen Berg binnen so kurzer Zeit abgearbeitet haben?«

»Komm, Josephine – freu dich doch, dass es gemacht ist und gut. Vielleicht hast du sie ja doch selbst geschrieben und kannst dich nur nicht mehr dran erinnern?«

Wer weiß – vielleicht …?

Das Offensichtliche ist meist ziemlich offensichtlich

Schon beim Öffnen der Doppel-Schnappschloss-Tür schlägt mir der wunderbar, heimelige Duft von frisch gebrühtem Kaffee entgegen. Ein kurzer Blick ins Aquarium zeigt lediglich ein einziges, lehrbuchgerecht vor sich hin tockendes CTG, während auf der großen, gemütlichen Ledercouch Frau Von Sinnen offensichtlich einem kleinen Nachmittagsschläfchen nachkommt. Ich trotte leise weiter Richtung Küche, wo Gloria-Victoria und Ludmilla schweigend in ihre Kaffeebecher stieren.

»Hallo Mädels!«, grüße ich freundlich, bekomme jedoch lediglich mürrisches Kopfnicken von Gloria sowie den Hauch eines Lächelns von der alten Russin zur Antwort. Wow – das sind ja tolle Aussichten für den anstehenden Dienst.

»Was ist denn hier los?«, frage ich irritiert und hocke mich auf einen der freien Stühle, während Ludmilla mir, mütterlich wie immer, Kaffee in einen Becher schenkt und zusammen mit einem angetrockneten Stück Kuchen herüberschiebt. »Da – musst du essen. Wirrst du brrauchen!«

»Och nö. Sag so was nicht. Was ist denn los?«

»Napoli«, grollt Gloria böse, »Napoli hat ganz schreckliche Laune!«

»Und weiß man auch warum?«

»So schlimm wie heute war es schon lange nicht mehr!«, beteuert die blonde Hebamme, und Ludmilla nickt so heftig, dass ihre Wangen schlottern. »Gaaanz schlimm!«, betont sie, »gaaanz schlimm, ährrlich!«

»Das ist ja super. Da muss ich aufpassen, dass er mich heute Nacht nicht doch noch mit einem hübschen Betonklotz an den Füßen im nächstbesten See versenkt. Wir haben nämlich Dienst zusammen!«

»OH MEIN GOTT! Glaubst du wirklich, Napoli hat Kontakt zur … Mafia?« Mit schreckgeweiteten Augen im schneeweißen Gesichtchen steht mit einem Mal das Bambi im Raum, das letzte Wort nur noch zart und atemlos gehaucht. Still und unauffällig wie immer hat es sich in die Szenerie geschlichen und gerade noch die letzten Fetzen der Unterhaltung aufgeschnappt. Eines Tages wird es mit dieser Nummer noch mal jemanden zu Tode erschrecken. Oder eine eigene Show in Las Vegas bekommen – man weiß es nicht so genau.

»Ja, klar doch!«, ziehe ich sie gutmütig auf. »›Der Pate‹ wurde schließlich nach Napolis Vorfahren gedreht!«

»ECHT JETZT?« Bambi sieht aus, als würde es gleich der Schlag treffen. Wie um alles in der Welt ist dieses Baby nur überlebensfähig?

»Josephine!« Streng pufft Gloria mich in die Seite. »Mach ihr keine Angst – sie glaubt doch immer alles!«

»Aber wie geht das, bitte? Glaubt sie etwa auch noch an den Weihnachtsmann? Die Zahnfee?« Ich könnte verzweifeln – die Frau ist erwachsen. UND hat studiert! Wie kann man da alles für bare Münze nehmen, was einem erzählt wird? Selbst Chaos-Kind-drei hätte mir die Nummer mit dem Paten nicht mehr abgekauft.

Die Diskussion endet so abrupt, wie sie begonnen hat, mit dem Erscheinen des fraglichen Mafiosi-Sprösslings, und Bambi zieht es vor, sich auf dem am weitesten entfernten Platz niederzulassen. Vorsicht ist die Mutter der Porzellankiste. Und wenn man ehrlich ist – bei dem riesigen Berg Unwetterwolken, die sich schwarz und bedrohlich über Napolis Kopf zusammenbrauen, bin selbst ich mir nicht mehr ganz sicher, ob da nicht doch ein Funke Mordlust im Mienenspiel des kleinen Italieners zu sehen ist.

Doch erst einmal funktioniert der Dienst ganz prima. Als alle gegangen sind, esse ich meinen Kuchen, trinke meinen Kaffee, danach eine Cola und plausche noch ein bisschen mit den Hebammen. Später, vom Dienstzimmer aus, absolviere ich drei Kurzsprints zum Kreißsaal, wo bei einer dreiunddreißigjährigen Erstgebärenden gerade die Geburt eingeleitet wird. Der Anruf zum ersten Sprint erfolgt zwanzig Minuten nach Beginn der Einleitung wegen schlechter Herztöne, umgangssprachlich auch »Badewanne« genannt, wegen der typischen Zeichnung, die der Herztonschreiber auf das grünkarierte CTG-Papier malt. Als ich keuchend und schnaufend im Kreißsaal eintreffe – ich muss dringend mal wieder meine Kondition ein wenig auf Vordermann bringen –, befinden wir uns herztonmäßig immer noch weit unterhalb von »schön«!

»Hast du ihr schon Wehenhemmung gegeben?«, frage ich Frau Von Sinnen, die beleidigt nickt. Klar hat sie. Erfahrene Hebamme. Aber ein bisschen Konversation muss ich schon machen, sieht ja sonst auch doof aus.

»Wollen wir mehr Bolus?« Mit Bolus ist eine bestimmte Menge des wehenhemmenden Medikaments gemeint, welches immer griffbereit in einer großen Spritze aufgezogen irgendwo im Kreißsaal herumliegt.

»Hau rein!«

Die Herztonkurve wackelt immer noch bedenklich tief

übers Grünkarierte, mir deucht jedoch, ich hätte gerade einen minikleinen Anstieg ausgemacht.

»Ist drin«, nickt die Hebamme mir zu, und nun stieren wir gemeinsam wie hypnotisierte Karnickel auf den CTG-Streifen, während das dumpfe »Tock-Tock« des Wehenschreibers von den meerblauen Wänden des Kreißsaals Nummer I hallt.

»Wie lange schon?«

»Fünf Minuten!«

Das ist lange.

»Wie viel Bolus?«

»6 Milliliter!«

Das ist nicht wenig.

Okay – der Worte sind genug gewechselt, lasst mich auch endlich Taten sehen. Oder so.

»Frau Wanne«, wende ich mich deshalb an die ängstlich drein schauende Frau auf dem runden Kreißbett. »Das ist leider gerade ein bisschen viel Wehe für Ihr Baby. Wir fahren Sie jetzt in den OP und holen den Knirps raus. Alles wird gut!« Nur immer schön Ruhe verbreiten lautet das Motto – Angst bekommen die werdenden Eltern nämlich von ganz alleine. Und so sieht Frau Wanne auch eher nach »mir wird schlecht« aus, was ich super nachempfinden kann, während Herr Wanne wiederum, ebenfalls kaninchengleich, auf den länger werdenden CTG-Streifen starrt. Und dann, von jetzt auf gleich, normalisiert sich das »Tock-Tock« der Herztöne auf malerische 150 Schläge pro Minute. Wo es auch bleibt. Toll. Sofortige CTG-Normalisierung unter angedrohter Notsectio. Was für ein unglaublich kooperatives Kind! Und so clever!

»Yeah – Baby hat scheinbar keine Lust auf Kaiserschnitt!« Frau Von Sinnen strahlt euphorisch und klatscht mich High-Five ab, während Herr und Frau Wanne sich glücklich in den Armen liegen.

»Schön – dann häng mal ein bisschen Dauer-Wehenhemmung an. Wir fahren die Nummer jetzt ganz langsam nach Hause! So eine Aktion möchte ich heute nicht noch einmal haben. Ich schau dann später wieder vorbei!«

Mit später meinte ich irgendwann gegen Abend und am allerliebsten mit solch hübschen Begleitkriterien wie »Muttermund vollständig« und »Kopf auf Beckenausgang«. Das wäre toll. Tatsächlich sind beim nächsten Notruf aus dem Kreißsaal gerade mal fünfzehn Minuten vergangen, wobei die Badewanne freundlicherweise schon wieder am Abklingen ist, als ich schwer keuchend und heftig transpirierend vorm Kreißbett stehe. Ich muss wirklich ganz bald meine Laufschuhe heraussuchen, sonst bekomme ich nächstens beim Spurt zum Patientenbett noch einen Herzinfarkt. Das geht so gar nicht!

»FRAU VON SINNEN! Was SOLL DAS? Ich sagte doch SPÄTER!«

»ICH WEISS«, blafft es böse zurück. »Ich KANN NICHTS DAFÜR!«

»Hattest du die Dauer-Wehenhemmung schon dran?«

»Klar! Ich war schließlich mal auf der Hebammenschule!«

»Frau Wanne – Sie sollten ein ernstes Wörtchen mit Ihrem Nachwuchs reden. Das hier ist kein schöner Zug! Sagen Sie ihm, dass es das unbedingt abstellen muss, sonst landen wir heute doch noch irgendwann im OP-Saal!«

Nachtschlaf im Allgemeinen und Dienstschlaf im Speziellen wird völlig überbewertet. Und so bin ich selbstredend hellwach und sofort da, als um 3 Uhr 43 das olle Diensthandy sein immer gleiches Lied anstimmt.

»Hallo?«

»Es sieht nicht gut aus!«

Reden wird auch überbewertet. Wer sieht nicht gut aus? Und warum? Wollen wir etwas dagegen tun? Ernsthaft – jetzt, mitten in der Nacht? Ich brauche geschätzte dreißig Sekunden, bevor die Bedeutung von Frau Von Sinnens Worten das Licht in meiner Großhirnrinde angeknipst und ein wenig Hell ins Dunkel gebracht hat: Frau Wanne! Das CTG! Alles klar, ich komme jetzt!

Als mein Bewusstsein das Wort »jetzt« formuliert, stehe ich bereits im Kreißsaal, denn wenn du als Arzt erst mal ein paar Jahre heruntergerissen und um die fünfhundert Dienste gemacht hast, läuft der Notfallplan völlig automatisch ab. Abgelegt unter »Reflex« im Hirnstamm. Heißt im Klartext: Dein Körper rennt schon mal los, bevor dein Hirn überhaupt weiß, dass es wach ist. Tolle Sache, das!

Frisch erwacht wie Dornröschen, nachdem der Prinz es eine Runde in die Dornenhecke geschubst hat, stehe ich nun also im CTG-Überwachungsraum vor der Hebamme, die ihrerseits mit gerunzelter Stirn und unheilvollem Kopfwiegen die Eskapaden des Babys Wanne betrachtet.

»Es reagiert mit!«

»Hast du vielleicht auch ein paar Neuigkeiten für mich?« Das Offensichtliche ist schließlich offensichtlich.

»Wir sind vollständig.«

»Und werden wir auch spontan entbinden?«

»Das ist noch nicht ganz klar ...«

Es ist zum in die Tischkante beißen. Da sind wir nun so kurz vor fertig, und dieses vermaledeite CTG sieht aus wie der Himalaya!

»Okay, lass uns schauen, wie es dem kleinen Mops geht und dann rufen wir Napoli an!«

»Du willst die Exekution also noch ein bisschen hinauszögern?«

So sieht es aus, Schwester! Napoli – mal ganz abgesehen von allen Unstimmigkeiten, die wir gerade miteinander haben – ist schlicht kein Freund von Nachtarbeit. Aber Nachtarbeit und schlechtes CTG und Brass auf die diensthabende Assistenzärztin fallen eindeutig in die Rubrik »Naturkatastrophe«. Und der kleine Italiener kann so was von einem Tsunami sein, ich sag es ... Also zapfe ich dem Kindelein mittels einer komplizierten Prozedur Blut am Kopf ab und stelle fest, dass das Baby ein Kerl sein muss – es simuliert nämlich nur! Malt eine Badewanne nach der anderen aufs CTG, obwohl es ihm eigentlich super geht. Somit ist erst einmal alles paletti, wir haben Zeit. Zeit zum Schlafen, beispielsweise. Und weil der Weg zu meinem Dienstzimmer, im vierten Stock, bei den sieben Zwergen, hinter den sieben Bergen so verdammt weit weg ist, schleiche ich mich klammheimlich in den Kreißsaal Nummer V, uterusrot, den sowieso nie jemand benutzt, weil die Farbe der Wände einen nach spätestens zehn Minuten hochgradig aggressiv macht. Da hat der Innenarchitekt auch mal toll mitgedacht.

Mein Kopf hat kaum das Stillkissen berührt, als Graham Bells Erfindung schon wieder nervtötend vor sich hin rappelt. Ein Blick auf das Display verursacht mir augenblickliches Sodbrennen, denn Schwester Clementine, eine der sieben Plagen, wünscht ärztliche Unterstützung.

»JA?«, raunze ich schwer genervt ins Telefon. Keine Antwort. Ich lausche in den Hörer und vernehme nichts als schmatzendes Kauen. Dann schlucken. Und schlürfen. Ein Königreich für ein Stück Tischkante – ich bin nur noch nicht sicher, ob ich lieber mein oder doch eher Clementines Hirn dagegen schlagen möchte.

Die kleine, dürre Nachtschwester – Markenzeichen rot gefärbte, schlecht sitzende Dauerwelle und grellroter Lippenstift – spielt nun schon seit über dreißig Jahren im Show Business mit, und es ist mir ein Rätsel, dass von der großen Schar Assistenzärzte, die in all der Zeit an ihr vorübergezogen ist, keiner je handgreiflich wurde. Denn die absolute Lieblingsbeschäftigung der Schwester, auch und gerade während der Dienstzeit, ist die Dauertelefonie. Bevorzugt mit Personen, die sich eigentlich im selben Raum wie sie aufhalten. Und auch wenn es kein bisschen danach aussieht, ist Clementine obendrein verfressen wie ein Hausschwein. In Kombination ergibt das ein permanentes, unverständliches Genuschel in den Telefonhörer. Und da Clementine vornehmlich nachts Dienst tut, ist der Mensch am anderen Ende ihrer vollgekrümelten Leitung beinah ausschließlich irgendein armer Arzt. Oder ich. Was ja auf dasselbe hinausläuft.

»CLEMENTINE! Ich bin DRAAAHAAN!« Am entgegengesetzten Ende der Leitung hustet es trocken – die verfressene Schwester hat sich offensichtlich akut an ihrem Nachtmahl verschluckt. Das wird heute nix mehr mit Schlafen, Josephine, das sehe ich schon kommen.

»Josephine?«, prustet es jetzt von der anderen Seite her ins Telefon. »Josephine – bist du das?«

Nee, der heilige Vater ist's. Ich fass es ja nicht.

»Wen hast du denn wohl angerufen?«, fauche ich zurück

»Na – dich? Wieso?«

Einatmen, Josephine, und ausatmen. Deine Stirn ist kühl und trocken – alles wird gut.

»Clementine – was ist los?«

»Weißt du – Frau Ober-Untermeier wird doch morgen operiert ...«

»Isses wahr?«

»Ja, wird sie. Laparoskopie, weißt du?«

»Nee, keinen Schimmer. Ist aber auch egal – was willst du?«

Auf der anderen Seite raschelt es jetzt, als blättere jemand in einem Papierberg.

»Nein, warte! Ganz falsch. Frau Ober-Untermeier bekommt keine Laparoskopie. Das ist ja Frau Döderlein. Kennst du Frau Döderlein?«

SO müssen sich Hitzewallungen bei beginnender Wechseljahressymptomatik anfühlen! Die Hitze startet unterhalb des Brustbeines als mieses Brennen, breitet sich über Dekolleté und Unterkiefer gleichmäßig nach rechts und links bis zu den Ohren aus und findet den finalen Höhepunkt in lästigem Ganzkörperschwitzen. Nur das meine Hitze nichts anderes ist als unterdrückte Wut, gepaart mit einem ordentlichen Schuss Schlaf-Entzugs-Verzweiflung.

»CLEMENTINE!«, schreie ich verzweifelt ins Telefon. »Komm zu POTTE!«

»Hat sich erledigt.« Die Schwester kaut jetzt offensichtlich schon wieder mit vollen Backen. »Frau Ober-Untermeier ist wegen der Gebärmutterentfernung aufgeklärt!«

»Ja – UND?«, röchle ich verzweifelt.

»Das ist richtig so. Die Laparoskopie bekommt ja Frau Döderlein. Tschüüs, Josephine, schlaf gut!«, spricht es und legt den Hörer auf. Müde bette ich mein Haupt aufs augenkrebsverdächtige Glücksschweinchen-Stillkissen und werfe einen letzten Blick auf die Kreißsaaluhr, welche tausendstelsekundengenau die Zeit ins dämmrige Dunkel des uterusroten Kreißsaals Nummer V wirft: 4 Uhr 32. Unter idealsten Bedingungen wären das somit noch gute zwei Stunden Schlaf, wenn nicht …

das Telefon klingelt! Ich schwöre – wäre Mr Bell nicht schon lange tot, den heutigen Tag hätte er keinesfalls überlebt.

»JA?«

Es ist Frau Von Sinnen.

»Das CTG!«

»War klar – ich bin da!«

Zweieinhalb Sekunden später starren wir zum wiederholten Male müde auf die unendlich erscheinende, grünkarierte CTG-Schlange, die sich malerisch zu unseren Füßen wallt.

»Richtig schön ist anders«, stelle ich stirnrunzelnd fest.

»Richtig schlecht aber auch«, gibt die Hebamme zu bedenken.

»Das wird Napoli kaum gelten lassen, wenn wir ihn um diese Uhrzeit aus dem Bett schmeißen!«

»Der wird dich sowieso den Löwen zum Fraß vorwerfen, selbst wenn du heute Nacht Vierlinge mit einwandfreien Apgars und pHs spontan und allein entbindest.«

Da hat sie allerdings recht.

»Wann haben wir zuletzt die Blutgaswerte gecheckt?«

»Vor ziemlich genau dreißig Minuten.«

»Gut, dann machen wir jetzt eine Kontrolle und rufen ihn anschließend an. Dann können wir zur Besänftigung wenigstens einen aktuellen Zwischenstand anbieten!«

Fünfzehn Minuten später und nach fachgerecht durchgeführter Untersuchung liege ich auf der Aquariumscouch, als Frau Von Sinnen hereingestürmt kommt, stutzt und ruft: »Was tust du da? Und was tut es da?« und deutet auf mein Diensthandy, welches wütend scheppernd auf dem Schreibtisch liegt.

»Ich esse Gummitiere. Nervennahrung. Willst du auch was davon?« Einladend halte ich der großen Hebamme die Tüte vor die Nase, während es blechern aus dem Hörer dröhnt.

»FRECHHEIT!«, höre ich Napolis verzerrten Bass und »ENTLASSUNG!«. Zweimal hat er sich vor lauter Schreierei schon so verschluckt, dass die Stimme am anderen Ende der Leitung nur noch ein kaum hörbares Quietschen war. Fassungslos starrt FvS erst mich, dann das böse plärrende Handy und schließlich wieder mich an, schüttelt den Kopf, dass die kurzen Haare nur so fliegen und fragt: »Was tut er da drin?« Ich schüttele achselzuckend den Kopf und schiebe mehr Fruchtgummi nach. »Ich habe keine Ahnung. Erst hat er sich wach gebrüllt, und nun hält er sich offensichtlich bei Laune. Er hat mich sogar explizit wissen lassen, welches Kleidungsstück er gerade anziehen muss, nur weil ich zu doof bin, um alleine zu entbinden.«

»Jetzt ziehe ich meine Hose an. Dann muss ich meine Schuhe suchen. Und jetzt habe ich meine Kinder aufgeweckt – alles wegen Ihnen«, ahme ich die Stimme des wütenden Oberarztes nach und muss ein bisschen lachen.

»Du meinst – er ist jetzt gerade unterwegs hierher und brüllt dich derweil durchs Telefon an?«

»Völlig korrekt. Jetzt hast du es verstanden!«

»Und *das* lässt du dir bieten?«

»Mitnichten. Deshalb liegt das Telefon ja auf dem Tisch. Eigentlich wollte ich gerne auflegen, aber er hat mich gar nicht erst zu Wort kommen lassen!« Ich werfe einen traurigen Blick in meine Tüte – leer! »Hast du irgendwo noch mehr Gummizeug?«, frage ich hoffnungsfroh.

»Nein, leider. Aber ich habe etwas viel Besseres für dich!« Verschwörerisch blinzelnd zieht Frau Von Sinnen mich von der Couch und hinter sich her nach Kreißsaal I, meerblau, wo wir nur kurze Zeit später Frau Wanne entbinden. Damm intakt, Apgar und pH lehrbuchmäßig. Napoli wird mich definitiv in meine atomaren Bestandteile zerlegen. Und ich schaffe es tatsächlich gerade noch rechtzeitig im Nachbarkreißsaal zu verschwinden, als das Unwetter in Form eines kleinen, entfesselten Italieners durch die Kreißsaal-Doppel-Schnappschlosstür bricht …

»UNVERSCHÄMTHEIT! UNFASSBAR! UNGLAUBLICH! UNGEHEUERLICH!«

Es ist 7 Uhr 32 am selben Morgen, als ich mich – schon wieder – im heiligen Olymp einfinde. Napolis schwarz glänzender Lockenschopf trieft schweißnass, während er ununterbrochen weiter auf mich einbrüllt – jetzt vorzugsweise in seiner Muttersprache und schier atemberaubendem Tempo. Interessiert beobachte ich sein sekündlich röter werdendes Gesicht und versuche eher vergeblich, den Spucketröpfchen auszuweichen, welche mir zahlreich entgegenfliegen. Wie gut, dass der kleine Italiener auch mir nur knapp ans Kinn reicht. Soll er doch ruhig den ollen Chirurgenpyjama vollsabbern – da ist schon genug anderer Mist drin.

»Signore Napoli, Sie werden gleich einen Herzstillstand erleiden, wenn Sie sich weiter so hineinsteigern!«

Chef Böhnlein ist ein Vermittlertyp. Auch jetzt, um halb acht in der Früh bei einem Oberarzt mit Tobsuchtsanfall.

»Erklären Sie mir doch einfach mal in Ruhe, was eigentlich das Problem ist?«

Also – ich weiß sehr genau, was das Problem des kleinen Macho-Italieners ist. Frauen gehören seiner Meinung nach nämlich samt Spaghetti-Topf an den heimischen Herd und keinesfalls in ein Krankenhaus. Und wenn, dann höchstens, um dort kleine, italienische Kinder zu gebären, niemals jedoch um zu arbeiten. Und überhaupt schon gar nicht als Ärztin. Das ist nämlich sein Problem!

Napoli grunzt wie ein angeschossener Pamplona-Stier, und ich befürchte ernsthaft, meinen letzten Gedankengang gerade laut geäußert zu haben – habe ich aber Gottlob nicht. Das Schnaufen galt dem Chef. Irgendwie …

»Diese PERSON …« Genauso gut hätte er auch »absolut unfähiges Wesen« sagen können!

»… hat mich völlig unnötig mitten in der Nacht aus dem Bett geholt …« Ich fang gleich an zu weinen.

»… und als ich dann komme – als ich endlich da bin …« Jetzt überschlägt sich der italienische Heldentenor gerade ein bisschen.

»… ist das Kind AUCH SCHON DA!«

Unglaublich! Frechheit! Angedrohte und durchgeführte Spontangeburt! Man führe sie zum Schafott! Ich verdrehe heimlich die Augen und bemerke überrascht, wie des Chefs Hautkolorit zügig von Zartrosa über Mittelrot nach Dunkelkarmesin wechselt. Nanu – was ist denn jetzt los?

»Napoli! Sie wollen mir nicht erzählen, das wir hier in aller Herrgottsfrühe zusammen gekommen sind, weil Ihr heiliger Schlaf unterbrochen wurde?« Böhnleins Stimme bekommt einen fast unmerklichen Unterton, der nichts anderes bedeutet, als absolute Gefahr in Verzug. Weiß ich. Kenn ich. Napoli offensichtlich nicht, denn der antwortet jetzt völlig arglos und immer noch schäumend vor Wut:

»SI! DOCH! Genau DAS! Diese PERSON hat mich MITTEN in der Nacht …«

»Raus hier!«

Es ist nicht mehr als ein leises, unheilvolles Grollen, aber gerade deshalb hält Napoli jetzt wohl ernsthaft verwirrt in seinem Sermon inne. Es steht ihm ins Gesicht geschrieben – der kleine Mann versteht gerade nur Bahnhof.

»Aber Cheffe …?« Doch »Cheffe« hebt nur drohend die linke Augenbraue und zeigt mit dem ausgestreckten Arm stumm zur Tür, als Napoli schon fluchtartig das Zimmer verlässt. Ich folge in gebührendem Abstand und bilde mir ein, aus den Augenwinkeln kleine Rauchwölkchen aus Böhnleins Nase steigen zu sehen, bevor ich behutsam die Tür hinter mir schließe …

Freaky Friday: Wer Kompressen entwendet und nicht wiederbringt, wird mit OP-Verbot nicht unter drei Wochen bestraft

»Was ist DAS denn?« Staunend betrachtet das Bambi den Strauß Blumen, der – hübsch in einem Ein-Liter-Urinsammelbecher drapiert – in meinem Schrank steht und lieblich nach Sommer und Garten duftet.

»JETZT weiß ich, warum das hier so stinkt!«, mault Wilma vom Dienstbett herüber. »Ich habe deswegen die ganze Nacht kein Auge zu gemacht!«

»Aber die riechen doch ganz wunderbar!«, erwidert das Rehlein empört.

»Ja, und wenn ich Luigi richtig verstanden habe, warst du die ganze Nacht sowieso anderweitig beschäftigt!«, werfe ich dazwischen. Das Dienstzimmer der Chirurgen befindet sich Wand an Wand zu dem unseren, und der kleine Italiener hatte mir bereits vor Dienstbeginn im Aufzug sein Leid geklagt.

»Haben die denn kein Zuhause, Josephine? Kein Auge habe ich zugetan. Kein Auge! Dabei war ausnahmsweise mal nichts zu tun!«

Das ist wirklich verdammt ärgerlich!

»Die sind wunderschön, Josie!«, jubelt das Bambi jetzt weiter. »Von wem hast du die?«

Ja, von wem habe ich die nur? Vorsichtig hebe ich den Strauß Blumen aus dem Spind heraus und drehe ihn prüfend von rechts nach links. Keine Karte, kein Hinweis – keine Ahnung!

»Steht nichts drauf!«, stelle ich enttäuscht fest. »Vielleicht hat ihn jemand anders geschenkt bekommen und versehentlich hier rein gestellt?« Nicht, dass ich mich erst freue, um dann festzustellen, das er mir gar nicht gehört!

»Zu Milchpumpe und einer Familienpackung Snickers? Selbst Fred weiß, dass das nur *dein* Schrank sein kann!«, wirft Wilma ein.

»Was hat Fred an meinem Schrank verloren?«

»Er hat etwas zu essen gesucht, bevor er nach Hause ist«, gesteht sie und grinst mich völlig unverfroren an. »Und schuldet dir jetzt zwei Snickers.«

Ja, Sex macht bekanntlich Appetit.

»Oh, Helena, schau nur, was Josephine in ihrem Schrank gefunden hat!« Wild gestikuliert das Bambi von der zur Tür hereinkommenden Kollegin zu dem Blumenstrauß in meiner Hand, dann wieder zu ihr zurück und bekommt sich gar nicht mehr ein, vor Freude. »SO schöne Blumen! Sind die nicht schön?«

»Ja, Bambi, die sind super! Aber du solltest dich jetzt mal umziehen, sonst kommen wir noch zu spät zur Übergabe!«, fahre ich streng dazwischen und stelle die Ersatzvase samt Inhalt vorsichtig auf dem übervollen Schreibtisch ab, inmitten dreckigen Geschirrs und Aktenstapeln.

»Hübsch«, nickt Helena anerkennend und beginnt sich aus ihrem Hosenanzug zu schälen. Ich kann mich nicht erinnern, je einen Hosenanzug besessen zu haben, und selbst wenn, sähe ich darin nur aus wie eine verzweifelte Chefsekretärin auf der Suche nach dem letzten noch zu habenden Mann auf Erden, während Helena in diesem Look ohne Zweifel bei jeder großen Modenschau mitlaufen dürfte. Die Welt ist so ungerecht!

»Hübsch?«, ätze ich. »Der ist SUPER! So einen Strauß habe ich zuletzt zur Hochzeit bekommen. Aber du bekommst so etwas wahrscheinlich ständig?«

Josephine – nimm den Hund an die Leine!

Ich bin ehrlich entsetzt über mein böses Mundwerk, aber diese Frau macht mich völlig wahnsinnig. Ohne mir je etwas getan zu haben. Ganz im Gegenteil – sie ist so freundlich und kollegial, wie man es sich nur wünschen kann. Und scheint auch völlig immun gegen all die Anbiederungsversuche männlicher Verehrer zu sein, die sie umschwärmen wie Wespen das Marmeladenbrot.

Habe ich es schon gesagt? Sie macht mich *wahnsinnig*!

Missmutig arrangiere ich die großen, farbenfrohen Blütenstängel und vermeide es, der Kollegin dabei ins Gesicht zu schauen. Warum guckt sie mich auch immer so an? Ja, wie eigentlich? Erstaunt? Verwundert? Als könnte ich nicht bis drei zählen? Josephine, wenn du dich benimmst wie ein Baby, ist es nur natürlich, dass man dich auch so behandelt.

»Josephine?«

»WAS?« Verdammt! Habe ich etwa laut gedacht? Die große Blondine deutet vorsichtig mit dem Finger auf mich.

»Da – auf deinem Hemd?«

»Was ist denn da?« Dammich noch eins, darf man sich denn nicht einmal mehr in Ruhe in Rage denken?

Das Bambi hält sich beschämt die Hand vor den Mund, während Wilma hämisch lachend ins Bad stolziert. Der ist es völlig egal, dass ihr nacktes Hinterteil neben Helenas Astralkörper nur verlieren kann, denke ich noch. Dann blicke ich an mir herunter, auf die großen, kreisrunden Flecken, die sich gerade dort ausbreiten, wo meine Brustwarzen eigentlich von dicken, flauschigen Stilleinlagen vor dem Auslaufen geschützt sein sollten.

»Verdammter Mist!«

Die kleinen Sünden straft der liebe Gott eben sofort, Josephine. So ist das nun mal!

Mit einem sauberen Kittel und immer noch ordentlich Wut im Bauch betrete ich eine gute Dreiviertelstunde später den OP-Umkleideraum, denn wie durch ein Wunder ist auf dem Plan des heutigen Tages tatsächlich mein Name aufgetaucht. Und das, obwohl Dr. Napoli, der für die Zuteilung der OPs zuständige Oberarzt, mich schon wochenlang nicht mehr freiwillig eingeteilt hatte. Dabei waren die von Zeuss erhobenen Sanktionen eigentlich schon im letzten Monat abgelaufen. Doch mein italienischer Oberarzt gehört leider zu der nachtragenden Sorte Mensch, weswegen es sich auch nur um Jahre handeln kann, bis ich wieder voll rehabilitiert bin. Was sage ich da? Jahrzehnte!

Kaum habe ich die geräumige, mit Spinden und Bänken ausgestattete Umkleide betreten, als ich Zeuge eines gar seltsamen Schauspiels werde.

»Guten Morgen, Darling. Kann ich dir irgendwie behilflich sein?« Rasch ziehe ich die Tür hinter mir ins Schloss – nicht, dass noch irgendjemand das sieht, was ich gerade sehe: OP-Schwester Daria Linde, genannt »Darling«. Das allein ist jetzt tatsächlich kein Besorgnis erregender Anblick, denn Darling ist jung, hübsch und obendrein wohl geformt. Mit den richtigen weiblichen Rundungen an den dafür vorgesehenen

Stellen. An diesem Morgen jedoch steht sie einbeinig – mit rotbesocktem Fuß in gepunktetem OP-Schuh und einer Klein-Mädchen-Blumen-Unterhose unter grünem OP-Hemd – mitten im Raum und hüpft im Kreis.

»Sag, Liebes, hast du Wasser im Ohr?« Stirnrunzelnd betrachte ich das Gehopse, während ich meinen Spind aufschließe, um Frühstück und Milchpumpe darin zu verstauen. Doch Darling schüttelt nur stumm den Kopf, während sie weiter konzentriert herumhüpft. Einbeinig und im Uhrzeigersinn. Ich überlege gerade, ob dies ein Fall für den Psychiatrie-Kollegen sein könnte, als sich die Tür hinter mir mit energischem Ruck öffnet und Ottilie, Oberschwester der Abteilung für operative Tätigkeit, das Set betritt.

»Moin, Josephine!«, bellt sie mir rau entgegen und wendet sich dann mit hoch gezogener Augenbraue an die hüpfende Kollegin. »Darling? Freaky Friday? Schon wieder?«

Freaky WAS?

Irritiert blicke ich von Ottilie zur unermüdlich hüpfenden, kreisenden Schwester hinüber, die schwer atmend und mit kleinen Schweißtröpfchen auf der Stirn zustimmend nickt.

»JA«, schnauft sie angestrengt zwischen drei Sprüngen und einer halben Drehung. »Vollmond! Und Übi in Zwei und Katha krank und Curry Wurst zum Mittag und Messer im Urlaub!«

»Jau!«, dröhnt Ottilie und nickt verständnisvoll im Takt zu Darlings Gehampel. »Freaky Friday. Ganz klar!« Dann sucht sie einen Stapel OP-Kleidung aus der Kammer zusammen und beginnt, sich seelenruhig pfeifend aus ihrer Kleidung zu schälen, während das OP-Schwesterchen weiterhüpft, als gäbe es kein Morgen. Jetzt zur Abwechslung mal gegen den Uhrzeigersinn.

Ja, schlack noch eins! Sind denn alle verrückt geworden?, denke ich mir, als sich erneut die Tür öffnet.

»Moin!«

Es ist Dr. Edda Sufenta, anästhesistische Fachärztin und offensichtlich bestens vertraut mit den Gepflogenheiten unseres OP-Personals, denn mit einem Blick auf Darling ruft sie lediglich überrascht aus: »Verdammt! Freaky Friday hatten wir doch erst letzten Monat, oder?«

Ich glaube es ja nicht – ist das ein Anti-Gyn-Insider? Die Frage scheint mir offen ins Gesicht geschrieben zu sein.

»Josephine!« Darling hat nun endlich ihre sportliche Betätigung eingestellt und wischt sich die Schweißtropfen mit einem Papiertuch vom Gesicht, das Ottilie ihr hilfsbereit hinhält. »Josephine, sag nicht, du hast noch nie etwas vom Freaky Friday gehört?«

Ich gestehe – habe ich nicht! Also schüttele ich unwissend den Kopf, als Edda auch schon erklärend fortfährt, die Stimme zu einem verschwörerischen Flüstern gesenkt: »Am Freaky Friday geht immer alles schief!« Edda schaut mich ernst an, während Darling aufgeregt mit ihrer gepunkteten OP-Haube winkt. »Alles geht dann schief, wirklich ALLES! Und nur manchmal kann man es mit dem Anti-Freaky-Friday-Tanz noch in letzter Sekunde herumreißen!«

Ich werfe einen kurzen Blick auf die Display-Anzeige meines Diensttelefons. Nein! Heute ist mitnichten der 1. April.

Vielleicht gibt es eine versteckte Kamera? Suchend blicke ich mich in der Umkleide um, kann aber nichts Verdächtiges entdecken.

»Sagt – habt ihr etwa gemeinsam irgendein Zeug geraucht?« und tippe mir vielsagend mit dem Finger an die Stirn. »Am frühen Morgen? Und was soll das mit »Übi in Zwei« und »Messer im Urlaub«?

»Das ist ganz einfach!« Mit wichtiger Miene baut sich die kleine OP-Schwester vor mir auf und hält mir die geschlossene Faust vor das Gesicht. Fast befürchte ich, für mein Unverständnis gleich eines auf die Nase zu bekommen, als Darlings Zeigefinger in die Höhe schnellt.

»Ers-tens!«, verkündet sie feierlich, »Heute ist Vollmond!«

»Och, Darling, Vollmond? Das ist dein Problem?«

»Zwei-tens!«, fährt sie ungerührt fort, ohne auf meinen Einwand einzugehen und mit erhobenen Mittelfinger, »Übi operiert nie, niemals in OP-Saal II, seit ihn die kleine Roma ...«

»Angehörige einer ethnischen Minderheit!«, verbessert sie Ottie streng.

»... seit ihn *die kleine Angehörige einer ethnischen Minderheit* vorletztes Jahr wegen eines Leberfleckes noch bis in die übernächste Generation verflucht hat. VOM OP-Tisch herunter!«

»Krchphüüü!« Ottilie kann bei dem Gedanken daran kaum das Lachen unterdrücken. »Das war wirklich eine großartige Show!« Und auch Edda nickt vielsagend.

»Okay!« Ich bin fassungslos. »Es scheint noch mehr unglaubliche Dinge in diesem Haus zu geben, von denen ich noch nie zuvor gehört habe!«

»Drit-tens!« Darling ist nicht zu bremsen – nun schnellt auch der Ringfinger nach oben. »Katha ist nie krank! Niemals – nie! Aber jetzt« – sie schnippst vielsagend mit den Fingern der anderen Hand – »schon FÜNF Tage in Folge!«

»Katha« ist unsere allseits geliebte, hoch verehrte urologische Chefärztin, heißt eigentlich Dr. Katharina Gustafsson, wird jedoch auf eigenen Wunsch hin allseits nur beim Vornamen genannt, was ihrer natürlichen Autorität spannenderweise keinerlei Abbruch tut. Und Katha ist tatsächlich niemals krank. Also – bis auf jetzt.

»Vier-tens!« Die OP-Schwester ist nicht mehr zu bremsen, der kleine Finger ploppt vor meiner Nase empor: »Curry Wurst! Zum Mittag! Am Freitag!«

Das ist wahr. Curry Wurst gibt es sonst nie, außer zu Silvester oder an drei-gestrichenen Feiertagen.

»Uuuuuund ...«

Jetzt kommt es. Vier Finger vor meinem schielenden Blick warte ich gebannt aufs große Finale ...

»FÜNF-TENS!« Jubilierend bricht es aus ihr heraus. »MESSER! HAT! URLAUB!«

Ja, jetzt habe auch *ich* es verstanden. Der Vollmond mag gerade noch als klinischer Aberglaube durchgehen, denn Operieren ist eine Kunst, und die meisten Künstler sind abergläubisch. Das ist nun einmal so. Die Punkte zwei bis vier sind – jeder für sich genommen – durchaus bemerkenswert. Aber dass Oberarzt Dr. Messer – der Mann, von dem böse Zungen behaupten, er hätte die Geburten all seiner sieben Kinder schlicht operierend verpasst –, dass der tatsächlich im Urlaub weilt – freiwillig! –, das hat die Welt noch nicht gesehen.

»Wow!« Ich bin beeindruckt. Und bekomme gerade ein bisschen Angst. »Ich habe Angst!«

»Und ich erst«, flüstert Darling verschwörerisch. Edda und Ottie nicken synchron zustimmend, dann verlassen sie gemeinsam die Umkleide. Die Oberschwester pfeift düster den Trauermarsch.

Nachdem ich mich vorschrifts- und OP-mäßig angekleidet und meine sieben Sachen im Spind verstaut habe, schleiche ich – misstrauisch nach rechts und links schielend – hinter OP-Schwester Darling in Richtung des gynäkologischen Operationssaals. Doch erst einmal ist alles wie immer. Die erste Patientin wird auf ihrer Liege hereingefahren und freundlich begrüßt, der Name kontrolliert und die Diagnose in der Akte mit dem aktuellen Tagesprogramm abgeglichen. Dann folgt Anästhesie-Eddas Auftritt, die Vollnarkose für die Frau und das Erscheinen des Chefs. So ist es zumindest geplant.

»Josephine? Wo ist er?«

Frau Müller-Husemann, Patientin Nummer eins mit großer Zyste am Eierstock, träumt bereits den Schlaf der Gerechten, ist ordentlich gelagert, verkabelt, gewaschen und katheterisiert und somit bereit für den ersten Eingriff des Tages. Das Einzige, was jetzt noch zum reibungslosen Ablauf fehlt ist: der Chef!

»Josephine!« Ungeduldig trommelt Ottilie mit der steril behandschuhten Hand auf ihren sauber gedeckten Instrumententisch. »Josephiieeene – der Chef ist nicht da!«

»Und ich habe mich schon gewundert, warum mir keiner die Laparoskopie-Kamera hält«, murmele ich böse vor mich hin. Mal ehrlich – kann ich etwas dafür? Der Chef hat einen OP-Plan. Lesen kann er ihn auch. Und wenn da steht: 8 Uhr, OP IV, dann ist er normalerweise pünktlich da. Immer. Also immer außer heute anscheinend.

»Was soll ich denn bitte schön machen?« Anklagend strecke ich meine ebenfalls steril verpackten Hände in die Luft und wedele ein bisschen damit herum. »Wenn vielleicht der Springer so nett wäre …?«

Der »Springer« des heutigen Tages ist Schwester Darling, die nun mit vergrämtem Blick des Chefs Nummer ins OP-Telefon hämmert und dabei fortlaufend »Ich sag es ja: Freaky Friday«, murmelt.

»Chef? CHEF? OP IV, Darling … WAS? Nein. NEIN! Ich habe nicht *Sie* gemeint. *Darling!* OP-Schwester Dar … BITTE? Ja. JA! Daria. Ist gut. Kein Problem …« Die Gesichtsfarbe der Schwester wechselt gerade in rasender Geschwindigkeit alle Rottöne der Farbskala durch, während der Rest des Saales gemeinschaftlich Schnappatmung zelebriert.

»Wie lange? Wie lange? WO? Okay – ja, ist gut, ich gebe es weiter!« Kaum hat sie aufgelegt, ertönt schallendes Gelächter im Saal.

»Muahahaha – Kindchen, du hättest dein Gesicht sehen sollen!« Ottilie scheint fast über ihrem sterilen Tisch zusammenzubrechen, und auch ich kann mich nur schwer auf den Beinen halten. Den Chef-Gynäkologen »Darling« zu nennen, ist aber auch wirklich großartig!

»Ihr seid SO DOOF!«, mault die betroffene Schwester mit glühenden Wangen. Auch Anästhesie-Edda wiehert lustig und OP-Pfleger Igor muss sich sogar die Lachtränen mit seinem karierten Männertaschentuch aus dem Gesicht wischen.

»Pffff …«, macht das beleidigte Schwesterchen. »Dafür kommt jetzt Napoli. Der Chef steckt auf dem Klo fest!«

»WAS?«

Es herrscht kurzzeitig völlige Stille in OP Nummer IV, bevor unglaublicher Tumult losbricht.

»Auf der *Toilette*?«, grunzt Igor und muss sich am Laparoskopie-Turm abstützen, um nicht rittlings umzufallen. Edda sitzt derweil auf ihrem Höckerchen und weint dicke Lachtränen.

Im Nachbarsaal werden jetzt neugierige Rufe laut, denn die dort operierenden Chirurgen, samt Anästhesie- und Pflege-Team, möchten ganz dringend wissen, was bei uns los ist und verlangen nach Aufklärung.

»Darling«, presse ich erschöpft heraus. »Ich glaube, ich werde gerade Fan von deinem verrückten Freitag!«

Doch es ist noch lange nicht aller Tage Abend …

Nachdem alle Lachtränen getrocknet sind, der Nebensaal informiert und sich alle wieder einigermaßen unter Kontrolle haben, erfahren wir auch endlich, was mit dem Chefarzt passiert ist.

»Dr. Böhnlein hängt natürlich nicht *auf*, sondern *in* der Toilette fest«, erklärt sie, was den Heiterkeitspegel erneut beträchtlich anhebt. »Ich meine: IM Toilettenraum! Och, Kinder! Ihr seid heute aber auch blöd! Der Schlüssel ist von innen abgebrochen, und jetzt suchen sie einen neuen. Schlüssel! NICHT Chef!«

Ottilie hockt – den Oberkörper gegen die Wand gelehnt – auf einer Fußbank und lacht schon wieder so sehr, dass ihr die Brille von der Nase gerutscht ist und nun schief im Mundschutz hängt. Und hinter dem Tuch der Anästhesie geben sich Igor und Edda gegenseitig Halt, um nicht vor Gelächter von ihren Hockern zu fallen.

»Falls ihr es noch nicht mitbekommen habt!«, brüllt Darling beleidigt dazwischen, »NAPOLI übernimmt vorerst den OP-Plan!« Was ganz schön traurig ist, denn der kleine Italiener ist Freitagmorgens kein rechter Ausbund an Heiterkeit und Ruhe. Okay, sonst auch nicht, aber freitags am allerwenigsten. Eher das Gegenteil: ganz schlimm. Und doppelt schlimm, wenn man sich eigentlich auf das Operieren mit dem allzeit hochentspannten Chefarzt gefreut hatte.

»ES IST UNGLAUBLICH!«

Da ist er auch schon!

»Soll ich mich vervierfachen, eh? Wer macht jetzt *meine* Arbeit? Und das Paper für den Kongress nächsten Monat? EH? Was ist das hier überhaupt, und WO ist mein Tritt?«

Tritt in den Allerwertesten wäre jetzt wirklich angebracht, denke ich seufzend und sehe Edda aus den Augenwinkeln wild mit den Augen rollen.

»Guten Morgen, Francesco. Ich gebe dir gleich höchstpersönlich einen Tritt, wenn deine Laune nicht umgehend besser wird!«

Hurra! Ich hatte völlig vergessen, dass Ottilie die einzige Frau weit und breit ist, die unseren kleinen, hypertrophen Italiener im Griff hat – außer Rosaria Napoli vielleicht, des Oberarztes energische, ewig froh gelaunte Ehefrau.

»Darling – besorg deinem Oberarzt eine Stufe, damit er auch sieht, wo er operiert. Und jetzt machen wir alle mal ein bisschen pronto, sonst sind wir nächsten Freitag nämlich auch noch hier. Hopphopp!«

Keine dreißig Sekunden später steht Napoli dann tatsächlich steril verpackt am Tisch und blitzt mich über die schlafende Patientin hinweg böse an.

»Was soll das? Warum grinsen Sie?«

Weil ich von dir, Zwerg, nur die Nasenspitze sehe?

»Öhm – ich musste gerade an etwas Lustiges denken …«

Contenance, Josephine, contenance. Jetzt bloß nicht laut loslachen.

Es ist aber auch zu komisch. Francesco Napoli misst nun einmal von der Sohle bis zum Scheitel keinen Millimeter mehr als ein Meter zweiundsechzig. Der Operationstisch ist ungefähr einen Meter hoch, die Frau darauf noch einmal geschätzte vierzig Zentimeter dick (ja, zierlich ist anders). Das heißt: Wenn der Oberarzt hier tatsächlich operativ tätig werden möchte, braucht er in jedem Fall einen Tritt.

Napoli stiert mich böse an, und als er den Mund öffnet, befinden wir uns temperaturmäßig im Bereich flüssigen Stickstoffs.

»Wenn wir zwei uns nicht gleich auf Augenhöhe befinden, wird nicht nur Ihnen ganz schnell das Lachen vergehen!«

Au weia – jetzt ist er nicht mehr nur sauer. Jetzt wird er gleich tollwütig.

»Herrgott nochmal, DARLING!«, brüllt Ottilie, die sich der Gefährlichkeit der Situation eindeutig bewusst ist. »Hast du dich verlaufen oder was?«

»Ich habe nicht die geringste Ahnung, wo der blöde Tritt hin ist«, brüllt es genervt aus den Untiefen des Operationstrakts zurück. »Ich kann ihn nicht finden!«

Auf Napolis Stirn bilden sich kleine Schweißtropfen, und ich ziehe meinen Kopf vorsichtshalber so weit zurück, dass der tollwütige Arzt komplett aus meinem Sichtfeld verschwindet. Hinter der großen Frau auf dem Tisch fühle ich mich einigermaßen geschützt, denn ein explodierender Napoli ist gefährlicher als ein Flammenwerfer in einer Fabrik für Feuerwerkskörper.

»Was machen Sie überhaupt hier – in meinem OP?«, tönt es von der entgegengesetzten Seite, und widerwillig tauche ich aus der Versenkung auf.

»Wie meinen Sie das? Ich stehe auf dem OP-Plan!« Und den hast DU ja wohl geschrieben. Sage ich nicht laut, ist klar.

»Aber wer hat Sie da drauf gesetzt?«, ätzt der kleine Mann. »ICH war es nämlich ganz sicher nicht!«

»Vielleicht der Chef?«, schlage ich tapfer vor.

Keine gute Idee.

»Der Chef? DER CHEF würde niemals wagen, sich in MEINE BELANGE …!«

»Das ist alles, was ich gefunden habe!« Stöhnend platzt Darling in den neuerlichen Ausbruch des Oberarztes hinein, eine dreistufige Trittleiter schleppend, wie man sie zum Aufhängen von Gardinen gerne benutzt.

Ich spüre, wie mir die Hitze in den Kopf steigt, und auch Igor zieht erneut vorsorglich sein Taschentuch aus der Hosentasche.

Herr, bitte! Wenn er sich da jetzt draufstellt, dann sterbe ich.

Ottilies Augen blitzen oberhalb des grünen Mundschutzes, während sie dabei zusieht, wie Napoli mit Zornesfalte über der Nase die Leiter hinaufsteigt. Eine Stufe, noch eine, das Bein über den Scheitelpunkt ...

»Sehr schön sieht das aus, lieber Francesco. SO hast du doch mal einen wirklich umfassenden Überblick auf das OP-Feld und alles Weitere.« Und der Hohn tropft bei diesen Worten aus jeder Pore der alten OP-Schwester.

Napoli kocht. Seine Hände zittern vor Wut, und ich traue mich nicht, ihm ins Gesicht zu schauen, aus Angst, mich vollends zu vergessen und lachend im OP zusammenzubrechen. Von der anästhesistischen Seite, nördlich des grünen Tuches, hört man nur noch angestrengtes Ein- und Ausatmen. Vor meinem geistigen Auge sehe ich Edda und Igor, aneinandergeklammert wie Hänsel und Gretel im Hexenwald, wie sie in höchster Konzentration das Lachen wegzuatmen versuchen.

»Skalpell! Verress-Nadel! Halten! Kompresse!« Immer noch höchst aggressiv bellt der Oberarzt seine Anweisungen in den Saal. Nebenan, bei den Chirurgen, wird gerade die Musik gewechselt – offenbar ist deren erste Operation vorschriftsmäßig beendet. Und während ihr Anästhesie-Team den Patienten aus der Narkose holt und Richtung Aufwachraum bringt, sehen die Aufschneider nach, was bei uns so los ist.

»Moin, Freunde!« Als Luigi sein freundlich grinsendes Gesicht unter der Strand-Motiv-OP-Haube durch die Tür streckt, frage ich mich zum wiederholten Mal, warum unser Italiener so ein Dauermiesepeter ist, und die Chirurgen den Sunnyboy der Halbinsel abbekommen haben.

Stopp – da wäre ja noch Malucci. Bliebe also die Frage, warum ALLE Italiener gut gelaunte Powerbündel sind, nur unser Oberarzt nicht?

»Ey – Napoli! Wollten Sie auch mal sehen, wie die Welt aussieht, wenn man größer als eins vierzig ist?«

Italienische Mamas sind einfach sagenhaft gut in dem, was sie tun. Dieser Kerl hat vor überhaupt gar nichts Angst! Und unter dem lauten Jubeln seiner Leute zieht er den Kopf auch schon wieder in den Nachbar-OP zurück, während bei uns das Unheil seinen Lauf nimmt.

In einer Flut italienischer Schimpfwörter, die ungebremst aus ihm herausstürzen, tobt der in seiner Ehre schwer verletzte Oberarzt auf der wackeligen Trittleiter herum. Von nebenan ertönt weiterhin schadenfrohes Gelächter und auch hinter der Grenze zum Reich der Anästhesie weinen Edda und Igor gemeinsam dicke Lachtränen in ein graukariertes Taschentuch. Ich hingegen stehe, die Kamera in der Linken, Trokar in der Rechten, höchst konzentriert auf meiner Seite der Patientin und zähle von Zweimillionen an rückwärts, während ich bete, dass das unbändige Gelächter, welches sich gerade tief in meinem Inneren zu formieren scheint, nicht ausbricht.

»FRAU CHAOS!«

»Ja – Oberarzt?« Meine Stimme ist nur ein tonloses Flüstern.

»Ich warne Sie. Wenn Sie jetzt auch gleich anfangen zu lachen …«

»Nein!«, piepse ich. »Auf gar keinen Fall!«

»Und, Francesco?«, mischt sich Ottilie mit unschuldigem Augenaufschlag ein. »Wie ist es jetzt da oben? Hast du die Alpen schon sehen können?«

Napolis wildes Geschrei höre ich nur noch gedämpft, während das Lachen in unbändigem Glucksen und Grölen aus mir herauskatapultiert, so sehr, dass ich mich mit beiden Händen an der Patientin festhalten muss. Und als es den wutschnaubenden Oberarzt dann vor lauter wilder Gestikulation und lautem Stampfen urplötzlich von der Leiter haut, laufen mir die Lachtränen bereits unter dem Mundschutz weg in den Ausschnitt meines dunkelgrünen OP-Hemdes.

Mit einem Mal herrscht Totenstille im OP-Saal IV. Nicht so in meinem Schädel-Inneren: Heilige Scheiße – hat er sich das Genick gebrochen? Was, wenn er reanimiert werden muss? Wir brauchen Hilfe!

Vorsichtig stelle ich mich auf die Zehenspitzen und luge über die Frau auf dem OP-Tisch vor mir zur anderen Seite hinüber, wo gerade eben noch mein wild gewordener Mini-Oberarzt gestanden hat. Naja – gewütet hat.

»Dr. Napoli?«, rufe ich vorsichtig. Und zur Anästhesie gewandt, die ebenfalls die Luft hinter ihrem grünen Tuch anzuhalten scheint:

»Kann vielleicht mal jemand schauen, ob er noch lebt?«

»Alles Roger«, ruft da Luigi durch die spaltbreit geöffnete Tür. »Er lebt. Hat die Augen auf. Der wird gleich wieder!« Spricht es und schließt vorsorglich die Tür, bevor erneut infernalisches Gelächter von dort nach hier dringt.

Armer Napoli – das ist eindeutig nicht sein Tag heut!

»Francesco?«, ruft jetzt auch Ottilie und beugt sich besorgt über ihren sterilen Instrumententisch. »Geht das? Hast du dir etwas getan? Soll ich einen Unfallchirurgen rufen oder so?« Statt einer Antwort folgt jetzt langgezogenes Stöhnen. Mühsam rappelt der Oberarzt sich auf und steht kurze Zeit später mit schwer angeschlagenem Stolz und einer mittelprächtigen Platzwunde am Hinterkopf, aus der langsam das Blut sickert, auf seiner Leiter im OP-Saal IV, Gynäkologie.

»Wird es gehen, Dr. Napoli?«, frage ich mitfühlend. So, wie er da steht, tut er mir gerade schrecklich leid. »Sollen wir nicht doch einen Chirurgen rufen? Wegen der Wunde?« Wortlos schüttelt er den Kopf.

»Das blutet aber ordentlich«, mischt sich nun auch die besorgte Darling ein. »Wenigstens kurz steril abtupfen?« Erneutes, jetzt energisches Kopfschütteln.

»Pflaster drauf?« bietet Ottilie an. Kopfschütteln. Und auch am nördlichen Ende des Tisches demonstriert man Hilfsbereitschaft

»Soll ich vielleicht den Chefarzt anrufen?« Einladend hält Edda das Telefon über die grüne Tuchgrenze.

»ES! GEHT! MIR! GUT! – Verress-Nadel!« Und mit todesverachtender Miene rammt er die Nadel in den Unterbauch der großen Frau – durch die Nabelfalte in die Tiefe. Et voila! Zumindest dieses vermaledeite Ding scheint heute zu machen, was der kleine Oberarzt sich vorgestellt hat.

»Zeh-Oh-Zwei anschließen! Aufdrehen! – Mehr! Fertig. Verress zurück – Trokar!« Kurzangebunden blafft Napoli seine Befehle in den Raum, stößt mit sicherem Griff das scharfe, speerartige Instrument durch das zuvor geschnittene Loch in der Bauchdecke unserer Patientin. Dann zieht er mit energischem Ruck den Führungsspieß zurück, wodurch die Schiene für die Kamera freigegeben wird. Lässt sich – immer noch am Kopf blutend – die endoskopische Kamera reichen, die er routiniert in den dafür vorgesehenen Eingang schiebt, öffnet die Klappe, schiebt weiter und – erstarrt beim Blick auf den Monitor, der von der Decke herab vor unserer Nase hängt.

»Verdammte Kacke!«, entfährt es Ottilie trocken. Und Darling murmelt ehrfürchtig: »Freaky Friday!« Zu sehen ist nämlich mitnichten die Bauchhöhle unserer Patientin, wo in einem Meer glänzender Darmschlingen warm und geborgen eine kleine, vorwitzige Zyste auf die Entfernung wartet. Nein, wir befinden uns gerade live und in Farbe in dem wahrscheinlich schönsten, saubersten, rosafarbensten Stück Dünndarm, den ein gynäkologisches OP-Team je an einem Freaky Friday gesehen hat.

So etwas kommt vor. Immer und zu jeder Zeit. Darmverletzungen gehören zu den häufigsten Komplikationen schnöder Bauchspiegelungen überhaupt und können vom Junior-Assistenten bis hin zum altgedienten Chefarzt einfach jedem passieren. Ein Trokar in der großen Bauchschlagader bereitet dem Operateur deutlich mehr Kopfschmerzen, aber tatsächlich: Dr. Napoli ist eindeutig im falschen OP-Gebiet gelandet. Und schön ist solch eine Komplikation natürlich nicht. Mitleid steigt in mir hoch, wie er da so jämmerlich auf das Stück Darm-Innenlebens starrt, als könnte gleich ein Schild mit der Aufschrift »Versteckte Kamera« aus der rosa Schleimhaut geschossen kommen.

Kommt es aber nicht.

»Der Internist wäre bestimmt froh, wenn er mal so ein schönes Bild aus einem Dünndarm bekäme«, versucht auch Edda es mit Aufmunterung und streckt ihren behandschuhten, rechten Daumen hinter dem Tuch in die Höhe. Napoli ist absolut kein humorvoller Mensch, und diesen kleinen Aufheiterungsversuch hätte er normalerweise gnadenlos vom (OP-)Tisch gefegt. Doch unser leitender Mann am Laparoskop ist getroffen. Angeschossen und verletzt. Physisch und psychisch. Und so schüttelt er nur stumm den Kopf, betrachtet sein Werk lange und ausführlich, bevor er mit einem tiefen Seufzer erst die Kamera, dann die Führungshülse aus dem kleinen Loch im Nabel der Patientin zieht und mit tonloser Stimme nach dem Skalpell verlangt.

Fünf schweigsame Minuten braucht es, Frau Müller-Husemanns Bauch auf alt hergebrachte Art zu eröffnen, fünf weitere Minuten, das Loch in ihrem Darm ausfindig zu machen, welches sorgfältig gestopft und anschließend vorsichtig zu den anderen Darmschlingen zurückverfrachtet wird. Anschließend entfernt Napoli – souverän aber schweigend – die gut sechs Zentimeter große, unauffällig ausschauende Eierstockzyste der Patientin und hat nach nicht einmal zwanzig zusätzlichen Minuten den Bauch sauber verschlossen, vernäht und verpflastert, bevor er sich, grußlos und leicht schwankenden Schrittes, aus OP-Saal IV, Gynäkologie entfernt.

»Und jetzt?«, flüstert Darling ängstlich, als wir Frau M-H gemeinsam aus ihrer OP-Verpackung geschält und unsere Überkitttel und Handschuhe im dafür vorgesehenen Mülleimer versenkt haben.

»Was jetzt?«, flüstere ich verständnislos zurück.

»Warum flüstert ihr?«, fragt Edda ebenfalls leise und hält der Patientin fürsorglich ein wenig Sauerstoff vor die Nase.

»WAS IST DENN JETZT LOS?«, plärrt Ottilie völlig unbeeindruckt und schaut uns, eine nach der anderen, streng an. »Seid ihr etwa auch alle von der Leiter gefallen? Los, raus hier. Gleich kommt das Putzteam, und in zwanzig Minuten geht es weiter. Also: Essen fassen, Kaffee trinken, wiederkommen!« Und scheucht uns mit weit ausholenden Armbewegungen vor sich her, wie die Entenmutter ihre Kükenschar.

»Aber, vielleicht sollten wir den Rest lieber auf ein anderes Mal verlegen?«, ruft Darling verzweifelt über die Schulter zurück, während sie folgsam hinter Igor zur Tür hinaustrottet.

»Quatsch!«, ruft Ottilie energisch. »Es hat sich jetzt aus-gefreaky-fridayed! Aber so was von!« Und schiebt schwungvoll die Tür hinter uns zu.

Kurze Zeit später sitzen wir alle, um Kaffee und Frühstücksstullen herum, im OP-Aufenthaltsraum.

Nun ja – fast alle ...

»Darling! Könntest du wohl endlich dieses elende Gehopse bleiben lassen? Du machst mich ganz wuschig. Und helfen tut es offensichtlich auch nicht!«

»Genau«, pflichtet Edda mir bei. »Fast hat man das Gefühl, du machst alles nur noch schlimmer!« Empört hält Darling inne.

»Mein Anti-Freaky-Friday-Tanz hat uns bis jetzt noch jedes Mal vor größerem Unheil bewahrt! Ab jetzt ist Schluss damit, das sage ich euch!«

»Da bin ich ja mal gespannt«, pariere ich skeptisch. »Die Nummer mit Napoli hat mir definitiv gereicht!« Ich will gerade ein Stück von meiner Stulle abbeißen, als sich die Tür des Aufenthaltsraumes öffnet.

»CHEF!«, rufen alle wie aus einem Mund. Gott sei Dank – da ist er wieder!

»Ist alles in Ordnung?«, frage ich besorgt. Dr. Böhnlein, gefühlsmäßig der unaufgeregteste Mensch, den ich kenne, sieht aktuell doch sehr nach erhöhtem Blutdruck aus: rote Gesichtsfarbe, hämmernder Carotispuls, Schweißperlen auf der Stirn.

»Moin zusammen! Da will man nur mal schnell – also, ja, Sie wissen schon ... und dann bricht doch tatsächlich der Schlüssel dieser vermaledeiten Tür ab!«

Igor grinst schon wieder vom rechten zum linken Ohrläppchen, und auch ich kann nur mühsam ein amüsiertes Glucksen unterdrücken. Allein die Vorstellung, wie unser großer, ehrwürdiger Chefarzt verzweifelt von innen gegen die Klotür hämmert.

»Und stellen Sie sich vor!«, redet er sich jetzt ordentlich in Fahrt. »Von diesen Menschen der Medizintechnik kann man morgens um 8 Uhr auch noch keine Hilfe erwarten. ›Das kann dauern!‹, sagen die zu mir. ›Da müssen wir erst einmal schauen, mit welchem Werkzeug wir das Schloss aus der Tür bekommen!‹ Wunderbar – ganz wunderbar. Den Schlüsselnotdienst habe *ich* dann gerufen. Also – Frau Löblich hat das getan, schließlich hat man auf der Toilette ja kein Telefon dabei. Und Siebenundneunzig Fuffzig bekommt dieser Mensch dann. Für eine Toilettentür und fünf Minuten Arbeit. Das sind ja beinahe – tausendzweihundert Euro Stundenlohn!«

Völlig baff hält Böhnlein in seinem Sermon inne und lässt diese atemberaubende Zahl vor seinem inneren Auge noch einmal langsam vorüberziehen. »Eintausendzweihundert Euro«, wiederholt er beinahe ehrfürchtig und schüttelt ungläubig das weiße Haupt. Dann, zurück im schlecht bezahlten Hier und Jetzt: »Hat denn auch alles schön geklappt mit der ersten Laparoskopie?«

Geschickt weiche ich dem erwartungsvollen Lächeln des Chefs aus, indem ich mich ganz interessiert dem Boden meiner Kaffeetasse widme. Und auch sonst herrscht betretenes Schweigen, als – Gottlob – Ottilie in gewohnt stürmischer Manier die Tür aufreißt und »Es ist ANGERICHTET« brüllt. Dann macht sie auf dem Absatz kehrt und ist fast schon wieder verschwunden, als sie doch noch kurz stoppt und über die Schulter ruft: »Chef – Sie haben gerade die schönste, laparoskopische Darmspiegelung überhaupt verpasst. Und Napoli musste mit fünf Stichen genäht werden!« Dann ist sie weg.

Wie auf ein geheimes Kommando räumen wir alle in Windeseile unsere Sachen zusammen und sind auch schon hinter Ottilie zur Tür hinaus, den Chef staunend im Aufenthaltsraum zurücklassend.

Während der nächsten Operation, einer vergleichsweise langweiligen, weil routinemäßig verlaufenden Gebärmutterentfernung, beschreibt die alte Oberschwester dann in blumiger Sprache und schillernden Farben den Verlauf der letzten Stunden, so dass Chefarzt Böhnlein den Mund vor lauter Staunen gar nicht mehr zubekommt.

»Aber – wie geht es *ihnen* jetzt?«, presst er mühsam heraus.

»Wem – mir?«, fragt die Schwester irritiert und fuchtelt mit dem Stiltupfer vor der Nase des Chefarztes herum.

»Nein – der Patientin natürlich! Und dem Oberarzt!«, raunzt er empört zurück. Was für eine Frage aber auch.

»Beiden blendend. Die Frau hat einen hübschen Bauchschnitt von hier bis da!« Und mit dem Tupfer in der Rechten sowie einem Roux-Haken in der Linken zeigt die kleine OP-Schwester einen Abstand von geschätzt fünfzig Zentimetern an, was selbstredend nicht der Wahrheit entspricht »Und Napoli liegt mit Kopfschmerzen und frisch genähter Platzwunde in Kreißsaal V!« Zufrieden mit sich und der Welt beginnt sie daraufhin, die vor ihr liegenden Tupfer zu zählen, während der Chefarzt versucht, keinen Herzinfarkt zu erleiden.

»Unfassbar – was ist heute nur los? Vollmond? Klimaerwärmung?« Bedauernd schüttele ich den Kopf.

»Absolut keine Ahnung! Eigentlich war alles in Ordnung mit diesem Tag, bis ich heute Morgen die OP-Umkleidekabine betreten habe ...«

»Freaky Friday«, flüstert Darling beschwörend von hinten.

»Freaky was?« Interessiert blickt Chef Böhnlein von der Naht auf, die er gerade gesetzt hat, um die Bauchhöhle wieder ordentlich zu verschließen.

»Friday! Freaky Friday«, wiederholt Darling jetzt eine Spur lauter.

»Mensch. Leute! Wenn ich mir diese Nummer mit dem Freitag noch lange anhören muss, dann hüpfe ich freiwillig in den halb geschlossenen Bauch vor mir. Vielleicht können wir jetzt einmal über etwas anderes reden? Dieser freakige Freitag geht mir deutlich auf die ...«

»Eine Kompresse fehlt!« Ottilies strenge Oberschwester-Stimme unterbindet jedwedes andere Gespräch und lässt alle gemeinschaftlich aufhorchen.

»Bitte – WIE?« Erst die Darmspiegelung, dann der Freitag und jetzt die Kompresse. Unser armer Chef fällt heute von einem imaginären schwarzen Loch in das nächste.

»Das kann nicht sein, Ottilie. Zählen Sie bitte noch einmal nach!«, befiehlt er barsch.

»Ich habe bereits nachgezählt, Chefarzt – Dr. – Böhnlein!« Jetzt ist sie sauer, die Ottie, in ihrer Ehre als Oberschwester verletzt. Niemand, auch kein Chefarzt, kann ihr vorwerfen, sie könne nicht zählen. »Dreißig Jahre lang bin ich nun OP-Schwester. Und ich habe mich noch nie verzählt! Niemals!«

»Einmal ist immer das erste Mal«, murmelt der Chef angriffslustig, während er in der Tiefe des Patientenbauches nach der abtrünnigen Kompresse fischt. Vergebens.

»Vielleicht ist sie ja irgendwann versehentlich heruntergefallen«, versuche ich, eine Erklärung zu finden, und schon lugt das gesamte OP-Team neugierig unter die beinahe bodenlange Abdeckung, die Edda und Igor freundlicherweise für uns hoch halten. Doch – weit und breit keine fehlende Kompresse.

»Verdammt! Das Ding kann sich doch nicht in Wohlgefallen aufgelöst haben. Oder etwa doch?«, wütet der Chef-Gynäkologe und wandert, die sterilen Hände vorschriftsmäßig vor dem Bauch gekreuzt, suchend durch den Saal. Und weil alle gerne helfen wollen, wackeln wir polonäsegleich hinterher, schauen gemeinsam unter dem Anästhesie-Tisch nach, dann neben dem Laparoskopie-Turm und beim Handtuch-Spender. Darling räumt derweil fluchend den großen Mülleimer aus. Sorgfältig nimmt sie jedes Stück einzeln zur Hand und legt es anschließend auf einem größer werdenden Haufen beiseite: aufgerissene Sterilguttüten, benutzte Handschuhe, fleckige Kittel und verdreckte Abdeckungen.

»Wer hat mich eigentlich auf die schräge Idee gebracht, ausgerechnet OP-Schwester zu werden?«, mault sie grimmig und gräbt sich tiefer in den Sack hinein.

»Sei still und such weiter! Ich will hier sicher nicht das gesamte Wochenende zubringen!« Wie in Stein gemeiselt steht Ottilie neben ihrem OP-Tisch und betrachtet das Treiben im Saal missmutigen Blickes.

»Wenn ich den finde, der das Teil genommen hat. DER kann etwas erleben!«, droht sie. Und alle, Chefarzt eingeschlossen, ziehen ein bisschen den Kopf ein.

Drei OP-Umrundungen und einen völlig ausgeräumten Müllsack später ist klar: Die Kompresse ist weg! Nicht auffindbar. Verschollen. Erneut wühlt Dr. Böhnlein, den Blick angestrengt zur OP-Lampe erhoben, in der auf dem Tisch liegenden Patientin herum, zieht die Hand schließlich leer zurück und zuckt traurig die Schultern.

»Dann müssen wir sie wohl durchleuchten!«

Och nö! Durchleuchten ist total doof! Das geht nämlich nur im Nachbar-OP-Saal, weil die Leuchte interessanterweise nicht durch die Gyn-OP-Tür passt. Und dafür muss die Frau zuallererst auf einen durchleuchtungskompatiblen Tisch gepackt werden. Inklusive Beatmungsschlauch, Infusion, Blutdruckgerät und allem, was sonst noch an ihr herum und aus ihr heraushängt.

Das ist ja ganz toll.

Wir nähen also erst einmal fein säuberlich den Bauch zu (denn der Chef schwört, er habe noch niemals irgendetwas in einer seiner Patientinnen vergessen, und warum sollte er ausgerechnet heute damit angefangen haben?), wickeln die Frau anschließend aus drei Lagen OP-Abdeckung plus Wärmepolster und fahren sie nach OP-Saal V. Dort wiederum muss sie dann von dem einen auf den anderen Tisch gehievt werden, was nicht halb so einfach ist, wie es sich anhört:

Zwei Helfer ziehen von rechts, zwei weitere drücken von links, der Fünfte hebt den Beatmungsschlauch, Nummer sechs sichert die Infusion, und der Letzte passt auf, dass der Katheter auch nirgendwo hängen bleibt. Das Ganze dann bitte möglichst rückenschonend und ohne viel Bewegung auf die frisch versorgte Wunde.

Ganz schön viele Wünsche auf einmal.

Es dauert geschlagene fünfzehn Minuten, bis alles an Ort und Stelle ist. Und als der Bildwandler die Patientin akribisch vom Brust- zum Schambein hin absucht, stehen wir alle ein wenig verschwitzt in unseren schweren Bleischürzen an die Wand gelehnt und verfolgen atemlos die Jagd nach der verlorenen Kompresse. Schlicht – es ist keine zu finden.

Nichts. Niente. Nada!

»Sag ich doch!«, poltert der Chef, sichtlich erleichtert. »Ich habe noch nie irgendetwas in irgendjemandem vergessen!«

Aber wo ist dieses vermaledeite Stück Stoff dann hin? Ratlos stehen wir um Frau und Bildwandler herum, als sich die Tür zum OP öffnet und Madeleine, unsere kleine, blonde Praktikantin, den Kopf hereinsteckt.

»Hallo! Was ist denn hier los?« Erstaunt lässt sie den Blick über die Gruppe schweifen.

»Nichts«, stöhnt Darling genervt. »Wir suchen nur eine fehlende Kompresse. Magst du mitsuchen?« Doch statt einer Antwort strahlt die kleine Blondine plötzlich über das gesamte Gesicht, und mit einem triumphierenden »Hier ist sie!« fischt sie eine zusammengeknüllte, aber deutlich als solche erkennbare Kompresse aus der Tasche ihres OP-Kittels.

»WO HAST DU DIE HER?«, grollt Ottilie unheilvoll.

»Die habe ich mir vorhin ausgeliehen. Zum Nase putzen …«
Das Strahlen ist aus Madeleines Gesicht gewichen, und sie klimpert jetzt doch ein wenig verunsichert mit den langen, goldenen Wimpern. »War das okay?«, haucht sie. Ein Blick in Ottilies Gesicht macht auch ihr augenblicklich klar: okay ist anders. Ganz anders!

Zur nachfolgenden Standpauke – im Duett gehalten von Ottie und dem Chefarzt persönlich – haben wir uns dann alle fein aus dem Staub gemacht.

Merke: Wer Kompressen entwendet und nicht wieder bringt, wird mit Strafpredigten nicht unter zwanzig Minuten und mehrwöchiger Verbannung aus dem OP-Bereich bestraft.

Arme Madeleine!

Und nun, das Ende naht. Oder: Einladung zur Facharztprüfung

»Was ist das für ein Freitag?«
»Freaky Friday!«
»Und Freaky heißt was?«
»Beängstigend!«
»Wie Geisterbahn?«
»So in etwa!«
»Cooooool!«

Das Gesicht des kleinen Sohnes verzieht sich zu einem seligen Grinsen, und ganz bestimmt sieht er vor seinem inneren Auge gerade totenkopfgeschmückte Oberärzte und Zombies durch meinen Operationssaal wandern.

»Noch etwas Nachschlag, Lumpi?«, wende ich mich an den Jungen, der inmitten meiner Schar am Esszimmertisch sitzt und seine Spaghetti in solch irrwitzigem Tempo in sich hineinschaufelt, als würde er dafür bezahlt.

Er wirft einen schnellen, prüfenden Blick zu Herrn Chaos hinüber, als bräuchte er dessen spezielle Erlaubnis, um sich den Teller ein viertes Mal auffüllen zu lassen, doch dieser würdigt ihn keines Blickes, sondern sitzt lediglich mit zusammengezogenen Augenbrauen da und sieht nach Unwetter aus.

»Ja, Lumpi, nimm noch Spaghetti. Mom hat genug gemacht!«, drängelt nun auch die Tochter der Familie. Ich muss mir das Lachen verkneifen, wie ich sie da so sitzen und ihren Schwarm anhimmeln sehe. Extra herausgeputzt hat sie sich, mit Make-up, der schönsten Bluse und allem Drum und Dran. Und später wollen sie dann noch weg. Geburtstagsparty bei einer Freundin. Das Mädel im Glück, soviel ist mal klar. Und der Vater der Tochter ist eifersüchtig. Auch das ist so klar wie Bergwasser.

»Also, … Lumpi«, schaltet er sich nun ganz unvermittelt ins Geschehen ein, ohne die Augenbrauen auch nur einen Millimeter anzuheben. »Was willst du später eigentlich mal machen?«

Lumpi schluckt schwer an seiner Portion Pasta und blickt hilfesuchend zu der Freundin an seiner Seite. Die kann dir jetzt auch nicht helfen, denke ich zufrieden, das kommt davon, wenn man Herrn Chaos Tochter erst einmal zappeln lässt. Drei Wochen lang hatte die Kleine Liebeskummer vom Feinsten, ehe der junge Mann sich doch noch bequemte, sie zur Freundin zu nehmen. Jetzt muss er eben zusehen, dass er sich Herrn Chaos Gunst irgendwie zurückerobert. Und sehr wahrscheinlich wird er sich die Zähne daran ausbeißen.

»Mensch, Papa! Wir sind gerade in der zehnten Klasse und haben nicht die Absicht, vor dem Abitur die Schule zu verlassen. Magst du vielleicht in zwei, drei Jahren noch einmal nachfragen?« Die Kleine gibt alles, ihren Liebsten in Schutz zu nehmen, was ihm leider absolut nichts nützen wird – denn war man erst einmal durchgefallen beim Oberhaupt der Familie, dann hatte man für lange Zeit nichts mehr zu lachen.

Interessiert lehne ich mich in meinem Stuhl zurück, um das nachfolgende Schauspiel in Ruhe zu betrachten.

»Ich finde schon, dass man sich zumindest einmal Gedanken um die Zukunft machen kann. Richtig?« Des Gatten durchdringender Blick kann ohne Probleme selbst einen wütenden Stier bezähmen. Lumpi scheint gerade ein wenig der Verzweiflung nahe.

»Ja ... doch! Sicher ... Ich würde gerne ... etwas mit ... Wirtschaft machen, ... glaube ich.« Unsicher blickt er in die Gesichter am Tisch, in der Hoffnung auf Unterstützung, als Herr Chaos auch schon unschuldig kontert: »Wirtschaft? Du möchtest also eine Kneipe eröffnen?« Die Jungs kichern jetzt begeistert. Also – alle, außer Lumpi versteht sich, während das Mädel allmählich ernsthaft böse zu werden droht.

»Papa! Lass das! Lumpi ist mein Gast, also sei bitte nett zu ihm.«

Die Gesichtszüge des Hausherrn werden weicher – der einzigen Tochter kann er einfach nichts abschlagen, und so verdrückt sich das junge Liebespaar in einem unbeobachteten Moment auch pfeilschnell in Richtung des Mädchenzimmers im ersten Stock, wo die Tür mit einem lauten Knall ins Schloss fällt. Ich knuffe den Mann spielerisch in die Seite.

»Du bist echt fies! Der Junge hätte sich vor Angst fast in die Hose gemacht!« Doch Herr Chaos grinst lediglich zufrieden.

»Das war durchaus meine Absicht. Wenn der mein Mädchen noch einmal zum Weinen bringt, dann wird es nicht beim ›vor Angst *fast* in die Hose‹ bleiben, das sage ich dir!«

Und ich glaube ihm aufs Wort. Bei so etwas versteht der Mann nämlich keinen Spaß!

»Ach – übrigens, du hast Post von der Ärztekammer bekommen!«

»Ich habe WAS? Und das sagst du mir erst jetzt?« Gespannt reiße ich den Umschlag auf, den er mir entgegenhält – und falle beinah vom Stuhl.

»Das kann nicht wahr sein!« Mein Mund ist urplötzlich völlig ausgetrocknet, und mit lautem Hall höre ich das Blut in meinen Ohren rauschen.

»Alles klar, Jo? Jo? Bist du in Ordnung?« Besorgt nimmt der Mann mir den zweiseitig bedruckten Brief aus der Hand und fliegt über die Zeilen.

»Da steht, dass du zur Prüfung zugelassen bist. Das ist doch super! Da wartest du doch schon ewig drauf?«

»Ja, Mom – herzlichen Glückwunsch! Endlich Fachärztin!« Aufmunternd tätschelt mein Ältester mir die Schulter, während der Kleine »Glückwunsch, Glückwunsch, Glückwunsch!« skandiert. Dabei ist mir gerade kein bisschen nach Feiern zumute. Eher nach Weltuntergang.

»Habt ihr nicht gesehen, was da steht?«, frage ich weinerlich und halte den Brief anklagend hoch, so dass jeder ihn sehen kann. Kritisch beäugt nun Sohn-groß, das DIN-A4-Blatt und zuckt dann fragend mit den Schultern.

»… Prüfer sind Professor Dr. Naegele, Dr. Bickenbach, Oberarzt Dr. Napoli …«, liest er vor.

»Verdammt!« Der Mann hat es jetzt auch verstanden.

»Wirklich Napoli? DER Napoli?«

»Wer denn sonst? Es gibt nur den *einen* Oberarzt Napoli!«

Ich bin den Tränen nahe. Der große Sohn tätschelt mich jetzt zur Abwechslung tröstend.

»Das wird schon, Mom. Du machst das. Du bist super!«

»Ich bin geliefert!«, antworte ich tonlos und tue mir selbst unsäglich leid. Es wäre ohnehin schwierig gewesen, den Facharzt mit Napoli als Prüfer zu bestehen, aber nach der Sache mit Blümel-Wonnig und dem Leitersturz heute konnte ich gleich alle Hoffnungen begraben.

Over and out!

»Kannst du nicht mal mit Böhnlein reden? Der wird doch verstehen, dass das unter den aktuellen Bedingungen keine wirklich gute Idee ist?« So ist er, der Herr Chaos – immer auf der Suche nach Lösungen. Tapfer schlucke ich meine Tränen herunter und schüttele energisch den Kopf.

»Nein, das kannst du vergessen. Wenn Napoli auch nur ansatzweise davon Wind bekommt, dass ich versuche, an den Prüfern herumzumanipulieren, wird er dafür sorgen, dass ich die Klinik nur noch zum Toilettenputzen betreten darf. Das wird nicht funktionieren! Ich muss einfach so gut vorbereitet sein, dass er mich gar nicht durchfallen lassen kann!«

»Du schaffst das!«, ruft der Mann und prostet mir aufmunternd mit seinem Mineralwasser zu.

»Ja – Mom schafft das!«, stimmen die großen Söhne mit ein, und wie auf Kommando brüllt jetzt auch der jüngste Spross der Familie aus dem Stubenwagen herüber, wo er sein Spätnachmittagsnickerchen gehalten hat. Als ich ihn an den Tisch herüberhole, betrachtet er erst den Tisch mit den Essensresten, dann mich mit solch vorwurfsvoller Miene, dass ich tatsächlich lachen muss.

»Ich gestehe – wir haben ohne dich gegessen!«, gebe ich zu. »Aber du hast Glück – ich habe dir etwas aufgehoben!« Und während ich dabei zusehe, wie das Baby sich zufrieden klein geschnittene Spaghetti mit Soße schmecken lässt, fällt mir wieder diese seltsame Geschichte mit dem Blumenstrauß ein.

»Du wirst nicht erraten, was ich heute Morgen in meinem Spind gefunden habe!«, berichte ich Herrn Chaos, der gerade das Baby davon abzuhalten versucht, mit beiden Händen in den Pasta-Teller zu greifen.

»Pralinen? Geldgeschenke? Blumen?«, versucht der Mann es zu erraten. Ich ziehe enttäuscht eine Schnute.

»Ja, Blumen. Du bist doof!«

»Nein. Ich bin einfach super!«, grinst er.

»Willst du vielleicht auch wissen, von wem die Blumen sind?«

»Ja, klar. Von wem sind sie denn?«

»Ich habe absolut keine Ahnung!«

Herr Chaos schaut mich irritiert an.

»Und – warum sollte ich dann raten?«, fragt er verständnislos.

»Hallo? Ich bekomme Blumen geschenkt, und du willst nicht wissen, von wem? Schließlich könnte es ja ein heimlicher Verehrer sein!«

»Und wenn? Soll ich ihn zu einem kleinen Duell im Morgengrauen auffordern? Vielleicht im Klinikgarten?« Herr Chaos ist immer noch völlig verständnisbefreit.

»Natürlich. Mindestens!«

Warum können Männer einfach nicht verstehen, was Frauen wollen? Er müsste sich jetzt vor Eifersucht verzehren, die Haare raufen, Genugtuung fordern. Aber was tut er stattdessen?

Nichts.

»Aber du hast doch selbst gesagt, dass du gar nicht weißt, von wem die Blumen sind. Wie sollte ich dann bitte irgendjemandem eine Kugel aus einem alten Revolver verpassen? Einmal ganz von der Tatsache abgesehen, dass ich weder Frack noch Zylinder besitze?« Der Kerl lacht jetzt ein bisschen über seinen eigenen Witz, und das Baby lacht begeistert mit. Es ist eben ein sehr freundliches Baby. Und Männer müssen ja sowieso immer zusammenhalten – auch bei schlechten Witzen.

»Bist du denn gar nicht eifersüchtig?«, frage ich vorwurfsvoll. »Okay – mein Hintern ist immer noch ziemlich fett …«

»Du hast ja auch gerade erst ein Baby bekommen!«

»Du findest meinen Hintern FETT?«

Jetzt schlägt es ja wohl dreizehn!

Vorsichtig verlassen die beiden großen Jungs das Krisengebiet, während sich Herr Chaos – der drohenden Notlage voll bewusst – ans Zurückrudern macht.

»Nein, Schatz, dein Hintern ist sagenhaft schön und keiner würde glauben, dass du vier Kinder geboren hast. Und selbstverständlich will ich sofort alle Männer niederschlagen, die dich mit dämlichen Blumensträußen beschenken, und am Montag schicke ich dir ein mehrköpfiges Bodyguard-Team, das alle potentiellen Verehrer sofort eliminieren wird!«

»Du willst mich ja wohl verschaukeln!«

Das Baby grinst frech, als stecke es mit dem Vater unter einer Decke.

»Ich? Dich verschaukeln? Niemals!« Beschwörend hebt er die drei Finger der rechten Hand zur Decke. Als das Baby es ihm begeistert nachmacht, muss ich doch wieder lachen.

»Ihr Männer seid schrecklich – immer müsst ihr zusammenhalten!« Und wie zur Bestätigung prustet mir Baby Chaos den letzten Mundvoll Spaghetti enthusiastisch vor die Füße und lacht, als hätte es einen wirklich guten Witz gehört.

Männer!

Die Arbeitshöhle, wo Milch und Honig fließen – und Männer gemütlich X-Box spielen können

»Mom? Mom! MOM!?«

»Hmmmm …?« Schlaftrunken öffne ich ein Auge und blicke in die Augen meines mittleren Sohnes.

»Mom!«, wiederholt er erfreut und lässt seine Zähne vor meiner Nasenspitze blitzen. »Was tust du?«

»Rückenschwimmen«, murmele ich ungnädig und schließe mein Auge wieder. Es ist definitiv viel zu hell, und ich bin viel zu müde.

»MOM!«

Kind drei, männlich, ist nicht das, was man allgemein hin als »geduldig« bezeichnen kann. Ich öffne besagtes Auge also erneut, wohlwissend, dass der Junior erst dann das Feld räumen und mich in Frieden weiter schlafen lassen würde, wenn er eine befriedigende Antwort auf das aktuelle Verlangen erhalten hat.

»WAS IST?«

»Warum schläfst du?« Juniors Gesicht befindet sich immer noch nur Millimeter von dem meinen entfernt, was mich ein wenig irritiert.

»Sohn – sei doch so nett und gib mir wenigstens so viel Platz, dass ich mein zweites Auge auch noch aufbekomme, ja?«

Und tatsächlich – der Wunsch wird mir gewährt. Wenn auch widerwillig, denn Kind Nummer drei ist ein ausgeprägtes Kontakttierchen. Je näher, desto besser. Muss in seinem früheren Leben ein Känguru gewesen sein.

»Warum schläfst du?«, wiederholt er und streichelt mir freundlich übers Haar.

»Weil ich müde bin?« Gibt es denn noch andere Alternativen? Ich überlege angestrengt nach, aber es fällt mir keine weitere ein.

»Warum bist du müde? Es ist Viertel nach Zwei?« Anklagend hält er mir seine Armbanduhr unter die Nase und richtig – 14 Uhr 15 und keine Sekunde später.

»Weil ich Dienst hatte und nicht wirklich zum Schlafen gekommen bin!«

Noch Fragen, Euer Ehren?

»Ah. Okay!«

Immerhin – verständnisvoll ist er ja, der Kleine. Und streichelt jetzt mitfühlend meinen Arm, während er angestrengt nachdenkend durch mich hindurch stiert. Da kommt gleich noch etwas, ich merke das schon.

»Aber – warum hast du denn nicht im Dienst geschlafen?«

Verdammt gute Frage – und die Antwort: Man hat mich schlicht nicht schlafen lassen …

Es ist Sonntagmorgen, 8 Uhr, als mir das Bambi eine knackige Übergabe im Kreißsaalstützpunkt gibt. Die Kleine, diensthabende Ärztin am Samstag, hat tiefe, dunkle Ringe unter den Augen und berichtet von zwei schwangeren Aufnahmen in der Nacht, drei Ambulanzpatientinnen (Harnwegsinfekt, Harnwegsinfekt und Frau mit Langeweile auf der Suche nach Zerstreuung), einer Geburt und keinem bisschen Schlaf. Rehlein ist augenscheinlich mit den Nerven am Ende, was vielleicht auch mit ihrer pünktlich zu jeder Geburt eintretenden Panikattacke und dem daraus resultierenden Anschnauzen von Hebamme O-Helga zu tun hat.

Im Orbit kreis(s)en derweil noch insgesamt fünf weitere Schwangere – it's Showtime!

Nachdem ich das Bambi nach Hause geschickt habe, begebe ich mich auf Visitentour mit Schwester Elvira, die gewohnt schlecht gelaunt und mit mürrischem Blick hinter mir her von Zimmer zu Zimmer trottet. Fünfundzwanzig Patientinnen warten heute auf Trost und Ansprache, Verbandswechsel und Drainagen-Entfernung. Vor allem aber auf Ansprache. Und so geht zum Beispiel Witwe Bolte aus Zimmer 0815 zehn Minuten lang ausführlich jede Ausscheidung der vergangenen drei Wochen mit mir durch, während Chantalle-Schakkeline Jung im Nachbarbett über Schwindel und Unwohlsein klagt.

»Schwindel und Unwohlsein *bevor* oder *nachdem* du heute Morgen beim Rauchen warst?«, frage ich provokant. Die junge Frau errötet bis unter die Haarwurzeln – und hatte mich gar nicht gesehen, als ich vorhin an ihr vorbei zur Arbeit gelaufen bin. Ich sie schon. Gemütlich am Glimmstängel ziehend und kein bisschen leidend. Und so teile ich dem Chantalle auch ganz unverblümt mit, dass ich sie heute, an Tag fünf nach absolut unauffälliger Bauchspiegelung, heimzuschicken gedenke. Und nein, krankschreiben ist nur bis zum kommenden Tag möglich und keinesfalls bis Weihnachten 2016.

Hör mal, JETZ ABBA!

Die Kleine versucht es noch mit der Tränendrüsen-Nummer, da sind wir aber auch schon weitergezogen. »Das Leben ist nun einmal kein Ponyschlecken«, sagt meine Tochter jedenfalls.

Pünktlich zum Ende der Visite rappelt auch schon das Diensttelefon und ruft mich zur ersten Geburt – im meerblauen Kreißsaal Nummer I liegt Frau Müller-Lüdenscheid in der himmelblauen Gebärbadewanne und stöhnt laut und anhaltend vor sich hin, während O-Helga, die Oberhebamme, beruhigend auf sie einredet.

»Schön … ja … weiter … So ist es gut. So … ja … prima.«

Geburtshelfer lassen sich verschiedenen Gruppen zuordnen. Da wären zum Beispiel die Cheerleader, die mit »Yeah! Baby, Yeah!«-Gebrüll und »Super-schön machst-du-das! Yeah. Yeah. Yeah« entfesselt durch den Kreißsaal hüpfen und virtuelle Pompons schwingen.

Extrem zahlreich vertreten sind auch die sogenannten Mutterflüsterer. Diese Spezies findet sich am häufigsten in Geburtshäusern und unter ökologisch orientierten Freiberuflern. »Duuu« säuseln diese stets froh gelaunten, immer herunter regulierten Mädels, »das ist gaaaanz schön, was du da machst, Sonja-Beate. Diese Wehe fühlt sich richtig an, kraftvoll und stark. Ich fühle das ganz arg deutlich! Und wenn du jetzt magst, Sonja-Beate, dann atme mal gaaaaaanz doll hin zu Marvin-Tscherremeier, du, ja?« Und im dämmrigen Licht dutzender Teelichter vermischt sich Räucherstäbchen-Moschus mit Vanille-Badeöl zu einem olfaktorischen Feuerwerk.

Ich persönlich mag ja die Schreier am liebsten: »Ja. Jaaa. Jaaaaaa! JAAAAA! JAAAAAAAAAAAAAAAAAAA«, auch wenn es bei diesem Klientel ratsam ist, sich vorab einen guten Gehörschutz zu besorgen, vor allem, wenn die Schwangere zur Pressphase in das Geschrei mit einsteigt, und der arme Geburtshelfer – also ich – plötzlich Stereo beschallt wird. So etwas kann dir bei O-Helga nicht passieren, denn diese Frau kennt tatsächlich nur eine Lautstärke: Leise!

»Schön. Ja. Kleiner Schubs noch. Prima. Ist da!«

Ich selbst bin eine gute Fifty-Fifty-Mischung aus Cheerleader und Schreier. Das heißt: Wenn ich erst mal warm geworden bin, gibt es kein Halten mehr.

»Ja. JA! Super. Das ist TOLL! Sie machen das GROSSARTIG! Ich sehe Haare! Schwarze, blonde, rote, gelockte, keine Haare! Es kommt. Es ist fast da! JA! Oh, mein Gott, JA! HURRAAA! ES KOMMT. ES KO-HOOMMT. ES! KOMMT! JETZT!«

So in etwa.

Und schlussendlich läuft es dann so, dass O-Helga mit nicht ganz drei Worten ein Kind aus seiner Mutter herausredet, auf das ich zuvor zwei Stunden lang eingebrüllt habe. In jedem Fall ist ein Doppeleinsatz der alten Hebamme und mir ein extrem unterhaltsames Unterfangen.

»Super! SUPER! Das machen sie SUPER!«

»Josephine! Klappe!« Streng schaut O-Helga mich über den Goldrand ihrer Brille hinweg an.

»Mensch, O-Helga. Nur ein bisschen anfeuern?« Doch unerbittlich schüttelt die Hebamme den graubehaarten Kopf, woraufhin ich den Mund gehorsam wieder schließe. Dann kommt auch schon die nächste Wehe und Frau Müller-Lüdenscheid presst, als gäbe es kein Morgen mehr.

»Ja«, sagt Helga. »Schön. Gut so!«

Und dann ist es auch schon da. Ohne Geschrei und Gegröle herausgeploppt, schwimmt es jetzt verträumt in der Wanne herum. Noch während O-Helga es mit fachmännischem Griff einfängt und der erschöpften Mutter an die nasse Brust drückt, verabschiede ich mich zügig in Richtung Ambulanz, wo um 9 Uhr 03 am Sonntagmorgen bereits fünfzehn Patientinnen sitzen. Fünfzehn. In Worten: FÜNFZEHN! Sind die alle bescheuert, oder was?

»Notfall! Sind die alle bescheuert?« Geschockt wandert

mein Blick durch das Fensterchen in den proppenvoll besetzten Vorraum und zurück zur Ambulanzschwester, die mir ungerührt einen Stapel Akten entgegenhält.

»Mehr oder weniger«, brummt diese lakonisch und schiebt mich ins nächstgelegene Untersuchungszimmer zu einer Blutung in der Frühschwangerschaft. Dann ohne Verschnaufpause weiter zu Schmerzen in der Frühschwangerschaft, einem Scheidenpilz, einem Harnwegsinfekt, Schmerzen im Unterbauch ohne Schwangerschaft, Pille danach, Angst vor Krebs, einem verlorenen Tampon, einer akuten Kinderlosigkeit, einem Schwangerschaftstest – negativ! – noch einem Harnwegsinfekt, einer stationären Aufnahme bei großer Eierstockzyste, einer Frau mit Magenschmerzen (Notiz an mich selbst: Internisten umbringen wegen gemeiner Patientenannahmeverweigerung) und einer Spätschwangeren mit fraglicher Wehentätigkeit.

Um 1 Uhr mittags sitze ich gerade mit Luigi und dem Anästhesisten Sandmann beim Mittagessen, als das Handy bimmelt und ein »schlechtes CTG« vermeldet. Bei einer Dreiunddreißigjährigen ist es zu einem langen Herztonabfall des Kindes gekommen, der sich leider gar nicht mehr erholen will. Ich bitte Ludmilla, den Notfallknopf zu betätigen und hetze zum Kreißsaal – Luigi und den Sandmann einvernehmlich im Schlepptau.

Im Kreißsaal angekommen ist – Notfallknopf sei Dank – alles schon vorbereitet: Ludmilla und O-Helga haben die Frau im Not-OP auf den Tisch gepackt, so dass Sandmann direkt seine Narkose vorbereiten kann, während Luigi und ich uns in die sterilen Handschuhe schmeißen.

»Luigi, Junge, ich bin froh, dass du da bist!«, flüstere ich noch, bevor der Anästhesist mit erhobenem Daumen das Okay zum Schnitt gibt. Alleine notsectionieren ist total doof, und da der diensthabende Oberarzt dank unseres sagenhaften Knopfes zwar informiert ist, jedoch schon einige Zeit braucht, um in die Klinik zu gelangen, ist die Hauptarbeit bei seinem Auftritt meist erledigt.

So auch heute.

Routiniert assistiert der kleine Chirurg meinen Eingriff, und auf diese Weise haben wir schon eine knappe Minute später den kleinen, schlappen Knaben aus der warmen Körperhöhle seiner Mutter gepuhlt. Und als Oberarzt Napoli schließlich mit rotem Gesicht und schwer atmend im Kreißsaal aufschlägt, sind Luigi und ich bereits wieder am Zunähen, während der Kinderarzt Entwarnung von der Babyfront erteilt.

Auf Station steppt derweil der Bär. Und Frau Wuschig, eine Siebenundneunzigjährige, demente, unglaublich mobile Patientin, die sich trotz einer ausgedehnten Bauch-Operation am Vortag nicht davon abhalten lässt, den Patientinnen der umliegenden Zimmer ausgedehnte Besuche abzustatten, und sich während dieser Ausflüge Katheter und Wundflaschen aus den entsprechenden Körperöffnungen zu reißen. Clementine hat mich im Laufe des Vormittags bereits durch unzählige Anrufe über die Fluchtversuche der Patientin auf dem Laufenden gehalten, was natürlich keinerlei Auswirkungen auf das Ursprungsproblem hatte, mich dafür aber jetzt beinahe in den Wahnsinn treibt.

Dann ist da noch Frau Kaiser-Beulenstein, der man vor zwei Tagen die Gebärmutter ausgeschabt hat und die nun ganz dringend auch noch die Blase gehoben haben möchte.

Am Sonntag! Wo sie doch schon mal da sei.

Und Frau Haubentaucher, fünfundvierzig Jahre, Privatpatientin, die nach dem Chefarzt der Inneren Medizin verlangte, um sich mit ihm ausführlich über ihr seit mehreren

Jahren bestehendes Sodbrennen und die möglichen Therapieoptionen unterhalten zu können. Nach einem dreißigminütigen Gespräch lässt sie sich tatsächlich überzeugen, dass auch ein Professor Zeuss Anrecht auf ein sodbrennfreies Wochenende hat und sich der Problematik stattdessen am Folgetag annehmen würde.

Ich hänge drei Blutkonserven an drei verschiedene Menschen, verteile Medikamente, Verbände, Nadeln und führe Gespräche, unterschreibe gefühlt tausend Laborzettel, Röntgen- und sonstige Befunde, schreibe Konsil-Anforderungen und Apothekenlisten, drei Arbeitsunfähigkeitsbescheinigungen, ein Attest, fünf Briefe und einen OP-Bericht. Ich sehe noch fünf Schwangere in der Ambulanz und nehme zwei davon stationär auf. Beide entbinde ich im weiteren Verlauf des Tages. Ich übernehme ein Konsil des Kollegen Luigi, der im Gegenzug Frau Haubentaucher besucht, um sich weitere vierzig Minuten lang die unglaubliche Geschichte ihres Sodbrennens anzuhören. Ich esse drei Stücke Streuselkuchen und ein Snickers, trinke eine Vanillemilch und einen Liter Kaffee – vor dem Milch abpumpen, versteht sich, was ich im Laufe des Tages dreimal wiederhole! Und treffe mich schlussendlich um 21 Uhr 30 mit Luigi auf ein Gute-Nacht-Schwätzchen im Dienstzimmer der Chirurgen.

»Warum haben wir eigentlich keinen vernünftigen Beruf gelernt, eh?« Ein bisschen jämmerlich sieht er aus, wie er da – in seinem hübschen grünen Chirurgen-Pyjama, die Abdrücke des Mundschutzes als rote Striemen über Nase und Kinn ziehend – in seinem zerwühlten Dienstbett hockt, ein Merci nach dem anderen auspackt und es sich in den Mund schiebt.

»Weil es ein ehrvoller Beruf ist, mit Ansehen, Kohle, Heilauftrag, blabla?«, erwidere ich.

»Kohle! So ein Quatsch. Mein Kumpel macht etwas mit Computern. In irgend so einem amerikanischen Unternehmen. Die haben dort Büros, schöner, als mein Wohnzimmer! Und Kantinen – besseres Essen, als bei Mama!« Beim Gedanken an das Essen und die Mama verklärt sich der Blick, und ein leises Lächeln zieht über sein freundliches italienisches Gesicht.

»Na – lass das bloß nicht die Mama hören!«, ermahne ich ihn, aber er bekommt meinen Einwand gar nicht mit, so groß ist die Begeisterung über das, was andere haben und wir nicht.

»Und einer hat sogar eine Höhle in seinem Büro, verstehst du, Josephine? Eine Arbeitshöhle!«

»Was'n das für'n Quatsch?«, nuschle ich, den Mund voller Schokolade. Höhle im Büro – wo gibt es denn so etwas?

»Doch!« Luigi hat sich jetzt aus den Tiefen seiner durchgelegenen Matratze gearbeitet und steht fast senkrecht im Bett, den rechten Arm zum Schwur erhoben. »Ich schwöre: Der Mann hat eine Höhle, und in der Höhle eine Couch, und auf der Couch kann er Computer spielen!« Das italienische Himmelreich hat ein neues Gesicht – Höhle mit Couch und X-Box.

Alles klar.

Ich tippe mir vielsagend an die Stirn. Die spinnen ja, die Italiener. Doch Luigi kriegt sich gar nicht mehr ein. Wild gestikulierend und in den schillerndsten Farben berichtet er von jenem sagenumwobenen Arbeitsplatz, der minütlich schöner wird und größer, bis ich schließlich das leibhaftige Paradies vor meinem inneren Auge sehe. Die Höhle, wo Milch und Honig fließt. Super! Jetzt will ich da auch hin.

Stattdessen falle ich um Punkt 23 Uhr in mein gammeliges Dienstbett, das inmitten von Müll- und Aktenbergen steht – ohne X-Box, kein bisschen paradiesisch – und schlafe augenblicklich ein.

Um 23 Uhr 10 eiere ich völlig benebelt zu einer weiteren Geburt zu Kreißsaal II, fliederfarben, nähe eine Dreiviertelstunde lang an dem fulminanten Riss herum, den das Viertausendachthundert-Gramm-Baby seiner Mutter verpasst hat, begebe mich dann, ohne über Los zu gehen oder nur annähernd 400 Euro eingezogen zu haben, in die Ambulanz, wo weitere sieben Patientinnen freundlich lächelnd und mit mehr oder minder ausgeprägten Beschwerden auf mich warten. Die da wären:
- Brennen in der Scheide.
- Herpes in der Scheide.
- Spermien in der Scheide – Verzeihung: Pille danach!
- Bauchschmerzen. Überall. Eigentlich Ganzkörperschmerz. Aber besonders Bauchschmerzen.
- Brennen beim Wasser lassen.
- Frühschwanger. Erster Tag oder so. Im Ultraschall noch nichts zu sehen. Überhaupt nichts. Stationäre Aufnahme zur weiteren Überwachung abgelehnt.

ICH habe es abgelehnt.
- Ein rechtsseitiger Unterbauchschmerz mit dem dringenden Verdacht einer Eileiterschwangerschaft. Diese kann im Ultraschall bestätigt werden, weswegen Oberarzt Napoli angerufen und darüber informiert werden muss, dass wir operieren, und zwar zackig. Im Gegenzug einen Mörder-Anschiss von selbigem eingefangen, der »Mitten in der Nacht! Wissen Sie, wie spät es ist? MITTEN IN DER NACHT! Da habe ich einfach keine Lust zum Operieren!« ins Telefon brüllt, aber selbstverständlich trotzdem kommt.

Eine Stunde lang mit dem nölenden, maulenden, motzenden Mini-Italo-Oberarzt am Tisch gestanden und zugesehen, wie

OP-Schwester Darling genervt die Augen rollt, als wären es Roulette-Scheiben.

Um 3 Uhr dann einen erneuten Schlafversuch unternommen, der von Gloria-Victoria mit einer weiteren Geburt zunichte gemacht wird. Nach zwei Stunden vergeblichen Entbindungsversuches ist klar: Dieses Kind kommt nur per Kaiserschnitt heraus. Woraufhin erneut der Oberarzt angerufen werden muss, der mich sogar extra über das Handy zurückruft, um mich während seiner Fahrt vom napolitanischen Zuhause in den Kreißsaal weiter anschreien zu können.

»Mitten in der Nacht! Hallo? MITTEN IN DER NACHT!« Und so weiter.

Am OP-Tisch dieses Mal Oberschwester Ottilie, die nach drei Minuten Herumgezänkes genug hat, und das auch genau so weiter gibt.

»Francesco? Halt jetzt VERDAMMT NOCH EINS die Klappe!« Woraufhin dieser noch einmal tief Luft holt, sichtbar unter seiner OP-Haube errötet und – schweigt! Hallelujah!

Gegen Schwester Ottilie und ihre dreißigjährige Berufserfahrung ist selbst er, Gottes Geschenk an die Menschheit, völlig machtlos. Denn Ottie kannte den cholerischen Mann schon zu Zeiten, als er noch ein völlig unbeschriebenes Blatt und nicht immer die hellste Kerze auf dem Kuchen der Gynäkologie war. Napoli weiß das. Und Ottie weiß, dass er weiß, dass sie das weiß. Und deshalb beenden wir diesen Kaiserschnitt in himmlischer Stille und seltener Eintracht um genau 7 Uhr 30. Kurz darauf übergebe ich Chefarzt Böhnlein und den müde dreinschauenden Kollegen meinen Monster-Dienst. Dann mache ich mich matt und erschlagen auf den Weg nach Hause, wo beim Anblick meiner wohlgefüllten Brüste ein vor Freude laut jauchzendes Baby noch vor der ersten Tasse Kaffee mit den dicken Babyärmchen wild nach mir fuchtelt. Ich packe uns beide also auf die Couch, wo wir umgehend einschlafen, er satt und glücklich, ich hungrig und fertig. Gegen 10 Uhr nimmt Herr Chaos mir das ausgeschlafene Kind vorsichtig aus dem Arm, woraufhin der Retriever seine Chance gekommen sieht, sich klammheimlich neben mich zu quetschen.

Der Rest ist Geschichte!

Wie ich beinahe geteert, gefedert und gevierteilt wurde, bevor man meine armseligen Überreste im Atlantik versenkte

»Mahlzeit! Was dagegen, wenn ich mich zu dir setze?« Wortkarg wie immer schüttelt Nancy den rotgelockten Kopf, und so lasse ich mich mit meinem Tablett der Kollegin gegenüber am Tisch nieder. Prüfend beäuge ich, wie sie lustlos in ihrem Frikassee herumstochert und es dann mit einem Seufzer beinahe unberührt von sich schiebt.

»WAS IST?«, blafft sie mich an. Ihr Porzellanteint ist heute noch eine Spur heller als sonst, so dass die goldfarbenen Sommersprossen markant daraus hervorstechen.

»Nichts!«, versichere ich eilig und mache mich über mein eigenes Essen her. Soll Nancy sich gerne mit jemand anderem anlegen.

»Du hast doch nichts gesagt?«, eröffnet sie jetzt angriffslustig das Gespräch, und die grünen Augen blitzen gefährlich. »Zu niemandem?«

»Nancy – was soll das? Ich will hier einfach nur Mittag essen. Wenn du ein Problem damit hast, setze ich mich auch woanders hin. Wenn es um ein gynäkologisches Problem geht, komm nachher gerne in der Ambulanz vorbei!«

Dammich noch eins – ich habe auch mal schlechte Laune!

Ohne sie auch nur eines weiteren Blickes zu würdigen, beginne ich, mein Essen in mich hineinzuschaufeln, so schnell es nur irgendwie geht, als ich jemanden schniefen höre. Eine Millisekunde lang halte ich in meinem Tun inne, rufe mich dann jedoch selbst zur Ordnung: Bloß nicht hinschauen, Josephine! Und esse ungerührt weiter. Leider hört es gar nicht mehr auf, weswegen ich mich irgendwann gezwungen sehe, doch den Kopf zu heben. Und tatsächlich! Die Eisprinzessin heult! Dicke Tränen laufen ihre Porzellanwange hinunter und hinterlassen reichlich unperfekte Schlieren auf ihrem sonst makellosen Gesicht.

»Hach-Kröchh.«

Verdammt – verschluckt! Hektisch hustend und röchelnd spucke ich eine Ladung Reis mit Soße in mein Taschentuch und spüle japsend mit Wasser nach. Nancy weint weiter. Kaum habe ich mich wieder beruhigt, halte ich ihr meine Packung Taschentücher hin, die sie tatsächlich wortlos annimmt und sich lange und ausgiebig die Nase putzt. Verstohlen blicke ich mich in der Kantine um, doch da wir einen ruhigen Platz in der hintersten Ecke des großen Raumes haben, ist zum Glück noch keiner auf dieses seltsame Spektakel aufmerksam geworden.

»Nancy«, flüstere ich jetzt vorsichtig, »was ist denn nur los?«

Die schöne Rothaarige tupft zwei Tränen aus den Augenwinkeln, zieht dann einen Klappspiegel aus der Tasche ihres strahlend weißen Kittels und betrachtet prüfend ihr Make-up. Nachdem sie die Tränenschlieren mit ein bisschen Puder unsichtbar gemacht hat, richtet sie sich kerzengerade auf und blickt mir direkt in die Augen.

»Ich bin schwanger!«, keift sie, kein bisschen leise. »Was meinst du wohl, was da los ist?«

Welcome back, Mrs Teflon! Wie konnte ich bloß glauben, dass schnöde Schwangerschaftshormone der Eisschicht dieser Frau auch nur das Geringste anhaben, ein Hauch von Menschlichkeit sie auftauen könnte? Pah, Fehlanzeige. Nancy bleibt Nancy wie sie leibt und lebt. Und mit einer wegwerfenden Handbewegung breche ich das Gespräch an dieser Stelle ab. Soll sie doch gerne machen, was sie will. Ich jedenfalls werde mich jetzt ausschließlich meinem Mittagessen widmen.

Gerade mal eine Gabel voll Reis schafft es in meinen knurrenden Magen, als sie erneut zu weinen anfängt. Kann das denn sein? Ich meine – das gibt es doch nicht! Empört schaue ich auf und will gerade etwas sagen, aber Nancy ist schneller.

»Es tut mir leid!«, heult sie und nun drehen sich auch tatsächlich die ersten, interessierten Zuhörer zu uns herum. Die schöne Chirurgin und ein ehrlicher Gefühlsausbruch ist schließlich so selten wie Schnee in der Wüste.

»Ich bin überhaupt nicht mehr ich selbst«, jammert sie. »Ständig muss ich heulen wegen nichts und wieder nichts. Gestern sogar bei der Fernsehwerbung für Rindersteaks!«

Oh ja, Schwester, das kenn ich! Willkommen im Club!

Erneut halte ich meine Tempos über den Tisch und dieses Mal nimmt sie gleich die ganze Packung.

»Danke.«

»Wollen wir vielleicht in der Ambulanz weiterreden? Hier sind irgendwie ganz schön viele Mithörer, oder?« Erstaunt blickt Nancy sich in dem weitläufigen Raum um, als wäre ihr erst jetzt bewusst geworden, dass wir mitnichten alleine in der großen Kantine sitzen.

»Ja! Oder ... nein.« Wie aus einem schlechten Traum erwacht betrachtet sie die gespannt gaffenden Gesichter der Menschen um sie herum. Dann wischt sie sich entschlossen die Tränen mit dem Handrücken vom Gesicht und steht abrupt von ihrem Stuhl auf. »Vielleicht … Ich melde mich!« Und als täte ihr der unvermittelte Gefühlsausbruch schon wieder leid, packt sie ohne ein weiteres Wort ihre Sachen zusammen und verlässt eilig den Raum. Erleichtert will ich mich endlich meinem immer kälter werdenden Essen widmen, als das nächste Unheil in Form der nächsten schönen Frau naht.

»Hallo, Josephine – etwas dagegen, wenn ich mich zu dir setze?«

Ja. Geh weiter. Ich habe genug von schönen Frauen!

»Hi, Helena, setzt dich ruhig.«

Aber sprich mich bloß nicht an! Ich muss ein bisschen seufzen.

»Alles klar bei dir?«

Helena, die jetzt auf Nancys Platz sitzt und vorsichtig in ihrer Suppe rührt, betrachtet mich interessiert. Sie trägt das lange goldblonde Haar heute zu einem lockeren Dutt gebunden, aus dem sich einzelne Haarsträhnen gelöst haben, die nun zart ihr ebenmäßiges Gesicht einrahmen. Neidisch starre ich auf den kleinen Brillant-Anhänger, der wie immer an einer zierlichen Silberkette in ihrem Dekolleté baumelt, und zwar genau an der Stelle, wo sich in schöner Regelmäßigkeit der Blick aller Männer im Ausschnitt ihrer perfekt sitzenden Bluse verliert.

»Mit mir?«

Verdammt, Josephine, lass doch einfach dieses unmotivierte Seufzen sein!

»Alles super. Und selbst so?«

Zeig, dass du höflich erzogen wurdest.

»Prima! Ich habe vergangene Woche die Einladung zur Facharztprüfung bekommen. Bist du nicht auch angemeldet?«

Nein – sag bitte, dass das nicht wahr ist!

»WANN hast du Prüfung?«, frage ich matt. Ganz klar, ich

kenne die Antwort. Und somit kenne ich auch Helenas Prüfer. UND vor allem kenne ich jetzt den Ausgang dieser Prüfung.
»Am 15. Juli!«
Ich schlucke schwer an meinem Frikassee.
»Und was ist mit dir?«, fragt sie aufrichtig interessiert über ihren Teller mit Nudeln hinweg.
»Ich auch!«, flüstere ich tonlos. Gerade wird mir ein wenig übel.
»Das ist ja super! Wir könnten zusammen hinfahren, dann sind wir vielleicht beide ein wenig ruhiger. Was meinst du?«
Ihre Begeisterung – ich gebe es nur ungern zu – ist ganz klar echt und kein bisschen gespielt. Helena Schöne würde sich wirklich freuen, gemeinsam mit mir zur anstehenden Facharztprüfung zu gehen. Und ich sollte mich zumindest geschmeichelt fühlen, dass diese tolle Frau offenbar einen totalen Narren an mir gefressen hat. Doch in meinem Hirn herrscht gerade nichts als unendliche Leere, und diese lässt leider keinerlei vernünftigen Gedankengang zu.
»Wer zuerst kommt, malt zuerst«, hatte Chef Böhnlein gesagt, als er mir von der zu besetzenden Oberarztstelle erzählt hatte. Und das Oberarzt Napoli Helena Schöne für diese Position favorisiere. Würden wir beide die Prüfung bestehen, ginge der Posten ganz klar an mich – schließlich hatte ich als langjährige Mitarbeiterin auch die älteren Rechte. Sollte ich es jedoch vermasseln und Helena alleine durchkommen – und dass das so kommen wird, daran besteht nun mal keinerlei Zweifel mehr –, würde niemand ernsthaft in Erwägung ziehen, auf das Ergebnis einer Zweitprüfung zu warten. Und deshalb wird auch ganz klar Helena Würde und Ehre zuteilwerden. So einfach ist das.
Ich bin geliefert. Durchgefallen, noch bevor ich überhaupt zur Prüfung habe antreten können.

»Ciao, Bellissime. Braucht ihr ein wenig männliche Unterhaltung?« In seiner gewohnt gutgelaunten Art lässt Malucci sich an unserem Tisch nieder. Dann, noch bevor er sich über sein Essen hermacht, mustert er mich kritisch von Kopf bis Fuß und meint freundlich: »Bist du schon wieder schwanger, Josephine? Du siehst aus, als müsstest du gleich kotzen?« Bei dem letzten Wort spüre ich tatsächlich, wie sich das wilde Rumoren in meinem Magen schlagartig in eine wohlbekannte Welle unaufhaltsamer Übelkeit verwandelt. Und so fliehe ich mit wehendem Kittel aus der Kantine hinaus in die nächste Toilette, wo ich es noch nicht einmal mehr schaffe, die Tür hinter mir zu schließen, als sich mein Mageninhalt auch schon vollständig in die angeschlagene Kloschüssel entleert.

»Josephine – sag doch: Was ist los?« Ich liege auf der breiten Ledercouch im Aquarium, unter der Beobachtung von Ludmilla, Gloria-Victoria und Frau Von Sinnen, die mich besorgt betrachten. Gloria fächelt mir gar mit einer Zeitung Frischluft zu.
»Nichts. Es geht mir super!«
»Wenn das hier *super* ist, will ich nicht wissen, wie du in schlechtem Allgemeinzustand aussiehst!« Frau Von Sinnen bringt es wie immer auf den Punkt.
»Ich muss mir den Magen verdorben haben – könnt ihr mich nicht einfach hier liegen und sterben lassen?« Doch noch bevor es so weit kommen kann, holt mich der Klingelton meines Handys zurück auf den Boden der Tatsachen.
»Josephine?«, melde ich mich kläglich. Zu wissen, wer da am anderen Ende der Leitung ist, macht die Gesamtsituation auch nicht besser.
»Hast du Zeit? Ich bin in der Ambulanz!«

Man kann Frau Von Teflon vieles vorwerfen, nicht jedoch, dass sie inflationär mit dem Gebrauch von Füllwörtern umginge. Von »bitte« und »danke« einmal abgesehen, gibt es in ihrem Wortschatz absolut nichts, was auch nur annähernd mit höflichem Umgang zu tun hätte.

»Ich komme!«, stöhne ich ergeben, lege auf und rappele mich von der Couch hoch, auf der ich eigentlich vorhatte, den Rest meines kläglichen Lebens zu verbringen. Oder zumindest den Rest dieses völlig verlorenen Tages.

»Geht es dir wirklich gut? Kann da nicht jemand anderes hingehen?« Gloria hält mir eine Tasse frisch gebrühten Tee unter die Nase. »Ich kann Helena fragen, die übernimmt bestimmt gerne für dich.« Abwehrend hebe ich die Hand.

»BITTE! Nicht dieser Name. NICHT heute!«

Dann gehe ich. Nein, ich schlurfe davon. Am Boden zerstört.

Was für ein Tag.

Bereits an der Tür zum Ambulanzeingang werde ich von einer verschwörerisch dreinschauenden Schwester Notfall abgefangen, die mich hektisch in die nächstbeste, dunkle Ecke zieht, wo sie mir hinter vorgehaltener Hand mitteilt, was ich sowieso schon weiß.

»Nancy ist da!«

»Ja – sicher. Was denkst du, warum ich hier bin?« Ich versuche, mich aus ihrem Schwesternschraubstockgriff zu winden, was jedoch nur zur Folge hat, dass Notfall noch fester zudrückt. Wow – die Frau hat Superkräfte. Muss vom Kaffeepottstemmen kommen.

»Üüüübi ist auch da!«, haucht sie jetzt und schaut prüfend um die Ecke, ob die Luft auch wirklich rein ist.

Oberarzt Überzwerg. Napolis bester Freund. Kann es heute noch irgendwie schlimmer kommen?

»Notfall – der Arm! *MEIN* Arm. Würdest du ihn wohl bitte wieder loslassen?« Folgsam lässt die Schwester los, und ich begutachte den roten Striemen an meinem Handgelenk.

»Hast du eine Ahnung, ob er Bescheid weiß?«, frage ich und reibe die schmerzhafte Stelle. Notfall verneint kopfschüttelnd und bugsiert mich dann mit einem aufmunternden Schubs zurück auf den beleuchteten Flur. Ich schlurfe lustlos zum gynäkologischen Untersuchungszimmer, wo eine gewohnt unbeteiligte Nancy sowie ein reichlich verwirrt wirkender Überzwerg schon auf mich warten. Sorgfältig schließe ich die Tür hinter mir, nehme auf dem Untersuchungshocker Platz und nicke dem Paar aufmunternd zu. Los, sagt mal was, soll das heißen. Aber offensichtlich kann keiner der beiden etwas mit meinem Kopfnicken anfangen, also doch Gespräch.

»Und? Womit kann ich helfen?«

»Ja – womit kann sie helfen?« Dr. Überzwerg scheint von meiner Anwesenheit kein bisschen begeistert, was er mir deutlich durch seinen angewiderten Gesichtsausdruck zu verstehen gibt. Selbst die Gegenwart eines pockenverseuchten, internistischen Patienten hätte sicher mehr Empathie in ihm ausgelöst als meine Wenigkeit. Dabei bin ich mir gar nicht sicher, ob Überzwerg so etwas wie Empathie überhaupt empfinden kann. Okay – für Nancy vielleicht. Aber auch das ist abschließend noch nicht bewiesen. Immerhin sind die beiden das abwegigste Paar, das man sich nur vorstellen kann: Sie die schönste Chirurgin weit und breit und er der unattraktivste Kerl, den die Klinik seit langem gesehen hatte. Der Sex zwischen ihnen musste großartig sein – außer, es gäbe noch andere Vorzüge, von denen wir Normalsterblichen bislang einfach nichts erfahren haben.

»Ich bin schwanger!«

Nancy the Fancy ist Chirurgin durch und durch. Da werden Pflaster nicht vorsichtig abgezogen, sondern ohne Vorwarnung in einem Stück von der Wunde gerissen.

Gebannt blicke ich zu Überzwerg hinüber, der offensichtlich mit allem gerechnet hat, aber nicht mit einer Schwangerschaft.

Klar. Kann ich verstehen! Der Gedanke, Nancy könnte auch nur ein reales Wesen aus Fleisch und Blut sein, ist ja schon völlig abwegig. Sich die rothaarige Eisprinzessin jedoch auch noch als Mutter vorzustellen, übersteigt zumindest *meine* Vorstellungskraft bei weitem. Die des Oberarztes offensichtlich auch, denn der steht nun stumm da und bleibt jedwede Reaktion schuldig.

Auch Nancy steht regungslos im Raum, und ich muss neidvoll zugeben, dass sie im schwangeren Zustand sogar noch schöner ist als ohnehin schon. Falls das überhaupt möglich ist. Die Hormonflut hat bereits ganze Arbeit geleistet und dafür gesorgt, dass ihre Gesichtszüge weicher und das Haar glänzender aussehen. Die Porzellanblässe ihres makellosen Rothaarigen-Teints, ziemlich sicher verursacht durch anhaltende Schwangerschaftsübelkeit, mag andere Frauen krank aussehen lassen – nicht so Nancy. Sie hat einen Hauch Rouge auf die hohen Wangenknochen gepinselt, kein Gramm zu viel, so dass es gerade eben aussieht, als wäre sie ein wenig außer Puste. Ihre zahlreichen goldbraunen Sommersprossen, die sich wie bei einem kleinen Mädchen vor allem über der zarten Nase und entlang der Wangen sowie ihrer hohen, perfekt gewölbten Stirn verteilten, verleihen ihr etwas märchenhaft Unwirkliches. Im Tierreich nennt man eine bestimmte Art der Tarnung, in der ein Tier das Aussehen eines anderen, in der Regel gefährlicheren Tieres, nachahmt, um sich vor Feinden zu schützen, »Mimikry«. Bei Nancy haben wir es stattdessen mit »umgekehrter Mimikry« zu tun: Wer sie sieht, kann nicht anders als glauben, dass sie der bezauberndste, liebenswürdigste Mensch ist seit – sagen wir: Audrey Hepburn. Tatsächlich kommt sie wohl eher einer Mata Hari gleich. Und was Nancys Schwangerschaftsbrüste angeht – nun ja. Schöner geht definitiv nicht mehr.

Größer aber auch nicht.

Genau dorthin wandert jetzt auch Überzwergs verwirrter Blick, und ich kann ihm den Gedankengang quasi vom Gesicht ablesen: Wie habe ich DIE nur übersehen können? Gesagt hat er jedoch immer noch kein Sterbenswörtchen. Und die Eisprinzessin wird langsam aber sicher ungehalten.

»Möchtest du dich jetzt vielleicht einmal dazu äußern?« Sie artikuliert die Frage so überdeutlich, als spräche sie zu einem zurückgebliebenen Kind, und zwischen ihren perfekten Augenbrauen hat sich eine tiefe, böse Falte gebildet.

Komm schon, Übi, sag etwas.

Nervös trippele ich vom rechten auf den linken Fuß, während ich mir darüber klar zu werden versuche, was wohl mein Part in dieser wirklich seltsam anmutenden Szene sein könnte. Man sollte schließlich meinen, dass Nancy ihrem potentiellen Kindsvater solch eine wichtige Neuigkeit nicht in Gegenwart irgendeiner Kollegin mitteilt. Noch dazu einer Kollegin, mit der sie privat – und auch sonst – überhaupt nichts zu tun hat. Und weil das so ist, beschließe ich mutig, den geordneten Rückzug anzutreten.

»Ich lass euch dann jetzt mal alleine ...«, flöte ich betont beiläufig und bewege mich so vorsichtig Richtung Ausgang, als gäbe es Lichtschranken im Raum, die jeden Moment eine Bombe hochgehen lassen könnten. Ich schaffe es tatsächlich bis zur Tür und spüre schon die Klinke in meiner Hand, als mein Fluchtversuch barsch gestoppt wird.

»QUATSCH! Du kannst jetzt nicht gehen – du musst einen Ultraschall machen!«

Ich muss bitte WAS?

»Okay«, stottere ich irritiert, kehre widerwillig zum Ultraschallgerät zurück. »Dann mach dich mal frei und nimm bitte Platz!« Und als wäre das auch sein Stichwort, kehrt plötzlich Leben in den Oberarzt zurück.

»Aber ... wieso? Ich meine ... wie? Und wann?«

Könnten wir das vielleicht ein bisschen präzisieren?

»Was meinst du mit *WIESO*?«, faucht Nancy böse. »Bist du Mediziner oder nicht? Weil wir SEX hatten!« Ihre Stimme hat einen vollen, wohltönenden Klang, und sie hätte bestimmt auch eine tolle Sängerin abgegeben. Tatsächlich mache ich mir gerade ein wenig Sorgen, dass dieses Gespräch auch noch im übernächsten Zimmer hörbar sein könnte. Trotz geschlossener Türen.

»Nancy, vielleicht nicht ganz so laut ...?«, werfe ich vorsichtig ein.

»Und was heißt hier *WIE*? SEX!«, tobt sie ungerührt weiter, ohne mir oder meinen Worten Beachtung zu schenken. »Und *WANN*?« Fast meine ich jetzt, die Fensterscheiben klirren zu hören. »Als wir vor zehn Wochen SEX MITEINANDER HATTEN!«

Das hat man jetzt ganz sicher auch in der Pathologie gehört – und die befindet sich in den Katakomben der Klinik, am völlig entgegengesetzten Ende des Gebäudes.

Ich stehe ein wenig hilflos mit dem Vaginalschall in der Hand im Zimmer herum und überlege, wie ich jemals wieder aus dieser Misere herauskommen kann. Napoli hasst mich, weil ich ihn von der Leiter habe stürzen sehen. Und Überzwerg hasst mich jetzt auch, weil ich Zeuge bin, wie ihn eine zarte, schöne Frau in seine atomaren Bestandteile zerlegt, anschreit und beschimpft. Mit meiner Karriere in diesem Haus dürfte es somit ein für alle Mal vorbei sein – ich könnte mich auch gleich ins nächste, offene Skalpell stürzen.

»Mach jetzt endlich diesen blöden Schall, Josephine!« Wutschnaubend schält sich Nancy aus ihrer Hose und pfeffert sie wütend in die nächstbeste Ecke, streift das schwarze Spitzenhöschen ab und positioniert sich gerade mit ungehaltenem Schnauben auf dem gynäkologischen Stuhl, als Überzwerg wortlos den Raum verlässt.

»Und DANN?«

»Bambi, wenn du noch ein bisschen lauter schreist, kannst du auch gleich einen Aushang am Schwarzen Brett machen! Dann wird mich Nancy vor den internationalen Gerichtshof schleifen, wo ich geteert, gefedert und geviertelt werde, bevor man meine armseligen Überreste im Atlantik versenkt!«

»Quatsch!«, protestiert Gloria »Wir sind schließlich alle Gynäkologen ...«

»Oder Hebammen!«, hilft Malucci freundlich aus.

»Und Chirurgen!«, ergänzt Luigi eifrig.

»... und Hebammen und Chirurgen und unterliegen somit der gemeinschaftlichen Schweigepflicht, die wir auch einhalten werden ...«

»So wahr uns Gott helfe!« Luigi legt in gespielter Feierlichkeit die rechte Hand zum Schwur auf die linke Brust.

»... und besprechen jetzt einen schwierigen Fall. Unter Kollegen!«

»Dem ist nichts mehr hinzuzufügen, Schwester! Also – wie ging die Sache weiter?«

Gespannt beugt Luigi sich auf seinem Sonnenstuhl nach

vorne und blickt mich über den Rand seiner Ray-Ban-Sonnenbrille an.

Es ist kurz nach Dienstschluss, und weil das Wetter sagenhaft schön ist, haben wir uns auf dem Dach zu einer kleinen After-Work-Session eingefunden. Moderne Gründächer sind die wahrscheinlich tollste Erfindung seit Einführung des Smartphones. Und weil das so ist, haben die Assistenzärzte der unterschiedlichen Abteilungen im Laufe der Zeit klammheimlich alles hier hoch geschafft, was es für ein bisschen Auszeit vom Klinikalltag braucht: Liegestühle, Sonnenschirme, eine portable Kühlbox und mehrere Ablagetische. Genau dort haben wir es uns jetzt bequem gemacht – Malucci und Gloria, Luigi, Bambi und ich. Und weil Schwester Notfall es mit der Schweigepflicht ihrer Assistenzärzte nicht so genau nimmt, warten diese vier Menschen jetzt auf die neuesten Informationen zu Nancys Schwanger- und Übis Vaterschaft.

Von mir.

»Also gut. Ihr habt ja recht.« Ich rutsche ein bisschen auf meinem Stuhl hin und her, nehme einen Schluck Cola, schiebe die Sonnenbrille von der Nase auf den Kopf und schaue theatralisch in die Ferne.

»Josephine!«, mahnt Luigi ungeduldig. »Wir schmeißen dich übers Geländer, wenn du nicht augenblicklich zu reden anfängst.«

»Ja, mach das mal. Aber *dann* bist du auch nicht schlauer. Schon mal darüber nachgedacht?«

»Eh, dann geh ich zur Notfall, die hat heute auch Dienst, und für eine Tasse Kaffee gibt diese Frau sogar Staatsgeheimnisse an Drittländer weiter!«

Wo er recht hat, hat er recht!

»Nun – es ist nichts passiert!«

»Wie – nichts?« Ich blicke in vier schwer enttäuschte Gesichter und muss lachen.

»Na – gar nichts. Nancy hat wutschnaubend den Raum verlassen, und das war's dann.«

»Sie ist NACKT aus der Ambulanz gelaufen?« Jetzt strahlt zumindest Luigi wieder, weil das Bild dieses unerhörten Vorgangs vermutlich gerade vor seinem inneren Auge vorbeizieht, und auch um Maluccis Mundwinkel zuckt es beifällig.

»Nein, sie hat sich selbstverständlich angezogen, bevor sie ging. Aber mehr war wirklich nicht.«

»Zu schade!« Offensichtlich trägt auch Luigis Phantasie-Nancy jetzt wieder Höschen und BH, denn der kleine Italiener schaut reichlich frustriert drein.

»Aber – die arme Nancy! Wie mag es ihr wohl gehen? Schwanger und ohne Mann?«

»Bambi – diese Frau ist alt genug, ihre Privatangelegenheiten alleine in Ordnung zu bringen. Und außerdem erinnerst du dich vielleicht daran, dass sie im Grunde ihres Herzens ein böses, kleines Miststück ist, das jeden von uns schon mal ganz ordentlich gegen die Wand hat fahren lassen?« Doch das Rehlein schüttelt nur bockig den Kopf.

»Das ist doch egal. Sie ist schwanger!«

»Ja – und?« Malucci fehlt offensichtlich jedwedes Verständnis für diesen Umstand.

»Ganz viele Frauen sind schwanger. Passiert jeden Tag. Du kannst ein Lied davon singen, wir auch. Alle – außer Luigi!«

»Ja, Mama hat immer gesagt: Lerne etwas Anständiges, Bambino, und daran habe ich mich auch gehalten. Chirurg ist ein schöner Job, und schwangere Frauen die absolute Ausnahme!« Zufrieden prostet er Malucci zu, froh, mit schwangeren Frauen absolut nichts am Hut zu haben.

»Wir müssen Rücksicht nehmen!«, legt das Rehlein jetzt nach, und ihre Wangen glühen in höchster Erregung.

»Ich glaube, Bambi hat recht!«, mischt sich jetzt auch Gloria ein. »Die alte Nancy hin oder her, aber was Überzwerg da macht, ist nicht in Ordnung. Wir könnten sie ja ein bisschen aufheitern, oder?«

»Und wie soll das aussehen? Gladiatoren-Spiele im Klinikgarten? Bambi gegen Überzwerg oder Josie gegen Napoli würden ihr ganz sicher gefallen – HEY! Das hat wehgetan!« Empört reibt sich Malucci die Stelle, wo Gloria ihn geboxt hat.

»Ich meinte, wirklich aufheitern!«

»Ich doch auch!«, mault er, »Nancy fände das super, darauf gebe ich dir Brief und Siegel!«

»Ich auch«, mische ich mich ein. »Nancy mögen die Hormone ja in Bezug auf ihr Aussehen ganz hervorragend bekommen, an ihrer bekannt reizenden Art hat sich bis jetzt jedenfalls noch nichts geändert! Von der Tatsache abgesehen, dass sie derzeit mehr heult als das Bambi, und deswegen hin und wieder fremde Taschentücher akzeptiert, ist alles beim Alten!« Ich lächele dem Rehlein freundlich zu, das gerade wild protestieren will, als das Telefon klingelt. Der Protest ist augenblicklich aus seinen Augen verschwunden, als es sieht, wer da anruft. Und so jauchzt es entzückt ins Telefon: »Helena!«

Isses wahr?

»Ja, auf dem Dach. Es ist voll schön hier. – Ja, alle da, Malucci und Luigi und … ja, ja sicher, Josephine ist auch hier. Aber klar, ich freu mich!« Und legt auf.

»Helena kommt!«, strahlt sie, als wäre ihr soeben die Ankunft des Heilands kundgetan worden, und die anderen strahlen jetzt auch. Ich hingegen werfe einen kurzen Blick auf meine Uhr, rappele mich aus meinem Stuhl hoch und meine beiläufig: »Ich muss gehen. Die Milch. Das Kind. Also – das Kind braucht die Milch!« und noch bevor irgendjemand etwas erwidern kann, bin ich auch schon weg.

»Aber Helena wollte dich sprechen!«, ruft mir das Rehlein noch hinterher. Wirklich schade für Helena, denke ich, dass ich sie heute ganz sicher nicht mehr sprechen möchte.

»Scheiße-Arschloch-Drecksack-Pisspott-Peniskopf!«

Ich habe gerade mein Auto in der Garage geparkt und klaube meine Siebensachen vom Beifahrersitz, als mir dieser Fäkalsatz unvermittelt vom Nachbargrundstück entgegentönt. Und ich muss auch gar nicht erst aus dem Auto steigen, um zu wissen, von wem er kommt.

»Balthasar-Robert-Alexander ist ja so ein aufgewecktes Kind!«, erklingt es bereits von fern, und ich bin mir sicher, dass dies die Strafe dafür ist, dass ich mich vorhin so subtil um das Gespräch mit Helena gedrückt habe: Frau Müller-Bärenhuber samt Satansbraten sind da zu hören!

Die Bärenhubers sind unsere Nachbarn zur Linken: Manager-Vater, Manager-Mutter in Elternzeit und die beiden Kinder des Paares, drei und fünf Jahre alt, beides unsägliche Terrorknirpse, die das gesamte Wohngebiet regelmäßig in den Wahnsinn treiben. Bärenhuber-Kind-groß – Balthasar-Robert-Alexander – ist ein rotznasiger, laut Aussage der Mutter jedoch hochbegabter und deswegen sozial leider völlig inkompatibler Kinder-Kotzbrocken, der jeden Abend, wenn ich nach Hause komme, mit einem größeren Repertoir Schimpfwörter auf mich wartet, das sogar mir, alt und abgebrüht wie ich eigentlich bin, noch die Schamesröte ins Gesicht treibt. Und so hält er mir auch jetzt völlig ungeniert den erhobenen, dreckverschmierten Mittelfinger unter die Nase, während Muttern zärtlich über seinen Kopf streichelt und seufzend meint: »Ich weiß gar nicht, wie ich ihn noch mehr fördern könnte?« Dann scannt sie mich abschätzend von oben nach unten durch, als frage sie sich, ob von mir eine suffiziente Antwort auf diese Frage zu erhalten sei, um dann achselzuckend fortzufahren:

»Na – das Problem haben Sie mit Ihren Kindern sicher nicht, oder?«

Dann lacht sie froh und drückt ihren kleinen Einstein an sich, der gerade alle schlimmen Wörter mit »F« an mir ausprobiert.

»Sie gehen auch schon wieder zur Arbeit?« Mitleidig betrachtet sie Milchpumpe und Kühlbox, und ich fühle mich fast ein bisschen schlecht unter ihrem prüfenden Blick.

Frau Müller-Bärenhuber wird nicht müde, es immer und immer wieder zu betonen, dass sie ihren hochdotierten Job als Managerin eines riesigen Unternehmens am Tag eins der Schwangerschaft mit Klein-Kotzbrocken aufgegeben hat.

»Ein Kind braucht Förderung, Frau Chaos. Und wer kann ein Kind am besten fördern? Die MUTTER!« Dass mehrere Kinder jedoch in erster Linie ein Mehr an Geld voraussetzen, damit man sich die Förderung für jedes einzelne auch leisten kann, wird in Frau Müller-Bärenhubers Rechnung nicht berücksichtigt. Wozu auch? Schließlich verdient Herr Bärenhuber offensichtlich genug, um im Zweifel selbst die Kinder der Nachbarschaft mit Golf-Club-Mitgliedschaften und Geigenunterricht bei Mr Perlman zu versorgen.

»Sie sollten vielleicht mal mit Ihrem Baby zum Power-Yoga gehen«, fährt sie auch schon eifrig fort. »In dem Alter lässt sich da durchaus noch was herauskitzeln. Aus jedem Kind!« Sie betont den letzten Satz, als gäbe es beim Chaos-Nachwuchs erwiesenermaßen Nachholbedarf. Ich schaue spärlich drein, während Balthasar-Robert-Alexander mit kleinen Steinchen nach mir wirft.

»In der Bömmelmann-Straße gibt es einen phantastischen Kurs. Hochdekorierter Privatlehrer aus New York, ich gebe Ihnen gerne die Karte!«

Ja, sicher. New York! Power Yoga! *Meine* Kinder würden garantiert zum ersten Mal in ihrem Leben richtig böse Wörter benutzen und vielleicht sogar den Mittelfinger erheben, wenn ich auf die Idee käme, sie zum Power Yoga zu schleifen.

»Ja, super, Frau Müller-Bärenhuber. Ich denke noch einmal darüber nach, aber ich glaube ehrlich gesagt nicht, dass Power Yoga ...«

»Johanna-Greta-Mirabelle habe ich neulich zum Web-Design für Kinder angemeldet. Blumenweg. Großartiger Dozent! Soll ja noch unter Steve Jobs gearbeitet haben ...« Den letzten Satz wispert sie mir verschwörerisch zwischen zwei Fliederbüschen stehend hindurch, während betreffende Johanna-Greta-Mirabelle mit verklärtem Blick ausführlich in der Nase herumpopelt. Na, das will ich sehen, wie dieses Kind via HTML eine Apple-konforme Webseite online stellt.

Ich schaffe es erst, mich loszueisen, als Frau Müller-Bärenhuber die Brut zusammentreibt und ins Auto scheucht, weil es Zeit für die abendliche Runde über den Achtzehn-Loch-Kinder-Parcour im nahe gelegenen Golf-Club ist.

»DAS sollten sie unbedingt auch machen, liebe Frau Chaos. UNGEMEIN entspannend. Wir praktizieren es fünfmal die Woche bei diesem sagenhaften Golfchampion aus Florida!«

Im Haus angekommen, empfängt mich ungewohnte Stille. Kein Babygeschrei. Keine Kinderstimmen. Noch nicht einmal der Hund kommt angalloppiert, um mich begrüßungstechnisch tot zu lecken. Ich schmeiße meine Sachen auf den nächstbesten Stuhl und freue mich auf außerplanmäßiges, entspanntes Duschen, als ich den Mann im Nebenzimmer telefonieren höre. Vorsichtig, um ihn nicht zu erschrecken, gehe ich in Richtung seines Büros, und bleibe dann wie angewurzelt vor der spaltbreit, geöffneten Tür stehen.

»Ja? Das ist eine tolle Idee!«, sagt er gerade und seine Stimme hört sich irgendwie gar nicht geschäftlich an. Eher – freundlich. Nein, zugewandt. Ein seltsames Gefühl macht sich plötzlich in meiner Magengegend breit, denn mein Mann, und das weiß ich sicher, hat eine Telefonstimme für jede Gelegenheit: Für Eltern, die Schwiegereltern, Freunde, Bekannte, Geschäftspartner. Und natürlich die schöne, tiefe, warme Variante für die Kinder und mich. *Diese* Stimme jedoch kenne ich nicht. Habe ich noch nie zuvor gehört. Sie ist ein wenig höher als gewöhnlich, weicher und – unglaublich zugewandt.

»Ich finde das großartig. Ja, sicher, ich freu mich sehr. Melde dich einfach wieder, okay? Klasse! Bis dann!«

Als mir klar wird, dass er gerade aufgelegt hat, werde ich ein bisschen hektisch. Auf Zehenspitzen renne ich zur Eingangstür, wo mir einfällt, dass ich meine Sachen ja schon im Flur deponiert habe, hetze also zurück und greife wahllos danach, eile zur Tür zurück und stehe gerade rechtzeitig vor dem Schuhschrank, als Herr Chaos auch schon auftaucht.

»Josie! Ich habe dich gar nicht kommen gehört.« Er drückt mir den üblichen Kuss auf den Mund und nimmt mir dann die Sachen aus dem Arm. Ich beäuge ihn argwöhnisch, kann aber beileibe nichts Verdächtiges entdecken.

»Ja, M-B hat mich gerade noch aufgehalten und mir Geschichten von Power-Yoga und Golf erzählt. Ich wollte dich nicht beim Telefonieren stören!«, lege ich beiläufig nach und nestle angestrengt an meiner Strickjacke herum, weil ich fürchte, meine roten Wangen könnten mich verraten.

»Telefonieren? Ach – ja, klar. Das war meine Mutter. Nichts Wichtiges!« Eilig dreht er sich jetzt um und verschwindet im Wohnzimmer, während mein Herz urplötzlich ein Vielfaches seines eigentlichen Gewichtes zu wiegen scheint.

Im Leben war das nicht seine Mutter-Telefon-Stimme, das ist mal absolut klar. Aber was war es dann? Und vor allem, WER ist da am anderen Ende der Leitung gewesen?

Ohne diesen Gedanken wirklich zu Ende bringen zu wollen, trotte ich mit schwerem Herzen hinter ihm her ins Wohnzimmer.

Wenn der Papst zum protestantischen Glauben konvertiert

»Josephine – Herr Chaos und eine Geliebte? Ernsthaft? Das wäre ja so, als gäbe der Papst bekannt, dass er zum protestantischen Glauben konvertieren möchte. Absolut UNDENKBAR!«

»Aber er hat gelogen!«

»Wer weiß, warum er es getan hat? Vielleicht hast du ihn ja auch nur falsch verstanden, und er hat nicht »Mutter« gesagt, sondern …« Olivia legt ihre schöne Stirn in nachdenkliche Falten und sucht angestrengt nach einem Wort, das sowohl auf »Mutter«, als auch auf dieses seltsame Gespräch einen ordentlichen Reim macht.

Wie es scheint, ohne durchschlagenden Erfolg.

Ich liege derweil auf ihrem schweineteuren, gynäkologischen Stuhl, der tatsächlich um ein vielfaches bequemer ist, als mein – auch nicht wirklich günstiges – Bett zu Hause, und starre an die Decke, als hätte sich irgendwo dort oben, zwischen Sternenhimmelimitationslämpchen und dem XXL-Monitor des Ultraschallgerätes, eine Antwort auf mein Grübeln versteckt.

»Er sagte wortwörtlich ›Das war meine *Mutter*. Nichts Wichtiges!‹ Was genau ist daran denn missverständlich?«

»Aber vielleicht hat er sie ja wirklich angerufen?«

Ollie glaubt fest an das Gute in meinem Mann. Klar, die beiden kennen sich beinahe so lange, wie wir uns, und sie liebt ihn mindestens genausosehr, wie ich. Platonisch, versteht sich.

»Ich habe nachgefragt. Hat er nicht.«

»Was hat er nicht?«

»Angerufen! Die Sache ließ mir einfach keine Ruhe. Also habe ich seine Mutter angerufen und sie – ähm, ein bisschen ausgehorcht …« Der Rest des Satzes verschwimmt in beschämtem Genuschel.

»Du hast ihm nachspioniert?« Ollie ist entsetzt. Und ich bin es irgendwie auch, denn so etwas wie Misstrauen zwischen mir und dem Mann gab es bislang einfach nicht. Ich vertraute ihm, er vertraute mir, fertig war die Laube. Die Betonung liegt auf »war«.

»Ich weiß. Aber alles ist plötzlich seltsam. So kenne ich ihn gar nicht. Du weißt, dass wir uns alles sagen. Immer. Und mit einem Mal tischt er mir so ein Lügenmärchen auf!«

»Hrr-hem …« Gespieltes Hüsteln vom gegenüberliegenden Schreibtisch.

»Was ist? Möchtest du mir irgendetwas sagen?«

»Wie war das noch mit deiner letzten Schwangerschaft?«, flötet sie und betrachtet in gespielter Langeweile jeden einzelnen ihrer perfekt manikürten Fingernägel. »Wann genau hast du den Kindsvater davon in Kenntnis gesetzt? War das vor oder nach der zwanzigsten Schwangerschaftswoche?«

»Okay – eins zu null für dich. Aber das war die totale Ausnahme. Keine weiteren Leichen im Keller, ich schwöre!«

Durch das geöffnete Fenster dringt der warme Sommernachmittag und das unbekümmerte Reden und Lachen der Menschen, die in den umliegenden Cafés der Innenstadt sitzen, in den hellen, geschmackvoll eingerichteten Untersuchungsraum, während ich hier drinnen verzweifelt versuche, meine Panik unter Kontrolle zu bekommen.

»Vielleicht hat er ja eine Überraschung geplant. Ein Geschenk...« Ollie gibt es einfach nicht auf.

»Und zu welchem Anlass? Mein Geburtstag war vergangenen Monat, unser Hochzeitstag ist im Mai und Weihnachten erst wieder – na, an Weihnachten eben!«, murre ich und gebe heimlich zu: Kooperation sieht anders aus. Dabei ist die große Frau redlich bemüht, die Sache doch noch irgendwie ins rechte Licht zu rücken.

»Dann frag ihn doch einfach!« Mit der flachen Hand haut sie jetzt auf die empfindliche Oberfläche ihres ausladenden Schreibtisches, als wäre das die Idee des Jahrhunderts.

»Und wie soll ich das bitte anstellen? Ach, übrigens, Schatz, ich habe dich bei einer dreisten Lüge erwischt. Und darauf gekommen bin ich, weil ich dir paranoid hinterher spioniert habe. So etwa?« Bei dem Gedanken daran schießen mir die Tränen in die Augen. Meine kleine, heile Welt völlig aus den Angeln gehoben, und das alles, wegen einer seltsamen Telefonstimme. Hätte ich doch nur länger mit der blöden Bärenhuber gequatscht.

»Naja!« Ollie kaut jetzt gedankenverloren auf ihrem Kugelschreiber herum. »Das wäre sicher die naheliegendste Möglichkeit, die Sache aufzulösen. Es sei denn, du möchtest dich auch die nächsten Wochen und Monate noch in Selbstmitleid und Weltuntergangsstimmung suhlen.«

»Du hast recht!« Entschlossen raffe ich mich auf und werfe einen prüfenden Blick in den Spiegel über dem Handwaschbecken. Ein bisschen verquollen, aber wenigstens unverschmiert blickt mir mein Spiegelbild entgegen, und ich nicke ihm beruhigend zu. »Es wird eine vernünftige Erklärung dafür geben!«, versichere ich ihm, und es nickt dankbar zurück.

»Sag ich doch!« Euphorisch kommt die Freundin um den Schreibtisch herumgelaufen, nimmt mich fest in den Arm und tätschelt mir besänftigend den Rücken.

»Dieser Mann liebt dich, Süße! *Nur dich*. Und eher friert die Hölle ein, als dass er sich in eine andere verguckt. Verstehst du?« Ich nicke brav, den Kopf an ihre Schulter gelehnt und wünsche mir nichts mehr, als das sie recht haben möge.

»Okay – genug gekuschelt! Setzt dich da hin und berichte mir en Detail, was da gerade so in eurer Klinik am Laufen ist. Wer mit wem, wann und vor allem: wie viele!« Freundlich, aber bestimmt schubst mich die Blondine in den nächstbesten Sessel, drückt dann einen Knopf an dem Gerät auf ihrem Schreibtisch, welches wie eine exakte Nachbildung des Lautsprechers aus »3 Engel für Charly« aussieht, und lauscht angespannt in die Stille. Das Gerät knarzt empört, dann erklingt auch schon Fräulein Hurtigs Stimme aus dem Off.

»Ja, Frau Dr.?«

Fräulein Hurtig ist Ollies Perle. Ihre rechte Hand. Mädchen für alles. Sie hat die alleinstehende, ältere Dame nach dem Ende der Facharztausbildung quasi als Souvenir aus der Klinik, in der Hurtig jahrelang als Ambulanzschwester gearbeitet hatte, in ihre wunderschöne Privatpraxis mitgenommen. Im Gegenzug würde Hurtig wahlweise ihr letztes Hemd geben oder einen Mord für Frau Dr. begehen. Selbst unser Golden Retriever ist seinen Herrchen (uns!) nicht annähernd so ergeben, wie das alte Fräulein ihrer Chefin. Und Retriever sind verdammt anhängliche Tiere!

»Liebe Frau Hurtig, ob wir wohl zwei Cappuccino und zwei Stücke Torte haben könnten?«, ruft Olivia freundlich ins Gerät. Das alte Fräulein ist schon ein wenig schwerhörig.

»Sicher, Frau Dr.!«, knarzt es aus dem Lautsprecher zurück. Und dann: »Ende!« Das Rauschen verstummt.

»Ist sie nicht süß? ›Ende‹ – als wollte sie gleich eine Boeing landen!« In freudiger Erwartung einer mittelprächtigen Kalorienbombe nimmt »Frau Dr.« schwungvoll in ihrem fliederfarbenen Chefsessel Platz, legt die langen Beine übereinandergeschlagen auf der glänzenden Schreibtischplatte ab und nickt mir erwartungsvoll zu.

»Los. Ich höre!« Doch noch bevor ich überhaupt Luft holen kann, öffnet sich die Tür zum Flur und Fräulein Hurtig tritt ein, ein großes Tablett in den Händen balancierend, auf dem sie den gewünschten Kaffee, sowie zwei riesige Stück Schokoladentorte hübsch zwischen Zuckerstreuer und Servietten drapiert hat. Ich bin baff. So schnell, wie das ging, muss sie die ganze Zeit über mit dem Tablett in der Hand vor der Tür gestanden haben.

»So, meine Lieben, hier hätten wir eine kleine Stärkung! Ach, Sie sehen wieder ganz bezaubernd aus, Dr. Josephine. Aber wo haben Sie denn heute den kleinen Burschen gelassen?« Kurzsichtig blinzelt sie mich aus kleinen, wasserblauen Augen an, während sie das Tablett geschickt zwischen Telefon und Computerbildschirm platziert.

»Der Knabe ist beim Männerschwimmen.«

Diese Frau ist SO NETT!

»Herr Chaos und alle seine Jungs sind zum Schwimmen am Badesee.«

»Ach, wie bezaubernd!« Fräulein Hurtig bekommt sich schier nicht ein vor Freude über die badenden Männer. »Dann wünsche ich Ihnen einen ganz entspannten Nachmittag. Es steht noch Kuchen im Kühlschrank, den müssen Sie unbedingt aufessen. Und nehmen Sie Ihren Kindern etwas mit! Und dem Gatten! Ich werde dann mal gehen!« Mit dem letzten Satz wendet sie sich an Ollie, die schon die ersten Gabeln voll Torte in sich hineingestopft hat.

»Ja, super, Fräulein Hurtig. Ganz lieben Dank und bis Montag dann!« Ollie winkt ihr freundlich mit der Serviette hinterher. Dann zu mir gewandt: »Die ist ein Goldstück. Du wirst sie lieben.«

»Vor allem werde ich zehn weitere Kilos zunehmen!« Kritisch betrachte ich die dunkelbraun glänzende Schokotorte und überschlage grob den Kaloriengehalt. Zwei Millionen? Zehn Millionen?

»Was IST JETZT mit Nancy? Hat sie sich mit Überzwerg ausgesprochen?«

»Hat sie nicht. Sie reden gar nicht mehr!«

»Wie – gar nicht?« Gebannt starrt Ollie mich an, die Gabel mit dem nächsten Stück Torte fest im Griff.

»Luigi sagt, Nancy behandelt Überzwerg wie Luft. Wie *schlechte* Luft, wohlgemerkt. Kein ›Guten Morgen‹, keine gemeinsamen Operationen – noch nicht einmal zur Visite gehen sie mehr zusammen.«

»Naja«, nuschelt Olivia, »chirurgische Visiten werden sowieso völlig überbewertet. Hast du da jemals jemanden etwas Sinnvolles sagen hören?«

»Nicht, dass ich wüsste!«

»Siehst du – ich auch nicht!«

»Aber angeschrien hat sie ihn.«

»YES! Nancy! Ich glaube, ich werde noch ein Fan von ihr. Hat sie überhaupt schon eine Gynäkologin?«

»Ja – *mich* ...«, murmele ich düster vor mich hin.

»Denk daran: Die Frau kann man privat abrechnen. Sechskommafünffacher Satz. Bei *dem* Stammbaum!«

Typisch Geschäftsfrau – immer schön die Zahlen im Blick behalten.

»Was hat sie denn geschrien?«

»Das er ein ›Schwein‹ sei!«

»Womit sie voll umfänglich recht hat!«, erwidert Ollie lakonisch und nippt verzückt an ihrem Cappuccino. »Auch irgendwelche Neuigkeiten?«

»Dass er für sie gestorben sei, sie mit allem allein klarkomme, er sie für immer in Ruhe lassen soll – so etwas eben!«

»Oh Mann, manchmal, aber nur manchmal würde ich gerne wieder in einer Klinik arbeiten. Sodom und Gomorra!« Und ihre Augen leuchten vor Begeisterung. »Woher hast du diese Informationen nur immer?«

»Von Ottilie!«

»Na klar – von der Bildzeitung der Abteilung. Woher auch sonst. Und was machen sie jetzt?«

»Wer?«, frage ich irritiert, den Mund voll traumhaft cremiger Schokosünde.

»Na – Mérida und Gargamel. Hänsel und Gretel. Das Dream-Team eben?«

»Ich habe keine Ahnung. Aber falls Nancy sich irgendwie doch noch gegen eine Mutterschaft entscheiden sollte, muss sie sich langsam beeilen. Die zwölfte Schwangerschaftswoche ist schon so gut wie vorbei!«

»Halt mich unbedingt auf dem Laufenden, hörst du? Ich will jedes pikante Detail, alle Einzelheiten, am besten in Ton und Bild!«

»Ich bastele dir eine Standleitung, Süße, versprochen. Wann immer es Neuigkeiten aus Nancys Uterus gibt, wirst du die Erste sein, die davon erfährt. Nein, warte: Du wirst die Zweite sein!«

»Aber warum nur die Zweite?«, mault die schöne Frau verdrießlich.

»Weil ausnahmslos alle Neuigkeiten unserer Klinik immer zuerst an Oberschwester Ottilie weitergegeben werden. Ich habe nicht die geringste Ahnung, wie sie das macht, aber kein

Gerücht verlässt das Haus, ohne vorher wenigstens mal kurz bei ihr vorbeigeschaut zu haben.«

»Ja Ottilie!« Sie sagt es beinahe zärtlich. »Ottilie ist ein Phänomen!«

Olivia kennt die alte OP-Schwester nur zu gut aus der Zeit, als sie selbst noch Assistenzärztin im Krankenhaus am Rande der Stadt war und unter ihr gearbeitet hat.

»Ein Alien!«

»Gerne auch das! Aber sobald sie es weiß, rufst du mich sofort an, klar?«

»Geht klar. Aber jetzt muss ich dringend los, um 16 Uhr ist Dienstbeginn!«

»Freitagsdienst!«, stöhnt Ollie theatralisch und klatscht sich die flache Hand vor die Stirn. »Freitagsdienste sind das aller-, allerschlimmste Übel überhaupt.«

»Hunger und Krieg?«

»Na gut – das drittschlimmste Übel!«

»Krebs und …«

»Ach, halt die Klappe, Josephine! Hast du dich eigentlich schon mit der schönen Frau Schöne zum Lernen getroffen?«

»OLIVIA!«, rufe ich empört. Als hätte ich gerade nicht genug anderen Ärger am Hals. »Ich will nicht mit ihr lernen. Ich will sie am liebsten gar nicht sehen. Weder privat, noch bei der Arbeit.«

»Versteh ich nicht. Was genau hat sie dir denn nur getan?« Angestrengt denke ich über diese Frage nach und muss mir dann schlussendlich eingestehen:

»Nichts!«

»Wie – nichts?«

»Sie hat mir überhaupt nichts getan. Ganz im Gegenteil: Sie ist lieb und bemüht. Sie hilft mir, wo sie kann, legt ständig ein gutes Wort bei Napoli für mich ein – was natürlich genau gar keine positive Auswirkung auf mich oder meine Gesamtsituation hat, aber gut, sie versucht es wenigstens.«

»Und wo ist jetzt bitte dein Problem?«

»Sie ist schön!«

»Das bin ich auch!« Das ist eine Feststellung. Sachlich und zu einhundert Prozent zutreffend. Olivia ist sich ihrer Schönheit derart bewusst, dass sie es gar nicht nötig hat, damit zu kokettieren.

»Ja! Aber *du* bist meine beste Freundin. Und gibst auch nie damit an, dass du wie eine Mischung aus Cate Blanchett und Claudia Schiffer aussiehst.«

»Oh – den Vergleich kannte ich noch gar nicht. Der gefällt mir! Ist sie denn affig – deine Helena?«

»Sie IST NICHT *meine* Helena. Und, nein: Sie ist nicht affig. Sie ist eigentlich wie du!«

»Aber was macht sie dann falsch?« Ollie versteht es nicht, so viel ist klar. Verzweifelt wedelt sie mit ihren langen, schlanken Armen durch die Luft, als hätte sie eine Jongliernummer mit imaginären Bällen am Laufen.

»Wenn ich das wüsste, wäre ich schlauer!«

»Vielleicht findest du es ja auf dem Kongress nächsten Monat heraus. Habt ihr nicht ein Zimmer zusammen?«

»Oh Gott!«, stöhne ich entnervt. »Willst du noch tiefer in all meinen Wunden herumbohren? Ich hatte es schon so schön verdrängt, dass wir da alle hinfahren!«

»Wer – alle?«

»Na alle eben. Die Gynäkologen ohne Fred und Wilma, denn die müssen Dienst machen, Nancy und Übi …«

»Wenn das mal nicht lustig wird!«

»… Napoli und Luigi. Und ein paar der internistischen Freunde!«

»Ich würde zu gerne auch mitfahren. Das ist immer wie

Klassenausflug.« Sehnsüchtig stopft Ollie den letzten Rest Schokokuchen in den Mund und kaut nachdenklich darauf herum.

»Oh Mann!«, nuschelt sie dann undeutlich. »Ich muss unbedingt noch so ein Stück essen. Komm – ich pack dir den Rest ein, bevor ich alles alleine vernichte!«

Und Arm in Arm verlassen wir das Behandlungszimmer.

Nachts in der Notaufnahme. Oder: Warum um 23 Uhr 45 Privatunterhaltung extra kostet!

»Herpes, Blasenentzündung, irgendetwas mit ›Beschwerden seit fünf bis zehn Wochen‹, einmal Pille danach und Schwangerschaftstest!« Siegessicher drehe ich mich zu Ambulanzurgestein Notfall um. Wer welche Beschwerden hat, ist doch so klar wie die Frontscheibe nach Waschanlage.

Es ist Freitagabend, 21 Uhr, und die Ambulanzschwester und ich vertreiben uns die Zeit mit »Notfälleraten«. Geht ganz einfach und funktioniert wie folgt: Jeder Teilnehmer darf einen Blick auf die Truppe des Abends werfen und muss dann sagen, wer mit welchem Problem hier aufgeschlagen ist. Der Gewinner erhält all die Ehre, der Verlierer zahlt das Abendessen. Ich liebe dieses Spiel!

Notfall wirft nun ihrerseits einen prüfenden Blick durch die getönte Scheibe unserer Notaufnahme in den davor liegenden Warteraum, in dem gerade vier Frauen zwischen siebzehn und siebenundvierzig Jahren sowie ein innig schmusendes Teenager-Pärchen auf Hilfe in Form des gynäkologischen Mediziners warten. Auf mich also.

»Quatsch, Josephine – die Rechte ist viel zu alt, um schwanger zu sein! Außerdem hat sie keinen potentiellen Kindsvater im Schlepptau!« Notfall kippt sich den obligatorischen Schluck Kaffee hinter die Binde, was so viel bedeutet wie »Over and Out – ich habe alles gesagt.« Doch so schnell lasse ich mich nicht ins Bockshorn jagen.

»Dann lass mal hören, Superschwester! Von links nach rechts – auf geht's!« Trotzig verschränke ich die Arme vor der Brust und stiere Notfall herausfordernd an. Klugscheißerin! Doch die alte Schwester macht es spannend. Sie stellt erst gemächlich ihre Henkeltasse ab, putzt die Brille, die ihr am Glitzerband vor der Brust baumelt, setzt sie sich dann auf die Nasenspitze, um endlich, mit zusammengekniffenen Augen, angestrengt durch das kleine Fenster zu starren. Leise murmelnd wiegt sie den Kopf von rechts nach links und wieder zurück, zieht die Brille ab und wieder auf, nimmt einen neuerlichen Schluck Kaffee, und denkt offensichtlich angestrengt nach.

»Notfall – ich warte!«

Da endlich gibt sie sich einen Ruck.

»Okay, alles klar. Es geht los. Schreibst du mit?«

Ich nicke.

»Unterbauchschmerzen. Frühschwangerschaft. Nix Gescheites. Pille danach und …«

»Hey, das geht nicht!« Empört hüpfe ich um die immer noch durchs Fenster blinzelnde Notfall herum. »›Pille danach‹ hatte ich doch schon!« Doch diese lässt sich durch mein Getänzel keineswegs aus der Ruhe bringen.

»Josephine – noch einen Millimeter und die Beiden treiben es da draußen vor versammelter Mannschaft. Durch Jeans und Schlüppi durch. Das kann nur eine Pille danach sein. Soll ich vielleicht lügen?«

In der Tat – die kleine Blondine im superengen Rüschenmini und ihr gegelter Loverboy geben in unserem Wartebereich gerade alles: Während sie ihm die Rachenmandeln sauber lutscht, versucht er ihr augenscheinlich durch ihre Shorts hindurch den BH zu öffnen.

»Sagenhaft! Ich wette, der könnte ihr durch Zwangsjacke und Schneeanzug hindurch einmal die Unterwäsche wechseln!«

»Wenn wir die zwei zum Schluss drannehmen, brauchst du kein Rezept für die Pille danach mehr auszustellen. Dann kannst du nämlich gleich einen Frühschwangerschaftsschall machen«, kontert Notfall trocken.

»Okay, Schwester – lass uns mit dem Herpes beginnen!«

»Unterbauchschmerzen, Josephine! Das sind Unterbauchschmerzen!«

»Was auch immer – Showtime!«

»Ach, übrigens, Frau Dr.: Ich bekomme immer noch eine Pizza mit allem drauf vom vorletzten Mal!«

»Was? Niemals!«, schreie ich empört auf. »Vorletztes Mal ging es vielleicht unentschieden aus!«

»Das hast du geträumt! Die Frau hatte ganz eindeutig vorzeitige Wehen!«

»Die Frau hatte einen Harnwegsinfekt!«

»Und war schwanger!«

»Ja – in der neunten Woche!«

»Und was steht in jedem Lehrbuch, was machen Harnwegsinfekte in der Schwangerschaft? WEHEN!«

Ich seufze schwer. Mit Notfall zu diskutieren ist wie Erziehungsversuche an einem Stück Salami: ein absolut sinnloses Unterfangen.

»Los – schick die Erste rein!«

Zufrieden verlässt die Schwester den Raum und kehrt Sekunden später mit einer jungen Frau wieder, die mit schmerzverzerrtem Gesicht breitbeinig zur Tür hereintakst. Die hat so was von Herpes, da verwette ich meine Oma drauf!, denke ich mir und lächele die Kleine mitleidig an.

»Hallo. Ich bin Dr. Chaos – das ist Schwester Notfall. Wie können wir denn helfen?«

»Hey!« Das Mädel reicht mir verlegen die rechte Hand, während sie sich mit dem Rocksaum in der Linken vorsichtig Luft zwischen die Beine fächelt.

Super – das ist ja mal richtig einfach ...

»Also – ich war mit meinen Freunden campen ...«

Häh? Wie jetzt? *Campen* passt aber nicht so richtig zur Verdachtsdiagnose Herpes ...

»... irgendwo in der Wildnis. Am See. Im Wald!«

»Uh-hu! Und dann?«

Notfall und ich sind gespannt. So eine Geschichte hatten wir bis jetzt auch noch nicht.

»Ich musste dann mal pinkeln ...«

Klar. Frauen müssen pinkeln. Geschichte so alt wie die Menschheit.

»... und da war keine Toilette!«

Wie auch? Mitten in der Wildnis! Wir nicken synchron verständnisvoll.

Das Fächeln des Mädchens wird hektischer, und sie tippelt nun unruhig vom rechten auf den linken Fuß. Mir schwant, ich habe gerade meine Oma verspielt.

»Und dann?« Gebannt hängen wir an den Lippen der Amateur-Camperin.

»Naja.« Die Wangen der Kleinen beginnen zu glühen und sie blickt ein wenig beschämt zu Boden. »Da war ganz schön viel Gebüsch drum herum. Und jetzt ...«

»... JUCKT ES!«, ruft Notfall triumphierend dazwischen. »Gift-Efeu!« Und wedelt begeistert mit den Händen, als hätte sie den ersten Preis im Cheerleading-Wettbewerb gewonnen.

»Was für'n Zeug?« Ich versteh irgendwie nur Bahnhof.

»Gift-Efeu! Hab ich mal im Fernsehen gesehen! – Verdammt – das zählt nicht. Seit wann gibt es das Zeug denn auch in unserer Gegend?« Und verlässt fluchend den Raum.

In der Tat: Ein kurzer Blick auf den wirklich böse aussehenden Ausschlag im Intimbereich der jungen Frau und die Internetkontrolle mittels Bildsuchmaschine bestätigen die Diagnose der Fernsehärzte, woraufhin Patientin eins, verziert mit einer hübschen Schleife, den Kollegen der Dermatologie vorgestellt wird. Womit mal wieder bewiesen wäre, dass es nur einen einzigen, hautärztlichen Notfall gibt: Die Cortisonsalbe ist alle!

Der aktuelle Stand des Abends lautet somit Chaos gegen Notfall: 0:0.

Patientin Numero zwei auf der heutigen Show-Down-Liste ist eine völlig unspektakuläre Anfang Dreißigjährige.

»Ich glaube, ich habe mir die Blase verkühlt!«, lässt sie mich bereits beim Händeschütteln wissen. »Ähm – ist das irgendwie lustig?«

»Nein. NEIN! Kein bisschen lustig ist das. Verzeihung, ich musste nur gerade an etwas Lustiges denken!« Und noch während ich Frau Blase den Urinbecher in die Hand drücke, muss ich Notfall ein kleines bisschen die Zunge rausstrecken. 1:0 für die Frau mit dem abgeschlossenen Medizinstudium. Ich wünsche mir eine Pizza gut gebacken mit allem drauf!

Kurze Zeit später ist unser Harnwegsinfekt samt Rezept für Antibiotika und Schmerzmittel auch schon wieder zur Tür hinaus, und ich wünsche mir heimlich, es könnte doch immer so einfach sein.

Patientin Nummer drei hingegen ist vom Betrachten her eine klassische Alles-oder-Nichts-Patientin: Entweder hat sie wirklich richtig Pein oder schlicht ein bisschen Langeweile. Ich tippe verschärft auf Letzteres.

Frau Fontane ist vierunddreißig Jahre alt, zurechtgemacht, als hätte sie den Abstecher in unsere Ambulanz auf ihrem Weg ins Staatsballett dazwischengeschaltet, und – extrem mitteilungsbedürftig.

»Endlich komme ich auch mal dran«, lässt sie mich gleich zu Beginn wissen. »Ich sitze ja nun schon seit einer Ewigkeit hier herum. Da fragt man sich doch, wofür man all die Jahre in die Krankenkasse einzahlt, wenn man im Falle eines Notfalls stundenlang unbeachtet auf einem harten Stuhl sitzend auf Hilfe warten muss ...«

Dass Frau Fontane erst seit ziemlich genau fünfunddreißig Minuten auf unseren ordentlich gepolsterten Ambulanzstühlen sitzt – geschenkt!

»Das tut mir leid. Was haben Sie denn für Beschwerden?«

»Ich habe solche Schmerzen!« Sie blickt mich an. Erwartungsvoll und – sind wir mal ehrlich – nicht eindeutig schmerzgeplagt.

Das kann ja heiter werden!

Also, ganz von vorne – bei Adam und Eva quasi:

»Wo tut es denn genau weh? Und seit wann? Kam das auch früher schon mal vor?« Frau Fontane angelt nun einen Kalender aus ihrer Handtasche und blättert aufgeregt darin herum.

»Also – zum allerersten Mal hatte ich dieses Ziehen und Drücken am dritten ...«

»Diesen Monats?«

»Nein ...«

»Letzten Monats?«

»Nein – am dritten Juni ...«

»Also doch diesen Monats?«

»... vergangenes Jahr!«

Notfall, die es sich entspannt auf der Untersuchungsliege hinter der Patientin bequem gemacht hat, bekommt gerade einen bösen Hustenanfall. Ich atme tief durch und frage dann ungerührt weiter.

»Wo tut es denn genau weh?«

»Hier. Überall.« Frau Fontane vollführt weit ausholende Bewegungen mit beiden Armen über Bauch, Oberschenkel, Hals und Kopf. Zuletzt streckt sie mir auch noch die Füße entgegen. »Gelegentlich zieht es sogar bis ganz nach da unten!«

Ah, jetzt, ja. Generalisierter Ganzkörperschmerz.

»Vielleicht sollten wir röntgen?«, nuschelt Notfall von ihrer Liege zu mir herüber. »Mensch in zwei Ebenen?«

»Ja!«, ruft Frau Fontane erfreut. »Vielleicht sollten wir röntgen?«

Ich werfe Notfall einen bösen Blick zu, die mit dem Zeigefinger kreisende Bewegungen vor der Stirn ausführt. »Woher soll ich wissen, dass die einen Vogel hat« soll das wohl heißen.

»Wissen Sie, Frau Fontane, bevor wir mit Kanonen auf Spatzen schießen, untersuche ich Sie erst einmal. Vielleicht findet sich da ja schon ein Grund für Ihre Beschwerden. Wenn Sie sich dann in der Umkleidekabine unten herum frei machen wollen?«

Und ob sie will. Keine zwei Minuten später steht mein Ganzkörperschmerz wieder vor uns – splitterfasernackt, wie der Herr sie geschaffen hat. Notfall klammert sich jetzt mühsam an der Vaginalsonde fest, während sie – von unterdrücktem Lachen gebeutelt – die Eckdaten des Nackedeis ins Gerät haut.

»Frau Fontane, unten herum hätte völlig ausgereicht ... Wollen Sie sich vielleicht wieder ein bisschen anziehen?«

Nein, sie will mitnichten. Und hüpft vergnügt auf den Untersuchungsstuhl. Na gut – dann eben nicht. Ich beginne mit der üblichen Routineuntersuchung, taste den Bauch, der sich weich und flauschig wie ein Daunenkissen anfühlt, ab. Keine Abwehrspannung, null Wiederstand – *nada*. Alles in bester Ordnung. Was meine Patientin jedoch nicht davon abhält, in den höchsten Tönen vor sich hin zu jammern. »Au. Oh. Nein! Aua. Achtung! Weh! Oh-Gott-oh-Gott. Da! Ja! Da! DA! DAAAAA. JAAAAA!«

Meg Ryan hat die Nummer in »Harry und Sally« auch nicht besser hinbekommen.

Unter beschwichtigendem Zureden arbeite ich mich vorsichtig weiter. Bisschen Eierstöcke tasten, bisschen schauen, bisschen schallen – während meine Patientin ungeniert schreit und stöhnt, was die Lunge hergibt.

»Frau Fontane? FRAU FONTANE?«, schreie ich nur minimal genervt zurück. Gehorsam hält sie kurz inne und schaut mich fragend an.

»Ja?«

»Ich bin fertig. Sie können sich jetzt wieder anziehen!«

»Oh – gut. Danke!« Spricht es und hüpft behände vom Stuhl in die Umkleidekabine.

»Notfall – das ist NICHT lustig!« Doch meine Ambulanzschwester sieht das völlig anders. Mit hochrotem Kopf und maximal Schweiß auf der Stirn hängt sie über meinem Schreibtischstuhl, den Kopf auf die Tastatur des Computers gebettet, und lacht, als gäbe es kein Morgen mehr.

»Die ... Frau ... ist ... UNGLAUBLICH!«, keucht sie mühsam zwischen zwei Lachsalven. Ja, das ist sie in der Tat. Aber sonst völlig gesund. Mal schauen, wie ich ihr das am besten nahebringe.

»Und?«, fragt sie dann auch erwartungsvoll, als sie wieder manierlich gekleidet vor mir sitzt. »Was habe ich, Frau Dr.?«

»Nichts!«

»Wie – nichts?« Frau Fontane ist irritiert. Das war offensichtlich nicht die Antwort, mit der sie gerechnet hat. »Aber ich habe doch Schmerzen – hier …« Und wedelt mit der Hand über Bauch, Hals und Beine, »… und hier!«, und wedelt mit der anderen Hand über Oberschenkel und Knie. »Seit dem dritten Juni!«

Ich seufze schwer. Notfall gluckst leise und wischt sich mit der Papierauflage der Untersuchungsliege die Lachtränen aus dem Gesicht.

»Frau Fontane – was auch immer es ist, das Ihnen Beschwerden bereitet – hat mit an Sicherheit grenzender Wahrscheinlichkeit keine gynäkologische Ursache!«

»Die Eierstöcke?«

»Unauffällig …«

»Dann die Gebärmutter?«

»Nein.«

»Vielleicht eine Entzündung? Pilz? Eileiterschwangerschaft?«

»Nein, nein und nochmals NEIN!«

»Und was soll ich jetzt machen?«

Das ist eine verdammt gute Frage. Am allerbesten: nach Hause gehen und Ruhe bewahren. Aber das wird sie nicht gerne hören.

»Im Moment besteht meiner Meinung nach keine Notwendigkeit, Sie hier zu behalten!«

Blablalabergrütz – los, Josephine. Sag es ihr!

»Sie können gerne nach Hause gehen. Vielleicht eine Wärmflasche, dort, wo die Schmerzen …?«

»ABER ICH HABE DOCH SOLCHE SCHMERZEN!«

Sag ich doch. Wird sie nicht hören wollen!

»Sie sehen aber nicht wirklich schmerzgeplagt aus!«, gebe ich vorsichtig zu bedenken. Notfall nickt beifällig. Und es scheint, als denke die Patientin kurz über meinen Einwand nach.

»Vielleicht ist es der Blinddarm?«

Uaaah – kann es denn wahr sein?

»Nein!«

»Die Galle? Nierensteine? Magenschleimhautentzündung?«

Ich will gerade zum wiederholten Male verneinen, als Notfall mit einem energischen Satz von der Liege hüpft und sich ins Spiel einbringt.

»Klar! Das ist garantiert die Galle. Oder ein Nierenstein. Oder alles zusammen!«

Frau Fontane strahlt – glücklich, endlich ernst genommen zu werden. Und Notfall strahlt auch. Ich frage mich derweil, ob meine Schwester vielleicht doch einen Hauch zu viel Koffein in ihrem Heißgetränk hatte.

»Notfall …?«

»Ja! Und deshalb stellt die Frau Dr. Sie auch sofort bei den Kollegen der Inneren Medizin UND der Chirurgie vor. Und die finden dann ganz sicher ganz bald heraus, was Ihnen fehlt. Einverstanden?«

Und ob! Mit ihrem breitesten, freundlichsten Lächeln reicht die Schwester mir den grünen Konsiliar-Schein, während meine Patientin in froher Erwartung von ihrem Stuhl herunterrutscht. Grinsend fülle ich den vorgelegten Bogen aus, grinsend wähle ich die Nummer des chirurgischen Dienstes und grinsend übergebe ich mein weites Feld an den Kollegen Luigi:

»Luigi? Patientin mit unklarem Ganzkörperschmerz. Gynäkologisch absolut unauffällig. Schick ich dir rüber!«

»Aber Josephine!«, greint der Chirurg, »was soll ich denn mit ihr machen? Die Mädels haben doch immer etwas Gynäkologisches, das lernen wir schon im ersten Jahr der Facharztausbildung.«

»Tja, mein Lieber. Dann musst du jetzt wohl mal umdenken. Diese Frau hat nämlich nichts. Gar nichts …!« Frau Fontane zieht eine Schnute, während Notfall, die jetzt wieder entspannt auf der Liege ruht, zustimmend beide Daumen in die Höhe reckt. »Ich meine, diese Frau hat gar nichts Gynäkologisches. Vielleicht machst du einfach mal eine Röntgenaufnahme? Mensch in zwei Ebenen oder so?« Dann lege ich auf und entlasse meinen wandelnden Ganzkörperschmerz zufrieden in den Orbit nächtlicher Diagnostik.

Froh, Frau Fontane doch noch losgeworden zu sein, hänge ich über den üblichen zwei Dutzend Formularen, die pro ambulant durchgeschleuster Patientin ausgefüllt sein müssen, und schreibe mir stöhnend die Finger wund.

»Bin ich Sekretärin? NEIN, bin ich nicht. Aber warum komme ich mir vor, als wäre ich eine? Wei ich in zwei Nachtdiensten mehr Papier vollschreibe als Frau Löblich in zwei Wochen!«

Nora Löblich ist des Chefs Sekretärin und ein wahrer Ausbund an Arbeitseifer und eine Rakete an der Tastatur. Aber ich schwöre – ich bin schneller!

»Warum muss ich für eine Patientin fünfhundert verschiedene Zettel ausfüllen? Hä?« Frustriert hämmere ich auf die vorsintflutliche Computertastatur ein. »Warum muss ich überhaupt irgendetwas ausfüllen? Sechs lange Jahre Medizinstudium – ich sollte eigentlich nichts anderes tun müssen, als Menschen heilen, Kinder zur Welt bringen oder Herzen transplantieren!«

Okay, vielleicht steigere ich mich da gerade ein wenig in etwas hinein, denn es ist ziemlich unwahrscheinlich, dass ich in diesem Leben noch mal ein Herz transplantieren werde. Aber weil ich doch gerade so schön in Fahrt bin …

»Überhaupt – wer schreibt heute noch irgendetwas in olle Papierakten? Im Zeitalter von Gigabyte und RAM? Papier ist einfach out. Over and out! Dammich-noch-eins!«

Dammich ruhig ist es hier gerade.

»Notfall?« Suchend drehe ich mich auf meinem Hocker um die eigene Achse.

»NOTFALL?« Erschrocken fährt meine Schwester von ihrer Liege hoch, reibt sich den Schlaf aus den Augen und blickt verwirrt um sich.

»Häh? Was ist denn los? Warum brüllst du hier so rum?«

»Es wird nicht geschlafen, während ich arbeiten muss!«, muffele ich beleidigt. »Hol lieber die nächste Patientin rein, sonst sitzen wir morgen Früh noch hier!«

Eingeschnappt klettert Notfall vom Notbett und zupft mit säuerlichem Gesicht den Schwesternkittel zurecht.

»Jawohl, Mylady. Sofort, Mylady. Darf es zuvor noch etwas sein, Mylady? Tässchen Baldrian? Krümelchen Valium?«

Sehr witzig. Ich lach mich tot!

Dann zieht Notfall beleidigt von dannen. Draußen höre ich sie rufen: »Frau Kunkel-Heinzmann – bitte! Dr. Chaos geruht Sie jetzt zu empfangen!«

Leidlich verwirrt kommt die Patientin hinter der Schwester zur Tür hereingestiefelt und blickt sich suchend um. Wahrscheinlich erwartet sie, bei den Worten »geruhen« und »empfangen« den Chefarzt persönlich anzutreffen. Oder besser noch: Professor Brinkmann. Schwarzwaldklinik. Ich blitze die einen Flunsch ziehende Schwester böse an, die hoch erhobenen Hauptes an mir vorüber und zur anderen Tür hinausstolziert.

»… dringend Kaffee. Bei der Laune!«, hör ich es noch brummen, dann ist sie weg. Auch gut. Arbeite ich eben alleine weiter.

»Frau Kunkel-Heinzmann, nehmen Sie doch Platz, und erzählen Sie mir kurz, was Sie hierherführt!« Zu nachtschlafender Zeit und ohne den kleinsten Anschein eines bestehenden Notfalls. Habe ich natürlich nicht laut gesagt.

Nun – Frau Kunkel-Heinzmann hat einen bösen, bösen Scheidenpilz (seit vorgestern!) und benötigt nun die gute, gute Scheidenpilzcreme (Rezeptfrei in ihrer Apotheke erhältlich). Mit einem Privatrezept über ebendiese und leicht angesäuert (»Abba dann muss ich die ja selber zahlen?«) zieht sie zehn Minuten später wieder weiter. Ich mache den tausendneunundsiebzigsten, imaginären Strich hinter »unnötige Ambulanzvorstellung«, und wir kommen endlich zum Höhepunkt der heutigen Abendbesetzung: der fraglichen Pille danach!

»NOTFALL!«, brülle ich durch die Tür den Flur hinunter. Kurze Zeit später: Auftritt der Schwester von rechts, den obligatorischen Kaffeepott dabei. Und immer noch beleidigt.

Also – die Schwester, nicht der Pott.

»Komm schon, Notfall!«, setze ich versöhnlich an, als das Telefon klingelt. »Josephine im Chaos? Wer stört?« Eigentlich weiß ich ja, wer stört – es steht auf dem Display. Der Chirurg ist es, und mir schwant Übles.

»Josephine – ich bin's!«

»Ach was!«

»Du hast mir da eine Patientin geschickt!«

»Frau Fontane«, ergänze ich freundlich.

»Ja. Fontane. Die hat nix!«

»Ach nee?«

»Doch. Nix Chirurgisches.«

»Und jetzt? Willst du eine Beileidskarte?«

»Häh? Nein, wieso? Du sollst sie zurücknehmen!«

»Ich soll bitte WAS?«

Hat der noch alle Latten am Zaun?

»Sie! Zurück! Nehmen!«, flüstert es verschwörerisch aus dem Hörer.

»Und warum sollte ich so etwas Dummes tun?« Luigi ist jetzt offensichtlich empört.

»Na – weil sie einfach nix hat. Und weil sie doch eine Frau ist!«

Ach so – na dann!

»Luigi, mein Guter – dann schick sie gefälligst nach Hause!«

»Aber wenn sie doch nicht will!« Jetzt weint er fast am anderen Ende der Leitung. »Du wirst es nicht glauben – sie hat damit gedroht, sich so lange in der Umkleidekabine einzuschließen, bis ich sie stationär aufnehme!«

»Na, dann mach das doch einfach. Soll sich halt dein Tagesdienst morgen mit ihr herumschlagen!«

»Aber Messer wird mich umbringen!« Jetzt heult er wirklich fast.

Oberarzt Dr. Messer ist Luigis Hintergrundarzt. Und obendrein ein Chirurg vom alten Schlag, also groß, autoritär und schrecklich furchteinflößend. Im Gegensatz dazu reicht Luigi mir in etwa bis zum Bauchnabel und ist so beängstigend wie Winnie the Pooh. Ich sehe es geradezu bildlich vor mir, wie er seinem Oberarzt während der Frühbesprechung klarzumachen versucht, dass er eine (chirurgisch) kerngesunde Frau in einem Krankenhausbett für schlappe 350 Euro pro Tag zwischengeparkt hat. Das wird sicher nicht lustig. Ist aber auch nicht mein Problem.

»Luigi, ernsthaft! Ich fände es ungemein traurig, wenn Messer dir morgen den Kopf abreißt, ihn anschließend in Beton gießt und irgendwo in den unendlichen Weiten der Tundra verscharrt. Aber ich habe gerade selbst zu tun – lass dir etwas einfallen!« Dann lege ich auf.

»Fast tut er mir ein bisschen leid«, meint die Schwester.

»Nix da! Er ist schon groß, er kann sich wehren.«

»Naja – groß?«, gibt sie kichernd zu bedenken und wackelt dann brav nach draußen, um Romeo und Julia hereinzuholen.

Es dauert sehr lange, bis sich die beiden Turteltäubchen im Wartezimmer auseinander dividiert und leidlich wieder angezogen haben. Als es endlich so weit ist, kommen sie giggelnd und kichernd zur Tür herein, reichen mir giggelnd und kichernd die Hand und setzen sich auf den Stuhl gegenüber. Giggelnd und kichernd. Und zwar auf ein und denselben Stuhl! Kaum hingesetzt, wandert Romeos Hand auch schon wieder unter die Bluse seiner Julia.

Das glaube ich ja nicht – haben die Drogen genommen oder was? Ich versuche es mit der mütterlich-autoritären Tour.

»So, Mädels, jetzt mal Schluss mit Petting hier. Das ist eine Ambulanz und kein Freudenhaus. Was wollt ihr?« Während Romeos Hand sich ungeniert weiter ihren Weg zu Julias jugendlich prallen Brüsten bahnt, blitzt er mich böse an und blafft: »Hey, Doc! Isch bin doch kein Mädschen!«

Ein Blitzmerker!

»Was! Wollt! Ihr?«

Lest es mir von den Lippen ab.

»Die ... hihi ... Pille ... Schaaatz – Lass das! ... giggel ... danach!«

Trommelwirbel. Fanfarenstöße. Werft das Konfetti! Und schon steht Notfall grinsend, mit Pinkelbecher und Schwangerschaftstest in der Hand, neben mir.

»Hier, Julia. Einmal vollmachen, bitte!« Verdattert schaut das kleine Ding mich an. »Abba warum das denn? Ich hab' nix an der Blase?« Notfall rollt beeindruckend mit den Augen und machte es sich dann wieder auf ihrer Liege bequem.

»Wir müssen einen Schwangerschaftstest machen, um sicher auszuschließen, dass du nicht schon schwanger bist!«, erkläre ich geduldig. »Sonst darf ich die Pille nämlich nicht verschreiben.« Empört zieht Romeo jetzt endlich die Hand vom Busen der Geliebten und fuchtelt mir stattdessen mit dem Zeigefinger vor meiner Nase herum.

»Ey, Doc – wos denkscht du eigentlich? Wir sin' doch net schwanger!«

Nein, hoffentlich nicht. Aber auch das sage ich selbstverständlich nicht laut. Notfall rollt derweil in solch atemberaubendem Tempo die Augäpfel, dass ich fürchte, sie könnten gleich – der Zentrifugalkraft folgend – aus ihren Höhlen fliegen und gegen die Wände klatschen.

»Ey, Kleiner«, pariere ich leidlich genervt und schiebe mir seinen schmuddeligen Finger weg aus meinem Gesicht. »Kein Schwangerschaftstest – keine Pille danach! Klar?«

Klar. Die Puppe zieht samt Becher von dannen, während Romeo zu unser aller Unterhaltung zurückbleibt.

»Ey, voll Scheiße immer alles. Isch bin doch net so blöd und mach der gleisch ein Kind, ey Mann! Was denkscht du, warum wir jetzt voll hier sind, huh? Weil wir voll net schwanger sein wolln!«

Schon mal was von der *Pille davor* gehört? Habe ich aber auch nicht laut gesagt. Es ist immerhin schon 23 Uhr 45, da kostet Privatunterhaltung extra!

Julia ist dann auch bald wieder da und Notfall hält sogleich den Test-Streifen in den gefüllten Becher. Keine dreißig Sekunden später.

»SCHWANGER!«, brüllt die Schwester strahlend. Und sieht dabei aus, als hätte sie gerade verkündet, dass unser Traumpaar die Reise auf die Seychellen inklusive Erste-Klasse-Flug und Vollpension gewonnen hat.

»DAS KANN JETZT ABBA NET SEIN!«, jault Romeo. Dasselbe denke ich seufzend auch. Das Julia sagt nichts.

Telefon!

»Josephine? Gerade ganz ungünstig!« Mann, immer wenn es spannend wird.

»Obermeier-Wendig. Hallo, Josephine!«

Och nööö! Friederike Obermeier-Wendig, genannt »O-We«, die nervigste internistische Assistenzärztin südlich der Milchstraße.

Ich will das jetzt nicht!

»Friederike – was gibt es? Ist gerade ein bisschen unpassend.«

»Ich habe hier eine Patientin, die ich dir gerne schicken würde. Vierunddreißigjährige Frau mit Unterbauchschmerzen ...«

Das ist jetzt nicht dein Ernst!

»Friederike? Spar es dir. Ich kenne Frau Fontane! Ich habe sie sogar als Allererste gesehen. Lange bevor Luigi the Pooh sie an dich weiter geschickt hat!«

»Luigi-WER?«, fragt die Internistin verständnislos.

»Hey, Doc!«, mischt sich Romeo jetzt ein. »Was isch mit uns?«

Ich seufze schwer – 23 Uhr 52 und das Ende ist noch lange nicht nah.

»Friederike – die Frau ist gynäkologisch einwandfrei. Gecheckt, geschallt und für gut befunden. Nimm sie auf, lass sie gehen, schick sie weiter – ich habe zu tun!« Und noch bevor weitere Einwürfe kommen können, habe ich auch schon aufgelegt.

Man kann sich schließlich nicht um alles kümmern!

»Und? Was isch jetzt?«

»Tja, Romeo – was soll sein? Ihr seid schwanger – das ist!«

»Aber – das geht doch gar nicht!«, jammert jetzt das Julia.

»Offensichtlich geht das ganz gut. Wann hattest du denn deine letzte Periode?«

Klein Julia blickt bedröppelt zu ihrem Romeo hinüber, der wiederum stirnrunzelnd die Schultern zuckt. Na, das ist ja mal ganz super. Ungeplante Frühschwangerschaft ohne ordentlichen Termin ist das Sahnehäubchen einer jeden Freitagabend-Ambulanz-Untersuchung.

»Und hattet ihr die übrigen Male denn wenigstens verhüteten Geschlechtsverkehr?«, frage ich wenig hoffnungsvoll.

»Ver-WATT?«

Zu kompliziert, Josephine! Einfache Fragestellung!

»Habt ihr beim Poppen Kondome benutzt? Diaphragma? Die Pille vielleicht?« Verächtlich winkt Romeo ab und schnaubt dabei wie ein Walross auf Landgang. »Ehrlisch – Kondome isch nur was für Waschlappen, gell!«

Zu schade, dass ich gerade versuche, mir das Beißen in Tischkanten zu verkneifen – das wäre jetzt mal wieder ein wirklich geeigneter Anlass dafür gewesen.

»Wir machen jetzt einen Ultraschall, und dann schauen wir, ob schon etwas zu sehen ist. Einverstanden?«

Klein Julia greint ein bisschen, während Romeo offensichtlich angestrengt überlegt, welches Verhalten in der aktuellen Situation wohl das vermeintlich coolste sein könnte. Als ich das schnupfende Julchen aufmunternd auf den gynäkologischen Stuhl komplimentiert habe, entscheidet sich mein pubertierender Jungvater spontan für den ungeordneten Angriff.

»Weischt du, Doc – das müssen wir net behalten. Das isch noch so früh, da kannscht uns doch eben die Pille geben un' gutt isch!«

»Weischt, Romeo – so einfach ist es dann doch nicht!«

Der Kleine kratzt sich irritiert den Schritt. Dass jemand so gar nicht auf sein Genöle eingeht, scheint ihn etwas aus dem Konzept zu bringen.

Kaum habe ich den Vaginaschall vorschriftsmäßig positioniert, blinkt es auf dem Bildschirm auch schon in großen, grellfarbenen Lettern:

»SCHWANGER«

Nein, macht es natürlich nicht. Aber diese Schwangerschaft ist tatsächlich derart weit fortgeschritten, dass es ein Blinder mit dem Krückstock sehen würde. Ein Romeo auch.

»Da bewegt sich was!«, stammelt er und deutet auf den strampelnden Embryo. Bei Julia hingegen hat irgendjemand die Schleusen geöffnet.

»DAS WILL ICH NICHT!«, heult sie laut auf, während Romeo abwesend ihren Ellenbogen tätschelt, ohne den Blick vom Monitor wenden zu können.

»Datt isch so abgefahren!«, haucht er ehrfurchtsvoll. Julia greint noch eine Oktave höher.

»DAAAS WILL ICH NICHT!«

Das einsetzende Klingeln des Diensttelefons fügt sich melodisch ins Gesamtgetöse ein, und ein Blick auf das Display macht klar: schlimmer geht nimmer!

»Das Chaos am Apparat!«, flöte ich gewollt heiter in die Sprechmuschel.

»WAS SOLL DAS?«

»Ich bin nicht sicher, was Sie meinen, Dr. Napoli?«

»Herold hat mich angerufen. MITTEN IN DER NACHT!«

Ich reibe mir müde die Augen. Dr. Hildegard Herold, auch genannt die wilde Hilde, ist O-WEs oberärztlicher Hintergrund und die zweitgrößte Nervensäge vor dem Herrn, gleich hinter ihrer Assistenzärztin. Warum zum Teufel darf die denn heute Abend auch mitspielen?

»Sie sagt«, zetert Napoli, »Sie verweigerten die Aufnahme einer gynäkologischen Patientin.« Seine Stimme beginnt schon wieder, sich zu überschlagen, was generell kein gutes Zeichen ist.

»Aber die Patientin …«, setze ich an und werde zeitgleich von Romeo übertönt.

»Isch das ein Junge? Sach mal, Doc – das ISCH doch ein Junge? Gell? Doc? GELL?«

Das Handy mit dem sich überschlagenden Oberarzt unter dem Kinn und den Vaginalschall mit Rechts in Klein-Julia versuche ich gleichzeitig, den überschwänglichen Jungvater von meinem Monitor wegzuzerren.

»Ksssch, Romeo!«, zische ich böse. »Das ist KEIN Touchscreen, hörst du? LASS DAS!«

»Ich soll WAS?«, kreischt Napoli auf dem dreigestrichenen C. »Ich soll WAS? Das verbitte ich mir, dass SIE sich MIR verbitten!«

»Mich!«, verbessere ich den Oberarzt höflich.

»WAS?«, ruft Romeo und betatscht weiter glücklich den Monitor.

»Nicht du!«, zische ich erneut. »Er!«, und deute auf das Telefon in meiner Hand. Während das Julchen heult und Napoli brüllt.

»… DANN KÖNNEN SIE ETWAS ERLEBEN!«

Ich habe keine Ahnung, was genau ich erleben kann, denn das Gesamtchaos um Romeo hat mich völlig aus dem Konzept gebracht. Nachfragen ist leider auch nicht mehr möglich, da es am anderen Ende meiner Leitung nur noch aufgeregt tutet. Napoli hat in seinem Wahn offensichtlich den Hörer aufgelegt. Oder den Löffel abgegeben, man weiß es nicht.

»Isch ein Junge. Gell, Doc? Das isch ein Junge? Das isch sein

Penis, Doc, da isch der Penis von meinem Jungen, Doc, isch doch so! Doc?« Völlig entfesselt drückt Romeo jetzt überall dort dicke, fette Fingerabdrücke hin, wo ein vermeintlicher Embryonenpenis zu sehen sein könnte.

Ich bin ein Arzt, holt mich hier raus! In meiner tiefsten Verzweiflung schreie ich nach Hilfe.

»NOOOOTFAAAAAL!«

»ICH KANN JETZT NICHT!«, brüllt es vom entgegengesetzten Ende der Ambulanz zurück.

»DU MUSST!«, schreie ich weinerlich. »ICH BRAUCHE HILFE UND UNTERSTÜTZUNG!«

Außerdem einen doppelten Martini auf Eis und eine Familienpizza Quattro Stagioni. Aber pronto!

Völlig enthemmt hüpft Romeo um mich herum und singt aus vollem Halse: »Ein Junge isch's. Yeahyeahyeah! Romeo hat voll den Treffer g'macht. Yeahyeah-Alda! Das isch so ab'g'fahrn, Yeahyeah!«

Einundzwanzig, zweiundzwanzig – immer schön weiter zählen – dreiundzwanzig …

Von Links kommt jetzt tatsächlich die Schwester mit mürrischem Gesicht zur Tür hereingetrottet, zieht mir das tutende Handy unter dem Kinn weg und bugsiert Klein-Romeo zum nächsten Stuhl, wo sie ihn energisch hinsetzen und stillsein heißt. Ich wende mich derweil der jungen Mutter zu, die mit laufender Nase und rot geheulten Augen gerade keinen souverän-mütterlichen Eindruck macht.

»Julia!« Ich halte ihr eine Packung Taschentücher hin. »Ich fürchte, wir haben ein Problem. Dieses Kind ist schon verdammt groß!« Doch Julia blickt mich nur verständnislos aus großen, wassergefüllten Babyaugen an.

»Aber«, beginnt sie ganz harmlos und schraubt sich dann in feinstes Crescendo hinauf. »Aber ich WILL DAS NICHT!«

Tonlage und Lautstärke betreffend könnte dies hier auch gut die Tochter des Obercholerikers Napoli sein.

»Schätzelein«, versuche ich es erneut mit mütterlichem Sanftmut. »Das ist jetzt leider völlig schnuppe, ob du das willst oder nicht. Fakt ist: Du hast es schon. Und zwar seit ziemlich genau …« Mit zusammengekniffenen Augen positioniere ich die blinkenden Cursore des Gerätes auf den beiden äußeren Enden des gefreezten Embryos und schon spuckt der Computer brav die Schwangerschaftswoche aus.

»… FÜNFZEHN Wochen!«

Au weia! Houston, wir haben ein Problem. Aber was für eins.

Romeo zappelt jetzt wieder wild auf seinem Stuhl herum und ist kaum noch zu halten.

»Und was heischt das jetzt? Isch doch ein Junge, Doc, gell? Häh? Junge?« Ich atme schwer ein und dann wieder aus.

»Romeo, ich habe keine Ahnung, welches Geschlecht dieses Kind hat. Aber dass es ziemlich sicher fünfzehn Wochen alt ist, darauf gebe ich dir Brief und Siegel!«

Das hat gesessen. Mit offenem Mund lässt der kleine Macho sich auf den Stuhl zurückfallen, und ich sehe, wie es in seinem Kopf zu arbeiten beginnt. Die Stirn in strenge Falten gelegt, zählt er nun die Wochen an seiner linken Hand ab und stoppt beim Ringfinger. Das könnten in der Tat ein paar Tage zu wenig sein. Und auch bei Julia scheint die Erkenntnis ihren Bestimmungsort erreicht zu haben, denn das monotone Gegreine verstummt so plötzlich, wie es begonnen hat. Stattdessen blickt sie mir zum ersten Mal an diesem Abend direkt in die Augen.

»Das kann nicht sein!«, sagt sie, klar und kein bisschen weinerlich. Dann, wie sollte es anders sein, klingelt mein Telefon. Süffisant grinsend hält die Schwester mir den scheppernden Hörer unter die Nase.

»Es ist für dich!«

Klar. Für wen sollte es auch sonst sein. Als ich den Namen auf dem Display lese, möchte ich gerne ein bisschen weinen.

»Ja. Hallo? Dr. Josephine? Sie sind doch Dr. Josephine?«

Nein. Ich bin die Königin von England! Sie müssen sich verwählt haben ...

»Hallo Frau Bleuler. Ja, ich bin's. Josephine. Was gibt es denn?«

»Ja. Hallo! Hier ist Bleuler. Von der Psychiatrie!«

Mach Sachen.

»Frau Bleuler!«

Ich BIN freundlich! Ganz sicher!

»Ich weiß, wer Sie sind. Es steht ja auf meinem Display. Wo brennt es denn?«

Mir schwant gar Fürchterliches.

»Ach ja. Das Display. Sicher. Sie wissen ja, wer ich bin. Also – ich bin von der Psychiatrie ...«

Das Kind auf meinem Ultraschallmonitor ist gerade eine Woche älter geworden. Ehrlich!

»... und ich habe da eine Patientin, die ich Ihnen gerne vorbeischicken würde!«

»Okay!«

Ich bin völlig gefasst. Eiskalt. Ach was: Teflon beschichtet!

»Und was hat die Frau?«

Jetzt kommt es gleich ...

»Ja ... gut ... okay ... also – es ist ..., nein: Es handelt sich um eine Frau. Fünfunddreißig. NEIN! Vierunddreißig ... mit Schmerzen seit ... Moment! Mit akuten Unterbauchschmerzen seit ... Augenblick!« Jetzt hält sie offensichtlich die Sprechmuschel ihres Telefons mit der Hand zu, während sie Fragen an eine Person im Hintergrund stellt.

»Dr. Josephine?« Sie ist wieder dran. »Hier ist Bleuler!«

Ich sitze im ganz falschen Film.

»Dr. Bleuler! Hallo! Ich weiß, dass Sie dran sind. Was ist jetzt mit der Patientin?« Die Kollegin kommt mir ein klein wenig verwirrt vor.

»Sicher!«, fällt ihr dann ein. »Das Display! Sie wissen ja, wer ich bin. Also – diese fünfunddreißig – nein! VIERunddreißigjährige Patientin ...«

Noch ein bisschen länger und ich könnte das Julchen gleich hier auf dem Stuhl entbinden.

»... hat Unterbauchschmerzen seit dem 3. Juni.«

Aus den Augenwinkeln sehe ich, wie Notfall monoton mit der Stirn gegen die Wand zum Nachbarzimmer schlägt – offensichtlich verfolgt sie das Gespräch auf dem Ambulanzzweitapparat mit, außerdem Romeo, der immer noch gebannt auf die sich öffnenden und schließenden Finger seiner linken Hand stiert, und den Embryo, der lustige, kleine Purzelbäume auf seinem Bildschirm vollführt. Wenigstens einer, der hier noch gute Laune hat.

»Hör mal, Schwester!«, rufe ich jetzt barsch ins Telefon. »Das geht jetzt nicht! Zum einen habe ich Frau Fontane heute schon ausführlich untersucht, zum anderen stecke ich gerade IN einer wichtigen Untersuchung!«

Im wahrsten Sinne des Wortes!

»Und ich fürchte, Sie werden versuchen müssen, alleine mit der Frau klarzukommen!« Ich höre, wie es am anderen Ende der Leitung trocken schluckt. Bleuler und ich sind uns noch nie persönlich begegnet, aber aus unzähligen, früheren Telefonkontakten weiß ich mit ziemlicher Sicherheit, dass die junge Psychologin nichts unversucht lassen wird, die Patientin an mich abzutreten. Nicht aus Bosheit, Gott bewahre! Klein-

Bleuler ist eine Seele von Mensch. Und gäbe auch bestimmt eine tolle Psychiaterin ab, wäre da nicht ihre anhaltende Angst vor Patienten im Allgemeinen und psychiatrischen Patienten im Speziellen. Ein bisschen erinnert sie mich da an meine Lieblingskollegin Bambi.

»Aber wenn die Frau doch solche Schmerzen hat?«

»DAS GEHT JA GAR NICHT!« Romeo hat offensichtlich endlich fertig gerechnet und steht jetzt aufgeregt gestikulierend vor mir. Oh ha! War irgendwie klar, das fünfzehn Wochen und vier Finger nicht wirklich zusammengehen.

»Abba wir sind doch erscht seit vier Wochen z'sammen. Da kann der Bub doch gar net so alt sein? Fünfzehn Wochen. Da haschst du disch abba übel verzählt, Doc. Der isch doch viel jünger!«

Wie sag ich es nur dem Kinde?

»… ich sie deshalb wirklich gerne schicken würde …«

So kann ich nicht arbeiten!

»NEIN!«, rufe ich schwer schnaufend ins Telefon. »NICHT schicken! Over and Out!« Und lege auf. Dann heiße ich das Julchen, sich wieder anzuziehen, während Romeo weiter ununterbrochen auf mich einredet.

»… Das geht voll net! Isch doch klar. Vier Wochen alt, Doc, weischt! VIER Wochen!« Und hält demonstrativ vier Finger hoch. Als beide endlich wieder vor mir sitzen, hole ich tief Luft und dann – das Telefon!

»Bleuler«, schreie ich entnervt ins Telefon »JETZT NICHT!«

Fünf Minuten später, nach fünf weiteren erfolglosen Ansätzen, Romeo und Julia die Gesamtsituation darzulegen, weil Kollegin Bleuler fünf weitere Male telefonisch dazwischen gefunkt hat, gebe ich schließlich klein bei.

»Schick sie rüber, Bleuler«, flüstere ich matt ins Telefon »Einfach zu mir rüberschicken!« Besiegt von einem Häschen mit psychiatrischer Grundausbildung und Global-Angst. Herzlichen Glückwunsch, Josephine, das war ganz großes Tennis! Und als wäre alles nicht schon verfahren genug, rauft Romeo sich immer noch verzweifelt die Haare.

»Abba das versteh ich net! Wie kann das Kind schon so alt sein, wenn wir doch erscht seit vier Wochen … na, du weischt schon!«

Fast tut er mir ein bisschen leid.

»Weil es eben nicht von dir ist!«

So, da ist es endlich raus. Der Loverboy scheint schwer getroffen.

»Du meinscht – du hascht mit einem anderen Kerl 'rumgemacht – und kriegscht jetzt den sein Sohn?« Jule puhlt angestrengt in einem größer werdenden Loch ihres Mini-Mini-Rockes herum, bevor sie kaum merklich nickt. Die Stirn in tiefe Runzeln gelegt beißt Romeo sich die Unterlippe wund, bevor sich seine Miene urplötzlich aufhellt.

»Abba – wenn du jetzt mein Mädschen bischt, dann darf isch auch den Namen von den Jungen aussuchen, is' klar?« Und haste nicht gesehen strahlt jetzt auch das Jule wieder und hüpft direkt von ihrem Stuhl auf Romeos Schoß zurück.

»Wir können den doch Tschäisn-Tschimmi-Plu nennen. Das ist voll der schöne Name. Und dann kaufen wir dem auch noch so Baggy-Pants und voll alles!« Und während Notfall immer noch ihren Kopf gegen die Wand zum Nachbarzimmer hämmert, verlasse ich still das Ambulanzräumchen. Doch Flucht ist nicht wirklich möglich, wenn man imaginär an dieses vermaledeite Telefon gekettet ist. Es klingelt.

»VERDAMMT! Luigi – was denn noch?«

»Ich nehme sie. Die Patientin. Schick sie rüber, Josie, okay?«

Häh? Wie jetzt?

»Du willst Fontane wieder haben? Jetzt doch? Hast du etwas Schlechtes geraucht?«

»Neeeeiin«, flötet er völlig unbeteiligt in den Hörer. »Alles prima. Schick sie nur einfach rüber zu mir, okay?«

»Aber ich habe sie gar nicht mehr! Du hast sie an O-We weitergeleitet und von dort ist sie direkt bei Bleuler gelandet und dann ...«

»Danke! Tschüss!«, ruft er noch ins Telefon, dann ist er weg. Verwundert starre ich den tutenden Hörer an, drücke den »Auflegen«-Knopf, als es erneut klingelt.

»WAS IST?«

»Heeeeey – Josephine!«

»Hey« mit fünf »e« – ich muss mich verhört haben.

»Ja? Friederike?«

»Liebes ...«

BITTE?

»... es tut mir wahnsinnig leid, dass ich dir vorhin Ärger mit dieser Patientin gemacht habe, ganz ehrlich ...«

Uh-hu!

»... aber als Wiedergutmachung würde ich dir jetzt anbieten, dass ich sie einfach zurücknehme. Also – die Patientin. Jetzt gleich! Okay?«

»Sag mal, Friederike – du und Luigi habt nicht zufällig Pott zusammen geraucht? Oder andere bewusstseinserweiternde Drogen eingeworfen?«

»Josephine!« O-We ist ehrlich empört. »Wie kommst du denn darauf?«

»Ich weiß ja auch nicht, aber ist es nicht seltsam, dass zuerst keiner diese Frau wollte und jetzt will sie mit einem Mal jeder haben? Kapier ich nicht! Aber egal wie, Frau Fontane ist gar nicht mehr hier. Bleuler hat sie und – HALLO?«

An mein Ohr dringt schon wieder hektisches Tuten. Die

Kollegin am anderen Ende der Leitung hat offensichtlich ebenfalls einfach aufgelegt. Ich verstehe die Welt nicht mehr. Dann klingelt es.

Erneut.

Müde lasse ich mich in der Ambulanzküche am reich gedeckten Tisch nieder, nehme mir einen Apfel aus der Obstschale und beiße genüsslich hinein. Vitamine braucht mein Körper, soviel ist mal klar. Und Milch abpumpen steht auch ganz weit oben auf der To-do-Liste. Ich fische nach dem Telefon in meiner Kitteltasche und gehe ran.

»Hmpf?«

»Dr. Josephine? Sind Sie das?«

»Hmpf«

»Ich bin es. Bleuler – von der Psychiatrie!« Ich nicke wissend in den Hörer und beiße ein weiteres Stück Apfel ab. Vitamine! Gut gegen Stress. Gut gegen das dringende Bedürfnis, den Kopf ein wenig gegen die nächste Tischkante schlagen zu wollen.

Gut für den Weltfrieden. Esst mehr Vitamine!

»Ja, genau. Also – ich wollte fragen ... wegen Frau Fontane. Das ist die Patientin, die ich Ihnen vorhin angekündigt habe. Sie erinnern sich vielleicht noch: Die Vierunddreißig ... Nein! FÜNFunddreißigjährige. Unterbauchschmerzen. Also – *mit* Unterbauchschmerzen. Die Schmerzen sind selbstverständlich nicht so alt ... Wo war ich jetzt? Ja – Frau Fontane! Richtig. Könnten Sie die bitte wieder zu mir zurückschicken? – Ich würde sie nämlich doch ganz gerne behalten, weil ...« Den Grund erfahre ich nicht mehr, da just in diesem Augenblick Schwester Notfall zur Tür hereingestürmt kommt, aufgeregt mit einem Zettel in der Hand wedelnd.

»Ich WEISS jetzt, was los ist!«

»Schieß los – ich bin gespannt wie ein Presslufttacker!«

»DAFÜR will ich eine Pizza!« Notfall grinst hinterhältig.

»Bitte – WAS? Wieso Pizza? Ich bekomme eine Pizza, denn ich hatte viel mehr Treffer als du! So sind die Regeln!«

Da kann ja jeder kommen!

»Na gut. Wie du willst. Aber glaube mir, diese Pizza wird dich verdammt teuer zu stehen kommen!«, und faltet das Stück Papier, mit dem sie mir gerade noch provokativ vor der Nase herumwedelte, betont sorgfältig auf Briefmarkengröße zusammen.

Soso – *teuer zu stehen*. Es muss etwas wirklich Wichtiges sein, wenn plötzlich alle so auf Frau Fontane abfahren, nachdem sie zuvor noch jeder dringend loswerden wollte. Vielleicht sollte ich ja doch …

»Bleuler!«, rufe ich ins Telefon, wo der kleine Psychiatrie-Hase immer noch Monster-Schachtel-Sätze produziert und meine Abwesenheit gar nicht bemerkt zu haben scheint. »Bleuler, sorry, aber ich behalte die Patientin dann doch lieber selbst. Machen Sie's gut, und rufen Sie mal wieder an!« Und drohend zur Schwester gewandt: »Wehe, du hast mich verschaukelt!«

Denn dann hätte ich ein ernsthaftes Problem: Patientin mit null gynäkologischen Beschwerden aufgenommen für nix – dafür wird man noch vor Sonnenaufgang geteert und gefedert. Doch die Schwester hält Wort, faltet akribisch ihren Briefmarkenzettel auseinander und hält ihn mir dann triumphierend unter die Nase.

»Tatata-TAAAA!«

Oh ja! Alles ist gut. Die Nacht gerettet und Schwester Notfall bekommt eine Familienpizza mit Extrabeilage.

Des Rätsels Lösung ist so einfach wie simpel: Wie sich wohl erst im dritten Anlauf (und bei der fünften Ummeldung der Patientin auf die verschiedenen Fachrichtungen) herausgestellt hat, ist Frau Fontane nämlich PRIVAT versichert. Fünf-

Sterne-Deluxe-Patientin, Einzelzimmer und Chefarztbehandlung im Preis inbegriffen. Heißt auf gut Deutsch: Jeder Tag, den die Gute in der Klinik bleibt, ist ein guter Tag. Denn dafür gibt es gutes Geld. Und da sich die frohe Kunde des Versicherungsstatus' wie ein Lauffeuer unter den Kollegen der anderen Fachabteilungen ausgebreitet hat, wollte nachträglich jeder dem jeweils eigenen Chef eine Freude machen. Und ganz nebenbei ein paar Steine ins imaginäre Brett klopfen. Und auch wenn Frau Fontane immer noch keine gynäkologische Ursache zu ihren Schmerzen vorweisen kann, bekommt sie jetzt wenigstens ein leidlich bequemes, höhenverstellbares Bett mit Fernbedienung. Und täglich zweimal von Chefarzt Böhnlein persönlich die Hand geschüttelt. Ich denke, das wird ihr gefallen.

Wenn Weihnachten und Ostern mal wieder auf ein und denselben Tag fallen

Es gibt einen ganz subtilen Grund, weshalb ich in der Fachabteilung Frauenheilkunde gelandet bin. Tatsächlich bin ich selbst sehr nah am Wasser gebaut, und vier durchgemachte Schwangerschaften helfen bei dieser Problematik auch nicht wirklich weiter. Eher ist das Gegenteil der Fall: Man könnte meinen, die Hormone, welche für diesen immerwährenden Pegelhochstand verantwortlich sind, würden sich in den neun Monaten der Schwangerschaft im weiblichem Gewebe anreichern und von dort aus die Tränendrüsen quasi dauerhaft auf »an« stellen.

Ich heule also völlig ungeniert im Kino, bei Werbung (Fernsehen UND Radio), über Büchern, während Sonnenauf- und Sonnenuntergängen, zu Hochzeiten, bei Taufen und tausenderlei Dingen mehr. Ja, bis zum zweiten Jahr meiner Facharztausbildung habe ich tatsächlich noch bei Geburten geweint – also bei Geburten anderer Frauen. Und wie man sich bestimmt vorstellen kann, hinterlässt es keinen sehr professionellen Eindruck, wenn die diensthabende Gynäkologin mit der frisch gebackenen Mutter um die Wette heult, während sie zeitgleich das Kind abnabelt oder den Damm versorgt. Okay, Letzteres zumindest konnte ich mir erfolgreich abgewöhnen – wobei Rückfälle in Ausnahmesituationen nicht ausgeschlossen sind!

Was mich davon abgesehen jedoch völlig fertigmacht, sind weinende Männer. Und es gilt die Regel: Je älter der Kerl ist, desto schlimmer für mich.

Wie bei diesem kleinen, alten Herrn, dessen Frau auf Station 8b im Sterben liegt. Ich beobachte ihn seit Wochen, wie er tagtäglich in die achte Etage gehumpelt kommt, den Stock in der linken und den Hut in der rechten Hand. Leise schleicht er zur Tür herein, grüßt die Zimmernachbarin mit einem freundlichen Lupfen des Hutes, schiebt dann einen Stuhl zum Bett seiner Frau und streichelt ihr unbeholfen mit seinen großen, derben Männerpranken über die kleine, welke Hand.

Herr Redlich ist ein einfacher Mann. Bahnarbeiter im Ruhestand. Fünfzig Jahre lang hat er sich für sie und die Kinder abgerackert, war klaglos tagein, tagaus zur Arbeit gegangen, ohne einen einzigen Fehltag, wie er mir einmal stolz erzählte.

»Gesund wie ein Stier, Frau Dr., und genauso kräftig!«

Die Söhne sollten es einmal besser haben als er, einen guten Beruf erlernen, einen, für den sie sich nicht die Hände schmutzig und den Rücken krumm arbeiten müssten. Ein kleines Häuschen hatte er für sie gebaut und lange daran abgezahlt, den Kindern außerdem das Studium mitfinanziert. Urlaub gab es dafür keinen, soweit hat das Geld einfach nicht gereicht. Nur einmal waren sie gemeinsam zur Kur gefahren, Herr und Frau Redlich, zwei Wochen Schwarzwald, wegen seines Rückens. Die langen Jahre der Arbeit.

Dann, im vergangenen Jahr, hatten die Kinder und Enkel zusammengelegt und ihnen eine Reise nach Italien geschenkt. Zur Goldenen Hochzeit und mit allem Drum und Dran: Flugreise, schönes Hotel, Tagesausflüge. Ihre Augen hatten geleuchtet, als sie mir während unseres ersten Gesprächs von Venedig vorschwärmte, von Gondeln, Olivenbäumen und dem Meer.

»Ja«, hat er damals nickend gesagt und voll Sehnsucht auf den Klinikgarten hinausgeschaut, der kahl in tiefem Winterschlaf lag. »Das Meer hätten wir sehr gerne einmal gesehen.«

Zwei Tage vor Abreise dann die Diagnose. Brustkrebs. Die Koffer waren schon gepackt, das Häuschen blitzsauber geputzt. Sie hatte nur noch schnell eine Salbe für die Wunde an der Brust haben wollen. Vom Hausarzt.

»Der hat mich dann direkt weitergeschickt. Zum Frauenarzt. Wissen Sie, Frau Dr. – ich dachte, ich hätte mich gestoßen. An der Brust. Dabei war das der Krebs.«

Solche Geschichten kennen wir Frauenärzte zur Genüge. Alte Damen, die seit der Geburt ihrer mittlerweile auch schon in die Jahren gekommenen Kinder keinen Gynäkologen mehr gesehen haben – falls sie überhaupt jemals bei einem gewesen sind und ihre Kinder nicht noch mit der Hebamme zu Hause zur Welt gebracht haben – werden irgendwann mit durch die Haut brechenden Tumoren vom Hausarzt in die Klinik geschickt. Man kann ihnen keinen Vorwurf machen – Frauen dieser Generation gehen nicht zum Gynäkologen. Sie arbeiten, bringen Kinder zur Welt, arbeiten weiter und sterben irgendwann. So, wie ihre Mütter und Großmütter vor ihnen auch schon.

Ich weiß noch, dass ich traurig gedacht habe: Wäre sie doch erst nach dem Urlaub zum Arzt gegangen, dann bliebe ihnen jetzt wenigstens noch die gemeinsame Erinnerung an das Meer. Stattdessen bekamen sie ein Jahr voller Operationen, Schmerzen und Chemotherapien, ausgefallener Haare und Krankenhausaufenthalte. Der Krebs war schon sehr weit fortgeschritten, hatte in die Knochen und die Leber gestreut. Man konnte quasi zusehen, wie sich Frau Redlich von Tag zu Tag zunehmend in Nichts auflöste.

Herr Redlich kommt sie jeden Tag besuchen, bei jedem Wetter und immer zur selben Uhrzeit. Wenn er da ist, sitzt er neben ihrem Bett, Stunde um Stunde, wischt ihr mal über die heiße Stirn oder nestelt an der Bettdecke herum. Kleine Zeichen von Zuneigung und jahrzehntelanger Vertrautheit. Mehr kann er nicht. Und mehr braucht es auch nicht. Sie sind keine Menschen für großes Hollywood-Kino, diese Kriegsjahrgänge, sondern einfache, kleine Leute, die ihr Leben lang klaglos harter Arbeit nachgegangen sind. Da wird nicht geknutscht und geknuddelt, werden keine innigen Zärtlichkeiten in der Öffentlichkeit ausgetauscht – ein Händedruck ist das Maximum dessen, was sie an Einblicken in ihr Gefühlsleben gewähren. Und doch liegt in jeder zitternden Berührung, in jedem sachten Streicheln ihrer Haare zum Abschied mehr Bedeutung, als viele Worte es je ausdrücken könnten. Und es bricht mir schier das Herz, wenn ich ihn die Träne aus dem Augenwinkel wischen sehe, heimlich und vermeintlich unbeobachtet. Wenn er des Abends müde gen Ausgang hinkt, Heim, wo er eigentlich kein Heim mehr hat, denn das liegt hier und stirbt.

»Was ist denn mit dir los?«

»Bitte?«, verschämt wische ich mir mit dem Ärmel meines Kittels über die Augen, was jedoch nur zur Folge hat, dass ich die Mascara nicht nur im Gesicht, sondern jetzt auch noch auf der Berufsbekleidung verschmiert habe. Dann drehe ich mich zu der wohlbekannten Stimme in meinem Rücken um.

»Oh mein Gott, Josephine. Du kannst doch nicht heulend auf dem Klinikflur herumstehen. Schon einmal etwas von Professionalität gehört? Du siehst furchtbar aus!«

Das ist ja super. Auf frischer Tat beim Heulen in der Öffentlichkeit erwischt. Von Mrs Teflon. Danke, Gott!

»Ach, wer heult hier denn ständig herum, hm? In der Kantine und so?«, schniefe ich beleidigt.

»Verdammt, Josephine, ich bin schwanger. Ich darf das. Hier!«, und hält mir unwirsch ein Päckchen Taschentücher entgegen, bevor sie mich am Ärmel hinter sich her ins nächste Arztzimmer zieht.

»Danke, jetzt sind wir quitt!«, wedele ich anerkennend mit dem Taschentuch, begutachte mein verquollenes Gesicht im Spiegel und drehe seufzend den Wasserhahn auf. Mal schauen, was da noch zu retten ist.

Nancy hockt derweil auf dem Schreibtischstuhl und blättert gelangweilt in einem Berg Akten, der sich auf dem Tisch stapelt.

»Hast du Zeit für einen Ultraschall?«, fragt sie beiläufig, ohne den Blick von dem Papier zu nehmen.

»Klar! Jetzt gleich?«

»Ja – ich bin heute zwölf plus null Schwangerschaftswochen. Also brauche ich einen großen Ultraschall, Gewichtsmessung, Blutdruck, das Übliche eben!«

»Wie gut, dass Sie mich daran erinnern, Frau Kollegin!«, murre ich unwirsch, während ich vorsichtig versuche, mein Gesicht von den schwarzen Mascara-Schlieren zu befreien.

»Du weißt aber schon, dass *ich* die Gynäkologin bin?«

»Jetzt hab dich mal nicht so, schließlich vertraue ich dir meine Schwangerschaft an. Das mache ich nun wirklich nicht bei jedem dahergelaufenen Gynäkophagen!«

»Gott, ja, ich fühle mich unglaublich geehrt!«

Mein Gesicht ist leidlich wiederhergestellt, und so nehme ich Nancy mit in die Ambulanz, schalle, wiege und vermesse sie und das Kind, welches nun schon deutlich als solches erkennbar ist, und bin zum wiederholten Male darüber erstaunt, dass diese Frau tatsächlich zu so etwas wie menschlicher Gefühlsäußerung in der Lage ist.

»Da kann man ja schon die Arme sehen! Siehst du, Josephine? Finger! Die Hand!« Begeistert deutet Nancy auf das Bild der Embryo-Hand, welches ich mittels Freeze-Taste auf dem Bildschirm eingefroren habe, und ich nicke zustimmend.

»Ja. Hand. Fünf Finger. Alles dran! Bilder?«

»Klar! Jede Menge!«

»Bitte!«

»Wofür?« Irritiert lässt Nancy kurz vom Bildschirm ab und schaut mich fragend an.

»Bitte Bilder!«

»Boah, Josephine, du bist wirklich nervig«, mault sie. Doch dann, widerwillig zwar, aber mit einer Mundbewegung, die man fast für den Ansatz eines Lächelns halten könnte: »Bitte. Bilder.«

»Sehr gerne. Und bei der nächsten Untersuchung üben wir dann das Einbauen wichtiger Strukturen in deine Sätze. Verben, Adjektive – so etwas eben. Vielleicht hast du schon einmal davon gehört?«

Als sie die Flasche mit dem Ultraschallgel nach mir wirft, ist tatsächlich ein Grinsen auf Nancys Eisengelgesicht zu sehen. Schwangerschaftshormone sollte man abfüllen und in Dosen verkaufen können – das würde uns dem Weltfrieden glatt ein gutes Stück näher bringen …

Tausend Ultraschallfotos später verlässt eine beinahe glücklich dreinschauende Nancy meine Ambulanz. Ich sitze mit dem Rücken zur Tür an meinem Schreibtisch und kritzele noch einige Anmerkungen in die Akte der Kollegin, als sich jemand räuspert. Hinter mir. Männlich. Als ich mich auf meinem Hocker herumdrehe, blicke ich mitten in die Augen von – Überzwerg!

»Hallo, Oberarzt!«

Überraschung!

»Kann ich Ihnen helfen?«

Gynäkologisch? Wohl kaum! Vielleicht sollte er mal bei den Kollegen der Inneren Medizin vorbeischauen, denn der sonst stets etwas überheblich wirkende Mann ist nur noch ein Schatten seiner selbst. Wir haben uns seit dem letzten, unerfreulichen Zusammentreffen in der Ambulanz nicht mehr gesehen, aber dem Schlackern seiner Hose nach zu urteilen, hatte er seitdem weder Spaß noch ausreichend zu Essen.

»Ähm. Ja. Ich denke schon. Es geht um …« Der Oberarzt schwitzt. Und stammelt. Dann zieht er ein Taschentuch aus der Hose und wischt sich hektisch über das Gesicht, bevor er die Tür schließt und sich auf der Liege niederlässt, dort, wo kurz zuvor noch die Mutter seines Kindes lag. Sein Blick schweift nervös durch den kleinen Untersuchungsraum und bleibt dann wie gebannt auf dem Ultraschallmonitor hängen, wo noch das Profilbild des Embryos zu sehen ist.

»Ist das …?«, fragt er, ohne sich von dem Anblick losreißen zu können.

»Jepp. *Ihr Baby!*«

Unglaublich, was so ein bisschen Grau auf Schwarz bewirken kann. Urplötzlich löst sich alle Angespanntheit im Gesicht des stets finster dreinschauenden Mannes, und ein Lächeln zieht herauf, sonnig und warm, wie ein Topf voll frisch gekochten Vanillepuddings.

Er hebt die Hand zum Monitor, als wollte er ihn berühren, zieht sie jedoch sofort wieder zurück, als ihm klar wird, dass er nicht alleine im Raum ist.

»Könnte ich einen Ausdruck haben? Bitte!«

Wahnsinn! Je ein »Bitte« von Nancy und Überzwerg. Das ist ja, als würde Weihnachten und Ostern auf einen Tag fallen.

Ich drucke es ihm aus, in Großformat und auf Hochglanzpapier, dann noch eines von der Hand, den Füßen, und ein Bild mit allem drauf: Arme, Beine, Kopf, Rumpf. Und der große Mann hockt auf der Liege und freut sich wie ein kleines Kind darüber, schaut sich die Bilder wieder und wieder an, bevor er sie – ganz vorsichtig – in seiner Brieftasche verstaut.

»Geht es ihr gut?«, fragt er dann, ohne den Blick zu heben.

»Sie wissen schon, dass ich Ihnen darüber keine Auskunft geben darf?«, frage ich rhetorisch. Arztgeheimnis – da ist es dreimal egal, dass er der Vater des Kindes ist.

»Sicher, Sie haben völlig recht. Eigentlich hätten Sie mir die Bilder ja schon nicht geben dürfen ...«

Das ist wahr!

»Und wenn Sie mich an Nancy verpetzen, waren das auch die letzten Fotos, die Sie von mir bekommen haben. Okay?«

»Sicher ...«, flüstert er.

Uh – das ist alles irgendwie unheimlich. Ein handzahmer Überzwerg! Schade nur, dass Frau Napolis Schwangerschaften nicht einmal annähernd dieselbe Wirkung auf den cholerischen Gynäkologen hatten. Was dann passiert, kommt mir beinahe wie im Märchen vor: Überzwerg steht von seiner Liege auf, kommt zu mir herüber und schüttelt mir lange und herzlich die Hand.

»Danke, Dr. Chaos. Für die Bilder!«

Ein Bitte, ein Danke und ein Händedruck von Überzwerg. Ich bin platt. Und beinahe sprachlos. Dann, kurz bevor er den Raum verlässt, finde ich meine Stimme doch wieder.

»Ich möchte mich keinesfalls in Ihre persönlichen Angelegenheiten einmischen ...«, bemerke ich vorsichtig. Den Türgriff schon in der Hand, dreht er sich langsam zu mir herum und blickt mich so durchdringend an, dass ich fürchte, das Wunder könnte an dieser Stelle ein jähes Ende nehmen. Doch die Wirkung von Schwangerschaftshormonen ist tatsächlich nachhaltiger, als man meinen sollte. Selbst bei Männern!

»Ja?«, fragt er knapp zurück.

»Vielleicht sollten Sie noch einmal mit ihr reden? Also … mit Nancy …«

Klar, Josephine, mit wem denn sonst? Der Bundeskanzlerin?

Der Blick des Chirurgen verdunkelt sich, seine Hand umklammert den Türgriff jetzt so fest, dass die Knöchel weiß hervortreten.

»Meinen Sie wirklich, dass ich das nicht längst versucht hätte?«, presst er angestrengt heraus, und ich bekomme eine Ahnung davon, was hinter dieser Fassade aus Überheblichkeit gerade los sein muss. Dann verlässt er grußlos den Raum.

»OH MEIN GOTT!« Wie gebannt hängt Gloria an meinen Lippen. »OH MEIN GOTT!« Mehr ist aktuell nicht aus ihr herauszubekommen.

»Der arme Überzwerg!«, jammert derweil das Bambi. »Und die arme Nancy! Das ist ja schrecklich!«

»Ja, schrecklich kindisch!« Empört schüttele ich den Kopf. Was ist denn daran arm, bitte schön, wenn man sich als erwachsene Menschen nicht einmal mehr versöhnen kann? »Keiner von beiden ist arm, soviel ist mal klar! Das nennt sich stur. Oder vielmehr präpubertär! Und es gehören immer zwei dazu!«

Es ist kurz vor Übergabezeit, und wir haben es uns in der kleinen Küche mit dem geheimen Vorrat essbarer Patientengeschenke gemütlich gemacht. Das Gute an Kreißsälen ist nämlich, dass hier Kinder zur Welt kommen. Und Menschen, die Kinder bekommen, sind glückliche Menschen – okay, von Überzwerg und Nancy einmal abgesehen. Und weil diese Menschen glücklich sind, bringen sie den Hebammen und Gynäkologen vor lauter Dankbarkeit säckeweise Schokolade, Pralinen, Gummizeug und Kuchen vorbei. Was sage ich da – TONNENWEISE! Jeden Tag. Das ist so großartig.

Und so sitzen wir also hier und stopfen Schokoriegel in uns rein, Edel-Pralinen und Frankfurter Kranzkuchen, während wir auf das Ende des heutigen Arbeitstages warten. Schade nur, dass immer jemand ein Telefon hat. Und dass Telefone hin und wieder klingeln.

»Is' deins!«, nuschele ich, den Mund voller Kuchen, zu Bambi hinüber. Die bekommt wie immer, leicht hektische Flecken im Gesicht, vor lauter Panik, es könne jemand ganz Schreckliches am anderen Ende der Leitung sein. Der Weltuntergang zum Beispiel. Oder noch schlimmer: Ein Patient! Doch heute scheint Bambis Glückstag zu sein.

»Hallo? Helena?« Ich stöhne unvermittelt auf, was mir einen bösen Blick von Bambi und amüsiertes Gegacker von der Hebamme einbringt.

»Höhö – Dr. Chaos-Kimbel auf der Flucht!«

»Psssst!«, zische ich böse. »Ich bin eigentlich gar nicht hier!«

Doch – zu spät.

»Josephine? Ja, ist hier. In der Küche. Wir haben auch ganz viel Schokolade! Und Kuchen! Und … ja? Aber klar doch!« Glücklich drückt das Bambi den »Aufgelegt-Knopf« und verkündet, was sowieso schon jeder weiß: »Helena kommt!«

Mach Sachen.

»Okay, ihr Lieben!« Entschlossen rappele ich mich von meinem Stuhl hoch, wische mir die Schokoladenreste am Chirurgen-Pyjama ab und strecke meinen armen, gebeutelten Körper.

»Ich muss dann ganz dringend Milch abpumpen gehen, damit Baby Chaos auch morgen wieder was zu beißen hat. Also – zu trinken. Ihr wisst schon!«

»Meinst du nicht, dass deine ewigen Fluchtaktionen langsam ein bisschen peinlich werden?« Gloria betrachtet mich streng, die Stirn in hübsche, kleine Falten gelegt.

»Ja. Das ist voll doof, dass du ständig abhaust. Ich komme mir total bescheuert vor, weil ich ihr immer sage, dass du da bist, und wenn sie kommt, bist du verschwunden!« Erstaunt blicken die Hebamme und ich zu Bambi hinüber, die sich jetzt tatsächlich in so etwas wie Rage hineinredet. Dass ich das noch einmal erleben darf? Das Bambi und ein Wutausbruch? Ich glaube es ja nicht.

»Dann sag ihr doch einfach, wie es ist!«, blaffe ich beleidigt zurück. »ICH ERTRAGE DIESE FRAU NICHT! Sie macht mich wahnsinnig! Mit ihrem Aussehen, ihrer Art, dass alle sie mögen, das DU DICH wegen ihr mit mir anlegst!«

Unerhört ist das. Ich spüre das Blut durch meine Halsschlagader jagen, während sich meine Stimme höher und höher schraubt. »Keine Ahnung, was ihr alle an ihr habt – ICH finde sie dämlich! Total bescheuert. Sie macht mich WAHNSINNIG! Und deshalb gehe ich jetzt!«

Als ich auf dem Absatz kehrt machen und hinaus stürmen will, pralle ich beinahe frontal in Frau Dr. Schöne, die mit regungsloser Miene in der Tür steht, einen Stapel Bücher und einige Aufzeichnungen in der Hand. Bambis und Glorias Blicke brennen mir Löcher in den Rücken, und ich spüre, wie mir die Hitze unangenehm ins Gesicht steigt.

»Das hier ist für dich abgegeben worden!«, bemerkt Helena kühl und drückt mir den Stapel in die Hand. Dann dreht sie sich wortlos um und geht. Zwei Sekunden später hören wir die Doppelschnappschlosstür zufallen.

Starr stehe ich mitten im Raum und fühle mich wie der größte Volltrottel im Universum. Was ist nur los mit mir? Was um alles in der Welt treibt mich dazu, in Gegenwart dieser Frau zum Monster zu mutieren? Mich wie der letzte Mensch aufzuführen? Unkollegial, unfair, unausstehlich. Schlimmer als Napoli, Nancy und Überzwerg zusammengenommen.

Hinter mir herrscht Stille. Kein Atmen, kein Räuspern, nichts. Ich spüre, dass es gerade weder von Gloria noch dem Bambi Verständnis für mich gibt, und so verlasse auch ich die Kreißsaalküche, beschämt, ohne mich noch einmal zu den beiden herumzudrehen. Und das Herz wird mir schwer, als sie noch nicht einmal den Versuch unternehmen, mich aufzuhalten.

Don Camillo und Peppone. Oder: Eine geheimnisvolle Verabredung

»Was tust du da?« Vorsichtig, um das schlafende Baby auf meinem Bauch nicht zu wecken, drückt mir Herr Chaos einen Kuss auf die Stirn.

»Ich häkele mir ein Spitzendeckchen. Sieht man das nicht?«

Eigentlich war die Antwort ja witzig gemeint, doch anhand der hochgezogenen, linken Augenbraue des Mannes wird klar, dass sie sich für ihn genauso bissig angehört hat, wie für mich.

»Du hast ja umwerfend gute Laune – liegt das daran«, und deutet mit einem Kopfnicken auf den Stapel Bücher und Zettel, die ich um mich und das Baby herum verteilt habe, »oder gibt es einen anderen Grund dafür?«

Ob es einen Grund gibt? Tausend Gründe gibt es! Meine Freundinnen sind total sauer auf mich. Zu Recht. Und Helena werde ich so schnell nicht mehr unter die Augen treten können. Napoli hasst mich. Und dass mein Mann Geheimnisse vor mir hat, bereitet mir beinahe körperliche Schmerzen. Zu guter Letzt wäre da nur noch die Kleinigkeit einer immens wichtigen Prüfung neben dem Alltag mit Job, Kindern und Tieren.

»Ich suhle mich in Selbstmitleid!«, flüstere ich, obwohl man ohne Probleme eine Bombe neben Baby Chaos zünden könnte – es würde es nicht stören, geschweige denn aufwecken. Wenn man als viertes Kind geboren wird, dann tut man besser daran, immer und bei jedwedem Lärmpegel schlafen zu können, sonst kann man es auch gleich lassen. Unser viertes Kind hatte diese Eigenschaft absolut verinnerlicht. Das einzige, was ihn aus unschuldigem Babyschlaf reißen konnte, war Hunger. Und den hatte er vor nicht ganz einer Stunde an mir gestillt.

Vorsichtig schiebt der Mann jetzt so viele Blätter und Bücher beiseite, dass er sich zu meinen Füßen setzen kann, und beginnt routiniert, an ihnen herumzukneten.

»Ohh – jaaaa! Das ist super!«, stöhne ich genüsslich, und auch das Baby schmatzt zufrieden vor sich hin.

»Willst du darüber reden?«

»Nein!«

»Okay!« Schweigend knetet er weiter.

»Ich habe mich unmöglich benommen!«

»Aha ...«

»Helena hat mich dabei ertappt, wie ich ganz schlimm über sie hergezogen bin.«

»Warum hast du das gemacht?« Herrn Chaos Fragen sind sachlich und ruhig. Keine Wertung, keine Vorwürfe. Aber irgendetwas in seinem Gesicht verrät mir, dass er nicht wirklich auf meiner Seite steht.

»Weil ... ich habe keine Ahnung!«, gestehe ich traurig. »Gerade läuft alles irgendwie schief. Die Facharztprüfung zum Beispiel – Napoli wird mich durchfallen lassen, damit Helena den Job als Oberärztin bekommt. Das ist schon mal klar. Dann habe ich ständig ein schlechtes Gewissen, des Babys wegen. Ich sehe ihn ja kaum – und wenn, dann freut er sich nur, weil ich sein Essen mit mir herumtrage!«

Blöde Hormone – ich merke, wie mir schon wieder die Tränen in die Augen schießen. Dabei habe ich heute wahrhaftig schon genug geheult.

»Glaub mir, er freut sich hauptsächlich über dich und nicht über die Milch. Er kann es nur nicht zeigen. Du weißt doch, wie wir Männer sind!«

»Und für die Großen habe ich gar keine Zeit mehr. Das Mädel und ihr Wauzi ...«

»Lumpi!« Herr Chaos zieht vielsagend die Augenbrauen zusammen.

»... meinetwegen auch der! Wie läuft es da? Behandelt er sie gut? Ist sie glücklich? Und ganz wichtig: Sollten wir nicht langsam mal über Verhütung sprechen?«

»Jetzt mach mal einen Punkt, Josephine!« Der Mann sieht aus, als hätte ich ihm vorgeschlagen, seine Tochter gegen zwei Kamele einzutauschen.

»Du weißt, dass sie irgendwann einmal ...«

»Ich will das nicht hören!«

Wenn ich nicht gerade in einem Loch tiefer Depressionen sitzen würde, müsste ich fast ein bisschen lachen. Mein souveräner, stets zurückhaltender Ehemann verliert völlig die Fassung, wenn es um das Liebesleben der einzigen Tochter geht. Typisch Mann!

»Du wirst dich früher oder später daran gewöhnen müssen!«, ermahne ich freundlich. Doch der Gatte bockt.

»NICHT mit diesem Schnauzer!«, blafft er so böse, dass der schlafende Knabe auf meinem Bauch tatsächlich vor Schreck zusammenzuckt.

»Lumpi!«, zische ich zurück und klopfe dem Baby beruhigend den Rücken.

»Meinetwegen auch der!«, kommt es leise zurück. »Glaube mir – ich habe das alles im Griff! Ganz besonders den jungen Verehrer. Und was die Prüfung angeht – bei der Menge an Stoff, den du tagtäglich in dich hineinpaukst, wird selbst Napoli dich nicht durchfallen lassen können! Wo hast du das ganze Zeug eigentlich her?« Staunend betrachtet er den Berg fein säuberlich beschrifteter Notizzettel, den er auf der Lehne der Couch beiseitegelegt hat. »Das sind ja – Prüfungsprotokolle! Napoli-Prüfungs-Protokolle! Ich dachte immer, an die kommt man nicht wirklich heran ...«

In der Tat – solche Prüfungsaufzeichnungen waren schon während des Studiums hoch gehandelt und sie zu bekommen für Normalsterbliche ungefähr genauso simpel, wie eine echte Birkin Bag zu ergattern: Absolut aussichtsloses Unterfangen! Dabei handelt es sich bei diesen Mitschriften keineswegs um handgefertigte Designerware im fünfstelligen Euro-Bereich, sondern um einfache Gedächtnisprotokolle, die Kollegen von ihren eigenen Prüfungen angefertigt hatten. Darin konnte man dann zum Beispiel nachlesen, welche Themen abgefragt wurden, welcher Prüfer welche Macke hat und worauf besonderen Wert gelegt wird. Stellt man sich nun einmal die Fülle an Informationen vor, welche sich im Laufe einer fünf Jahre dauernden Facharztausbildung so ansammelt, ist dieses Insiderwissen quasi nicht mit Geld zu bezahlen. Auch nicht mit fünfstelligen Beträgen.

»Helena hat sie mir gegeben ...«

»Helena? Die Ich-kann-dich-nicht-leiden-Helena? *Die* Helena?« Der Mann ist jetzt ein einziges, Fleisch gewordenes Fragezeichen.

»Ja. DIE Helena. Wie viele kennst du denn noch außer Frau Schöne?«

Mann, Josephine, du weißt genau, was er dir damit sagen will.

»Aber – warum tut sie das? Ich meine, du behandelst sie angeblich wie den letzten Menschen, und sie versorgt dich im Gegenzug mit Prüfungsprotokollen? Muss ich das verstehen?«

»Nein!«, protestiere ich laut, und auch Klein-Chaos verzieht weinerlich die süße Babyschnute. »Es wurde für mich abgegeben, und sie hat es mir dann vorbeigebracht. So herum ist es richtig!«

Also bitte. Ich bin vielleicht ein Monster, aber kein dreiköpfiges.

»Und wer hat es für dich abgegeben?« Der Mann wird langsam ungeduldig – wird er sonst nie. Seltsam ist das.

»Ich habe keine Ahnung!«, schreie ich frustriert und schiebe dem Baby, das jetzt mit empörtem Brüllen ein Auge geöffnet hat, den Schnuller in den Mund. Dann, etwas leiser an Herrn Chaos gewandt: »Ich konnte sie nicht fragen, weil sie mich einfach so hat stehen lassen.«

»Nachdem du schlimm über sie hergezogen hast?«, fragt der Mann freundlich nach. Habe ich es schon erwähnt? Er hat ein wirklich sagenhaft gutes Gedächtnis.

»Ja«, gestehe ich kleinlaut.

»Dann solltest du dich morgen in jedem Fall bei ihr entschuldigen.«

»ABER …!« Ich protestiere schwach, obwohl klar ist, dass er recht hat. Ich war gemein, es muss so sein.

»Nichts aber!«, erwidert er streng. »Strafe muss sein!« Ich nicke beschämt.

»Okay – morgen. Versprochen!«

Und so sitze ich am nächsten Morgen tatsächlich bereits in aller Herrgottsfrühe in meinem Auto auf dem Parkplatz neben dem Klinikgarten herum, nippe nervös an meinem Kaffee-To-Go, während ich auf Helenas weiß-schwarzes Mini-Cabrio warte. Welches, wie nicht anders zu erwarten, um Punkt 7 Uhr 30 auf ihrem gewohnten Platz einparkt. Diese Frau ist pünktlicher als die BBC-Nachrichten! Als ich sie im Rückspiegel aussteigen sehe, raffe ich eilig meine Sachen zusammen und stolpere aus dem Auto heraus hinter ihr her.

»Helena!«

Als sie sich zu mir herumdreht, ist nicht die kleinste Regung in ihrem Gesicht erkennbar. Kühl und unnahbar wie immer blickt sie mich an. Diese Frau könnte mit Pokerspielen wahrscheinlich Millionen erwirtschaften.

»Hallo!«, grüßt sie und läuft dann neben mir her, die Einfahrt hinauf zum Haupteingang der Klinik. Schon nach wenigen Metern bin ich völlig außer Atem – mit ihren langen Beinen legt die Kollegin ein ordentliches Tempo vor. Zudem bin ich – wie üblich – schwer bepackt, mit Kühltasche, Milchpumpe und allem möglichen anderem Kram, während Helena gerade mal ihre Louis-Vuitton-Tasche tragen muss.

»Könntest du vielleicht kurz anhalten?«, japse ich verzweifelt und schwöre mir zum wiederholten Mal, morgen ganz sicher meine Joggingschuhe auszugraben, die seit der Zeit vor Schwangerschaft Nummer vier geduldig in den Tiefen des Schuhschrankes auf mich warten. Tatsächlich stoppt die Blondine, streicht sich eine Strähne ihres goldfarbenen Haares aus der Stirn und mustert mich schweigend.

In meinem Kopf herrscht geistige Leere. Verdammt, ich hätte mir vielleicht irgendein Konzept zurechtlegen sollen. Reden am Morgen gehört nun wirklich nicht zu meinen Spezialitäten, vor allem, wenn es um ernstgemeinte Entschuldigungen geht.

»Ähm – ja. Also, weißt du, ich wollte mich ... bei dir entschuldigen ...«

Lahm, Josephine. Ganz lahm! Ich an ihrer Stelle würde auf der Stelle umdrehen und gehen, so unglaubwürdig klingt das gerade.

»Okay!« Ihre Antwort ist knapp und klingt in etwa so authentisch, wie meine gestammelte Entschuldigung. Und dann dreht sie sich tatsächlich um und marschiert weiter Richtung Eingang. Ich stöhne ein bisschen – genau so, hatte ich befürchtet, würde es laufen. Warum sollte Helena auch auf meine Entschuldigung eingehen? Denn selbst, wenn diese auch nur annähernd Hollywood-würdig gewesen wäre – was sie nicht war –, hat Helena alles Recht, stockbeleidigt zu sein. Und zwar bis ans Ende ihrer Tage. ICH an ihrer Stelle wäre es, soviel steht einmal fest. Dennoch zockele ich tapfer weiter hinter ihr her – versprochen ist schließlich versprochen, und keiner hat behauptet, dass es einfach sein würde. Mein Kaffee-To-Go-Becher fällt mir zweimal aus der Hand und rollt den gekiesten Weg der Auffahrt hinunter, so dass ich umdrehen und wieder zurücklaufen muss. Trotz der Morgenkühle schwitze ich ganz fürchterlich, und auf dem T-Shirt-Stoff in meinen Achselhöhlen bilden sich gerade große, dunkle Schweißflecken.

»Helena!«, rufe ich ihr mit dem letzten Rest Sauerstoff hinterher, der mir noch zur Verfügung steht. »Bitte! Ich bekomme sicher gleich einen Herzinfarkt! Lass es mich noch einmal versuchen!«

Dieser Spruch zeigt tatsächlich Wirkung: Zögernd bleibt sie stehen, ohne sich jedoch zu mir herumzudrehen. Als ich schließlich schwer atmend vor ihr stehe, bin ich völlig durch – und fühle mich unattraktiver denn je. Aus meinem eilig zu einem Pferdeschwanz zusammengebundenen Haarschopf haben sich einzelne Strähnen gelöst, die mir nun wirr ins Gesicht hängen. Ich weiß, dass die dunklen Ringe unter meinen Augen – dank kurzer Nächte und wiederholten Dauergeheules – mittlerweile die Größe respektabler Unterteller angenommen haben. Und während ich es heute gerade einmal geschafft habe, eine Ladung bröseliges Mascara auf den Wimpern zu verteilen, sieht Helena aus, als käme sie direkt aus den Händen irgendeines hochbezahlten Starvisagisten. Erschöpft versuche ich mein hektisches Atmen unter Kontrolle zu bringen, was mir nur mit Mühe gelingt. Demonstrativ blickt die Kollegin auf die zarte, goldene Uhr an ihrem ebenfalls zierlichen Handgelenk.

»Wir haben gleich Übergabe, Josephine, und ich würde mich gerne noch umziehen.«

»Okay, ja – ich beeile mich … Helena! Ich bin eine dumme Kuh. Ich habe dich total mies behandelt, und dass es dafür nicht den geringsten Grund gibt, macht es kein Stück besser. Du bist ein wirklich netter Kerl und ich ein Miststück! Es tut mir sehr, sehr leid!« Schüchtern schaue ich zu der großen Frau hinauf, die den Blick über den Klinikgarten in die Ferne gerichtet hat, als müsste sie über etwas Wichtiges nachdenken. Als ich das mit dem netten Kerl sage, blickt sie mir kurz in die Augen. Um ihren schönen Mund herum meine ich ein winziges Zucken zu sehen, so, als wollte sie etwas dazu anmerken, doch dann hört sie schweigend weiter zu, den Blick erneut auf den Horizont gerichtet.

»Ja«, sagt sie, nach einem kurzen Moment der Stille, und ihre Miene verrät nichts von dem, was sich hinter ihrer hohen, schönen Stirn abspielt. »Du hast völlig recht. Du bist ein Miststück!«

Dann dreht sie sich wortlos um und lässt mich einfach stehen.

»Schon wieder?«, gackert Gloria, schwer amüsiert. »Sie hat dich schon wieder stehengelassen? Ich würde mal sagen, ihr seid jetzt quitt!« Aufmunternd klopft sie mir auf die Schulter und schiebt eine Packung mit Schokopralinen über den Tisch.

»Ja!«, gebe ich bedrückt zu und nehme gleich eine ganze Handvoll davon aus der Schachtel. »Besser hätte ich das auch nicht gekonnt. Wie ein Depp stand ich da, hechelnd und durchgeschwitzt. Das muss ein wirklich armseliger Anblick gewesen sein …«

»Zu Recht, wie ein Depp!«, bekräftigt die Hebamme und grinst verschmitzt.

Gott, ich bin so froh, dass Gloria nicht zur nachtragenden Sorte Mensch gehört und wir uns wieder vertragen – wenn schon sonst nicht mehr viele Menschen bleiben, die mich mögen.

»Und was machst du jetzt?«

»Was soll ich machen? Zu Kreuze gekrochen bin ich ja schon! Was kommt danach?«

»Noch einmal zu Kreuze kriechen?«, schlägt G-V vor.

»Super. Du hast wirklich ganz tolle Ideen!«

»Bestechung vielleicht? Blumen? Geschenke? Einladung zum Essen?«

»Apropos Einladung zum Essen!« Ich verschlucke mich fast an der letzten Praline und grabe wild in den unendlichen Tiefen meiner Kitteltaschen nach dem, was ich heute Morgen an die Innenseite meiner Spindtür geklebt vorgefunden hatte. »Schau, was ich bekommen habe!«, sage ich und ziehe einen leicht zerknitterten Zettel hervor, den ich der neugierigen Hebamme unter die Nase halte.

»Halt still, Josephine, ich kann ja gar nichts erkennen!« Energisch nimmt sie mir das Stück Papier aus der Hand und liest es mit gerunzelter Stirn.

»Einladung zum Essen? Von wem? Und – warum?«

»Das muss von Herrn Chaos sein. Ganz sicher. Der Tisch ist bei unserem Stammitaliener reserviert. Ist das nicht romantisch? Vielleicht ist das ja auch der Grund für sein seltsames

Verhalten? Er wollte mich überraschen! Ein Abend, nur für uns beide – das gab es seit Baby Chaos' Geburt nicht mehr!«

»Aber, wie kommt der Zettel in deinen Spind? Und warum macht er es so umständlich? Hätte er es dir nicht einfach sagen können und fertig?«

Hätte-hätte-Fahrradkette. Ich spüre, wie sich das wohlige Gefühl von Freude und Dankbarkeit, das sich beim Anblick dieses geheimnisvollen Zettels eingestellt hat, langsam aber sicher zu verflüchtigen scheint. Mein Blick verdunkelt sich, und ich ziehe einen Flunsch.

»Erkennst du denn seine Handschrift?«, beeilt sich Gloria zu fragen und gemeinsam starren wir angestrengt auf das in präzisen Großbuchstaben beschriftete, karteikartengroße Stück Papier:

EINLADUNG
ZU EINEM ESSEN IM »Don Camillo«
AM KOMMENDEN FREITAGABEND
20 UHR

Mit zusammengekniffenen Augen betrachte ich die Worte, drehe die Notiz ein wenig hin und her, und schüttele ratlos den Kopf.

»Nein. Kenn ich nicht. Noch nie gesehen …«

»Wirklich nicht Herrn Chaos' Schrift?«

»Ganz sicher nicht – der hat die typische Männer-Sauklaue!«

»Dann wird dir nichts anderes übrig bleiben, als hinzugehen und herauszufinden, wer dort auf dich wartet!«

»Worauf du Gift nehmen kannst!« Zärtlich fahre ich mit dem Daumen über die schwarze Schrift. Ich muss trotzdem gar nicht so lange warten, denke ich insgeheim, ich weiß ja schon, wer dort auf mich warten wird. Der Mann wird es sein, so sicher, wie das Amen in der Kirche. Und glücklich stecke ich den Zettel zurück in meine Kitteltasche.

Als ich drei Tage später an einem der wunderschön gedeckten Tische des »Don Camillo« sitze, hübsch herausgeputzt in dem einzigen Kleid, das ich über meine enorme Stilloberweite und die Reste der Schwangerschaftspfunde stülpen konnte, mit großem Abend-Make-up und allem Pi-Pa-Po, bin ich nicht mehr ganz so euphorisch wie zu Beginn dieser Woche. Herr Chaos, dem ich den Zettel noch am selben Abend freudestrahlend unter die Nase gehalten hatte, schien zwar ebenfalls erfreut, aber ehrlich überrascht von der Nachricht und hatte jedwedes Involviertsein entschieden abgestritten.

»Das ist echt toll, Josephine – und ich bin fürchterlich gespannt, wer dir da eine Freude machen will. Aber so leid es mir tut – ich bin nicht auf diesen sagenhaften Gedanken gekommen!«

»Ja. Ist klar. Tu du nur weiter so unschuldig! Ich weiß ganz genau, dass du das warst!«, habe ich ihm freudig zugerufen, während ich – mit dem Zettel wedelnd – durch die Küche gehüpft bin.

Heute Abend bin ich mir meiner Sache nicht mehr ganz so sicher.

»Willst du dich nicht langsam fertig machen?«, hatte ich gegen 19 Uhr stirnrunzelnd gefragt, da der Gatte immer noch in seinen Lieblingsjeans und dem alten T-Shirt in der Küche stand und Bratkartoffeln mit Ei und Speck für die hungrige Brut zubereitete.

»Schatz – ich sage es gerne noch einmal: Diese Einladung ist NICHT von mir!« Und dabei sah er aus, als meinte er es wirklich ernst. Also – todernst. Aber genau wie Frau Schöne hat der

Mann eine subtile Begabung fürs Pokerspiel. Diesem Gesicht war einfach nichts zu entlocken, egal, wie es dreinblickte. Und so wischte ich seine Bemerkung auch einfach beiseite.

»Okay, du wartest noch auf den Babysitter, ist klar. Wir sehen uns dann später!«

Das war vor nicht ganz einer Stunde gewesen. Jetzt, um fünf vor acht, nippe ich nervös an meinem Kir Royal, während ich darauf warte, dass die Tür sich öffnet und Herr Chaos strahlend hereinkommt. »Überraschung!«, würde er sagen. Und dass er mich endlich mal wieder hatte ausführen wollen, nur wir beide, Mann und Frau. Aufgehübscht und zurechtgemacht wie zuletzt vor über einem Jahr, lange, bevor Baby Nummer vier sich eingeschlichen hatte.

Wir würden lecker essen, ungestört reden und anschließend vielleicht noch etwas trinken gehen. Einen Absacker im Biergarten vielleicht, die Nacht war schließlich lau und sternenklar. Und dann ...

Das Piepsen des Handys reißt mich aus meinen Tagträumen, und ich grabe wild in der Handtasche danach. Bestimmt eine Nachricht des Mannes, der mir mitteilen will, dass er sich verspätet. Doch irritierender Weise steht da mitnichten Herrn Chaos' Name auf dem Display meines Smartphones, sondern eine Handynummer, die ich nicht kenne. Interessiert öffne ich die Kurznachricht, und was ich dann lese, lässt mein Herz einen Schlag lang aussetzen.

»Es tut mir leid, Josephine, aber ich kann heute Abend nicht kommen. Camillo setzt dein Essen und die Getränke auf meine Rechnung. Du musst dich um nichts kümmern. X«

In meinem Kopf schwirren die Gedanken wild im Kreis. Was soll das? Und vor allem – WER ist das? Wo ist Herr Chaos, und was passiert hier gerade?

»Josephine – alles in Ordnung?« Hilfsbereit steht Camillo,

Besitzer des »Don Camillo« in seinem adretten Anzug neben mir und schaut mich prüfend an. »Möchtest du bestellen, Bella?«, fragt er mich freundlich. Ich schüttele stumm den Kopf und kann den Blick kaum von der Nachricht lösen. Die ganze Woche hatte ich mich auf diesen Abend gefreut. Darauf, dass zumindest zwischen mir und dem Mann die Welt wieder in Ordnung sein würde. Mit dieser Einladung hätte alles einen Sinn gemacht. So war plötzlich alles noch verworrener als zuvor.

»Josephine? Kann ich dir irgendetwas bringen?« Neben Camillo steht nun auch Peppone, der Oberkellner, und beide betrachten mich mit traurigem Kopfnicken. Natürlich – die Jungs wissen, dass mich irgendjemand knallhart versetzt hat. Im kleinen Schwarzen und mit großem Abend-Make-up.

»Die Rechnung, bitte!«, flüstere ich tonlos und spüre, wie ein dicker Kloß meine Kehle zuschnürt.

»Ist alles schon bezahlt, Bella! Möchtest du noch einen schönen Kir haben? Auf meine Kosten, eh?« Sachte legt mir Camillo seine Hand mit dem großen goldenen Siegelring auf den Rücken und in seinen schwarzen Augen sehe ich ehrliches Bedauern. Peppone ist derweil schon eilfertig davon gewuselt, um das gewünschte Getränk zu besorgen. Matt winke ich mit der Hand ab.

»Lass nur, Camillo, ich gehe besser nach Hause …«

Mir scheint es, als wären die Augen aller Gäste auf mich gerichtet, als ich mich schwerfällig vom meinem Platz erhebe und die Falten des Kleides über meinem Bauch glatt streiche. Was für eine dumme Idee, mich in diese Pelle zu pressen – ich spüre, wie der Stoff ächzend über Po und Hüften spannt. Und warm ist mir. Eine Heizdecke aus schwarzem Stretch, heißer als das Fegefeuer.

Camillo küsst mich zum Abschied auf die Wangen, Peppone schüttelt mir mitleidig die Hand, und aus den Augenwinkeln meine ich, vom anderen Ende des Restaurants her, jemanden winken zu sehen. Egal. Ich spüre, wie die Tränen unaufhaltsam höher steigen, und so stürme ich, ohne nach rechts und links zu blicken, zur Tür hinaus, in den warmen Sommerabend und den Weg entlang zum Parkplatz. Blind krame ich in meiner Handtasche nach dem Autoschlüssel und befürchte schon, ich hätte ihn auf dem Tisch im Restaurant liegengelassen. Dann müsste ich tatsächlich nach Hause laufen, denn um nichts in der Welt würde ich heute Abend noch einmal dorthin zurückgehen. Eine Ewigkeit später habe ich ihn in einer Falte der Tasche doch noch gefunden, schließe das Auto auf und lasse mich erleichtert auf den Sitz fallen. Achtlos schmeiße ich die Tasche auf den Beifahrersitz, lege meinen Kopf auf das Lenkrad und lasse den Tränen endlich freien Lauf.

Ein Laborzettel wie der Nachthimmel über der Karibik

Es ist 15 Uhr 45 an diesem Dienstsamstag, als mich der niedergelassene Allgemeinmediziner anruft und mir eine achtundsiebzigjährige Patientin ankündigt.

»Eierstockkrebs im Endstadium. Die Angehörigen kommen zu Hause nicht mehr klar. Ich würde sie Ihnen gerne schicken, Frau Kollegin!«

Kollege Friedlich ist ein netter Mensch, Angehöriger der Gattung Hausarzt, die ja leider akut vom Aussterben bedroht ist, da heutzutage kein Mediziner mehr wirklich Lust hat, für umgerechnet 3 Euro Fuffzig die Stunde sieben Tage die Woche zu arbeiten.

»Geht klar, ich ordere ein Zimmer!«

Zwei Stunden später ist Frau Heiermann wohlbehalten bei uns eingetroffen, und ich bin erstaunt, wie fit sie noch ist, als ich zum Blut abnehmen und Zugang legen bei ihr vorbeischaue.

»Ach, Frau Dokta, das ist so nett, dass Sie sich Zeit für mich nehmen!«, sagt sie mit zittriger Stimme und tätschelt mir dankbar die Hand. Ihr Bauch gleicht einer riesigen, gespannten Trommel, und wenn man ihn vorsichtig abtastet, spürt man die Tumormasse, die sich heimtückisch und im Verborgenen durch ihre Eingeweide frisst, hart wie Stein unter der pergamentdünnen, trockenen Haut.

Als der Laborzettel mit den Ergebnissen der Blutuntersuchung kurze Zeit später ankommt, gleicht er dem Nachthimmel über der Karibik – Sternchenmarkierungen an jedem verdammten Wert sollen darauf aufmerksam machen, dass im Organismus dieser Frau rein gar nichts mehr seine Ordnung hat. Vor allem die Leber scheint gerade im Begriff zu sein, sich selbst zu zerstören – von den Nieren und der Bauchspeicheldrüse gar nicht erst zu reden.

Die Laborassistentin ruft mich gleich dreimal an, um sicherzugehen, dass ich die Werte auch ganz bestimmt gelesen und außerdem verstanden habe. Habe ich. Doch was soll ich tun? Retten werden wir Frau Heiermann in diesem Leben leider nicht mehr.

Um 22 Uhr klingelt mein Handy, es ist Schwester Clementine von Station 8b.

»Josephine? Frau Heiermann hat jetzt Atemaussetzer. Ich habe die Angehörigen informiert, aber die wollen lieber nicht kommen. Magst du vielleicht noch einmal nach ihr schauen?«

Ich bin baff. Halte mir das Handy vor die Nase, um sicher zu gehen, dass ich wirklich Schwester Clementine am anderen Ende der Leitung habe. Und tatsächlich – sie ist es. Nicht kauend, prustend oder unzusammenhängendes Zeug faselnd. Nein, heute Abend ist die Schwester ganz Profi.

»Ich komme!«

Im Zimmer der Patientin ist es dunkel, bis auf einen letzten Silberstreifen am Horizont. Mein Blick bleibt im warmen Blaugrau der Sommernacht hängen, während ich ihr entschlossen gegen das Ende ankämpfende Herz unter meinen Fingerspitzen spüre. Die Atemaussetzer halten nun schon mehrere Sekunden an, aber dieser autarke Muskel in ihrer Brust ist wild entschlossen, alles zu geben, anzuhämmern gegen eine funktionslose Leber und den Müll, den das Blut in ihren alten Gefäßen Runde um Runde weiterschiebt. Achtundsiebzig Jahre immer dieselbe Kontraktion, immer derselbe Weg. Es muss schwer sein, nach so langer Zeit einfach mit dem Schlagen aufzuhören.

Clementine hat sich einen Stuhl neben Frau Heiermanns Bett gestellt und streichelt ihr sacht über das eingefallene Gesicht.

»Geh nur, mein Mädchen«, flüstert sie sanft. »Geh, du darfst jetzt. Hast lange genug gekämpft. Die fette Lady hat auch schon gesungen.«

Es ist erst vorbei, wenn die fette Lady singt, sagt ein altes, englisches Sprichwort. Ich spüre, wie mir eine Träne die Wange runterläuft, aber ich wische sie nicht weg. Stumm stehe ich am Bett der Frau und zähle die Sekunden zwischen den einzelnen Atemzügen, die jetzt abgehackt und fast mechanisch klingen.

Dann ist es vorbei.

Ich spüre diese unwirkliche, nicht zu beschreibende Stimmung, dieser besondere Friede, der plötzlich über dem Raum liegt, wenn ein Mensch zum unwiderruflich letzten Mal ausgeatmet hat. Und unter meinen Fingerspitzen ist es still geworden.

Schwerfällig erhebt sich Clementine von ihrem Platz neben dem Bett, geht leise zum Fenster und öffnet es weit. Ich gehe zu ihr hinüber und gemeinsam stehen wir einen Augenblick lang davor und schauen schweigend in die dunkle Nacht hinaus.

Mein alter Professor hat einmal über die Frauenheilkunde gesagt: »In der Gynäkologie schließt sich der Kreis. Bei der Geburt heißen Sie das Leben willkommen und mit den sterbenden Menschen verabschieden Sie es wieder. Das ist eine große Verantwortung.«

Und es schweißt die Menschen zusammen.

»Danke, Clementine!«

»Wofür nur?«, fragt sie rau zurück. Dann drückt sie mich feste, schnäuzt sich anschließend mit einem großen, weißen Taschentuch die Nase, bevor sie sich herumdreht und langsam aus dem Zimmer geht.

»Hey – wo kommst du denn her?« Freudig überrascht schaut Gloria-Victoria von ihrem Buch auf und klopft einladend auf den leeren Platz neben sich.

»Hier, setz dich. Schokolade? Siehst aus, als könntest du sie gebrauchen!«

»Glaub es oder nicht, aber ich habe noch nicht einmal mehr Lust auf hochkalorisches Zeug ...« Deprimiert lasse ich mich auf die Couch plumpsen und greife gleich mit beiden Händen in die Schüssel voll Schokoriegel und Kekse.

»Ja, das sehe ich!«, bemerkt Gloria trocken und betrachtet interessiert, wie ich gleich *zwei* Snickers auspacke und gierig davon abbeiße.

»Nie wieder Schokozeug. Ich verstehe. Möchtest du vielleicht darüber reden?« Stumm schüttele ich den Kopf, unfähig, mit dieser klebrigen Masse aus Nüssen, Karamell und Schokolade einen einzigen, geraden Satz herauszubringen.

»Ist es wegen Freitagabend?« Wutschnaubend stopfe ich den Rest des zweiten Snickers in mich hinein und wühle derweil hektisch in der Schüssel nach weiterer Beute, als Gloria sie mir vorsichtig aus den Händen nimmt und beiseite stellt.

»Heeey!«, protestiere ich empört und verschlucke mich beinahe an einem Stück Erdnuss.

»Die Lösung deiner Probleme befindet sich nicht auf dem Boden dieser Schüssel!«, doziert Gloria streng und klopft mir den Rücken.

»Ich bin doch keine Alkoholikerin!«, röchele ich zwischen zwei Hustenanfällen.

»Nein, du bist Schokoholikerin. Jetzt erzähl endlich, was letzte Woche los war! Ich platze schon vor Spannung!« Beim Gedanken an diesen schwarzen Abend verfinstert sich meine Miene deutlich.

Herr Chaos war bei meiner Rückkehr selbstverständlich noch wach gewesen und hatte mich überrascht in Empfang genommen.

»Josephine – was ist denn los?«

»DU BIST NICHT GEKOMMEN!«, hatte ich geheult und meine Tasche in die nächstbeste Ecke gefeuert.

»Natürlich bin ich nicht gekommen! Du erinnerst dich, dass ich mehrfach darauf hingewiesen habe, nicht der Urheber dieser Nachricht gewesen zu sein?«

»Aber ich dachte, du willst es nur extra spannend machen. Du hättest mir deutlicher sagen müssen, dass sie nicht von dir ist!«

In den oberen Stockwerken hörte ich Türen aufgehen und leise Stimmen – die Kinder verfolgten unsere Diskussion offensichtlich gespannt mit, weshalb Herr Chaos mich vorsichtig in sein Arbeitszimmer bugsierte und leise die Tür hinter sich schloss. Dann nahm er mich zärtlich in den Arm.

»Josephine – was ist denn nur los? Du bist ja völlig außer dir?«

Natürlich war ich das. Denn ich hatte so sehr gehofft, zumindest einen Teil meiner Probleme mit diesem Abend lösen zu können. Stattdessen war alles noch viel schlimmer als zuvor.

»Ich wollte so gerne, dass du kommst!«, schluchzte ich hemmungslos. »Weil wir doch gar keine Zeit mehr füreinander haben. Und vielleicht liebst du mich ja auch nicht mehr – mit meinem dicken Hintern und den Megabrüsten, die gerade sowieso ausschließlich deinem jüngsten Sohn zu gehören scheinen!« Haltlos heulte ich all meinen Kummer in das Lieblings-T-Shirt des Mannes, das unglaublich gut nach einer Mischung seines Aftershaves und frisch gebratenem Speck mit Bratkartoffeln roch. Herr Chaos klopfte derweil zärtlich meinen Rücken und flüsterte beruhigend auf mich ein.

»Sch-sch, Josephine. Natürlich liebe ich dich – und deinen Hintern. Und die Brüste bekomme ich ja hoffentlich irgendwann wieder. Spätestens, wenn der Junior zur Uni geht, wird er die Milch ganz sicher gegen ein, zwei kühle Bier eintauschen wollen.«

Trotz meines Kummers musste ich ein bisschen lachen. Wie gut, dass dieser Mann immer die richtigen Worte parat hat, um meine Welt wieder geradezurücken. Solange er mich liebt, ist alles in Ordnung. Jetzt musste ich nur noch wissen, wer mich statt seiner eingeladen und versetzt und – ganz wichtig – wem jenes ominöse Telefongespräch gegolten hatte!

»Und dann?«, fragt Gloria atemlos, die babyblauen Augen weit aufgerissen. Ich erröte ein bisschen und grinse sie verlegen an.

»Na, was wohl?«

»ECHT? Im Arbeitszimmer? Auf dem Schreibtisch oder was?« Ich will gerade halbherzig protestieren, als mich das Klingeln des Diensthandys jäh unterbricht.

»Hallo?«

»Josephine! In die Ambulanz! SOFORT!«

»BITTE – WAS?« Doch da hat der Anrufer auch schon aufgelegt.

»Och nö«, jammert die Hebamme. »Du musst weg? Gerade jetzt, wo es spannend wird?«

»Hör mal! Das war das Ende der Geschichte. Den Rest darfst du dir gerne selbst zusammenreimen! Ich muss jetzt in die Ambulanz – scheinbar bin ich zu Nancys Leibärztin aufgestiegen – jedenfalls zitiert sie mich jetzt schon mitten in der Nacht zur Untersuchung!«

»Du solltest dich geehrt fühlen. Mrs Fancy lässt bestimmt nicht jeden an ihren Astralkörper.«

»Ja, DAS Argument reibt sie mir auch ständig unter die Nase, wenn ich mich darüber beschwere, dass sie mich wie irgendein dahergelaufenes Dienstmädchen behandelt«, seufze ich und mache mich auf den Weg in den ersten Stock.

»Sag mal, Nancy – ist es nicht ein bisschen spät für Privatkonsultationen?«, frage ich bemüht freundlich, als ich die Tür hinter mir schließe. »Nancy – alles in Ordnung?« Ich traue meinen Augen kaum. Mit rot verquollenen Augen sitzt Mrs Perfekt vor mir – in einer alten, ausgebeulten Jogginghose, Labber-T-Shirt und Hauslatschen, das Gesicht blass und völlig ungeschminkt.

»Ich blute!«, sagt sie tonlos. »Stark!«

»Schön ruhig. Seit wann blutet es? Und wie viel? Periodenstark? Mehr? Weniger?« Vorsichtig manövriere ich die zitternde, junge Frau auf die Liege und helfe ihr, die Hose herunterzuziehen.

»Überperiodenstark. Ich mache jetzt erst mal einen Ultraschall, okay?« Nancys schöne Augen stehen randvoll mit Tränen, aber sie nickt tapfer und legt sich gehorsam auf die Liege. Ich atme tief durch. Diese Blutung ist nicht schön, und ich habe ein bisschen Angst, was mir der Ultraschall zeigen wird.

»Okay, jetzt drückt es ein bisschen. Alles klar ... dann sehen wir hier ... NANCY!«

Die Kollegin reißt jetzt die Augen auf, und ihr Blick geht sofort zum Bildschirm hinüber – wo geschützt in einem kleinen See aus Fruchtwasser vergnügt Baby Fancy strampelt.

»Alles gut. Dem Baby geht es gut!«, gebe ich eine erste Entwarnung und nicke ihr aufmunternd zu.

»Aber – was ist es dann? Und wo kommt es her? So viel?«

»Ich habe keine Ahnung – aber wir schauen nach und finden es heraus.«

Zwanzig Minuten später haben wir einen tief sitzenden Mutterkuchen als Ursache der nun deutlich schwächer werdenden Blutung ausfindig machen können, und so sitzt nun eine erleichterte Nancy auf dem Ambulanzstuhl vor mir und betrachtet glücklich die aktuellsten Fotos ihres Kindes.

»Und du glaubst wirklich, es wird ein Junge?«

»Was heißt hier glauben? Deutlicher wäre es nur noch, wenn er ein Schild hoch hielte, auf dem das Geschlecht geschrieben steht!«, protestiere ich. Und Nancy nickt zufrieden.

»Ich hatte es im Gefühl, dass es ein Junge wird. Auf was muss ich zu Hause achten? Schonen? Liegen?«, fragt sie, ohne den Blick von ihrem Sohn zu wenden.

»Ähm – wie, zu Hause? Du bleibst selbstverständlich hier und zwar für mindestens drei, vier Tage!«

»Bist du bescheuert, Josephine?«, blafft mich die Rothaarige erschrocken an. »Ich kann doch nicht HIER bleiben!«

»Und wieso nicht?«

»Wie ... weil ...«, irritiert sucht sie nach einer plausiblen Erklärung, findet jedoch auf die Schnelle offensichtlich keine.

Ich schon.

»Nichts da – ärztliche Anordnung. Du wirst schön in deinem Privatpatient-Erster-Klasse-Bett bleiben, bis die Blutung sicher aufgehört hat, anschließend schreibe ich dich für die nächsten drei, vier Wochen krank und du kannst es dir zu Hause richtig schön machen. Widerspruch ausgeschlossen. Möchtest du vielleicht jemanden anrufen?«

»NEIN!« Ganz offensichtlich hat sie ihre Stimme wieder gefunden. »Nein, auf gar keinen Fall! – Komm ja nicht auf komische Ideen, Josephine!«, droht sie böse.

»Was für komische Ideen denn?«, trällere ich unschuldig, während ich meinen Eintrag in Nancys Akte vervollständige.

»Du weißt schon: Übi!«

»Sag, Nancy – willst du ihm nicht wenigstens mitteilen, dass du hier bist? Spätestens am Montag erfährt er es sowieso. Und es ist schließlich auch sein Kind!«

»Das ER NICHT wollte!«, brüllt sie außer sich.

»Na, na – meinst du nicht, dass er einfach nur ein bisschen geschockt war?«

»Und was ist mit mir? Meinst du, ICH hätte das einfach so weggesteckt? Für mich war es AUCH NICHT einfach!« Just in diesem Moment steckt Schwester Notfall den Kopf zur Tür hinein und betrachtet uns neugierig.

»Hallo, Mädels. Macht ihr 'ne Party oder warum ist es hier drin so laut? Man hört euch noch im übernächsten Untersuchungszimmer!«

»Alles gut, Notfall!«, antworte ich freundlich. »Nancy geht auf Station – ich sag schnell Clementine Bescheid, die kann sie abholen!«

»CLEMENTINE?« Die Chirurgin steht jetzt eindeutig kurz vor dem Kollaps. »Ich lasse mich doch nicht von dieser Krümelmaschine quer durch das ganze Haus schieben! IM BETT! Ich kann laufen!« Sprichts und hüpft elegant von der Liege. Und genauso schnell liegt sie auch wieder auf selbiger.

»Was ist?«, frage ich streng.

»Es blutet wieder«, bekomme ich kleinlaut zur Antwort.

»Clementine? Josephine am Apparat. Ich habe hier eine Patientin in der Ambulanz, die ein paar Tage bleiben wird. Wenn du sie vielleicht abholen könntest?« Dann verschwinde ich schadenfroh winkend zur Tür hinaus, gerade noch rechtzeitig, um nicht von dem 20er Pack Zellstofftücher getroffen zu werden, die Nancy hinter mir herwirft.

»Du weißt schon, dass Rotköpfchen dich dafür in deine atomaren Bestandteile zerlegen wird?«, fragt Notfall interessiert, während sie mir dabei zusieht, wie ich in der Ärzte-Telefonliste nach dem passenden Namen suche.

»Ja. Und wenn ich nicht anrufe, wird er es tun, also ist es egal! Ich finde, er sollte es wissen.«

»Er wird es Montag ohnehin erfahren!«

»Ich meine, er sollte es wissen, bevor alle anderen davon gehört haben und Ottilie die Story an den Kreisanzeiger verkauft hat!« Entspannt lehnt sich die alte Ambulanzschwester auf ihrem Stuhl zurück, in froher Erwartung dessen, was da gleich kommen wird.

»Ich verwette mein Hinterteil, dass Ottilie schon Bescheid wusste, bevor Fancy überhaupt zu bluten angefangen hat!«

Womit sie durchaus recht haben könnte.

»Dr. Überzwerg? Chaos am Apparat!«, melde ich mich höflich, als der Oberarzt am anderen Ende der Leitung abgenommen hat.

»Frau Chaos?«

Nun ja – wach hört sich definitiv anders an. Kein Wunder, immerhin ist es schon 1 Uhr früh, wie ich mit einem Blick auf die Küchenuhr feststelle. Verdammt, Josephine – vielleicht hättest du mal doch bis morgen warten sollen? Aber dafür ist es jetzt zu spät – also Augen zu und durch.

»Dr. Überzwerg, ich wollte Sie nur informieren, dass ich Nancy stationär ...«

»WAS IST PASSIERT?« Ganz offensichtlich hat sich der Akt des Wachwerdens gerade um ein Vielfaches beschleunigt. Kenne ich. Geht mir auch immer so, wenn nachts im Dienst plötzlich Alarm angesagt ist.

»Nun, sie war wegen einer Blutung ...«

»Ich komme!« Und legt auf. Verdattert starre ich das Telefon in meiner Hand an, während Notfall schadenfroh gackert.

»Mei, Josephine. Das hast du super gemacht. Jetzt kommt Übi extra hierher gehossert und DU darfst ihm mitteilen, dass seine Liebste ihn gar nicht sehen will. Wie kommst du aus der Nummer jetzt wieder heraus?«

»Ich habe keine Ahnung!«, gebe ich zu und reibe mir müde die Stirn, hinter der es gerade verdächtig zu klopfen beginnt. Na toll – Migräne hat mir gerade noch gefehlt.

Keine zehn Minuten später steht Dr. Überzwerg vor mir, das T-Shirt offensichtlich falsch herum über Jogginghose und Adiletten, mit wild zerzaustem Haar. Süß, denke ich, passt hervorragend zu seiner Frau.

»Wo ist sie? Wie geht es ihr? Das Baby ...?«, bringt er nur angestrengt keuchend hervor. Vorsichtig bugsiere ich ihn in die kleine Küche, wo Notfall freundlicherweise Kaffee in eine Tasse gießt, die mit kleinen lila Einhörnern für eine Minipille wirbt, und sie dem Oberarzt hinschiebt.

»Hier, Oberarzt, trinken Sie mal schön. Das hilft!«, brummt sie gutmütig. Doch Oberarzt ist gerade kein Stück an Kaffee interessiert.

»WAS ist mit ihr?«, wiederholt er drängend.

»Alles gut. Sie blutet aus einer tiefliegenden Plazenta, aber es wird schon weniger, und mit dem Baby ist alles in Ordnung.«

»Gott sei Dank!« Erleichtert sinkt der Chirurg auf seinem Stuhl zusammen und reibt sich mit beiden Händen über Gesicht und Augen. Sehr seltsam, wie jemand, den man sonst nur in weißem Kittel kennt, mit einem Mal gar nicht mehr autoritär, sondern menschlich – also, beinahe schon verletzlich – aussieht.

Bedeutungsvoll nickt Notfall zu ihm hinüber. »Der heult!«, soll das heißen. Und tatsächlich. Tut er.

Du lieber Gott – ein heulender Überzwerg? Das glaubt mir kein Mensch, wenn ich es erzähle.

»Alles in Ordnung, Oberarzt?«, frage ich vorsichtig. Bloß nicht atmen, nur nicht bewegen. Wer weiß, was als nächstes kommt? Doch – nichts passiert. Nachdem er sich zwei Minuten leise hinter vorgehaltener Hand seinem Gefühlsausbruch hingegeben hat, wischt er sich mit dem von Notfall vorsorglich angebotenen Geschirrtuch das Gesicht trocken, nimmt einen tiefen Schluck aus der Kaffeetasse und steht entschlossen von seinem Stuhl auf.

»Ich werde jetzt zu ihr gehen. Wo liegt sie?«

OH MEIN GOTT!

»Ähm ... – nein, Oberarzt. Das ist keine gute Idee!«, stammele ich und postiere mich schon einmal vorsorglich vor der Küchentür.

Keiner kommt hier raus, soviel ist mal klar.

»Wie meinen Sie das?«, fragt er schneidend, und ich bin fast ein bisschen froh, unter dieser unbekannten Fassade plötzlich ein Stück des alten Chirurgen wiederzuerkennen.

»Ich meine, dass Sie nicht zu ihr können. Sie will Sie nicht sehen. Ehrlich gesagt, wollte sie noch nicht einmal, dass Sie informiert werden. Wenn Sie jetzt also zu ihr gehen, ist klar, dass ich gepetzt habe!« Notfall hat sich jetzt solidarisch neben mich gestellt und nickt bekräftigend.

»Völlig klar ist das!«

Einen Moment lang fürchte ich, er würde sich den Weg gewaltsam frei machen, dann lässt er sich aber auf den Stuhl zurücksinken.

»Was soll ich nur tun?«, fragt er, und diese Frage ist ganz sicher weder an mich noch die Schwester gerichtet. Nichtsdestotrotz bin ich ein höflicher Mensch und fühle mich genötigt, eine Antwort zu geben.

»Reden Sie mit ihr!«

»Glauben Sie nicht, dass ich das bereits versucht habe?«

»Versuchen Sie es weiter!«

»Sie will nicht! Sie ist so stur!«

Ja, wem sagt er das?

»Erklären Sie es ihr. Warum Sie so ... seltsam reagiert haben!«

»DAS WOLLTE ICH DOCH SCHON!« Mit der flachen Hand schlägt er auf den Tisch, dass es von den Wänden widerhallt, und ich kann mir lebhaft vorstellen, wie schwer es sein muss, an Nancy heranzukommen, wenn sie partout niemanden heranlassen will. An dieser Teflonschicht prallt sogar ein Überzwerg erfolglos ab, das hat der große Mann offensichtlich schmerzhaft feststellen müssen.

»Ich WILL dieses Baby doch. Ich wollte es von Anfang an – aber ...« Er stockt, fährt sich mit beiden Händen durch das schüttere Haar, das ohnehin schon wirr in alle Himmelsrichtungen zeigt. Notfall und ich stehen derweil immer noch wie festgenagelt vor der Tür und hören atemlos zu.

»Ich dachte, ich bin unfruchtbar!«, murmelt er schließlich kaum hörbar. Die Schwester zuckt. Und ich kann ihre Gedanken beinahe laut hören. Hat er *das* gesagt? Hat er *das* jetzt WIRKLICH gesagt?

»Vor Jahren wurde ein Spermiogramm angefertigt. Aus – nun ja, sagen wir: informativen Gründen. Und das war – ähm, also nicht gut!«

Er HAT es gesagt. Ich lehne den Kopf gegen die Tür und schließe erschöpft die Augen. *Das* hier will ich nicht wirklich hören. Denn morgen oder übermorgen, wenn es nicht mehr mitten in der Nacht ist und sich die Panikendorphine wieder dorthin verzogen haben, wo sie hergekommen sind, wird es ihm leidtun, dass er einer dahergelaufenen, gynäkologischen Assistenzärztin sein wohlgehütetes Geheimnis anvertraut hat. Und das wird dann nicht schön enden für mich. Doch – zu spät, Josephine. Du bist hiermit offiziell zur Geheimnisträgerin Nummer eins aufgestiegen.

»Vielleicht wollen Sie das lieber Nancy …«, setze ich hilflos an, doch der Chirurg ist nicht mehr zu stoppen. Wie aus einer lecken Leitung strömen jetzt Informationen aus ihm heraus, unaufhaltsam, immer weiter.

»Als sie mir von der Schwangerschaft erzählt hat, dachte ich, das Kind müsste von jemand anderem sein. Ich meine – wäre es ein Wunder? Schauen Sie mich an!«

Folgsam richten wir unsere Blicke auf sein T-Shirt mit dem Waschzettel im Genick, die Jogginghose über blau-weißen Adiletten und nicken verstehend. Nein, selbst von der Wahl seiner Garderobe einmal abgesehen, wäre es tatsächlich kein Wunder.

»Sehen Sie!«, ruft er aus und richtet sich auf seinem Stuhl auf. »Was habe ich also gemacht? Hm? Was?« Ratlos schauen Notfall und ich uns erst gegenseitig, dann achselzuckend den Oberarzt an.

»Keine Ahnung – was denn?«, fragen wir wie aus einem Mund.

»Ich habe den TEST wiederholt!«

Klar! Was auch sonst! Gute Idee, Überzwerg!

»Und?«, haucht Notfall atemlos.

»Alles gut. Die Jungs haben sich offensichtlich erholt!«

Ich muss husten – an der eigenen Spucke verschluckt, da ich vor meinem inneren Auge gerade eine Million Überzwerg-Köpfe mit Spermien-Schwänzen Richtung Nancys Eierstock schwimmen sehe. Notfall knufft mich mahnend in die Seite.

»Das ist … toll!«, presse ich mühsam heraus und versuche, das vermaledeite Gedankenbild wieder loszuwerden.

»Ja. Das ist es. Und deshalb ist dieses Kind auch ganz sicher mein Kind!«

Okay, mangelndes Selbstbewusstsein ist jetzt nicht wirklich Überzwergs Hauptproblem.

»Und wenn Sie Nancy die ganze Sachlage so schildern wie uns beiden gerade?«, schlage ich hilfsbereit vor. Der Oberarzt schaut mich an, als wollte ich, dass er auf einem Vogelstrauß durch die Ambulanz galoppiert.

»Aber das ist eine ganz schön intime Angelegenheit, finden Sie nicht auch?«

Ach nee. Gut, dass wir darüber mal geredet haben. Intime Angelegenheit – hat mich vielleicht mal jemand gefragt, ob ICH das alles wissen will?

»Egal wie, es ist jetzt halb 2 Uhr nachts, und ich glaube nicht, dass wir dieses Problem heute noch gelöst bekommen. Warum gehen wir nicht alle ins Bett? Also, jeder in seines, selbstverständlich – und morgen sieht die Welt schon ganz anders aus. Einverstanden?« Während Notfall noch leise über »jeder in sein Bett« gackert, wirft Überzwerg einen prüfenden Blick auf die Küchenuhr und denkt mit gerunzelter Stirn über meinen Einwurf nach. Dann erhebt er sich abrupt von seinem Stuhl und geht zur Tür. Die Schwester und ich treten willig einen Schritt beiseite und lassen ihn durch.

»Sie haben recht!«, antwortet er, die Klinke in der Hand. »Ich werde morgen mit ihr reden. Sie braucht jetzt Ruhe!« Und verlässt mit einem knappen Kopfnicken die Ambulanz. Ich schließe daraufhin die Tür und lehne mich völlig erschöpft dagegen, während Notfall sich auf dem Stuhl des Oberarztes niederlässt.

»Zu viele Informationen!«, proklamiert sie düster und nimmt einen großen Schluck aus Überzwergs Einhorn-Tasse. »Das waren eindeutig zu viele Informationen!«

Und bevor auch sie den Raum verlässt, tätschelt sie mir mitfühlend die Schulter.

Wie Rhinozerosse sich vergnügen und warum auch Hotelgäste ein Recht auf Einhaltung der Ruhezeiten haben

»MOOOOM – das Baby brüllt!«

Unglücklich sitze ich inmitten frisch gewaschener Wäsche, Toilettenartikeln sowie einem Riesenstapel Büchern und Zetteln zur Prüfungsvorbereitung und überlege, wie ich all das am besten in den mikroskopisch klein erscheinenden Koffer verstauen soll. Ein Blick auf die Leuchtziffern meines Digitalweckers zeigt, dass ich keine zwei Stunden mehr habe, bis ich am Bahnhof sein muss, von wo aus der Zug mich und die Kollegen für drei Tage zum medizinischen Kongress bringen wird.

Vor der Tür zum elterlichen Schlafzimmer höre ich derweil lauter werdendes Kinderweinen.

»MOOOOOM!«

Anklagend steht Kind-3-männlich in der nun weit geöffneten Tür und hält mir vorwurfsvoll das jammernde Baby entgegen, welches das Greinen beim Anblick meiner wohlgefüllten Milchbar augenblicklich einstellt und mich stattdessen in seliger Erwartung zahnlos angrinst. »Ich musste voll lange nach dir rufen, weißt du das eigentlich?« Die Miene meines zweiten Sohnes verrät nichts als Anklage.

»Tut mir leid«, murmele ich schuldbewusst und übernehme das hungrige Baby, welches mir mit hektischen Bewegungen beim Öffnen des BHs behilflich zu sein versucht.

»Och nööö, warte doch wenigstens, bis ich draußen bin. Das ist doch voll peinlich!« Mit hochroten Ohren verlässt K3 m schleunigst den Ort des Geschehens, während ich den freundlich mit den Armen rudernden Säugling an die freigelegte Brust halte.

»Das hast du auch gemacht, mein Lieber!«, brülle ich dem großen Sohn beleidigt hinterher und setze in einem Anflug von schelmischer Bosheit obendrauf: »Und ganz schön lange auch noch!«

»Moooooooom«, höre ich ihn noch aus der Ferne rufen, dann fällt die Kinderzimmertür ins Schloss.

»Ist doch wahr!«, murmele ich beleidigt, und betrachte zärtlich das wild schnaufende, schmatzende Baby an meiner Brust. »Du wirst mir ganz schön fehlen, kleiner Piranha! Und der Rest der Bande auch!«

Keine zehn Minuten später hat der kleine Säuger routiniert seinen viertel Liter Milch weggezogen und ist quasi umgehend eingeschlafen. Der Junge hat einen unglaublichen Zug, denke ich noch kopfschüttelnd, als ich ihn vorsichtig in sein Bett packe. Zärtlich küsse ich ihn auf die vor Anstrengung feucht geschwitzte Stirn und frage mich zum wiederholten Mal, warum um alles in der Welt nur Baby-Schweiß wunderbar riecht. Es könnte alles so viel schöner und mein Job um ein Vielfaches angenehmer sein, wenn dieser Duft nach Milch und Baby auch bei – sagen wir – erwachsenen Menschen anhalten würde. Mit diesem Gedanken im Hinterkopf laufe ich eilig die Treppe hinunter, um die letzten Kleinigkeiten für die Fahrt zusammenzusuchen, als ich wie angenagelt auf der vorletzten Stufe stehen bleibe.

Da ist sie wieder. Die Stimme!

Mein Herz klopft so laut, dass ich befürchte, man könne es tatsächlich auch außerhalb meines Brustkorbes hören. Und obwohl jede einzelne meiner Synapsen gerade auf nichts anderes als sofortige »Flucht« gepolt ist, setze ich vorsichtig einen Fuß vor den anderen, bis ich direkt vor der spaltbreit geöffneten Tür zum Büro des Mannes zu stehen komme. Tatsächlich. Kein Irrtum möglich: Herr Chaos telefoniert eindeutig mit derselben Person, ich höre es ganz klar an diesem seltsam, weichen Tonfall. Mit angehaltenem Atem trete ich einen Schritt näher heran, um besser verstehen zu können, was er sagt.

»Ja. Ja! Es ist großartig, dass sie weg ist. Drei Tage sind hervorragend, genau das, was wir brauchen. Ich glaube auch, dass es super wird. Ja. Ich freu mich. Mache ich. Bis dann!«

Jetzt endlich weiß ich, wie Männer sich fühlen, bevor sie im Kreißsaal zusammenbrechen. Es ist, als pumpe das Herz gegen einen unsichtbaren Widerstand an, und je verzweifelter es versucht, Blut durch die Gefäße Richtung Hirn zu treiben, desto weniger kommt tatsächlich dort an. Unfähig, mich zu bewegen, warte ich darauf, dass meine Welt aufhört, sich um die eigene Achse zu drehen. Oder zumindest ein bisschen Himmel auf meinen Kopf fällt. Eine Supernova. Apokalypse now! Es kann schließlich nicht sein, dass plötzlich alles auseinanderbricht, und der Rest tut so, als wäre nichts geschehen.

Als die Tür sich öffnet und der Mann einen erschrockenen Schritt rückwärts macht, stehe ich immer noch wie paralysiert, den Arm angewinkelt, als wollte ich gerade nach der Klinke greifen.

»Herrgott, Josephine – willst du mich zu Tode erschrecken?«, lacht er und sieht tatsächlich aus, als wäre alles in bester Ordnung. Als hätte dieses Telefongespräch gerade eben niemals stattgefunden. Oder zumindest keinerlei Bedeutung.

Was jetzt passiert, ist total schräg – denn wie beim Umlegen des Autopilot-Schalters im Flugzeug funktioniere ich mit einem Mal absolut ferngesteuert und losgelöst von diesem Gefühlschaos, welches in meinem Kopf gerade Salti schlägt.

»Sorry!«, antworte ich gewollt fröhlich und schaffe es tatsächlich, meine festgefrorene Mimik zu einem adäquaten Grinsen zu verziehen. »Magst du mir wohl helfen, meine Sachen fertig zu packen? Ich schaffe es nämlich immer noch nicht, vierzig Kilo Gepäck so zu verstauen, dass sie sich wie fünf Kilo verhalten und in diesen Babykoffer passen!« Und auch, wenn mir diese fröhliche Stimme und das eingefrorene Grinsen absolut fremd und nicht zu mir gehörig erscheinen – der Mann hat es offensichtlich geschluckt.

»Klar!«, antwortet er und sieht dabei aus wie immer. Er gibt mir sogar einen flüchtigen Kuss auf die Stirn, bevor er unbekümmert an mir vorbei die Treppe hinaufläuft. Sacht berühre ich diese Stelle, als könnte ich dadurch das Brennen in meinem Magen lindern. Oder die Schmerzen in der Brust. Und wäre ich gerade nicht so unfassbar unglücklich, würde ich ernsthaft eine Zweitkarriere als Schauspielerin in Erwägung ziehen.

»Hurra! Ein tolles Zimmer!«, ruft das Bambi glücklich und läuft staunend vom Schlafzimmer ins Wohnzimmer und weiter in das moderne, geräumige Bad.

»Das ist SO RIESIG! Und die Badewanne hat WHIRLPOOL!«, jubiliert es von nebenan, während sich die zarte Stimme der kleinen Frau beinahe überschlägt vor Begeisterung.

»Einzel- oder Doppelbett?«, frage ich Helena mäßig interessiert, schmeiße Koffer und Jacke in die nächstbeste Ecke und werfe einen prüfenden Blick in die Minibar.

»Das ist mir gleich – such dir etwas aus.«

»Mir auch egal!«, gebe ich zurück, drehe den Schraubverschluss des Piccolo-Proseccos auf und proste theatralisch zum Fenster hinüber. »Salute! Auf den Weltfrieden!« Dann setze ich die Flasche an und trinke sie in einem Zug leer. Helena betrachtet mich mit hochgezogener Augenbraue.

»Ist alles in Ordnung?«, fragt sie misstrauisch.

»Klar. Alles super. Könnte nicht besser sein!« Und schon fliegt der Schraubverschluss der nächsten Flasche in den Mülleimer. Ich angele mir zwei Tüten Chips und ein bisschen Schokolade aus der Schale auf dem Tisch, dann mache ich es mir auf der weichen, ausladenden Couch bequem und schalte den Fernseher ein.

»Wollen wir ein bisschen bummeln gehen? Oder etwas essen? Das Wetter ist toll. Vielleicht mag sich jemand frisch machen? In den Whirlpool? Das Hotel hat auch einen Swimming-Pool. Es ist toll hier!« Wie ein Aufziehspielzeug kommt Bambi jetzt aus den Tiefen des Luxusbades gehopst, während Unmengen halbgarer Ideen aus ihr heraussprudeln.

»Ich denke, wir sollten dringend dafür sorgen, dass Josephine etwas Anständiges zu Essen bekommt. Wenn sie *so* weitertrinkt, wird sie eine ordentliche Grundlage brauchen, sonst können wir sie gleich ins Bett packen!«, kommentiert Helena trocken mein Benehmen. Das Bambi ist verwirrt.

»Josephine?«, fragt sie und blinzelt mich durch die Gläser ihrer Nerdbrille fragend an. »Geht es dir gut, Josephine?«

»Warum sollte es mir nicht gut gehen? Ich habe – bis auf einen unsäglichen Kir Royal vergangene Woche – seit eineinhalb Jahren keinen Alkohol mehr getrunken. Und da die Milch der nächsten drei Tage sowieso komplett für die Tonne ist, kann ich jetzt wohl mal einen Prosecco trinken, oder?« Erstaunt muss ich aber tatsächlich feststellen, dass totale Alkoholabstinenz sich auf nüchternen Magen nicht wirklich mit zwei auf Ex geleerten Flaschen dieses Blubberzeugs verträgt. Die Sätze kommen mir nicht mehr so flüssig von der Zunge, wie ich es eigentlich gewohnt bin.

»Zwei Prosecco UND einen Martini!«, korrigiert mich Helena kopfschüttelnd und geht zur Tür, an die es gerade geklopft hat.

»Mini-Martini!«, gröle ich ihr ungehemmt hinterher und wedele mit der leeren Flasche in der Luft herum, bevor ich sie zielsicher in dem zwei Meter entfernten Mülleimer versenke.

»Treffen kann ich auch noch!«, triumphiere ich und verteile beim Öffnen der Chipstüte den Inhalt gleichmäßig über Couch und Teppichboden. »Upps. Das war nicht meine Absicht!«

»Josephine? Es ist sechs Uhr – vielleicht ein bisschen früh zum Betrinken?«

»Ooooh – Malucci! DU bist es. Wie kommst DU denn hierher, hm? Wohnst du auch hier, Malucci?«

»Scheiße, Josephine – seit wann hast du nichts mehr getrunken? Wie kann man denn von einem Martini schon so angeschickert sein?«

»Ach, ihr Spielverderber! Wir haben ein wunderbares Wochenende im Vier-Plus-Sternehotel vor uns, ein paar langweilige Vorträge und immer schön Kaffee mit Kuchen. Werdet jetzt endlich mal locker. Wir sind auf einer verdammten Klassenfahrt, ihr Streber. PROST!« Und mit einem tiefen Schluck leere ich die zweite Mini-Martini-Flasche.

Es dauert nicht lange, und mein Kopf fühlt sich angenehm warm und flauschig an. Die spitzen Gedanken, die während der gesamten Bahnfahrt pausenlos darin herumgewirbelt sind und sich schmerzhaft in das wabbelige Hirn-Labyrinth aus Furchen und Falten gebohrt hatten, verschwinden allmählich. Statt ihrer macht sich dankbare Leere breit. Ich lege meinen Kopf auf eines der weichen, samtüberzogenen Couchkissen und lausche auf das leiser werdende Gemurmel der Kollegen um mich herum. Und keine zwei Minuten später – bin ich eingeschlafen.

Als ich mit leichtem Druck im Schläfenlappen wieder wach werde, ist es draußen Nacht geworden. Ich brauche einen Moment, um mich zu erinnern, wo ich bin und was genau ich hier soll – richtig! Die Fortbildung. Das Hotel. Der Alkohol. Stöhnend fasse ich mir beim Aufsetzen an die nun deutlich stärker schmerzende Stirn, und mit dem einsetzenden Schwindel ist mit einem Mal auch die Erkenntnis zurückgekehrt: Der Mann hat eine Freundin!

»Wie fühlst du dich?«

Erschrocken fahre ich auf der Couch in die Höhe und starre angestrengt in die Dunkelheit. Als meine Augen sich an das Dämmerlicht gewöhnt haben, sehe ich sie auf dem Sessel gegenüber sitzen und mich prüfend mustern.

»Helena? Was machst du denn hier?«

Muss das sein? Ich meine – MUSS DAS WIRKLICH sein?

»Die anderen sind Essen gegangen, und ich dachte, es wäre gut, wenn jemand hier bliebe und ein bisschen auf dich aufpasst.«

»Ein Babysitter? Danke, ich bin eigentlich schon groß und kann gut auf mich selbst aufpassen!«, antworte ich matt und lasse mich resigniert auf die Kissen zurückfallen. Das ist ja toll. Haben mich einfach mit Helena allein gelassen. »Geh ruhig auch, Helena, ich komme wirklich klar!«

»Auf gar keinen Fall. Es war schon schwer genug, die anderen zum Gehen zu bewegen. Das Bambi hätte am liebsten neben dir auf der Couch über dich gewacht.«

Bei dieser Vorstellung muss ich dann doch ein wenig grinsen. Auf das Rehlein war eben Verlass!

»Magst du mir nicht endlich einmal sagen, was genau los ist? Dieses Quartalsbesäufnis passt doch gar nicht zu dir?« Ihre Stimme ist ungewohnt sanft, und treibt mir tatsächlich postwendend die Tränen in die Augen.

»Nichts ist!«, schniefe ich bockig.

»Und du weinst wegen nichts? Richtig?«, gibt sie mit spöttischem Unterton zurück und reicht mir eine Hotel-Box Taschentücher herüber. Dankbar nehme ich sie an, rupfe gleich eine ganze Handvoll heraus, und schneuze herzhaft.

»Ich will nicht darüber reden!«

»Nicht mit mir oder gar nicht?«

»Mit gar niemandem.«

»So schlimm?« Helenas Stimme ist jetzt ganz weich, und weil es so ist, laufen auch schon die nächsten Tränen über mein Gesicht und tropfen in meinen Ausschnitt. GENAU SO klang Herr Chaos Stimme bei diesem vermaledeiten Telefongespräch. Dabei hat er so nur dann zu klingen, wenn er mit *mir* spricht. Oder den Kindern. Vielleicht noch mit dem Hund. Aber sonst mit niemandem.

Ich nicke stumm und ziehe ein weiteres Dutzend Tücher aus der Box, in die ich stumm meinen Schmerz heule. Und dann sitzt sie mit einem Mal neben mir auf der Couch, Helena, und nimmt mich wortlos in den Arm und schaukelt mich, wie ich meine Kinder schaukele, wenn sie krank sind oder traurig oder einfach nur ein bisschen bedürftig. Und weil es so schön ist, in meinem Kummer jemanden zu haben, der mich hält, weine ich ihr meine Sorgen auf die blütenweise Bluse, so sehr, dass es mich schüttelt und das Mascara tiefschwarze Flecken auf der vormals makellosen Baumwolle hinterlässt. Doch Helena sitzt einfach nur stumm da und hält mich. Bis es vorbei ist.

»Was ist das?«, flüstere ich erschöpft und zupfe das letzte Tuch aus der Box. Irritiert blicke ich in die Öffnung des Papierbehälters und stelle fest, dass ich in der vergangenen Stunde tatsächlich eine komplette Familienpackung Make-up-Tücher voll gerotzt habe, die nun zusammengeknüllt den Teppich vor der Couch bedecken. Achselzuckend werfe ich die Box hinterher. Dann rappele ich mich auf und schaue mich in dem nur von mattem Laternenlicht beleuchteten Hotelzimmer um. Helena sitzt schweigend neben mir und lauscht offensichtlich ebenfalls auf das an und abschwellende Stöhnen, das aus dem Zimmer mit dem Doppelbett zu dringen scheint.
»Ich mach mal Licht an!«, flüstere ich verschwörerisch und stapfe zur Stehleuchte hinüber, die nach einer sanften Berührung des Dimmers warmes Licht in dem großen Hotelzimmer verbreitet.
»Wieso – hörst du besser, wenn das Licht an ist?«, fragt Helena todernst, und ich muss ein bisschen kichern.
»Quatsch – aber ich muss mal ein wenig Ordnung schaffen – das sieht hier ja schrecklich aus.«
»Ja – katastrophal. Du hast ganz schön gewütet, meine Liebe!« Helenas Stimme ist immer noch ungewöhnlich sanft und ganz im Gegensatz zu der Ermahnung in der Stimme lächelt sie mich beinah liebevoll an. Als mein Blick auf ihre völlig zerknitterte Bluse mit den großen Mascara-Flecken fällt, spüre ich, wie mir die Hitze ins Gesicht steigt.
»Oh Gott, Helena – deine Bluse! Es tut mir so leid – ich werde sie auf alle Fälle ersetzen. Sag mir einfach …«

»Oh. OH. OOOOH. Ja! JAAA. JAAA. GUT. JAA. JAAAAAAAA!«

Beim ersten, lang gezogenen »Oh« schrecken wir beide zusammen. Fast könnte man meinen, der Schreier säße mit Helena auf der Couch, so durchdringend brüllt es herüber, während ein dumpfes Schlagen gegen die Wand einen wohlbekannten Rhythmus spielt.

»Ich glaub es ja nicht! Wie kann man es nur in aller Öffentlichkeit treiben wie die Karnickel?«, frage ich verblüfft und starre die Wand als, als erwarte ich jeden Moment das Durchbrechen des Bettes.

»Naja – Karnickel? Ich bezweifele, dass die nur annähernd solch einen Lärm veranstalten würden – das hört sich eher nach Rhinozeros an. Oder Elefantenherde!«

»Jaaaaa. Gib es mir. Los. Weiter. Das ist super!«, schreit es von drüben.

»Ja, gib es ihm schnell! Das ist ja nicht zum Aushalten!«, schreit es plötzlich von der Eingangstür herüber, wo Malucci, Bambi und Luigi eben freundlich grinsend hereinkommen.

»Hey, Mädels. Alles klar bei euch, eh?«, fragt Luigi mit einem bedeutungsvollen Blick auf Helenas Bluse. Meine Ohren leuchten jetzt mit der Stehlampe um die Wette, und ich beuge mich eilig zu den restlichen Papierknäueln hinunter, um meine verquollenen Augen und die schwarzen Mascara-Schlieren auf meinen Wangen zu verstecken – doch zu spät.

»Mensch, Josephine. Hast du Kummer? Du bist ja völlig verheult!« Malucci mag ein Macho sein und ein Sunnyboy obendrein, aber hinter dieser Fassade aus Lederjacke und Zahnpastalächeln ist er einer der nettesten Kerle, die ich kenne. Freundschaftlich legt er den Arm um mich und schaut mich aus seinen treuen, braunen Italo-Augen an. »Eh, Bella! Sag mir, wer dich zum Weinen gebracht hat, und ich schicke ihm Luigi vorbei. Der macht Spaghetti Carbonara aus ihm, ehrlich, du solltest mal sehen, wie der so an seinen Patienten herummetzelt. Stimmt's, Luigi?«, und drückt mich sanft, während Luigi mir verlegen ein blitzsauberes Taschentuch hinhält.

»Klar, Josephine. Gib mir die Adresse, ich kümmere mich drum, aber hör auf zu weinen, sonst muss ich gleich mitheulen. Und das ist voll schlecht für meinen Ruf, verstehst du?« Und auch das Bambi hängt jetzt an meiner Seite und will gerade etwas sagen, als es im Zimmer nebenan lustig weitergeht.

»AAAAAH. OOOOOOH. JAAAA. JAAAA. GUUT!«

»Mensch, Alda – der kann doch nicht schon wieder können? Die waren doch gerade erst fertig?«, ruft Luigi voll Bewunderung und auch Malucci nickt mit vorgeschobener Unterlippe anerkennend im Takt des schlagenden Bettrahmens.

»Viagra, Alda – Viagra ist das Stichwort!«

»Aber – das geht doch nicht …«, stammelt Bambi. »Die können doch nicht so laut … ähm, also, ihr wisst schon.«

»POPPEN!«, rufen wir anderen, wie aus einem Munde.

»NEIN!«, quietscht das Bambi zurück und hält sich verschämt die Ohren zu. »Ich will das nicht hören!«

Doch egal, was Bambi möchte oder nicht, unsere Nachbarn nehmen darauf keinerlei Rücksicht, denn nebenan ruckelt es ungerührt weiter, während die Schreie mal lauter, dann wieder leiser werden.

»Ich gehe da jetzt rüber!«, rufe ich schließlich und schnäuze mir die Nase. »Es ist nach 22 Uhr und auch Hotelgäste haben ein Recht auf Einhaltung der Ruhezeiten. Wer kommt mit?« Und ohne eine Antwort abzuwarten, stapfe ich entschlossen zur Tür.

»Ich bin dabei. Das will ich sehen!«, grölt Luigi erfreut und auch Helena steht von der Couch auf, zupft sich die malträtierte Bluse zurecht und folgt Malucci zur Tür hinaus. Nur das Bambi bleibt zögernd im Zimmer zurück.

Auf dem Flur herrscht beinahe vollkommene Stille. Die Schreie dringen hier nicht annähernd so laut nach außen, wie durch die dünne Trennwand zu unserem Zimmer hin. Entschlossen hebe ich die rechte Hand und klopfe dreimal kurz gegen die schwere, dunkle Holztür. Dann lauschen wir alle atemlos auf eine Reaktion.

Doch nichts passiert.

»Sie sind noch dabei!«, flüstert das Bambi aus der geöffneten Zimmertür und streckt den Kopf vorsichtig auf den Flur hinaus. »Die haben euch sicher nicht gehört!«

»Lass mich mal, Bella!« Vorsichtig schiebt mich Malucci beiseite, verschränkt theatralisch die Finger beider Hände ineinander, bis es in jedem Gelenk einmal herzhaft geknackt hat, und poltert dann mit seiner Faust ordentlich gegen die Tür. Einmal. Zweimal. Dreimal.

»Es hat aufgehört!«, zischt es jetzt aufgeregt aus unserem Zimmer, in das sich das Bambi sicherheitshalber wieder verzogen hat. Und tatsächlich – hinter der Tür von Nummer 110 scheint sich etwas zu rühren. Gespannt recken wir die Hälse nach vorne, als der Schlüssel sich im Schloss dreht. Dann öffnet sich mit einem Ruck die Tür und darin steht, in einen weißen flauschigen Hotelbademantel gehüllt:

»DR. NAPOLI?«

Ich glaube es ja nicht. Und er glaubt es offensichtlich auch nicht, denn seine Augen werden immer größer, als er völlig baff von Helena zu Malucci schaut, dann weiter zu Luigi und schließlich zu mir. Und wie bei einem frisch gefangenen Fisch öffnet und schließt sich sein Mund, ohne dass auch nur ein Ton herauskommt.

»Francesco?«, ruft es da plötzlich aus den Tiefen des Hotelzimmers. »Francesco? Frag doch den Zimmerservice, ob es auch Eis gibt, ja? Ich mag so gerne Erdbeereis!« Doch Napoli scheint völlig paralysiert zu sein. Verwirrt dreht er den Kopf der Stimme in seinem Rücken zu, dann wieder zu uns zurück. Und gerade in dem Moment, als er sich anscheinend entschließt, doch etwas sagen zu wollen, kommt die Stimme näher.

»Francesco – hast du mich gehört. Du sollst nach Eis …«

»Ach du dicker Vater!«, stottert Luigi und pufft seinem Kumpel Malucci so heftig in die Seite, dass der einen mittelschweren Hustenanfall bekommt. Und noch bevor irgendjemand sonst etwas sagen kann, kommt Leben in den kleinen, dicken Oberarzt und RUUMPS – fliegt die Tür ins Schloss. Derweil stehen wir immer noch sprachlos und staunend auf dem Flur herum, und erst, als das Bambi mit dünnem Stimmchen »Was ist denn da looohooos?« ruft, kehrt Leben in uns zurück. Gackernd und prustend strömen wir wieder in unser eigenes Zimmer, schließen die Tür und beginnen beinahe zeitgleich, durcheinanderzuschreien.

»DAS WAR O-WE!«, brüllt Malucci und klopft sich die Schenkel vor Lachen.

»Friederike Obermeier-Wendig poppt den gynäkologischen Oberarzt! Und jetzt? Heißt sie dann demnächst Na-O-We?« Luigi hat sich ein Bier aus der Minibar geangelt und prostet galant zur Wand des Nachbarzimmers hinüber, hinter der jetzt Totenstille herrscht. »Prost, ihr zwei! Auf diese wunderbare Verknüpfung der Inneren mit der Gynäkologischen Medizin!«, und lacht, als hätte er den besten Witz aller Zeiten gemacht.

»Oh mein Gott!«, flüstere ich und lasse mich auf das breite Doppelbett fallen. »Das ist mein Untergang!«

»Wie meinst du das?«, fragt Helena. »Wieso Untergang?« Und auch die anderen Kollegen schauen mich jetzt fragend an. Müde reibe ich mir die schmerzende Stirn und spüre, wie mir – schon wieder – die Tränen in die Augen schießen. Was für ein Wochenende!

»Na – die Facharztprüfung! Ich bin geliefert – nach der Aktion lässt Napoli mich definitiv durchfallen!«

Das Bambi zieht erschrocken Luft durch die Nase, während es sachte meinen Arm streichelt, und auch Helena und Malucci ist die gute Laune offensichtlich schlagartig abhandengekommen. Einzig Luigi trinkt völlig unbeeindruckt sein Bier und scheint sich ein imaginäres Loch in den Bauch zu freuen.

»Quatsch, Josephine!«, widerspricht er und schlägt mir freundschaftlich auf die Schulter. »Im Gegenteil: Der wird dich mit summa cum laude durchwinken, darauf verwette ich meine Mama. Und weißt du auch, warum?« Erstaunt schüttele ich den Kopf und auch die Kollegen hängen nun gebannt an den Lippen des kleinen Chirurgen.

»Ganz einfach!«, triumphiert er. »Schließlich bin ich ganz sicher, das Signora Napoli nicht die leiseste Ahnung davon hat, dass und vor allem mit wem sich ihr Ehemann hier so munter die Zeit vertreibt!« Dann prostet er mir siegessicher zu und nimmt einen weiteren, tiefen Schluck aus seiner Flasche.

Warum man sich besser nicht mit der Mafia anlegt

»Luigi hat recht – Napoli kann dir gar nichts. Ganz im Gegenteil – den hast du jetzt so in der Hand, dass er zukünftig brav Männchen machen und apportieren wird, sobald du auch nur die Augenbraue hebst!«

»Au ja, das wird so lustig!«, pflichtet das Bambi bei, während es glücklich in seinem Frühstücksrührei herumpickt.

Der große, elegante Frühstücksraum unseres Nobelhotels hat sich schon vor einiger Zeit geleert, und es ist nur dem Charme und der Überredungskunst unserer italienischen Jungs zu verdanken, dass wir kurz vor 11 Uhr tatsächlich noch Frühstück für alle bekommen. Dringend notwendig, nach einer langen, durchzechten Nacht. Vor allem der Kaffee.

»Aber vielleicht weiß Signora Rosaria bereits von der Affäre ihres Mannes? Vielleicht sind die beiden schon ewig getrennt, und wir haben es nur noch nicht mitbekommen?«, gebe ich missmutig zu bedenken und schiebe mein nicht einmal zur Hälfte aufgegessenes Frühstück angeekelt von mir. Der Appetit ist mir erst einmal vergangen. Und außerdem dröhnt es so schrecklich in meinem Kopf, dass ich nicht einmal mehr denken kann.

»Quatsch, Josephine! Italienische Männer trennen sich nur in absoluten Ausnahmefällen von den Müttern ihrer Kinder.

So etwas macht man bei uns einfach nicht – sonst bekommt man nämlich unglaublichen Ärger. Mit der Mama zum Beispiel. Und der Schwiegermama. Und ganz schlimm: Dem Papa der Frau! Wenn du Pech hast, ist der auch noch bei der Mafia. Kein Mensch will mit denen Ärger haben, dass sag ich dir. Schon gar kein Francesco Napoli!« Malucci schüttelt so heftig den Kopf, dass die schwarzen Locken fliegen.

»Niemals trennt der sich von Rosaria. Niemals!«, pflichtet jetzt auch Luigi bei. »Denn wenn er das täte, ginge sie postwendend mit den Kindern zurück nach Italien, und das würde er unter allen Umständen verhindern. Man kann über den kleinen Dicken sagen, was man will, aber er liebt seine Kinder tatsächlich wie blöd, und um nichts in der Welt würde er wollen, dass sie Tausende von Kilometern entfernt in irgendeinem italienischen Dorf hocken, während er hier ist!«

Unglaublich – von dieser Seite hatte ich es bislang noch gar nicht betrachtet. Napoli, ein Mensch mit Gefühlen? Der seine Kinder liebt? Da hätten wir ja tatsächlich einmal etwas gemeinsam.

»Josephine!«, droht Malucci und betrachtet mich kritisch von der Seite. »Jetzt werde bloß nicht weich! Nur weil er seine Kinder liebt, gehört er nicht automatisch zu den guten Jungs! Denk du lieber an deine Prüfung!«

Unheimlich – man könnte meinen, der Kerl kann Gedanken lesen.

»Aber was soll ich machen? Ihm einen anonymen Erpresserbrief schreiben?« Ratlos rühre ich in meinem Kaffee herum, als Helena, die bislang nur interessiert unserem Gespräch gelauscht hat, mir vorsichtig in die Seite pufft.

»Wenn man vom Teufel spricht …«, murmelt sie lakonisch und nickt sachte zum Eingang des Frühstücksraums hinüber, wo der kleine Italiener, adrett gekleidet in tadellos sitzendem

Anzug, in der Tür steht und unsicher zu uns herüberblickt. Juliane Rehlein fällt vor lauter Schreck die Gabel aus der Hand und landet mit lautem Klirren auf dem Teller. Ich sehe, wie sich ihr kleiner, magerer Körper anspannt, bereit, dem jahrtausendealten, in den Tiefen des Hirnstammes verankerten Fluchtinstinkt zu folgen, um in fliegender Hast den Frühstückssaal zu verlassen. Beruhigend tätschele ich ihr die eiskalte Hand.

»Schön hier bleiben, Bambi. Er tut dir schon nichts – zu viele Zeugen!«, zischt jetzt auch Malucci grinsend, ohne den Blick von Napoli wenden zu können.

»Was will er nur?«, jammert sie und klammert sich hilfesuchend an meinem Arm fest.

»Ich weiß es nicht – und er ganz offensichtlich auch nicht. Sonst würde er vielleicht mal einen Fuß vor den anderen setzen!« Achselzuckend wendet Luigi sich jetzt wieder den wichtigen Dingen des Lebens zu: seinem Frühstück, während wir anderen weiterhin gespannt den Oberarzt anstarren.

»Er sieht nicht sehr glücklich aus«, bemerkt Helena lakonisch und nippt an ihrem Cappuccino.

»Wie auch? Viereinhalb Zeugen beim Fremdgehen? Das muss man erst einmal verarbeiten.« Zufrieden mit sich und der Welt schaufelt Luigi Toast, Ei und Speck in sich hinein. »Wahrscheinlich überlegt er, was er uns anbieten kann, um uns milde zu stimmen!«

»Na – da würde mir auf Anhieb aber eine verdammt lange Liste einfallen!« Bei dem Gedanke an die zu erfüllenden Wünsche lächelt Malucci versonnen – bis das Bambi erneut heftig nach Luft schnappt.

»Er kommt!«, quiekt es panisch und rutscht mitsamt dem Stuhl einen halben Meter nach hinten, als wolle es ernsthaft die Flucht ergreifen. Oder sich unter den Tisch retten.

Ich muss gestehen, dass es auch mir jetzt ein wenig unwohl wird, denn Napolis Gesicht zeigt keinerlei Regung, nicht den kleinsten Funken schlechten Gewissens. Und am Tisch wird nun gemeinschaftlich die Luft angehalten, während der kleine Mann energisch näher kommt. Noch fünf Schritte, noch drei, einer …

»Guten Morgen zusammen!«

Dem Bambi klappt der Unterkiefer aufs Brustbein, so geschockt ist es vom freundlichen Morgengruß ihres cholerischen Oberarztes, der den Mund in ihrer Gegenwart sonst ausschließlich zum Schreien öffnet.

»Ich hoffe, Sie hatten eine gute Nacht? Das Frühstück ist ganz köstlich hier, nicht wahr?«

Wir müssen ein Anblick für die Götter sein: vier erwachsene Menschen, die in ihrer jeweiligen Bewegung erstarrt und mit weit aufgerissenen Augen dasitzen und ein untersetztes Männlein anglotzen, das unbeholfen von einem Bein auf das andere wechselt, während sich auf seiner Stirn erbsengroße Schweißtropfen bilden.

»Sie sind zum Verhandeln gekommen? Setzen Sie sich doch!« Unsere Köpfe fliegen synchron zu Helena herum, die völlig unbeeindruckt und in ihrer gewohnt distanzierten Art, den leeren Stuhl neben sich ein Stück vom Tisch wegzieht und einladend darauf zeigt.

Diese Frau ist SO COOL, ich glaube es nicht.

Unsere Blicke schnellen gleichzeitig zurück zu Napoli, der sich mit zwei Fingern zwischen Hals und Kragen fasst, um sich mit einer verzweifelten Handbewegung Platz zu schaffen. Oder um Luft zu holen. Oder Zeit zu schinden. Dann setzt er sich, schwer seufzend, auf den angebotenen Platz und schaut uns der Reihe nach finster an. Als ich mir schon sicher bin, dass das Bambi neben mir vor Aufregung gleich den akuten

Herztod stirbt, geht ein Ruck durch den kleinen Mann, und er beginnt mit rauer Stimme zu sprechen.

»Okay – wir alle wissen, warum ich hier sitze. Ich warte also auf Ihre Angebote!«

Gleich falle ich tot um, so viel ist mal klar. Ich meine, kann das WIRKLICH sein? Oberarzt Dr. Francesco Napoli, stolzer Italiener und ausgewachsener Egomane, bietet uns, unwürdigen Assistenzärzten, wahrhaftig einen Deal an? Das kann doch eigentlich nur »Versteckte Kamera« sein! Luigi, den Mund voller Ei und Toast, fasst zusammen, was uns allen auf der Zunge liegt.

»ECHT JETZT?«

Toast- und Ei-Krümel fliegen über den Tisch, und wie Zuschauer eines Tennisspiels starren wir zurück zum Oberarzt, der reflexartig versucht, die Essensreste vom Tisch zu wischen, dann jedoch in der Bewegung innehält und seinen Arm unverrichteter Dinge zurückzieht. Stattdessen holt er ein schneeweißes, penibel gebügeltes Taschentuch aus seiner Hosentasche, faltet es langsam auseinander und wischt sich die schweißnasse Stirn. Lange und ausführlich. Anschließend legt er es wieder ordentlich zusammen und steckt es in die Tasche zurück, zupft sich die Anzugsjacke zurecht, faltet die Hände und legt sie, wie zum Gebet, vor sich auf den Tisch. Der Reihe nach schaut er uns an, beginnend mit Luigi, der immer noch nicht dazu gekommen ist, seinen letzten Bissen herunterzuschlucken, Malucci, das schreckhafte Bambi, mich und abschließend Helena, seinen Augenstern. Die Lieblingsassistentin. Gelassen hält sie seinem Blick stand, der eine Mischung aus Anklage und Wehmut ist. Auch du, mein Sohn Brutus? Dann gleitet er an mir vorbei auf einen Punkt irgendwo am Ende des Saales und seine Unterlippe zittert ein klitzekleines bisschen, als er tonlos flüstert: »Ich bitte Sie – diese Geschichte muss unter uns bleiben!«

»Das haben wir verstanden, Dr. Napoli.« Helenas Stimme ist so neutral wie die Schweiz, und sie nickt ihm mit diesem rätselhaften Lächeln freundlich zu. »Wir werden uns beraten, und Ihnen dann Bescheid geben.«

Ich höre Luigi trocken schlucken.

Napoli, der Helenas Antwort regungslos zur Kenntnis genommen hat, nickt schweigend, steht langsam von seinem Platz auf und wendet sich zum Gehen. Dann dreht er sich doch noch einmal herum, und der Aufruhr in seinem Inneren ist fast mit Händen greifbar, als er sagt: »Ich – bitte – Sie!« Und verlässt schweren Schrittes den Saal. Am Tisch ist es mucksmäuschenstill. Dann beginnen alle auf einmal durcheinanderzureden.

»Das war SO TOLL!«, flüstert das Bambi ehrfürchtig und starrt Helena an, als wäre ihr der liebe Gott persönlich am Frühstückstisch erschienen.

»Chapeau, Madame!« Luigi hat sich von seinem Platz erhoben und verbeugt sich galant in Richtung der schönen Blondine, während Malucci laut »Bravo!« rufend applaudiert.

»Und was machen wir jetzt?«, werfe ich fragend dazwischen. Nur Helena sitzt unbeteiligt auf ihrem Platz und nippt schweigend an ihrem Cappuccino.

»Ja, wir müssen uns einen Schlachtplan überlegen!«, trompetet Malucci. »Urlaub für alle, wann immer wir wollen. Jeden Tag eine tolle Operation und Wochenenddienste nur noch jeden zweiten Monat!«

»Dann will ich aber auch in die Gyn!«, verlangt Luigi und klatscht seinen Kumpel begeistert High-Five ab.

»Quatsch!«, fahre ich jetzt unwirsch dazwischen. »Ich will nur, dass er sich während der Prüfung fair verhält. Mehr nicht.«

»Aber wir haben ihn in der Hand!«, mault Malucci und Luigi nickt so nachdrücklich, dass sein kleines Doppelkinn wackelt.

»Ein freundlicherer Umgangston wäre wirklich kein Luxus, meinst du nicht auch?«, schaltet sich jetzt Helena doch noch in unsere Gesprächsrunde ein.

»Aber zu dir ist er doch freundlich?«, gebe ich irritiert zu bedenken.

»Zu mir. Aber zu sonst niemandem. Und es kann doch nicht sein, dass er seine Assistenten minutenlang über das Telefon anschreit, nur weil er als Hintergrund zum Dienst gerufen wird, oder?«

Nun ja – wo sie recht hat, hat sie recht.

»Ich hatte mich irgendwie daran gewöhnt ...«, nuschele ich zurück.

»Ich fände es so schön, wenn er mich nicht mehr grundlos anschreien würde«, gibt jetzt das Bambi schüchtern zu, und die Jungs nicken bestätigend.

»Dann lasst uns kurz zusammenfassen: Faire Prüfung, kein Anschreien, freundlicher Umgang mit den Assistenten. Noch etwas?«, fragend blickt Helena uns der Reihe nach an.

»Mehr Urlaub und interessante Operationen fände ich super«, wirft Malucci erneut ein und grinst, aber Helena überhört seinen Einwand geflissentlich.

»Gut. Dann los!«

»Wie – los?« Mir schwant Übles.

»Wir gehen zu Napoli!«

»Wir ALLE?« Das Bambi sieht aus, als wolle es sein Frühstück gleich wieder von sich geben.

»Natürlich!« Resolut steht Helena von ihrem Platz auf und greift nach ihrer Tasche. »Mir nach!« Und wie die Kühe zur Schlachtbank trotten wir folgsam hinter ihr her.

»Seht ihr! Das war jetzt noch nicht einmal annähernd so schlimm, wie gedacht, oder?«

Im Schatten einer riesigen, weit ausladenden Eiche sitzen wir gemütlich im proppenvollen Biergarten, jeder mit einem kühlen Getränk vor der Nase, und warten auf das bestellte Abendessen, während wir das Gespräch mit Oberarzt Napoli noch einmal Revue passieren lassen.

»Ich fand es ganz schlimm!« Das Bambi sieht immer noch schwer traumatisiert aus und zittert trotz der hochsommerlichen Temperaturen wie Wackelpeter. Dabei war wider Erwarten gar nichts Schlimmes geschehen. Oberarzt Napoli hatte uns weder den Kopf abgerissen noch mit einem Betonklotz an den Füßen im See versenkt. Ganz im Gegenteil: Wir waren höflich begrüßt, in sein Hotelzimmer gebeten und kommentarlos angehört worden.

»Das ist alles?«, hatte er nur abschließend gefragt, als Helena, die in stillschweigendem Einvernehmen zur Wortführerin aufgestiegen war, unsere Wünsche vorgetragen hatte.

»Ja, das ist alles«, bestätigte sie kopfnickend.

»Und keiner von Ihnen wird mit meiner Frau sprechen?«, hakte er misstrauisch nach.

»So lange Sie sich an unsere Abmachung halten, werden wir dasselbe tun!«, antwortete Helena und hielt seinem bohrenden Blick stand, ohne auch nur mit der Wimper zu zucken. Feierlich schüttelten wir uns abschließend die Hände, und das war es dann.

»Was, wenn er schon nächste Woche alles wieder vergessen hat? Und das Bambi alle Nase lang zusammenfaltet? Oder Josephine wieder wochenlang nicht in den OP lässt?«, gibt Malucci zu bedenken, und ich nicke bestätigend. Denn ehrlich gesagt traue ich dem kleinen, pummeligen Italo-Oberarzt nicht so weit ich ihn werfen könnte. Doch Helena wiegelt beruhigend ab.

»Ganz einfach – dann werden wir Signora Napoli eben doch noch einen kleinen Besuch abstatten müssen. Und bei der Menge an Zeugen wird sie uns glauben müssen!« Dann nimmt sie genüsslich einen großen Schluck aus ihrem Bierglas.

Ein Magen-Darm-Infekt kommt selten allein

Als ich wach werde, ist es draußen stockdunkel, und ein Blick auf die Leuchtanzeige meines Weckers zeigt, dass diese Dunkelheit ihre volle Berechtigung hat – es ist 2 Uhr 33 morgens.

Angespannt lausche ich in die Stille hinein, um herauszufinden, ob es Baby Chaos war, das mich aus dem Land der Träume geholt hat. Aber nein, kein Geschrei oder Gejammer, lediglich leichtes, babyzartes Atmen sowie hin und wieder leises Schmatzen dringen aus dem Kinderbett unter dem Fenster zu mir herüber.

Weitaus weniger leise geht es jetzt hingegen vor meinem Bett zu, wo Shepherd, auf der Seite liegend, offensichtlich gerade in wilder Glückseligkeit irgendeinem Traumhasen hinterherjagt, und seine Freude über das eigentlich streng verbotene Spiel in die dunkle Nacht hinausbellt. Das wird es also gewesen sein, was mich aus wohlverdientem Nachtschlaf gerissen hat! Stöhnend taste ich mit der linken Hand nach dem Fell des dicken Retrievers und schüttele ihn unsanft, was diesen jedoch nur veranlasst, schneller zu laufen und lauter zu bellen.

»Hey, Shepherd!«, zische ich böse und rappele mich vom Bett hoch, aus Angst, er könnte mit seinem Lärm das schlafende Baby wecken. »Shepherd, halt die Klappe, oder du fliegst raus, verstanden?« Während ich wild an dem ebenfalls schlafenden Tier herumschüttele, fällt mein Blick auf den Spalt unter der Schlafzimmertür, durch den ein Schimmer Licht hereinfällt. Wie seltsam – wer ist denn da mitten in der Nacht auf? Ich werfe einen prüfenden Blick auf den Platz neben mir und tatsächlich – er ist leer.

Kein Mann!

In meinem Kopf schrillen plötzlich sämtliche Alarmglocken Sturm. In einem Anfall nächtlichen Wahnsinns befürchte ich nämlich, der Kerl könnte sich heimlich zu seiner imaginären Freundin aufgemacht haben.

Was für ein Blödsinn, Josephine! Du weißt doch immer noch gar nicht, ob es tatsächlich eine Freundin gibt!

Nichtsdestotrotz schäle ich mich aus dem warmen Bett und tapse auf bloßen Füßen über den Hund hinweg und am schlafenden Kind vorbei zur Tür, öffne sie vorsichtig und spähe erst links, dann rechts den Flur entlang.

Dort, am Ende des Ganges, vor der weit geöffneten Tür zum Badezimmer der Kinder, steht Herr Chaos, wankend im Halbdunkel, während klägliche Brechgeräusche aus dem Inneren des Bades zu hören sind.

Eilig ziehe ich die Tür zum Schlafzimmer hinter mir zu und bewege mich sachte – um ihn nicht zu erschrecken – auf den Mann zu.

»Schatz? Alles in Ordnung? Was machst du hier?«

Schatz, die Augen geschlossen und den großen Körper an die Flurwand gelehnt, dreht jetzt langsam den Kopf in meine Richtung und schaut mich aus verquollenen, rot geränderten Augen an, während es im Badezimmer erneut zu würgen beginnt.

»Josephine!«, flüstert er und reibt sich mit der Hand matt über die Augen, als könnte er mich so besser sehen. »Geh wieder ins Bett! Du musst morgen fit sein für die Prüfung!«

Mit zwei weiteren Schritten bin ich bei ihm, gerade noch rechtzeitig, um ihn abzustützen, denn wie ein Baum im herbstlichen Sturmtief schwankt der Kerl jetzt stärker, von rechts nach links und wieder zurück.

»Verdammt, was ist denn los?«

So kenn ich ihn gar nicht.

»Mir ist schleeeeeecht!«, quäkt es in diesem Moment jämmerlich aus der Tiefe der Kloschüssel und diese Stimme hört sich ganz eindeutig nach Kind-3-männlich an. Tatsächlich! Beim Blick um die Ecke der Badezimmertür sehe ich meinen zweitjüngsten Sohn vor der Schüssel knien und gerade voller Inbrunst die Reste des gestrigen Abendessens an die Kanalisation übergeben. Instinktiv will ich zu ihm hin, Hand halten, Kopf halten, was auch immer, doch ich befürchte ernsthaft, dass es den Mann dann der Länge nach hinschlägt, und das geht schon mal gleich gar nicht.

»Los, Schatz – ich bring dich ins Bett, dann schau ich nach Junior. Alles klar? Ist dir auch schlecht?« Prüfend betrachte ich den kalkweißen Kerl, der die Augen schon wieder geschlossen hat und beeindruckend miserabel aussieht. Dabei wird dieser Mann sonst nie krank. Nie. Das tut der einfach nicht! Und schon einmal gar nicht am Tag vor der wichtigsten Prüfung meines Lebens!

»Nein, das geht schon. Ich kümmere mich um den Kleinen, und du gehst wieder ins Bett!«

Dieser Typ ist wirklich der Wahnsinn. Kann sich kaum noch aufrecht halten, aber leistet Widerstand bis zum bitteren Ende.

»Vergiss das mal gleich wieder! Wenn du mir hier umfällst, musst du liegen bleiben. Alleine bekomme ich dich nämlich im Leben nirgendwo anders hin verfrachtet. Also – sei jetzt bitte vernünftig, und komm mit ins Bett!« Verzweifelt zerre ich an dem Riesenkerl herum, und dann endlich, nachdem er noch zweimal sauer aufgestoßen hat, geht er schwerfällig auf mich gestützt ins elterliche Schlafzimmer, wo ich ihn gerade noch in letzter Sekunde vor sein Bett bugsieren kann, bevor er stöhnend einbricht. Vorsorglich hole ich einen Eimer aus dem Keller und postiere ihn in Reichweite. Kein ganz schlechter Plan, wie sich kurze Zeit später herausstellt, als auch Chaos Senior sich mit unschönen Nebengeräuschen seiner Essensreste entledigt. Derweil hocke ich mit einem feuchten Waschlappen neben dem immer noch reihernden Knaben im Bad und tupfe seine bleiche Stirn.

»Mooooom …«, jault er jämmerlich und würgt an grüner Galle.

»Ja, Baby?«, antworte ich mitleidig und klopfe ihm den Rücken, so, wie er es am liebsten hat.

»Mooom, es soll aufhören!«, heult der Bub und lässt sich theatralisch zur Seite und auf das gesprenkelte Parkett fallen.

»Ich bring dich jetzt ins Bett und gebe dir eine schöne Tablette gegen die Übelkeit. Dann wird alles sofort viel besser, du wirst sehen!« Ich mühe mich gerade damit ab, K3 m, der wie ein nasser Sack an mir hängt, in sein Zimmer und das dortige Bett zu verfrachten, als die Tür des ältesten Chaos-Nachwuchses auffliegt und der große Sohn grußlos an mir vorbei in Richtung Badezimmer stürmt. Der Kleine liegt noch nicht richtig im Bett, als wohlbekannte Würggeräusche zu mir dringen.

Das darf doch alles nicht wahr sein? Hat sich die Welt gegen mich verschworen? Morgen findet die Prüfung meines Lebens statt und hier ist die Mega-Seuche ausgebrochen? Eilig laufe ich zum Medizinschrank hinüber und wühle nach der Schachtel mit den Anti-Brech-Tabletten, doch …

»VERDAMMT!«

»Alles klar?« Der Kopf meines Ältesten steckt quasi bis zum Anschlag in der Schüssel, und die Geräusche, die er von sich gibt, klingen nicht mehr wirklich menschlich. Trotzdem schafft er es selbst im größten Elend, empathisches Interesse am Schicksal anderer zu zeigen.

»Nein. Nichts ist klar. Ich habe vergessen, neue Antibrech-Tabletten zu besorgen. Hier drin ist nur noch eine leere Packung!« Frustriert lasse ich mich auf dem Badewannenrand neben der Toilette nieder und tätschele nun zärtlich den Rücken meines ältesten Kindes, der zwischen zwei Brechpausen erschöpft den Kopf auf dem Toilettenrand abgelegt hat und zum Erbarmen aussieht.

»Alles okay, Großer?«

Was für eine bescheuerte Frage, Josephine. Ein Blick in das Gesicht des Knaben, welches chamäleongleich die Farbe des reinweißen Badezimmerporzellans angenommen hat, macht auch dem letzten Nichtmediziner klar, das hier gar nichts in Ordnung ist.

»Mir geht's gut, Mom! Alles bestens. Geh du ruhig wieder ins Bett!« Noch während er spricht, fährt ein erneutes Würgen durch seinen Körper, und unter unschönen Nebengeräuschen landet nun auch der letzte Rest des Mageninhalts in der Kloschüssel.

»Ja, super geht es dir! Du bist ein Held, Sohn, wirklich!« Besorgt streichele ich ihm über den Rücken und überlege fieberhaft, ob ich nicht noch irgendwo ein paar letzte Antibrech-Tabletten gebunkert haben könnte. Doch – Fehlanzeige.

»Pass auf, Schatz, ich fahre schnell in die Notapotheke und besorge etwas gegen diese Brecherei, okay? Hältst du so lange durch?« Statt einer Antwort reckt Sohn Nummer eins nur den ausgestreckten Daumen in die Höhe, und ich will mich gerade auf den Weg machen, als es hinter mir jämmerlich zu weinen beginnt.

»Oh Gott – ich muss hier rein! Ganz dringend!«

In der Tür zum Badezimmer steht, mit wirrem Haar und bleichem Gesicht, die einzige Tochter und zeigt anklagend auf die besetzte Toilette. Und noch bevor ich irgendetwas sagen kann, bricht sie mir im Schwall und völlig ungebremst das komplette Abendessen vor die Füße.
Na dann – Prost Mahlzeit!

»Alles klar. Hier bin ich! Wo sind alle?«
Vor der Haustür steht – in Jeans und Sweatshirt gekleidet und einem Papiermundschutz umgebunden – Ollie und stapft resolut an mir vorbei gen Wohnzimmer, wo in wirrem Durcheinander der Mann und alle vier Chaos-Kinder vor dem laufenden Fernseher liegen, jeder mit einem Eimer im Arm. Außer dem Baby, versteht sich.
»Hallo Leute!«, grüßt die große Frau fidel in die Runde und schnappt sich das vor Freude wild mit den Armen rudernde Baby, das als einziges noch alles Essen vom Vortag bei sich hat.
»Hallo Ollie!«, kommt es matt vom Rest der Truppe zurück.
»Gott, ich bin SO FROH, dass du da bist!« Ich schwitze. Mein Herz schlägt bis zum Hals, und der enge, schwarze Rock unter Blazer und weißer Bluse schneidet mir unschön in meine Rest-Schwangerschaftspolster.
»War es ein großes Problem, die Sprechstunde umzulegen?«
»Quatsch. Gar kein Problem! Fräulein Hurtig hat alles so hingebogen, dass es funktioniert. Mach du dir jetzt mal keine Sorgen, sondern geh und hol dir diesen verdammten Facharzt, alles klar?«
»Ich glaube, ich muss mich auch übergeben!«, jammere ich. Mein Magen vollführt gerade eine Einhundertachtzig-Grad-Drehung um die eigene Achse, und ich muss mich ein bisschen am Türrahmen festhalten.

»Josephine!«, mahnt Ollie streng »Du wirst nicht krank! Du wirst NIE krank! Höchstens schwanger ...« – der Mann auf der Couch zieht jetzt heftig Luft durch die Nase – »... aber auch das haben wir ja letzte Woche ausgeschlossen, also reiß dich jetzt zusammen, und mach uns stolz!« Damit gibt sie mir einen so herzhaften Schlag auf den Rücken, dass ich husten muss. Das Baby kreischt vor Freude und wedelt wild mit den dicken Speckärmchen, und auch der Rest der Chaos-Familie skandiert jetzt matt: »Mach – uns – stolz!«

Nun denn!

Ich küsse alle Chaos-Kinder sanft auf die Stirn, den Mann feste auf den Mund und lasse mich noch einmal ausführlich umarmen.

»Du schaffst das, Baby, ich weiß es!«

Dann noch ein Schmatzer fürs Baby, eine Umarmung von Ollie – und schon sitze ich im Auto auf dem Weg zur Prüfung.

Über seltsame Stimmen und den Arm des Mannes auf der Schulter der Ex-Feindin

»Hey, Jeannie! Na, schon wieder fertig mit all der Arbeit?« Gut gelaunt lasse ich mich in der Kreißsaalküche neben der Kollegin nieder, die – die Beine elegant übereinander geschlagen und in einem wunderschönen, sexy sitzenden Sommerkleid unter dem weißen Arztkittel – vor dem weit geöffneten Fenster hockt und gelangweilt in einer Hochglanzzeitschrift blättert. Von draußen dringt sommerliche Nachmittagshitze herein, und sehnsüchtig mustere ich Jeannies luftige Garderobe. Die macht sich später bestimmt noch einen schönen Freitagabend, während ich hier sitzen und Dienst schieben muss.

»Ja. Alles fertig. War nicht viel los heute!«, brummt Jeannie beiläufig, ohne den Blick von ihrem Starmagazin zu heben. Ist schon klar. Bei Frau Flasche ist immer »alles fertig«, aber wehe, sie ist auf ihren Zweihundert-Euro-Pumps zur Kliniktür hinaus gewackelt, schwupp-di-wupp kommt aus allen Ecken plötzlich die Arbeit gekrochen. Jeannie ist eine Meisterin der Aufgabenweiterverteilung. Schon immer gewesen.

»Ach übrigens – Glückwunsch! Zum Facharzt!« Vor Freude bekomme ich jetzt doch rote Ohren.

»Danke!«, strahle ich froh, und wie jedes Mal seit dem Bestehen der Prüfung vor vier Tagen, fährt mir ein warmer Glücksstrom durch sämtliche Gefäße bis hinauf in die Haarspitzen.

»War schwierig?« Noch immer kann Jeannie den Blick nicht von ihrem Magazin reißen, aber auch, wenn ihr Interesse nur geheuchelt ist, bekommt sie jetzt die volle Informationsbreitseite. Das hat sie nun davon. Was musste sie auch fragen?

»Nein. Gar nicht. Napoli war super. Total nett. Hat ganz fair gefragt, wirklich. Dann war da noch der Kollege Bickenbach und irgendein Professor Schlag-Mich-Tot. Alle voll freundlich. Zum Glück. Ich hatte nämlich totale Panik. Weil ja meine sämtlichen Chaos-Familienmitglieder in der Nacht zuvor krank geworden sind. Magen-Darm, weißt du? Kein Auge habe ich zugemacht. Und dann dachte ich noch so: Super, das bekommst du jetzt bestimmt auch. Dann wird das nichts mit der Prüfung. Und ...«

»Josephine?« Mit bösem Blick schaut mir Jeannie zum ersten Mal an diesem Tag direkt ins Gesicht. »Du bist nicht das Bambi, okay? Ich wollte nur freundlich sein, nicht deine ganze, langweilige Lebensgeschichte hören, verstehst du?«

»Oh. Ja. Natürlich. Glasklar!« Mein Gesicht hat jetzt ganz sicher die Farbe reifer Tomaten angenommen, und ich bin gottfroh, als die Tür sich öffnet und O-Helga die Küche betritt.

»Josephine!«, ruft sie harsch aus, nimmt mich in den Arm und drückt mich herzhaft an ihre dürre Brust. »Herzlichen Glückwunsch, Mädchen. Was bin ich stolz auf dich!«

»Danke, O-Helga! Ich freu mich auch wie Bolle!« Und nicke glücklich vor mich hin.

»Warum hast du heute Dienst? Steht nicht Bambi auf dem Plan?«, fragt die alte Hebamme und gießt sich einen Tee in ihre angeschlagene Tasse, auf der in grellroter geschwungener Schrift »Superwoman« steht.

»Doch – eigentlich schon. Aber Bambi ist krank, und da bin ich für sie eingesprungen!« Sehnsüchtig schaue ich aus dem Fenster in die flirrende Nachmittagshitze hinaus und murmele traurig. »Dabei wollten wir heute ein bisschen feiern, weißt du?« Helga nickt verständnisvoll-bedauernd, während Jeannie lediglich gelangweilt mit dem Fuß wippt und dabei so angestrengt aus dem Fenster starrt, als würde sie den Klinikgarten heute zum ersten Mal sehen. »Na dann eben morgen ...«, seufze ich theatralisch. Doofe Jeannie. Von der ist ganz sicher kein Mitleid zu erwarten. Und eine Übernahme meines Dienstes schon gleich gar nicht.

»Naja!«, knarzt O-Helga aufmunternd. »Ist auch nicht viel los im Kreißsaal. Wird vielleicht ein ruhiger Dienst! Leicht verdientes Geld!« Und zwinkert mir dabei verschwörerisch zu.

Seltsam. O-Helga zwinkert sonst nie verschwörerisch.

Doch noch bevor ich mir weitere Gedanken machen kann, dudelt auch schon das Diensthandy sein altbekanntes Lied. Gönnerhaft schiebt Jeannie mir den schwarzen Apparat über den Tisch herüber.

»Hier – für dich!« Sie grinst dabei so höhnisch, dass ich sie jetzt gerne ein bisschen mit ihrer Zeitschrift vertrimmen würde.

»Hallo? Josephine, Gyn, am Apparat!«

»Josephine? Ich bin es, Luigi! Kannst du aufs Dach kommen?«

»Aufs Dach? Jetzt? Ich habe Dienstübergabe ...«

»Ja – aber es ist wichtig! Wilma und Fred ...! Notfall!« Das letzte Wort ist ein kaum hörbares Zischen, dann tutet es nur noch aufgeregt an mein Ohr.

»Komisch«, murmele ich verwirrt. »Hat der Knabe etwa getrunken? Im Dienst?«

»Was ist denn los?«, zwitschert Jeannie unschuldig und blättert in Lichtgeschwindigkeit das Magazin durch, wirft es anschließend achtlos in die Ecke und rappelt sich gekonnt vom Stuhl auf ihre atemberaubend hohen Stöckelschuhe.

»Luigi. Ich soll aufs Dach kommen. Jetzt!«

»Ja, geh nur!«, gähnt sie gelangweilt und wedelt mit der rechten Hand nach mir, als wäre ich irgendein lästiges Insekt, dass es zu vertreiben gilt. »Hier ist nichts los. Alle Arbeit ist getan. Ich gehe jetzt auch. Tschüüühüüüs!« Spricht's und stolziert an mir vorbei zur Tür hinaus.

»Na gut!«, seufze ich ergeben. »Dann schau ich mal nach, was da oben los ist!«

Fünf Minuten später stehe ich vor dem Eingang zum Gründach und frage mich zum wiederholten Mal, was Wilma und Fred hier oben wohl notfallmäßig getan haben könnten, das mein sofortiges Erscheinen nötig macht. Sex? Auf dem Flachdach? Niemals. Das traue ich selbst diesen beiden nicht zu. Zumindest nicht am helllichten Tag. Energisch fasse ich nach der Klinke und öffne die schwere Feuerschutztür, die nur widerwillig nach außen aufschlägt und mich plötzlich in grelles Spätnachmittagssonnenlicht taucht. Geblendet blinzele ich in die ungewohnte Helligkeit. Dann, noch bevor meine Augen sich an das gleißende Licht gewöhnt haben, bricht ein wahrer Orkan los.

»ÜBERRASCHUNG!«

Ich falle vor Schreck beinahe rückwärts durch die Türöffnung und die Treppe hinunter und jetzt, die Augen mit der Hand gegen die Sonne abschirmend, sehe ich auch, WAS hier los ist.

Am Ende des Daches, dort, wo normalerweise das assistenzärztliche Naherholungsgebiet aufgebaut ist, steht nun eine professionelle Bar, komplett mit roten Hockern davor und zwei adretten Barkeepern dahinter, die offensichtlich gerade dabei sind, ihre silbernen Cocktail-Shaker warm zu schütteln. Direkt daneben, adrett zwischen Kübel-Palmen und Olivenbäumchen, haben Unbekannte ein Riesenbüfett errichtet, auf dem sich warme und kalte Köstlichkeiten in rauen Mengen stapeln. Und davor, an unzähligen, hübsch dekorierten und mit Sonnenschirmen versehenen Tischen, welche locker auf der riesigen Dachfläche verteilt sind, sitzen unzählige, mir wohlbekannte Menschen! Allen voran der Mann und die Kinder, außerdem Hebammen, Schwestern, Kollegen, Freunde, Nachbarn, der Chef – und natürlich auch Jeannie aus der Flasche, jetzt ohne Kittel, in ihrem wunderbar leichten Sommerdress.

Während ich noch dastehe und alle fassungslos anstarre, erheben sich dutzende Gläser und wie aus einem Munde brüllt es mir entgegen: »HERZLICHEN GLÜCKWUNSCH!«

Als mir die ersten Tränen in die Augen steigen, drückt mir von rechts jemand ein Taschentuch sowie ein Glas Prosecco in die Hand, und durch dichten Tränenschleier hindurch erkenne ich Juliane Rehleins liebes, kleines Gesicht.

»Bambi?«, hauche ich erschlagen, trockne mir die Augen und kralle mich völlig überwältigt am Sektglas fest, das man mir gereicht hat. »Bambi – was machst du denn hier? Ich denke, du bist krank?«

»Überraschung!«, jubiliert die kleine Kollegin glücklich und stößt überschwänglich mit ihrem Glas an meines. »Ich habe Dienst heute und DU lässt dich feiern! Wir mussten dich ja irgendwie hierher lotsen!« Und grinst über beide Backen bis zu den Ohren.

Dann kommen sie plötzlich von allen Seiten, schütteln meine Hand, drücken und herzen mich, dass es eine wahre

Pracht ist. Die Chaos-Kinder, natürlich, außerdem Gloria-Victoria, Frau Von Sinnen und OP-Schwester Darling. Die gesprächige Ottilie und der schweigsame Dr. Messer. Selbst Pe-Punkt Müllermann und der Zeuss haben ihren Weg aufs Dach gefunden, um mit mir zu feiern. Ich bin so überwältigt, dass ich kaum sprechen kann. Muss ich auch nicht, denn ich werde gefühlte eine Millionen Male umarmt, meine Hand wird geschüttelt, mir wird auf die Schulter geklopft, und es wird mit mir angestoßen.

Dann, ganz am Ende der Gratulantenschlange, steht der Mann. Und neben ihm – die schöne Helena.

»DU warst das!«, rufe ich und falle ihm um den Hals, drücke ihn so fest, dass er ein bisschen ächzt und vergrabe meinen Kopf in seinem Hemd.

»Klar!«, erwidert er lachend. »Aber ich war es nicht alleine!« Ich trete einen Schritt zurück und schaue ihn verblüfft an.

»Und – wer sonst noch?« Der Mann grinst vielsagend, hebt den Arm und legt ihn um Helena, die jetzt neben ihm steht und ebenfalls breit lächelt.

»Helena hat mich tatkräftig unterstützt!«

Ich spüre, wie mir der Mund offenstehenbleibt. Wie jetzt, Helena? Aber – wieso bloß Helena? Okay, seit meinem kleinen, alkoholischen Ausraster auf dem Kongress und der voll geheulten Versace-Bluse hat sich unser Verhältnis mehr als nur gebessert. Aber das hier war weit mehr, als man von einer netten Kollegin erwarten konnte. Allein Planung und Vorbereitung müssen unfassbar aufwendig gewesen sein.

»Alles Gute, Josephine! Ich freu mich wahnsinnig für dich! Du wirst eine tolle Oberärztin!«, gratuliert jetzt auch Helena, und nachdem sie sachte ihr Glas gegen das meine gestoßen hat, nimmt sie mich in den Arm und drückt mich an ihre perfekten, von allen männlichen Kollegen heiß begehrten Brüste.

Ungläubig tätschele ich der Kollegin mit der freien Hand den Rücken, während die Gedanken in meinem Hirn rotieren wie Plasma in der Zentrifuge.

Der Mann und Helena? Party organisiert? Warum?

Vorsichtig löse ich mich aus der Umarmung und betrachte die beiden – Herrn Chaos und Frau Schöne – misstrauisch aus zusammengekniffenen Augen. Wie sie da stehen, ergeben sie ein wirklich reizendes Paar. Er groß und stattlich, sie groß und umwerfend schön. Und wie er ihr vorhin den Arm um die Schulter gelegt hat – war das nicht eine Spur zu vertraut? Woher um alles in der Welt kennen die zwei sich eigentlich?

»Jo? Geht es dir gut? Du siehst ein bisschen überfordert aus? Komm – wir haben extra einen Ehrentisch für dich aufgebaut!« Der Mann will gerade abdrehen und mich zu meinem Platz geleiten, aber diese Frage ist so dringend, dass sie keinen Aufschub verträgt.

»Woher kennt ihr euch überhaupt?« Es sollte beiläufig klingen. Unverbindlich. Und kommt stattdessen ziemlich verhörmäßig daher. Ich sehe, wie sich Helenas Augenbrauen um den Bruchteil eines Millimeters heben.

»Helena hat mich irgendwann angerufen«, plaudert der Gatte unbekümmert, während er mich am Arm hinter sich her zu unserem Tisch zieht. »Weil du doch so viel Ärger mit Napoli hattest. Und mit Freund Pe-Punkt – ah, guten Abend, Herr Müllermann, hatte Sie gar nicht gesehen!«, grüßt er jetzt freundlich den an der Bar stehenden Verwaltungsdirektor und eilt dann, heimlich mit den Augen rollend, schleunigst weiter zu unserem Tisch. »Mann, das hätte peinlich werden können!« lacht er und schiebt mir galant einen Stuhl zurecht.

»Hier – setz dich. Was magst du trinken? Ich hole dir etwas. Helena? Für dich auch noch ein Gläschen?«

Da ist sie wieder! Die Stimme! Und das Brennen in meiner

Magengegend, das in den vergangenen Wochen zu meinem stetigen Begleiter geworden ist, flammt augenblicklich erneut auf, breitet sich als lästiger Schmerz die große Magenkurvatur entlang bis hin zur Speiseröhre aus.

»Gerne. Eine Cola bitte!«

»Kommt sofort!«, ruft der Gatte jovial und macht sich auf den Weg zur Bar. Ich sehe, wie die großen Chaos-Kinder versuchen, die Musik in Gang zu setzen, während das Baby die uneingeschränkte Aufmerksamkeit sämtlicher Hebammen und Schwestern des Hauses in vollen Zügen genießt, die – spitze Entzückungsschreie ausstoßend – um ihn herumtanzen. Somit sitzen Helena und ich ungestört am großen Ehrentisch, und ich kann meine Frage nochmals wiederholen.

»Woher kennt ihr euch?« Ruhig blickt sie mich mit diesen sagenhaft klaren, wasserblauen Augen an. Und erst, als ich ein drittes Mal nachhaken will, öffnet sich ihr Mund.

»Was genau willst du von mir wissen, Josephine?«

Ja – was will ich wissen? Hast DU etwas mit meinem Mann? Ist das hier nichts anderes, als ein mieses, abgekartetes Spiel? Und ganz wichtig: Spielt Herr Chaos schon mit?

Über dem Klinikdach beginnt die Sonne in dramatischem Rot zu versinken, und in der langsam aufziehenden Dämmerung flackern nun hunderte Teelichter und verbreiten eine zauberhafte, beinahe unwirkliche Stimmung. Die Kinder haben es tatsächlich geschafft, die Stereoanlage in Gang zu setzen, und auf der kleinen Steinterrasse, direkt neben den Barkeepern, bewegen sich die ersten Gäste zum Rhythmus der Musik.

Ja, was genau willst du eigentlich wissen, Josephine? Und willst du überhaupt etwas wissen? Oder ist der derzeitige Ist-Zustand nicht viel angenehmer? Unproblematischer? Pfeif doch auf diese Stimme und den Arm des Mannes auf der Schulter der Ex-Feindin. Genieße diesen Abend, die Gewissheit der bestandenen Prüfung und lass dich feiern. Wer viel fragt, bekommt viele Antworten. Frag einfach nicht.

Gerade will ich zu einer Antwort ansetzen, als ich Ollie eiligen Schrittes auf uns zustürmen sehe. Als ich schon fürchte, sie könnte uns mitsamt Tisch über den Haufen rennen, stoppt sie abrupt vor Helena und ruft, sich vor Begeisterung fast überschlagend: »HELENA! Dich habe ich ja schon EWIG nicht mehr gesehen!« Dann drückt sie die recht entgeistert dreinschauende Blondine stürmisch an ihr ausladendes Dekolleté, bevor sie sich zu mir wendet und empört mault: »Du hättest mir ruhig mal sagen können, dass es sich um DIESE Helena handelt!«

Wer ist eigentlich Helena Schöne?

Wie jetzt? Was meint sie nur mit »dass es sich um diese Helena handelt«? Wie viele Helenas kennt Olivia denn außerdem? Ich bin verwirrt. In meinem Kopf drehen sich die Fragezeichen in atemberaubendem Tempo, während ich meine beste Freundin betrachte, die sich vor Freude über Frau Schöne kaum mehr einzukriegen scheint.

»Wie lange ist das her, Hel, seit wir uns zuletzt gesehen haben? Fünfzehn Jahre? Zwanzig? Du siehst unfassbar großartig aus, meine Liebe! Wirst du lange bleiben? Wie geht es deinen Eltern?«

Ihren Eltern? Kann mich jetzt bitte einmal jemand aufklären?

»Hallo? Ich unterbreche euch ja nur ungern in eurer Wiedersehensfreude …« – wirklich erfreut sieht Frau Schöne tatsächlich nicht aus – »… aber vielleicht mag mich mal jemand in diese sagenhafte Geschichte einweihen?«

Verdammt! Angelt sich diese Frau erst meinen Mann und kennt dann auch noch meine beste Freundin? Ich spüre, wie quasi sekündlich der altbekannte Brass auf die Ex-Feindin zurückkehrt.

»Mensch, Josephine – das hier ist Helena zu Schöne-Eschenberg! Weißt du nicht? Wir beide waren zusammen im

Internat! Die schöne Helena! Ich hätte schon viel früher drauf kommen müssen. Schließlich hatte sie diesen Spitznamen damals schon weg!«

Während die Informationen nur so aus der Freundin heraussprudeln, hockt Helena sichtlich angeschlagen auf ihrem Platz und lächelt gequält. Und ich – verstehe immer nur Bahnhof. Energisch setze ich mein Prosecco-Glas an die Lippen und trinke es in einem Zug leer. Das Baby wird heute Abend wohl mit den pürierten Gerichten des Büfetts vorlieb nehmen müssen.

»Okay!«, verkünde ich und stelle das leere Glas energisch auf dem Tisch ab. »Ihr zwei gehört also zur selben High Society und habt euch in pubertärer Vergangenheit ein Zimmer im Hanni-und-Nanni-Schloss geteilt. So weit richtig?« Ollie nickt froh über mein doch noch einsetzendes Verständnis.

»Und obwohl ich dir lang und ausführlich von Helena erzählt, sie sogar en Detail bis zu ihrer perfekten Frisur beschrieben habe, bist du kein einziges Mal auf die Idee gekommen, dass es sich bei diesem Prachtweib um deine verschollene Verbindungsschwester gehandelt haben könnte?«

»Aber – wir waren nie in einer Verbindung?« Irritiert blickt Olivia zu der immer noch schweigend dasitzenden Helena. »Oder, Hel? Waren wir je in einer Verbindung?«

Ich stöhne ein bisschen.

»Ollie – vergiss das mit der Verbindung – das war ein Witz. Also – du hattest keine Ahnung, von wem ich da spreche, richtig?«

»Hör mal, Josie – das Land ist groß. Und bei aller Begeisterung für die Schönheit dieser Frau – wie man an mir sieht, gibt es noch mehr gut aussehende, große Blondinen, oder?« Bei so viel unschuldiger Selbstverliebtheit muss ich dann doch laut lachen.

»Du bist eine Kanone, Ollie. Andere Frauen werden für solche Aussagen geteert und gefedert, weißt du das eigentlich?« Die große Frau lächelt mich liebevoll an.

»Natürlich! Aber ich bin ja zum Glück nicht nur schön, sondern auch noch sagenhaft nett. Und anbetungswürdig. Und ...«

»Ja, ist schon klar!«, unterbreche ich streng. »Aber vielleicht können wir zum roten Faden zurückkehren?«

»Klar können wir«, brummt sie gespielt beleidigt. »Ich wusste außerdem, dass Frau von Schöne-Eschenberg jahrelang im Klinikum Links der Mitte zu Gange war. Und dort auch einen Kerl hat.« Dann, mit fragendem Blick zu Helena gewandt: »Oder sollte ich lieber sagen *hatte*?«

Gespannt beobachte ich, wie die Kollegin langsam den Blick von einem Fleck auf der weißen Papiertischdecke hebt und erst lange mich, dann Ollie anschaut.

»Hatte«, bestätigt sie nickend.

HAH! Wusste ich es doch. Die ist hinter meinem Kerl her. Und wenn man vom Teufel spricht ...

»Ollie! Klasse, dass du es doch noch geschafft hast!«

»Herr Chaos! Setz dich und hör dir diese Geschichte an!« Die Freundin ist jetzt völlig aus dem Häuschen. »Ich KENNE eure Helena!«, brüllt sie, als hätte sie gerade den Heiland über das begrünte Flachdach laufen sehen.

Wie jetzt? UNSERE Helena? Wenn überhaupt ist das hier DEINE Helena, denn tatsächlich möchte ich jetzt lieber nichts mehr mit ihr zu tun haben. Und der Mann darf nicht. So ist das nämlich!

Mit vor der Brust verschränkten Armen hocke ich wie ein beleidigter Teenager am Tisch und warte auf Herrn Chaos Erwiderung. Und was sagt der wohl?

»Klar. Weiß ich doch!« Als wäre es die natürlichste Sache der Welt.

»BITTE?«, rufen Ollie und ich gleichzeitig. Helena wischt derweil so hoch konzentriert am Papiertischdeckenfleck herum, als ginge es um ihr Leben.

»Na – Helena hat es mir erzählt.« Irritiert glotzen wir nun vom Mann zu Helena und zurück zum Mann. Dann, als ich gerade auf den Tisch hauen will, erhebt sich die Kollegin von ihrem Platz, und meint: »Ich habe Juliane versprochen, kurz nach ihr zu schauen«, dreht sich herum und geht.

Ich bin baff. Olivia auch. Nur Herr Chaos nippt genüsslich an seinem Prosecco.

»Soll ich dir auch noch ein Glas holen?«, fragt er, als wäre das alles gerade nicht passiert und macht schon Anstalten, aufzustehen. Doch jetzt reicht es. Butter bei die Fische ist angesagt.

»Ich bin auch gleich wieder da!«, rufe ich noch und hetze quer über das Dach, an all meinen Gästen vorbei zur Tür. Energisch reiße ich sie auf – und pralle beinahe ungebremst auf Chefarzt Böhnlein.

»Nana, Frau Kollegin. Was ist denn heute nur los mit den frisch gebackenen Fachärztinnen?«, dröhnt er gut gelaunt. »Frau Dr. Schöne hätte mich beinahe auch schon über den Haufen gerannt!«

»Oh, tut mir leid Chef. Kommt nicht wieder vor!«, murmele ich undeutlich und versuche, mich schleunigst an ihm vorbei zu stehlen.

Leider erfolglos.

»Wenn ich Sie gerade alleine antreffe, liebe Kollegin – vielleicht haben Sie kurz Zeit, das weitere Vorgehen zu besprechen? Sie wissen schon: die freie Oberarztstelle …?«, und grinst dabei, wie der Weihnachtsmann am Heiligen Abend.

»Öhm – ja! JA! Sehr gerne … Eigentlich … bald … also – gleich!«, stottere ich auf der verzweifelten Suche nach einer

Möglichkeit, mich unverbindlich loszueisen. »Aber erst muss ich ganz dringend ... wohin! Sie verstehen?«

»Für kleine Medizinerinnen. Ist schon klar!«, lacht er, als wäre das der beste Witz überhaupt. »Dann gehen Sie mal schnell – ich bin bestimmt noch eine Weile hier oben. Sehr hübsch ist das alles geworden. Könnte man in der Tat für die ein oder andere Feier nutzen, dieses Plätzchen!« Und läuft gedankenverloren weiter aufs Dach.

Ich lege einen Zahn zu und stürme die Treppe hinunter Richtung Ausgang, sicher, dass Helena keineswegs vorhat, das Bambi im Kreißsaal zu besuchen.

Diese Frau flüchtet.

Vor mir.

Vor der Konfrontation.

Als ich die Tür zum Erdgeschoss aufstoße, sehe ich sie in langen Schritten den geschotterten Weg zum Parkplatz direkt auf den kleinen, schwarzweißen Mini Cooper zugehen. Entschlossen renne ich in meinen Klinik-Clogs hinterher, dass die Steine nur so spritzen.

»Helena?«, rufe ich atemlos. »Helena – warte!«

Tatsächlich bleibt sie jetzt stehen und dreht sich langsam zu mir herum.

»Helena!«, keuche ich angestrengt, als ich sie eingeholt habe, und stemme die linke Hand in die schmerzende Flanke.

Verdammt! Morgen, ganz sicher, werde ich endlich wieder mit dem Laufen anfangen. Das hier geht nämlich gar nicht.

»Helena – wir müssen reden!« Ihr Gesicht ist nun wieder diese undurchdringliche, schöne Maske, die ich vom ersten Tag unserer Begegnung kenne und welche keinerlei Interpretation ihres Gefühlslebens zulässt.

»Tut mir leid, Josephine, aber ich muss gehen. Wir sehen uns morgen.« Und macht tatsächlich Anstalten, weiterzulaufen. Wütend greife ich nach ihrem schlanken, leicht gebräunten Arm und halte ihn fest.

»Nein. Ich möchte JETZT wissen, was hier los ist!« Die schöne Fassade beginnt sachte zu bröckeln, und mit zusammengezogenen Brauen starrt die große Frau mich jetzt böse an.

»Was soll denn los sein, Josephine? Glaubst du allen Ernstes, ich hätte eine Affäre? Mit deinem Mann? Ist es das, worüber du reden willst, ja?« Die letzten Worte spuckt sie mir quasi vor die Füße, und ich lasse vorsorglich ihren Arm los, um mich mit einem Schritt zurück in Sicherheit zu bringen.

So. Jetzt ist es also endlich ausgesprochen. Ich fühle mich beinahe erleichtert.

»Und? Hast du?«

Auch jetzt, nach Sonnenuntergang, flimmert die Luft noch von der Hitze des Tages und der Schotter, auf dem wir stehen, scheint zusätzliche Wärme ins Universum zurückzusenden. Dennoch zittere ich am ganzen Körper, und auf meinen Armen haben sich die feinen Härchen aufgestellt, in angstvoller Erwartung ihrer Antwort.

»Nein!« Helena hat die Kontrolle über ihre Mimik offensichtlich wieder gefunden, und keiner ihrer sechsundzwanzig Gesichtsmuskeln verrät mir, ob dieses Nein auch wirklich glaubwürdig ist.

»Das glaub ich dir nicht!«, äze ich bockig zurück.

»Das kann ich dann wohl nicht ändern!«, antwortet sie kühl und dreht erneut ab Richtung Mini Cooper.

In meinem Inneren zieht ein Sturm herauf, vernichtender als jeder Hurrikan, der je auf Land getroffen ist. Hier geht es schließlich um nichts Geringeres als meinen Mann, mein Leben, die Liebe meines Lebens und alles, was an diese Illusion gebunden ist. Denn mehr als Illusion scheint es ja augenscheinlich nicht gewesen zu sein. Und darum will ich jetzt auch alles wissen.

Endgültig.

Lieber das Ende samt Schrecken, als Schrecken ohne Ende.

»Helena!« Ich bettele schon fast. »Bitte! Du musst mir die Wahrheit sagen. Ich muss es wissen!« Krampfhaft schlucke ich die ersten, aufsteigenden Tränen hinunter und blinzele wild mit den Augen, um nur ja nicht heulend vor ihr zusammenzubrechen. Vom Dach herunter schallt leise Musik und das Gelächter der Gäste. Im Gras zirpt eine Grille ihr Sommerlied und die ersten Sterne erleuchten den Nachthimmel.

Ich warte, zitternd und schweigend, während Helena zur Salzsäule erstarrt zu sein scheint. Es ist wie beim Zahnarzt. Du wartest auf den Schmerz und bist gleichzeitig froh, dass er noch nicht eingesetzt hat. Doch das Wissen um ihn macht es kein bisschen besser.

Nicht leichter.

Nicht weniger schmerzhaft.

Dann, endlich, nach einer gefühlten Ewigkeit des Schweigens: »Du willst die Wahrheit wissen, Josephine?« Ich nicke, unfähig, auch nur ein einziges Wort herauszubringen.

»Ich habe mich verliebt.«

Ich WUSSTE es! Und nicke erneut. Die erste Träne läuft meine Wange hinunter, fällt auf den aufgeheizten Schotter und verdunstet garantiert augenblicklich.

»In DICH!«

BITTE?

Ich reiße den Kopf hoch, muss ihn fast in den Nacken legen, um der großen Frau in die Augen schauen zu können, und sage nochmals laut: »BITTE?«

Helena fährt sich in einer hilflosen Geste mit der Hand durch ihr makellos sitzendes, goldblondes Haar, welches einer wundersamen Fügung folgend, augenblicklich wieder in perfekten Sitz zurückfällt. Ich puste eine Strähne meines eigenen, absolut katastrophal sitzenden Strubbelhaares aus den Augen, und starre sie fassungslos an.

»Bitte?«, frage ich erneut, als könnte sie meine Frage nicht gehört haben. Jetzt endlich schaut sie mir direkt in die Augen, und als hätte sich ein Vorhang geöffnet, sehe ich es. Ohne, dass sie noch ein einziges Wort der Bestätigung dazu sagen muss. Es ist wahr. Helena zu Schöne-Eschenberg hat sich verliebt.

In mich. Josephine Chaos.

In meiner Kitteltasche klingelt das Telefon. Auf dem Display: das Bambi!

Die Rettung der Hoffnungslosen und Verzweifelten

Noch bevor ich den Hörer zum Ohr führen kann, höre ich es schon rufen. Laut. Verzweifelt.

»Bambi – was ist?«

»Josephine, Josephine, du musst kommen. Das CTG. Wir müssen ziehen. Die Glocke steht schon hier. Das CTG ist schlecht. Echt schlecht. RICHTIG schlecht! Ich erreiche niemanden. Keiner geht an sein Telefon. Außer dir. Niemand. Komm bitte! KOMM SCHNELL!« Und noch bevor ich etwas erwidern kann, hat die völlig dekompensierte Kollegin aufgehängt. Ich seufze schwer. Sagenhaftes Timing. Aber es nützt alles nichts – der kleinen Frau muss geholfen werden.

»Das war das Rehlein!« Wie zur Bestätigung halte ich Helena das Handy entgegen. Sie nickt.

»Ja. Das war nicht zu überhören.«

»Ich muss sehen, ob ich ihr irgendwie helfen kann. Schließlich hat sie extra meinen Dienst übernommen.« Vor lauter Verlegenheit weiß ich gar nicht, wo ich hinschauen, geschweige denn, was ich sagen soll. Doch Helena hat die Situation wie immer völlig im Griff, macht energisch auf dem Absatz kehrt und läuft schnurstracks zurück zum Klinikeingang.

»Los, komm schon. Wir gehen zusammen!«, ruft sie mir über die Schulter hinweg zu, und folgsam zockele ich hinter ihr her durch die warme Sommernacht. Keine drei Minuten später stehen wir an der Tür des meerblauen Kreißsaales Nummer eins, aus dem angestrengtes Stöhnen und O-Helgas befehlendes Bellen zu hören ist.

Vorsichtig klopfe ich an, während Helena etwas abseits im dämmrigen Flur steht. Da von drinnen keine Antwort kommt, drücke ich sachte die Klinke herunter und stecke meinen Kopf durch die spaltbreit geöffnete Tür in das stickige Innere des Raumes.

Der größte Teil des weitläufigen Zimmers liegt in völliger Dunkelheit, nur das Kreißbett, auf dem eine zierliche Frau liegt, die Beine in die seitlichen Halter gestemmt, erstrahlt im gleißenden Licht der OP-Lampe. Ein Blick auf den küchentischgroßen Überwachungsmonitor im Aquarium hat uns beim Eintritt in den Kreißsaalbereich bereits gezeigt, dass dieses Kind da jetzt schleunigst herauskommen sollte.

O-Helga, die mit dem Gesicht zur Tür auf der rechten Seite der Patientin steht, hebt den Kopf, sieht mich an und schüttelt sachte das weise Hebammenhaupt. *Nicht reinkommen!*, soll das heißen. Und ich kann mir denken, warum. Denn am Fußende des Bettes, zitternd wie Espenlaub, aber offensichtlich fest entschlossen, steht das Bambi, die Saugglocke in der Hand.

»Los Bambi. Jetzt. Einführen. Ansetzen. Austasten. Anmachen!« O-Helgas Ansagen sind präzise, beruhigend und völlig unaufgeregt. Und atemlos sehe ich zu, wie Dr. Juliane Rehlein, größter Angsthase der westlichen Welt, ihnen Folge leistet. Vorschriftsmäßig befestigt sie die Glocke am Köpfchen des ungeborenen Kindes, betätigt den Schalter zum Aufbau des Vakuums und wartet ab. Dann, als der Zeiger sich in den vorgeschriebenen grünen Bereich bewegt hat und die nächste Wehe den Körper der jungen Mutter in aufschwellendem Stöhnen durchläuft, zieht das Rehlein.

»Ja, Juliane, so ist es gut. Spürst du, wie es kommt? Ein bisschen nach unten. Ja. Sehr gut. Noch ein bisschen. Noch ein Stück. Und halten!« Die Wehe ist vorüber, der haarige, kleine Babyschädel unter der silberfarbenen Glocke nun deutlich im Scheidenausgang sichtbar. Ganz entgegen ihrer sonstigen, wortkargen Art, redet die alte Hebamme ihre junge Ärztin durch diese Geburt hindurch. Und das Bambi folgt ihrer Stimme im blinden Vertrauen auf jahrzehntelange Erfahrung.

Als die nächste Wehe heranrollt, steht auch Helena neben mir, und gemeinsam beobachten wir, wie in einem einzigen, weiteren Zug der Kopf über den Damm der Mutter steigt, Zentimeter um Zentimeter, bis erst die Stirn des kleinen Menschen, dann Augen, Nase, Mund und schließlich noch ein energisches Kinn geboren sind. Mit einem neuerlichen Druck auf den Schalter der Pumpe wird das Vakuum aufgelöst und die Glocke vom Köpfchen des Kindes genommen. Der Rest des Körpers folgt dann mit sattem Schmatzen umgehend nach, und noch bevor das ganze Kind in den Armen der Hebamme gelandet ist, fängt es auch schon lautstark an zu schreien.

Zum zweiten Mal an diesem Tag zwinkert O-Helga mir verschwörerisch zu, und ich blinzele vergnügt zurück, bevor ich leise die Tür hinter mir und Helena zuziehe. Schweigend verlassen wir den Kreißsaal durch die Doppelschnappschlosstür und laufen zum Treppenhaus hinüber, schweigend trotten wir dem Dach entgegen, bis ich es – im zehnten Stock angekommen – nicht mehr aushalte.

»Du warst das alles – die Geschenke, die Blumen, die Prüfungsmitschriften, richtig?«

Helena schaut mich an und nickt.

Und mir geht plötzlich ein ganzer Kronleuchter auf.

»Mit *dir* hat Herr Chaos telefoniert – bevor wir zum Kongress gefahren sind!«

Sie nickt erneut.

»Weiß er …? Also, ich meine … dass du … mich … du weißt schon!« Die Farbe meines Gesichts hat jetzt ganz sicher die Farbe einer Ketchupflasche angenommen, denn mein Kopf glüht. Mensch, Josephine, das ist ja wie im Kindergarten. Kannst du dich nicht einmal wie eine erwachsene Person benehmen? Helena scheint da deutlich weniger zimperlich zu sein.

»Ob ich ihm gesagt habe, dass ich in dich verliebt bin? Klar. Schließlich hätte er es bestimmt befremdlich gefunden, wenn ausgerechnet die Lieblingsfeindin seiner Frau eine Überraschungsparty hätte arrangieren wollen!« Laut und gelöst lacht sie jetzt auf, so, wie ich es zuvor noch nie bei ihr erlebt habe. Fast ist es, als wäre seit ihrer Beichte vor nicht ganz einer halben Stunde eine Last von ihr genommen worden.

»Da hast du wohl recht!«, gebe ich reumütig zu. »Und was hat er gesagt?«

»Dass er mich verstehen kann. Schließlich hätte ER sich ja auch in dich verliebt!«

Ich muss ein bisschen schmunzeln. Ja, das ist ganz typisch Herr Chaos.

Ein großartiger Mann.

Der Beste!

»Verrätst du mir jetzt auch, warum du deine frühere Klinik verlassen hast? Links der Mitte ist ja beinahe wie Harvard. Oder Yale.« Ausschließlich die Besten der Besten arbeiten in dieser Chefarztschmiede. In einer der schönsten Städte weit und breit. Wer dort eine Stelle hat und freiwillig geht, kann eigentlich nicht ganz gesund sein.

Helena seufzt ein bisschen, hockt sich auf den nächsten Treppenabsatz und umschlingt die angezogenen Knie mit ihren langen, schlanken Armen. Erwartungsvoll setze ich mich neben sie.

»Ich hatte mich verliebt!«

»Ach was«, antworte ich lakonisch. »Passiert dir das öfter?«
Helena lacht und knufft mir spielerisch den Ellenbogen in die Seite, doch dieses Lachen klingt kein bisschen glücklich.

»Du bist ganz schön doof! Nein, das passiert mir nicht öfter. Ich hatte eine ziemlich lange Beziehung ...«

»Mit einem Kerl!«, werfe ich hilfsbereit ein.

»Ja, mit einem Kerl. Casper!«

»Casper von und zu Hochwohlgeboren, nehme ich an?«

Wahnsinn – diese Frau sollte eigentlich ein Klatschmagazin herausbringen.

»Ja. Auch Casper kommt aus adligen Kreisen. Wir kennen uns schon ewig und eigentlich war es beschlossene Sache, dass wir heiraten. Bis ...«

»... du herausgefunden hast, dass dein Herz eher für Frauen schlägt!«, vervollständige ich ihren Satz.

»Ja.« Helena hat das Kinn auf die Knie gelegt und stiert traurig in das funzelige Licht des Nottreppenhauses. »Sie war Kollegin im Haus links der Mitte. Innere. Irgendwie hatten wir ziemlich oft Dienst miteinander – und dann ist es eben passiert.«

»WAS ist passierte?«, frage ich atemlos.

»Ich habe mich verliebt. Und nicht nur das – ich musste mir eingestehen, dass es auch wirklich Liebe war und nicht nur ein bisschen Schwärmerei für eine gute Freundin.«

»Und DANN?«

»Habe ich ihr das gesagt.«

»Und DANN?«

Herrjeh, muss ich ihr jetzt wirklich jedes verdammte Detail aus der Nase ziehen?

Helena knetet den zarten Stoff ihres Kleides zwischen den langen, schlanken Fingern, als wäre es ein Stück Papiertaschentuch.

»War es aus und vorbei.« Ihre Stimme bricht beinahe, als sie das sagt, und ich kann sie schlucken hören. Atemlos sitze ich neben ihr auf dem Treppenabsatz und wage es nicht einmal, zu atmen.

»Ab diesem Zeitpunkt gab es keine gemeinsamen Dienste mehr. Keine Freundschaft. Nichts. Sie hat mich einfach so aus ihrem Leben eliminiert.«

»NEIN!«

»Doch.« Entschlossen streicht Helena ihr Kleid glatt und schaut mich aus großen, wasserblauen Auge an. »So war das. Und weil ich es keinesfalls ertragen hätte, sie jeden Tag zu sehen ohne weiterhin Kontakt mit ihr haben zu können, habe ich die nächste, freie Stelle angenommen und bin gegangen.«

»Und Casper?«

»Den hatte ich selbstverständlich eingeweiht. Was soll er auch mit einer zum Lesbentum konvertierten Frau?« Und es klingt wie eine Feststellung, nicht wie eine Frage. »Dann komme ich also hierher und bäng – verliebe mich! Schon wieder!«

»Und ausgerechnet in mich«, murmele ich verlegen und spüre, wie es mich wohlig durchläuft. Denn ganz ehrlich – wer wäre nicht ordentlich gebauchpinselt, wenn sich eine schöne Frau in einen selbst verliebt? Noch dazu, wenn dieses selbst sich gerade fühlt, wie Kirstie Alley nach Abbruch der letzten Diätmaßnahme?

»Ja. In dich. Die mich auf den Tod nicht ausstehen kann«, ergänzt sie lachend.

»Hey!«, protestiere ich lautstark. »Das stimmt so nicht ganz. Ich KANN dich ausstehen. Du bist nur einfach ZU SCHÖN für diese Welt! Und da ich derzeit meine innere Mitte ein wenig aus den Augen verloren habe, war das nicht gut für *mein* Ego. Verstehst du?«

Doch kaum zurück in meiner Wohlfühlzone, fällt mir mit

einem Mal der fast verdrängt geglaubte, schwärzeste Tag des laufenden Jahres ein. So abrupt, dass mir bei dem bloßen Gedanken daran beinahe die Luft wegbleibt.

»Duuu«, schnaufe ich und gestikuliere unkontrolliert mit meinem Finger vor Helenas zart geschnittener Nase herum. »DU hast mich versetzt! Im Don Camillo!« DAS muss sie mir jetzt aber erklären. Ich bin sehr gespannt, wie sie aus dieser Nummer herauskommen will.

Und Volltreffer! Bedrückt schaut die schöne Blondine auf den fleckigen Boden vor ihren Füßen und schweigt. HAH! Helena in Erklärungsnöten. Die Arme vor der Brust verschränkt, blicke ich sie ungnädig an, während ich ungeduldig mit dem Fuß wippe. Na – wird es bald?

»Ich musste Wilmas Dienst an diesem Tag übernehmen, kannst du dich erinnern?«

Wie jetzt?

»Der Freitag, an dem wir die Verabredung hatten, wurde Wilma plötzlich krank. Und außer mir konnte keiner für sie einspringen.«

»Ich erinnere mich dunkel«, brumme ich. Wilma hatte einmal wieder ihren Aus-akuter-Unlust-krank-geworden-Tag genommen, der ausschließlich und immer auf einen ihrer Wochenenddienste fällt. Und da ich ausgerechnet an diesem Tag auf gar keinen Fall einspringen wollte, Malucci im Urlaub und das Bambi im Dienstfrei waren, und die anderen Kollegen entweder am Tag zuvor oder danach ebenfalls Dienst tun mussten, hatte Helena übernommen. Und nun fällt mir auch schlagartig wieder ein, dass sie dabei kein bisschen glücklich ausgesehen hatte. Aber wer überschlägt sich auch schon vor Freude, wenn er einen ungeplanten Wochenenddienst auffangen muss?

»Du hättest wenigstens irgendwie absagen können«, maule ich, nun schon deutlich weniger angefressen.

»Hätte ich sehr gerne, wenn ich nicht zweimal hintereinander zur Sectio in den OP gemusst hätte. Das Telefongespräch mit Camillo habe ich aus dem Umkleideraum geführt und die SMS quasi im Waschraum geschrieben!«, verteidigt sie sich jetzt. Ich glaube ihr. »Und was wolltest du?«

»Naja – mit dir reden eben. Über uns. Und so …«

»Aha. Und so. Und ich dachte, mein Mann wollte mich schön zum Essen ausführen. Du hast mich in ein ganz schönes Gefühlschaos gestürzt, weißt du das eigentlich?«

Doch noch bevor Helena erneut den Mund öffnen kann, klingelt schon wieder das verdammte Telefon. Auf dem Display – ich glaube es ja nicht …

»Hallo?«, brülle ich genervt ins Telefon. »Ich bin gar nicht im Dienst! Das BAMBI …«

»Bleib mir mit dem Bambi vom Leib! Ich BLUTE! Du musst SOFORT kommen!«, plärrt es aus dem Hörer zurück. Dann hat sie aufgelegt.

»Nancy?«, Helena schaut mich fragend an. Ich nicke düster.

»Sorry, aber ich fürchte, ich muss noch einmal los!«

»Ich komme mit!« Energisch steht sie von der Treppenstufe auf und streicht das Kleid über ihrer Hüfte glatt.

»Weißt du – ich bin mir nicht sicher, ob Blut das Richtige für diesen Traumstoff ist?«, gebe ich zu bedenken und deute mit dem Finger auf die geschmeidig fallende, blütenweiße Seide im geschätzten Gegenwert meines Familienautos.

»Keine Sorge – ich habe nicht vor, mich schmutzig zu machen!«, grinst sie spitzbübisch, und läuft an mir vorbei, die Treppe hinunter. Auf Höhe der gynäkologischen Station will Helena schon das Treppenhaus verlassen, doch ich stürme weiter, dem ersten Stock entgegen.

»Wo willst du denn hin? Hier müssen wir raus?«, ruft sie verwirrt, folgt mir dann aber bereitwillig auf ihren zierlichen, weißen Sommerpumps.

»In die Ambulanz. Das Ultraschallgerät!« Ich keuche wie eine Dampflock und fluche dabei leise vor mich hin.

»Das ist nicht fair! Schließlich bin ich gar nicht mehr im Dienst. Aber nein, wenn Frau von Fancy ruft, dann muss Josephine springen! Und meine Party? Was ist mit meiner Party?«

»It's my party and I cry if I want to …!«, singt Helena hinter mir vergnügt, und ich muss lachen.

Wir zwei müssen ein wirklich lustiges Bild abgeben: eine kleine, schwitzende und schnaufende Ärztin im blauen Zweiteiler und wehendem Kittel, dicht gefolgt von einer grazilen Blondine auf klackernden High Heels, in edlen, weißen Stoff gehüllt.

»Was zum Teufel ist hier denn los?«

In der Tür zur Ambulanzküche taucht jetzt Schwester Notfall auf, den obligatorischen Kaffeepott wie immer fest in der linken Hand, die Rechte fragend in die Seite gestemmt. »Hast du nicht irgendeine Party auf dem Dach laufen, Josephine? Schon vorbei? Ich wollte doch auch gleich noch kommen!«, mault sie böse, während wir im Stechschritt an ihr vorüberziehen.

»Nein! Die Party läuft noch. Ich muss nur schnell nach Nancy schauen – die blutet nämlich …!«

Was habe ich meinen Kindern immer gepredigt? Beim Rennen niemals nach hinten schauen! Das kann nur schief gehen. Und so pralle ich also, während ich Notfall über die Schulter hinweg noch wild gestikulieren sehe, ungebremst in ein mitten auf dem Flur stehendes Hindernis. Das hat da aber gerade ganz sicher noch nicht gestanden! Benommen reibe ich mir die schmerzhafte Stelle am Kopf und registriere erst dann, in was ich da hineingerannt bin. Oder besser gesagt: in wen!

»WO IST SIE?«, brüllt er mich an, und in seinen Augen kann ich die blanke Panik sehen.

Dr. Überzwerg! Herzlichen Glückwunsch!

Der Anblick unserer kleinen Truppe auf dem Weg von der Ambulanz zum Aufzug und dann hinauf auf die gynäkologische Station ist beinahe noch unterhaltsamer, als Frau Schöne und ich im Schweinsgalopp, denn jetzt ist da noch Überzwerg-Gargamel, wie er der das mächtige Ultraschallgerät in halsbrecherischem Tempo an der Ambulanztheke vorbei in den Aufzug fährt und gerade noch rechtzeitig abbremsen kann, bevor er, die Wand durchbrechend, im Nachbaraufzug landet.

»Kommen Sie, los, schneller!«, brüllt er uns entgegen und rudert wild mit den Armen. Auf der Station angekommen, ist er dann auch schon ausgestiegen, bevor die Türen sich vollständig öffnen konnten und schlingert jetzt Nancys Patientenzimmer entgegen, während Helena und ich nur mühsam folgen können. Als er nach kurzem Klopfen den Raum betritt, höre ich Frau Fancy von drinnen heraus schon fauchen.

»Das wird aber auch Zeit, Josephine … DU? Was soll das? Verschwinde, ich habe dich nicht gerufen!«

Beinahe wäre ich erneut gegen den chirurgischen Oberarzt geprallt, der nämlich – laut atmend und ziemlich verschwitzt – den Durchgang zu Nancys Erste-Klasse-Suite mit dem Ultraschallgerät blockiert. Mit eingezogenem Bauch quetsche ich mich an dem Monstrum vorbei ins Zimmer, wo unser rotlockiger Engel zeternd in ihrem Bett liegt.

»Okay!« Beschwichtigend hebe ich beide Arme, wie amerikanische Politiker es vor wichtigen Reden in den Kriminalserien immer tun, die ich so gerne mag. »Jetzt beruhigen wir uns erst einmal alle, okay?«

»Verdammt, Josephine, hör auf, hier herumzuwedeln und schmeiß ihn gefälligst raus, hörst du?«

Das beschwichtigende Armheben wird augenblicklich wieder aus meinem Repertoir gestrichen – funktioniert nicht.

»Nancy«, versuche ich es jetzt mit beruhigendem Zureden, denn das kann ich wenigstens. »Nancy, lass uns doch erst einmal schauen, wie es mit der Blutung aussieht und dann kannst du dich immer noch aufregen, und ihn rausschmeißen oder was …«

»ICH. WILL. DAS. ER. GEHT!«

Beruhigendes Zureden – auch gestrichen!

»ICH. WILL. JETZT. NACH. DER. BLUTUNG. SEHEN!«

Verdammt noch eins, sind wir denn hier auf dem Jahrmarkt, oder was?

»Hosen runter! Ihr könnt euch gerne so viel hauen, wie ihr wollt, sobald ich zurück bei meiner Party bin, aber JETZT will ich sehen, was es mit der Blutung auf sich hat und wie es dem Kind da drin geht. Alles klar? Können wir uns jetzt einmal alle wie erwachsene Menschen benehmen? Ja? Können wir?«

Helena nickt mir von der Tür her bestätigend zu, und tatsächlich signalisiert zuerst Überzwerg und schließlich sogar Nancy Zustimmung.

»Gut. Geht doch!«, murmele ich genervt. »Lass sehen!«, wende ich mich dann an Nancy und registriere erst jetzt, dass deren ohnehin alabasterfarbener Hautton um eine weitere Schattierung heller geworden ist, seit ich sie zum letzten Mal besucht habe. Ich hoffe inständig, dass das lediglich ihrem aktuellen Seelenzustand geschuldet ist und nichts mit der Stärke der Blutung zu tun hat.

»Hast du Schmerzen?«

Kopfschütteln. Als ich einen Blick unter die vorsichtig gelupfte Decke hebe, ziehe ich unwillkürlich Luft durch die Nase.

»Au-ha!«, entfährt es mir, als ich die beachtliche Menge Blut sehe. Nancys Augen weiten sich erschrocken und mit einem Mal steht Überzwerg neben ihr und greift nach der Hand, die sich angstvoll in die gemusterte Klinikbettwäsche gekrallt hat. Und ohne den Blick von mir zu wenden, lässt Nancy ihn tatsächlich gewähren.

»Au-ha!«, wiederhole ich erneut und versuche dabei, so zuversichtlich wie nur möglich auszusehen. »Nancy, das ist leider ganz schön viel Blut. Also mach dich bitte darauf gefasst …«

»Schon gut.« Ihre tiefe, kehlige Stimme klingt auch jetzt wie an jedem anderen Tag, kühl und völlig unbeteiligt, aber ganz in der Peripherie der hohen Töne hört man sie brechen wie dünnes Eis im Frühjahr, und ich sehe, wie sie Überzwergs Hand umklammert. Helena hat derweil ruhig und völlig lautlos das Ultraschallgerät an die Stromversorgung angeschlossen und hochgefahren, und während sie noch Nancys Name und Eckdaten eingibt, drücke ich schon einmal Ultraschallgel auf den Bauch der Kollegin.

»Bist du bereit?«, frage ich leise, bevor ich den Schallkopf in die glibbrige Masse halte. Frau Fancy ist so blass, dass sie in den weißen Kissen beinahe unsichtbar wirkt, und ich muss zugeben, dass sie mir noch nie menschlicher vorkam als in diesem Moment. Dunkle Schatten haben sich unter den schönen, grünen Augen breit gemacht, und ihre zahlreichen Sommersprossen sehen im unwirklichen Licht des Monitors aus wie mit dem Locher gestanzt. Sie nickt beinahe unmerklich und auch Überzwerg, der ihre zarte Hand mit den langen, feingliedrigen Fingern mit beiden Fäusten umschlossen hält, gibt zu verstehen, dass er bereit ist.

Vorsichtig bringe ich die Abdominalsonde in Position und kontrolliere die Lage anhand des Monitorbildes. Ich sehe das Köpfchen des Fetus. Keine Bewegung. Vorsichtig fahre ich

Nancys Bauch entlang in Richtung Nabel, während sich auf dem Bildschirm erst alle Lagen des Schädels, dann die Halswirbelsäule und schließlich der zarte Brustkorb des Babys darstellt.

Gott. Sei. Dank.

»DA!«, jubele ich erleichtert und deute mit dem Finger auf den pulsierenden Fleck, der in genau der richtigen Geschwindigkeit auf- und ab blinkt. »Herzaktion! Alles gut!«

Ich scanne das Baby bis zu den Füßen weiter durch, begutachte das Fruchtwasser und gemeinsam mit Helena auch den Mutterkuchen. Nachdem wir noch einen vorsichtigen Schall des Gebärmutterhalses gemacht haben, können wir eine erste, vorsichtige Entwarnung geben.

»Im Moment ist alles stabil. Die Placenta sitzt immer noch tief, aber nicht mehr so sehr, wie noch vor drei Wochen. Die Blutung steht jetzt, dem Baby geht es nach wie vor gut, es ist seit der letzten Messung auch ordentlich gewachsen. Somit für den Moment Entwarnung auf allen Kanälen!« Stolz, als wäre ich persönlich für all das verantwortlich, strahle ich die werdenden Eltern an, die ihr Glück augenscheinlich noch gar nicht fassen können.

»Bist du sicher?« Nancys Unterlippe zittert verdächtig, doch trotzig hält sie die Tränen zurück.

»Ganz sicher. Hier – Foto!«, und drücke ihr das Bild eines perfekten, kleinen Fußabdruckes in die Hand. Dann öffnen sich die Schleusen doch noch und all die Anspannung, Angst und Sorgen der letzten Wochen scheinen endlich aus ihr herauszufließen. Sie schluchzt so sehr, dass es den schlanken Körper schüttelt, während Überzwerg wie festgenagelt danebensteht und unbeholfen ihre Hand tätschelt. Erst als Helena ihm unmissverständliche Zeichen gibt, beugt er sich endlich zu Nancy hinunter und nimmt sie in den Arm. Und sie klammert sich an ihn, als gelte es, vor dem Ertrinken gerettet zu werden.

Noch während sie da sitzen und gemeinsam weinen, verlassen Helena und ich – so leise das mit dem Ultraschallmonstrum nur möglich ist – den Raum, und schließen leise die Tür hinter uns.

Zwanzig Minuten später sind wir dann endlich zurück auf dem Dach, wo die Party noch immer in vollem Gange ist, und der Mann mit Ollie und dem Chefarzt gemütlich plaudernd an meinem Ehrentisch sitzt.

»Aah – endlich, liebe Frau Chaos!«, ruft Dr. Böhnlein erfreut aus und schiebt erst mir, dann Helena galant einen Stuhl zurecht. »Wir haben Sie schon heftig vermisst! Mussten Sie noch schnell die Welt retten?« Und lacht, als hätte er den besten Witz aller Zeiten gemacht.

Helena und ich schauen uns grinsend an.

»Naja – so ähnlich«, gebe ich geheimnisvoll zurück. »Wir mussten, ähm, ein paar Dinge klären.«

»Ja«, fällt Helena ergänzend ein. »Und ein Waldtier retten!«

»Eigentlich hat es sich ja ganz alleine gerettet!«

»Stimmt auch wieder. Und dann war da noch eine Familienzusammenführung!«

»Ja«, rufe ich froh. »Und hier sind wir jetzt endlich. Gibt es noch etwas zu trinken?«

»Und ob, Bella!«, ruft Luigi, der wie auf Bestellung mit einem Tablett voller Prosecco-Gläser auftaucht, welches er geschickt auf dem runden Tisch abstellt. »Dein Wunsche ist mir Befehle!«, säuselt er im schönsten Italo-Deutsch und reicht mir galant das erste Glas herüber. Dann, als alle versorgt sind, erhebt Chefarzt Böhnlein feierlich seinen Sektkelch. Gespannt blicken wir ihn an.

»Liebe Frau Dr. Chaos, liebe Frau Dr. Schöne. Es ist mir eine

Ehre und Freude, Ihnen beiden heute Abend zu Ihrer wunderbar bestandenen Prüfung zu gratulieren und Sie somit im Kreise der Fachärzte für Gynäkologie und Geburtshilfe auf das Herzlichste willkommen zu heißen!«

Bei dem Wort »Facharzt« wird mir vor lauter Glück heiß und kalt. So ist das also, wenn man am Ziel seiner Träume angekommen ist. Das Tor zur Medizinerwelt steht sperrangelweit offen, und ich kann jetzt tatsächlich werden, was immer mir beliebt: Oberärztin zum Beispiel. Oder Praxisärztin. Schiffsärztin. Oder gar keine Ärztin. Nach all den Jahren des Studiums, von der praktisch völlig unbedarften Jungärztin zur routinierten Altassistentin, nach unzähligen Nacht-, Wochenend- und Feiertagsdiensten wird es nun endlich den Lohn für Schweiß, Angst und Schlafentzug geben.

Statt Schelte und Maloche also Respekt und ordentliche Entlohnung.

Unwillkürlich muss ich an meinen allerersten Dienst zurückdenken, damals, vor gefühlt tausend Jahren, als meine medizinische Erfahrung aus nicht mehr als fünfundzwanzig armdicken Büchern theoretischen Wissens bestand und mein Fluchtinstinkt so übermächtig war, dass ich vor lauter Angst beinahe fahnenflüchtig geworden und nach Hause gelaufen wäre. Kein Auge habe ich in den ersten zwanzig, dreißig Nächten meiner Bereitschaft zugetan, und mit jedem Läuten des Diensttelefons mehr Adrenalin ausgeschüttet, als gut für meinen Blutdruck war. Dasselbe Läuten löst jetzt, Jahre später, noch dieselbe Blutdruckkrise aus, jedoch nicht mehr aus Angst, sondern eher vor Wut über den verpassten Schlaf.

Gedankenverloren sehe ich, wie Chef Böhleins Lippen sich bewegen, blicke zu Herrn Chaos, der mir verschmitzt zublinzelt und zärtlich mein Knie unter dem Tisch drückt, weiter zu

Ollie, die lautlos das Wort »Praxis« formt, dann über Luigi und Malucci zu Helena, die mich interessiert betrachtet.

»Frau Chaos?«

Irritiert wende ich mich dem Chefarzt zu. Verdammt – was hat er gesagt? Irgendwie war ich gerade ganz schön weggetreten.

»Was sagen Sie, liebe Frau Chaos? Machen Sie mir die Freude und nehmen die Stelle als Oberärztin zum nächsten Ersten des Monats an?« Seine warmen, braunen Augen blinzeln freundlich, während er auf eine Antwort wartet.

In meinem Kopf dreht es sich ein bisschen. Was für ein Tag! Freunde gewonnen, Familien zusammengeführt, einem Bambi beim Erwachsen werden zugesehen – und nun: die Stelle meines Lebens angeboten bekommen. Wie toll kann das sein? Oberärztin Josephine Chaos! Wow! Auf Augenhöhe mit Dr. Napoli? Vorgesetzte für Wilma und Fred. Und Jeannie? Mein Blick gleitet zurück zum Ehemann, dessen Blick nichts anderes sagt, als: »Tu, was du willst. Ich bin dabei!« Gott, ist das schön, dass er immer noch nur mir allein gehört und keine heimliche Beziehung mit niemandem hat.

Alle schauen mich jetzt erwartungsvoll an, und es ist klar, dass ich etwas sagen muss. Andächtig hebe ich also mein Glas.

»Lieber Chef, liebe Freunde, allerbester Ehemann. Vielen Dank für diesen wunder-wunderbaren Abend, für eure Mühe und ganz besonders Ihnen, Dr. Böhnlein, für die Oberarztstelle und so!«

Der Chef nickt wohlwollend und strahlt.

»Ich hatte ja schon Zeit, mich zumindest gedanklich damit auseinanderzusetzen, und deshalb kann ich Ihnen auch ohne weiteres Nachdenken mitteilen – dass ich dieses sagenhafte Angebot leider ausschlagen muss!«

Während Malucci die Kinnlade auf das Brustbein klappt,

zieht der Rest der Truppe, mit Ausnahme des Gatten, scharf Luft durch die Nase.

»Aber Frau Chaos …?« Sichtlich fassungslos nimmt Chefarzt Böhnlein die Brille von der Nase und blinzelt mich kurzsichtig an. »Aber – warum denn nicht?«

Ja – warum eigentlich nicht?

»Ich denke, es ist Zeit für einen Wechsel. Vielleicht werde ich ja erst einmal Schiffsärztin …!«

»Schiffsärztin?«, brüllt Luigi und tippt sich mit dem Finger an die Stirn. »Du bist ja bescheuert, Josephine!« Am Tisch wird jetzt gelacht. So laut, dass sich die Köpfe der anderen Gäste interessiert in unsere Richtung drehen.

Da sitzen sie also alle – »meine« Schwestern und Hebammen, Pfleger und Kollegen. Sie alle werden mir unglaublich fehlen. Jeder auf seine ganz spezielle Art und Weise. Und ich bin mir sicher, über kurz oder lang werden sich die Erinnerungen an all die Erlebnisse in ungezählten Diensten zu einer weichen, rosaroten Wolke Wohlgefallens kumuliert haben. Und spätestens, wenn auch die letzte schlimme Nacht, die letzte, unschöne Geburt, blutende Frau oder feststeckende Schulter aus meinem Gedächtnis getilgt ist, werden mir sogar diese vermaledeiten Nachtdienste fehlen. So viel ist mal sicher. Denn für immer in die Erinnerung gebrannt bleiben ausschließlich die schönen Dinge. Und das ist auch gut so!

Glücklich lachend proste ich über die Köpfe hinweg in diese unglaublich warme, sternenklare Sommernacht hinaus.

»Auf euch!«

Auf uns!

Auf die Medizin!

Glossar

Bergebeutel: Wird bei Bauchspiegelungen benutzt, um Zysten oder anderes Gewebe aus dem Bauch entfernen zu können

blande: reizlos, unauffällig

damn american: *englisch* verdammt amerikanisch

damn good: *englisch* verdammt gut

Carotis (eigentlich: Arteria carotis): große Halsschlagader

Elektro-Kauter: elektrisches Operationsinstrument zur Stillung kleinerer Blutungen

Gynäkophage: Mischung aus »Gynäkologe« und »Makrophage«, was eine körpereigene Fresszelle ist. Beides zusammen ist ein lustig gemeinter Spitzname für Gynäkologen, ähnlich wie »Aufschneider« für Chirurgen.

hypertroph: überspannt, überzogen

Kasack: Berufsbekleidungsoberteil für medizinisches Fachpersonal

Laparoskopie: Bauchspiegelung

Lap-Galle: die laparoskopische Entfernung der Gallenblase

LASH: *Laparoskopische, supracervicale Hysterektomie* – das Entfernen der Gebärmutter allein durch einen laparoskopischen Eingriff. Siehe auch *Laparoskopie*

multimorbide: Patient mit einer Vielzahl (schwerwiegender) Erkrankungen

nikotininduziert: durch Rauchen verursacht

Nitrospray: Notfallmedikament bei bestimmten Herzerkrankungen

postoperativ: von lateinisch *post* »nach« – nach der Operation

postprandial: von lateinisch *post* »nach« und *prandium* »Mahlzeit« = nach der Mahlzeit

prätraumatisches Belastungssyndrom: von lateinisch *prä* »vor« und Trauma = belastendes Ereignis – also vor einem belastenden Ereignis entstehend

primäre Sectio: geplanter Kaiserschnitt

sectionieren: per Kaiserschnitt entbinden

Sterilium: Händedesinfektionsmittel

Thrombose: Verstopfung eines Blutgefäßes durch ein Blutgerinnsel

Transaminasen: Laborwerte, welche Rückschlüsse auf Schädigung der Leber zulassen

Trokar: Der Trokar ist ein Instrument, mit dessen Hilfe in der minimal-invasiven Chirurgie scharf oder stumpf ein Zugang zu einer Körperhöhle geschaffen und durch ein Rohr offengehalten wird.

Vaginale Hysterektomie: operative Entfernung der Gebärmutter durch die Scheide

Vena saphena magna: große Beinvene

Verres Nadel: Das ist ein Instrument, mit dessen Hilfe bei einer Bauchspiegelung vor Einführung des Trokars Luft in den Bauch geleitet wird. Siehe auch *Trokar*

Danksagung

Als ich vor nicht ganz zwei Jahren ehrfürchtig die Danksagung zu meinem ersten Buch schrieb, war ich mir sicher, dass es kaum noch schöner kommen könnte:

Als Medizinerin mit Bloggerambitionen quasi vom Wohnzimmer weg in einen der großen Verlage und von dort weiter in die Buchhandlungen der Republik gebracht.

»Unbeschreiblich« umschreibt dieses, mein persönliches Wunder, wohl am ehesten.

Jetzt, ein Jahr nach Veröffentlichung von »Dann press doch selber, Frau Dokta«, sitze ich erneut über einer Danksagung, und noch immer hat mein Kopf nicht wirklich verstanden, was da im Frühjahr vor zwei Jahren mit der E-Mail eines Literaturagenten begonnen hat.

Und somit danke ich hier und heute (schon wieder!) Herrn Hölzl und der Agentur Petra Eggers, mit denen mein persönliches Märchen begann. Den Fischerverlagen, die nun auch Buch Nummer zwei eine Chance gegeben und mich in gewohnt herzlicher Unterstützung durch Volker Jarck und Alexandra Krishnabhakdi durch die Phasen der Entstehung gelotst haben.

Herrn Daniel Mursa, meinem Lieblings-Literaturagenten, der geduldig und zuverlässig wie immer alle Hochs und Tiefs mit mir gemeistert hat, auch und gerade in Zeiten des Chaos!

Und wie immer danke ich meinem Mann, meinem Fels, Freund, bestem Stück und großer Liebe, für chinesisches Essen und Fußmassagen, für konstruktive Kritik, Unterstützung, Hilfe und immer ein offenes Ohr. Für seine Liebe und Geduld, in guten und allen anderen Zeiten.

Außerdem meinen großartigen Kindern – größte Fans und geschätzte Kritiker. Ihr gebt mir Zeit, die ich zum Schreiben brauche, Inspiration, und immer wieder das Gefühl, dass alles, was ich schreibe, tatsächlich lesenswert ist. Ihr seid die Besten! Ohne Euch blieben etliche Seiten leer.

Abschließend danke ich all denen, die das erste Buch lesen wollten. Die es verschenkt, empfohlen und besprochen haben. Für all die schönen Kommentare dazu und auch für konstruktive Kritik. Bleibt mir treu – ich arbeite an mir!

Willy Dumaz / Ingo Hofmeister
Optische Enttäuschungen
Band 19870

Willy Dumaz und Ingo Hofmeister lernten sich während des Studiums des Spiel- und Lerndesigns an der Kunsthochschule Halle kennen. Von einer Vorlesung offensichtlich enttäuscht, schoben sich die beiden Studenten gegenseitig Zettel mit kleinen Kritzeleien zu, mit denen sie sich über das Thema lustig machten. Das Ergebnis: ein herrlich skurriles, unverwechselbares Humor- und Ideenbuch, das sich zu jedem Anlass verschenken lässt. Einfach ausprobieren und drauf reinfallen!

> Welcher Pfeil zeigt
> in die andere Richtung?
>
> ⟶ ⟵
>
> Verblüffend, nicht?

Das gesamte Programm gibt es unter
www.fischerverlage.de